KB132177

아홉번째 파도

아홉번째 파도

최은미

장편소설

문학동네

차례

프롤로그

도로의 길이는 4.8킬로미터였다. 산 끝에 절벽이 있었고 도로는 그 위로 나 있었다. 절벽길 아래는 바다였다. 십여 년 전에 생긴 이 해안도로엔 수만 명의 이름이 새겨진 탑이 있었다. 새로운 천 년이 시작되던 날, 사람들은 탑을 세우고 그 앞에 타임캡슐을 묻었다. 기한을 백 년으로 할지 천 년으로 할지 이견이 있었지만 캡슐 개봉 시기는 2100년으로 정해졌다.

60킬로미터에 가까운 해안선을 갖고 있는 이 도시에서 해안도로는 일부 구간이었다. 그러나 언제부턴가 사람들은 떠오르는 해를 보고 싶을 때 다른 곳이 아닌 해안도로로 달려갔다. 기념공원 앞에 차를 세우고 해송 사이로 이어진 산책로를 걸었다. 탑 앞에서 소망을 되뇌는 것도 잊지 않았다. 가로등과 키가 비슷한 설치대에는 바다와 해를 표현한 깃발이 걸려 있었다. 바다 위로 떠오르는 해는 시의 심벌이었다. 해는 해안도로의 전 구간에서 나부꼈다. 전망이 좋은 바위 위에는 해안 초소가 있었고 기암과 괴석들 사이에는 아주 작은 해변이 있었다. 바다에 사는 새들이 해풍과 함께 도로 위를, 이상한 바위들과 초소와 탑 사이를 날아다녔다.

수온이 다른 해류들이 만나 일정한 방향으로 쉼없이 움직이는 곳이었다. 바다의 성질을 간직한 석회암들이 산속에 동굴을 만드는 곳이었다. 그곳에서 해는 매일 떴다. 매일 지기도 했다. 도로는 산과 바다 사이의 절벽 위를 달렸고, 북위 37도 동경 129도 안에서 이 모든 일들이 일어났다. 해안도로의 북쪽 끝에서 출발하면 차로 십 분이 걸리는 곳. 걸으면 한 시간, 뛰면 삼십 분. 그렇게 도착할 수 있는 해안도로의 남쪽 끝에 어라항이 있었다.

1장

시 보건소에서 매주 수요일은 고혈압 예방 교육이 있는 날이었다. 그중 셋째 주 수요일엔 영양사업실로 불리는 구내식당에서 '저염식 요리 실습'이 있었다. 보건소에 심뇌혈관 질환자로 등록된 노인들은 화요일엔 웃음 치료 교육을 받았고 금요일엔 혈압과 혈당을 측정하는 법을 배웠다. 요리 교육이 있는 수요일에 참여율이 제일 좋았는데 그 날은 보건소에서 점심까지 해결할 수 있기 때문이었다.

반면 보건소 직원들에게 셋째 주 수요일 점심시간은 고역이었다. 그날은 찌개도 국도 나오지 않아 국물 없이 밥을 먹어야 했다. 그러나 한 달에 한 번 정도를 저염식으로 먹는 건 그리 어려운 일은 아니었다. 시 약사회와 '중풍 없는 100세 프로젝트'를 위한 업무 협약을 체결하고 온 어느 날, 보건소장은 갑자기 셋째 주 전체를 저염식 실천 주간으로 선포했다. 보건소 직원들부터 솔선수범을 보여야 한다는 이유였다. 급여에서 한 달 밥값으로 육만원이 제해졌기 때문에 한 주 전체를 밖에 나가서 먹는 건 무리가 있었다. 둘째 주 금요일이 되면 직원들은 삼삼오오 모여 사다리타기를 했다. 누구는 고추장을, 누구는 장아찌를 맡았고 국은 각자 보온병에 싸왔다. 그러나 이건 보건소에서 다수인 사십대 여자 직원들의 방식이었고, 남자 직원들은 거의 밖으로 나갔다. 일부인 이삼십대 직원들은 대부분 각자 움직였기 때문에 그들이 국물 없는 주간에 어떻게 대처하는지는 눈에 잘 띄지 않았다.

하얗게 볶은 버섯, 파프리카만 들어간 밍밍한 김밥, 데쳐 무친 상태로는 구분이 안 가는 거뭇거뭇한 나물들. 이런 것들을 정말 맛있다는 표정으로 몇 번씩 갖다 먹는 직원은 보건소에서 단 한 명, 공익근무요원뿐이었다.

물리치료를 받으러 매일같이 보건소를 드나드는 노인들은 접수창구에 오면 '우리 공익 총각'부터 찾았다. 보건증을 발급받으러 온 커피전문점 아르바이트생들도 보건소에 들어서면 곧장 공익근무 요원한테로 걸어갔다. 보건소로 지역사회간호학 실습을 나온 간호대 학생들은 한 주도 안 돼 공익근무 요원과 친해져서 소꿉친구처럼 장난을 쳤고, 개중에는 그의 연락처를 알아내려다 실패한 사람도 몇 있었다.

공익근무 요원이 보건소로 배정받아 처음 출근하던 날, 사람들은 그를 '서상화씨'라고 불렀다. 그 호칭은 '상화씨' '상화씨야'로 흩어지다가 무언가를 부탁할 때만 '서공'으로 통일됐다. 사람들은 급할 때마다 서공을 찾았다. 컴퓨터가 버벅대도 서공, 복사기가 고장나도 서공, 생수통을 들어올려야 하거나 대걸레가 필요하거나 화분의 꽃이 시들어가도 서공을 불렀다. 보건소 건물에서 서공의 손이 안 닿는 곳은 없었다.

열두시 오십분, 점심을 먹은 송인화는 이층 자동판매기 옆에 서서 일층을 내려다보았다. 보건소는 일층부터 삼층까지 건물 내부가 뚫려 있었다. 때문에 이층이나 삼층 통로에 서면 일층 로비 중앙의 호주삼나무 화분이 바로 내려다보였다. 삼나무를 가운데에 두고 대기자용 소파가 왼편 접수 수납 프런트 쪽과 오른편 출입구 쪽으로 원을 그리듯 이어져 있었다. 보건소를 찾는 인원에 비해 소파가 지나치게 길다고 송인화는 로비를 볼 때마다 생각했다. 시가 삼양동의 천오백 평 부지로 보건소를 신축 이전한 게 이 년 전이었다. 외벽에 곰팡이가 보이던 보건소 건물은 이제 도립 의료원이나 시청 청사보다 깨끗했고, 인구 칠만인 이 외진 도시의 공공건물 중 제일 쾌적한 곳이 되었다. 번듯하게 올라간 삼층 건물 밖으로는 운동기구와 벤치들이 조경이 잘된 뜰 안에 알맞게 배치돼 있었다. 청사 신축과 함께 보건소의 사업 규모는 늘어났다. 송인화가 척주시 보건소로 오게 된 것도 그 무렵이었다.

일층 진료실의 접수번호 안내판은 대기인 수가 '1'인 채로 멈춰 있었다. 3월이었지만 여전히 겨울의 끝자락 같았고 난방이 돌아가는 실내는 건조했다. 점심을 일찍 먹은 직원들은 어디론가 숨어들어가 보이지 않았다. 대형 주름관 히터가 돌아가는 소리만이 일층을 흔들며 올라왔다. 진료실 앞에 앉아 혈압을 재던 노인이 몸을 수그리고 한참 동안 기침을 했다. 노인은 진료실 문이 다시 열릴 때까지 기침을 멈추지 못했다. 노인이 가까스로 안으로 들어가자 대기인 수는 '0'이 되었다. 송인화는 빈 종이컵을 쓰레기통에 버리고도 이층 난간 앞에 계속 머물렀다. 접수 프런트 위 LED 전광판에는 보건소의 올해 사업명들이 오 초마다 교체되며 나타났다. '미숙아 및 선천성 이상아 의료비 지원' '노인 개안수술 지원' '치매 환자 실종 예방 위치추적기 지원' '재가 진폐 환자 의료비 지원' '저소득 홀몸 노인 방문 복약 상담 실시'…… 텅 빈 소파 위에서 사업명은 공허할 정도로 선명했다.

건강증진실 쪽 복도에서 나온 노인 한 명이 느릿느릿 움직이며 출입구 쪽으로 걸어갔다. 출입문에서 눈에 가장 잘 띄는 곳에는 미끄럼틀 밑으로 색색의 볼풀공이 채워진 소아놀이실이 있었다. 하지만 놀이실을 이용하는 소아는 많지 않았다. 특별한 볼일이 있든 없든 보건소를 찾는 건 대부분 노인들이었다. 건강증진실은 소아놀이실에서 기역자로 꺾여 들어간 복도 제일 안쪽에 있었다. 진료나 치료가 없는 날이면 노인들은 빈 놀이실을 지나 안쪽으로 들어갔다. 건강증진실에는 러닝머신과 안마의자가 일렬로 놓여 있었지만 러닝머신을 이용하는 노인은 없었다. 그들은 모두 안마의자만을 이용했고, 한번 앉으면 몇 시간이고 움직이지 않았다. 맞은편 벽에 TV와 시계와 달력이 걸려 있었지만 그들은 달력도 시계도 TV도 보지 않았다. 서로 이야기를 나누지도 않았다. 비석처럼 앉아 있다가 사람이 들어오면 눈동자를 움직여 쳐다봤고, 사람이 나가면 다시 눈동자를 풀었다. 그러다 배가 고파지면 노인복지회관이나 집으로 돌아갔다.

진료실과 건강증진실에서 나온 노인 둘이 사라지자 보건소 로비는 다시 평면처럼 가라앉았다. 그러나 송인화는 그 상태가 오래가지 않을 것임을 알고 있었다. 짐작대로, 정체된 공기를 휘저으며 곧이어 서상화가 나타났다. 서상화는 하얀 기름통을 두 손으로 들고 종종걸음으로 걸어 주름관 히터 쪽으로 갔다. 꽉 찬 기름통이 꽤 무거워 보이는데도 서상화는 한 호흡으로 기름을 채워넣더니 같이 챙겨온 걸레로 투입구 주위를 닦았다. 그러고는 진료실 옆 정수기로 걸어가 흘러나온 물을 닦고 다시 출입구 앞으로 가 흩어진 우산 비닐들을 정리했다. 서상화가 지나가자 손 소독기 위에 있던 사탕 껍질이 사라지고, 휠체어가 접혀서 정리되고, 비뚤어졌던 결핵 예방 배너가 바로 세워졌다. 한시가 조금 지나자 어디선가 직원들이 하나둘 나타났다. 그들이 지나갈 때마다 서상화는 꾸벅하고 인사를 했다. 한 직원이 무어라 지껄이며 머리를 쓰다듬자 서상화가 강아지처럼 웃었다. 출입구의 자동문이 열리면서 허리를 짚은 노인이 들어왔다. 서상화는 다가가 노인을 부축하고는 접수 프런트 쪽으로 함께 걸어갔다. 흑백의 풍경에서 서상화의 동선만이 붉게 푸르게 이어졌다.

"후회돼요?"

누군가 어깨를 치고 나서야 송인화는 난간에서 몸을 뗐다. 화장실로 들어가는 직원에게 눈인사를 하며 송인화는 서상화의 신상명세서를 떠올렸다. 군번과 주소지의 숫자들이 암호처럼 떠올랐다 사라졌다. 전광판에서는 여전히 치매와 진폐와 복약 상담 같은 낱말들이 자리를 바꾸며 지나갔다.

"후회되네."

전광판을 보는 잠깐 사이에 서상화는 시야에서 사라졌다.

"뺏어올까봐."

혼잣말을 하다 송인화는 사무실로 들어갔다.

*

다른 날과 다르지 않은 저녁이었다. 겨우내 컴컴하던 퇴근 무렵의 하늘이 조금 밝아졌을 뿐이었다. 퇴근시간쯤이 한낮처럼 환하면 여름이었고 밤처럼 깜깜하면 겨울이었다. 봄과 가을은 그 중간쯤에서 조금씩 밝아지거나 조금씩 어두워졌다.

퇴근하면 송인화는 집으로 바로 가는 날보다 해안도로로 가는 날이 많았다. 흐린 날엔 예외 없이 해안도로의 북쪽 끝으로 가서 어라항이 나오는 남쪽 끝까지 차를 몰았다. 어라항에 도착하면 일렬로 늘어선 활어회센터의 2호집으로 가서 가자미물회에 공깃밥을 하나 시켜서 먹었다. 송인화가 혼자 밥을 먹고 있으면 주인은 쓰키다시로 나가는 이런저런 세꼬시나 문어숙회를 서비스로 주기도 했다. 한 달에 한두 번은 이상하게 회가 입에 붙었다. 그런 날엔 앉은자리에서 목이 메도록 술을 마셨다. 술을 마시고 돌아온 날이면 송인화는 연립주택 뒤의 놀이터로 가 그네를 붙잡고 조금씩, 오래도록 토했다.

걸어서 십 분 거리에 있는 보건소에 차를 가지고 출근했던 건 퇴근 후에 습관처럼 해안도로를 달릴 생각 때문이었을 것이다. 그러나 그날 송인화는 해안도로로 가지 않았다. 감기 기운이 있었지만 운전이 힘들 만큼 몸이 안 좋은 것은 아니었다. 더구나 송인화는 사소하지만 상징적인 협상 하나를 앞두고 있었다. 일과 관련된 생각을 정리하거나 마음을 가다듬을 때 해안도로를 달리는 것만큼 좋은 방법은 없었다. 그런데도 그날 송인화는 해안도로로 가지 않았다. 보건소 주차장에 그대로 차를 세워둔 채 송인화는 휘적휘적 걸어서 퇴근을 했다. 어둑해지는 코끼리산 끝자락을 따라서 걸었고, 철문이 닫힌 축협 창고를 지나 낡은 연립주택 쪽으로 들어섰을 때는 창문들이 하나둘 불을 켜고 있었다. 어느 집에선가 드르륵 창문을 열자 압력밥솥이 세차게 돌아가는 소리가 들려왔다. 철 지난 아동극 포스터가 붙어 있는 의류수거함 앞에 서서 송인화는 자신의 토사물이 묻혀 있을 그네 밑을 잠깐 바라보았다. 도로 하나를 사이에 두고 코끼리산과 붙어 있는 연립 뒷골목은 산그늘 때문에 언제나 응달이었다. 컴컴한 저녁에 그 길을 걸어 퇴근할 때면 코끼리산은 더없이 스산하게 솟아서 길 쪽으로 쏟아질 듯 기울었다. 송인화는 외투를 여미고 일층에 신문보급소가 있는 연립주택의 계단을 걸어올라갔다.

현관문을 열자 꽉 찬 쓰레기봉투가 슬리퍼 옆에 쓰러져 있었다. 몸을 굽힐 기력이 없어 송인화는 발로 봉투를 밀어놓으며 불을 켰다. 송인화는 냉장고에서 생수를 꺼내 선 채로 한 병을 다 들이켰다. 그러고는 싱크대 앞을 가로질러 걸어가 커튼을 걷고, 현관 맞은편 창문을 열었다. 그때 기다렸다는 듯 전화가 울렸다.

"뛰지 마."

아래층 주인 노인이었다.

송인화는 숨이 차서 일단 숨을 좀 쉬었다.

"아까부터 얼마나 쿵쿵대는지 내가 머리가 울려서 아무것도 못하겠어."

"저 안 뛰었어요. 집에도 지금 들어왔고요."

"또, 또 거짓말. 젊은 사람이 어떻게 입만 열면 거짓말이야."

"……"

"어제 연속극 끝난 다음에도 한참을 쿵닥거리고. 내가 어젯밤에 말이야, 한숨도 못 잤어."

"저 감기기가 있어서 어젠 초저녁부터 잠만 잤는데요."

"감기에 걸렸어?"

노인은 갑자기 전화를 끊었다. 곧이어 현관문 두드리는 소리가 났다. 문을 열자 주인 노인이 냄비 하나를 들고 서 있었다. 노인은 들어서자마자 싱크대 앞으로 가더니 가스레인지에 냄비를 올리고 불을 켰다. 그러고는 손으로 허리를 짚으며 송인화에게 몇시냐고 물었다. 송인화는 무엇 때문인지 조금 허둥대다가 휴대폰을 들여다봤다.

"여섯시 반인데요."

한겨울일 때보다 낮은 확실히 길어져 밖엔 짙어지기 직전의 푸르스름한 어둠이 내려앉아 있었다. 맞은편 연립 옥상의 저수조 건너로 교회 십자가 불빛이 도드라졌다. 연립 밖 자갈 주차장에서 누군가 주차하는 소리가 들려왔다. 조심스럽고도 집요하게 타이어가 자갈을 짓이기는 소리였다. 외쳐 부르는 소리와 두드리는 소리, 전자음과 발소리 같은 것들이 멀리에서 섞여들었다. 저녁의 소음들은 한겨울일 때보다 지상에서 한 뼘 정도 들떠 있었다. 열어놓은 창문으로 찬바람이 들어왔지만 역시 한겨울 바람은 아니었다. 날이 풀리고 있는 것이었다.

"마디마디 안 쑤신 데가 없어."

주인 노인은 소파에 자리를 잡고 앉아 무릎을 두드렸다.

"어제는 초저녁부터 으슬으슬 추운 게 전기장판에 아무리 지져대도 사방에서 쿡쿡쿡쿡, 바늘이 막 허리를 찔러대는 거야. 이쪽으로 돌아누우면 무릎에서 우르르르 자갈이 구르고 저쪽으로 엎드리면 누가 막 가슴을 쥐어짜는 것처럼 아프고. 잠이 좀 들려나 싶으면 위층에서 쿵쿵대질 않나. 여기, 갈비뼈 안쪽에서부터 시큰시큰 아프기 시작하면 그날 밤은 딱 죽겠어. 하루만 아픈 데 없이 편히 잘 수 있으면 내가 소원이 없어. 응? 어디 그런 약 없어?"

"……"

"이게 다 산후조리 때문이야."

송인화는 건조대로 걸어가 빨래를 걷었다. 산후조리 얘기가 나오면 주인 노인의 말이 길어지기 때문이었다.

"내가 그 자식 낳고 사십 년을 진짜, 하루도 안 아픈 날이 없었어."

"……"

"사십 년을 하루도 안 빼고 아파봤어? 얼마나 지겨운지 몰라."

"약 잘 챙겨 드세요."

"진짜 잘 듣는 약은 주지도 않으면서."

냄비에서 찌개 끓는 소리가 났다. 송인화는 걸어가 냄비 뚜껑을 조금 열었다. 집된장 냄새가 훅 끼쳐왔다. 애호박 익는 냄새도 났다. 무방비로 맡게 된 된장찌개 냄새는 코끼리산의 겨울나무들을 볼 때처럼 가슴 한쪽을 허전하게 했다.

주인 노인은 말이 안 통하는 사람은 아니었다. 어떤 부분에선 젊은 사람들보다 빠르고 민감했다. 그러나 한 가지, 소음 문제에서만은 얘기가 통하지 않았다. 노인은 덮어놓고 우기기만 했다. 잊을 만하면 나무라고 원망하고 하소연했다. 송인화는 전세를 월세로 돌린다는 얘기만 아니면 괜찮은 거라고 마음을 다독였지만 당할 때마다 쉽지가 않았다. 소음 문제로 한차례 휘젓고 난 다음이면 노인은 먹을 것을 들고 올라와 송인화의 이런저런 것들을 살피고 묻고 걱정했다.

"요샌 이계장이 안 괴롭혀? 못살게 굴면 나한테 말해. 걔네 작은형이 옛날에 나한테서 일 배우던 애야."

"네에."

"이계장 걔도, 얼른 돈하고 사람 관리하는 부서로 가야지. 보건적이고 간호적인 부서 말고, 뭔가 시청적인 부서. 보건소도 그런 부서가 알짜야."

"네. 찌개 잘 먹을게요, 할머니."

그러나 노인은 일어날 기미가 보이지 않았다. 정해진 시간을 다 보내고 가려는 사람처럼 아예 등을 기대고 앉아 있었다.

"할머니라고 부르지 말라니까. 내가 어딜 봐서 아가씨 할머니야, 어머니뻘이지. 나 그렇게 안 늙었어."

"저도 그렇게 안 늙었어요, 할머니."

다른 때 같으면 한소리 했을 텐데 노인은 아무 말 없이 맞은편 현관문을 쳐다봤다. 주인 노인은 보건소를 드나드는 척주 노인들과는 미묘하게 다른 데가 있었다. 수십 년을 땡볕에서 일해 자외선에 상한 낯빛도 아니었고 관광철에 한 해 수입을 올려야 하는 자영업자의 조급함도 보이지 않았다. 명절이나 휴가철에 자식이 찾아오는 것 같지도 않았다. 무슨 일을 하고 살아왔는진 알 수 없었지만 어쨌든 경제적 어려움은 없어 보였다. 연립주택의 건물주였고 척주 외곽에 건물 몇 채를 더 갖고 있다는 얘기도 들려왔다. 경로당이나 복지회관에 드나드는 것 같진 않았지만 봄가을마다 동네 노인들과 어울려 꽃구경 단풍구경은 꼭 다녔다. 그래서인지 어느 집 어느 노인에 대해 물으면 웬만큼은 정보를 알고 있었다. 방문 복약 상담을 시작하게 된 송인화가 주인 노인과 무작정 척을 질 수 없는 이유이기도 했다.

"집에 화분 하나, 액자 하나 없고."

주인 노인이 눈을 가늘게 뜨고 실내를 둘러봤다.

"척주에 터를 잡으라니까. 일단 부동산을 사. 그리고 나 죽었소 하고 한 십오 년 버텨. 그러면 자기는 보건소장은 그냥 되는 거야. 정년 앞두고 슬슬 와서 하는 일반인 소장 말고 약사 출신 보건소장, 얼마나 좋아."

송인화는 가스레인지의 불을 줄이고 창문을 좀더 열었다.

"척주가 옛날부터 약사 파워 센 거 알지. 시내 몇 군데 빼면 여기야 다 약사 마음대로인 데 아니야. 시 약사회에 앉아 있는 그 능구렁이들 다 내가 아는 애들이야."

주인 노인은 자신이 마음만 먹으면 뭐라도 만들어줄 수 있다는 듯 미리미리 사내 정치를 해놓으라는 얘기를 반복했다. 노인의 말을 한 귀로 흘리며 송인화는 아까보다 좀더 어두워진 창밖을 바라보았다. 그때 누군가 현관문을 두드리는 소리가 들려왔다. 분명하고도 정중하게 두드리는 소리였다. 척주에서 송인화의 집에 찾아올 사람은 주인 노인 말고는 택배기사밖에 없었다.

"회관에서 나왔습니다."

누구냐고 묻기도 전에 문밖에서 목소리가 들려왔다. 회관이라면 노인복지회관? 여성복지회관? 송인화는 업무 쪽을 먼저 떠올렸지만 그 쪽에서 집까지 찾아올 이유는 없었다.

"몸이 아프시지요?"

회관에서 나왔다는 목소리가 그렇게 물었을 때 송인화는 주인 노인을 돌아봤다. 노인을 찾아온 사람이 층수를 혼동한 거라고 생각했던 것이다. 주인 노인은 끙 소리를 내며 몸을 일으키더니 자기 집인 양 걸어가 현관문을 열었다. 검은 코트를 입은 여자 두 명이 문밖에 서 있었다. 칠흑 같은 머리를 귀 아래로 쪽쪄 내려 망핀으로 묶고 있었다.

"약왕보살님이 몸이 아픈 시민들을 위해 대서원을 세우셨습니다. 한번 읽어보세요."

그렇게 말하며 여자가 송인화에게 리플릿을 내밀었다. 얼결에 리플릿을 받아들다가 송인화는 여자와 손가락이 스쳤다. 선득한 체온에 송인화는 몸을 조금 떨었다. 여자는 그 반응이 나쁘지 않다는 듯 미소를 머금고 송인화를 건너다봤다. 여자의 정수리에서부터 뻗어나온 선 굵은 새치들이 검은 머리카락 사이에서 빗금처럼 빛났다. 새치는 중요한 혈자리에서 시작된 파동처럼 한순간 반짝였다가 제자리를 찾았다. 송인화는 몇 년 전 저녁을 떠올릴 수밖에 없었다. 서울의 한 시립병원 약제부에서 근무할 때였다. 몇 해를 함께 지낸 사람과 헤어지고 다시 혼자 남은 때이기도 했다. 네 평짜리 조제실에서 하루종일 항암제와 마약성 진통제를 조제하다 퇴근한 날이었다. 누군가 현관문을 두드리며 "척주에 있는 회관에서 왔습니다"라고 말했다. 하경희가 전화로 계속 안부를 챙기며 척주에 다녀가라는 말을 할 때였고, 그래서였는지는 모르지만 자주 척주 생각을 하던 때였다. 그런 때에 누군가 척주를 입에 올리며 문을 두드린 것이었다. 검은 코트에 검은 머리를 쪽찐 여자 두 명이 꼭 지금처럼 이렇게 문밖에 서 있었다. 그때 그들과 특별한 얘기를 나누진 않았다. 그들은 아프냐, 힘드냐 같은 말을 묻다가 대답도 듣지 않고 돌아갔다.

송인화는 리플릿을 받아든 채 어쩌지 못하고 그냥 서 있었다. 새치가 있는 여자는 혈색이 좋지 않았다. 짙은 색 립스틱을 바르고 있었지만 생기를 잃은 입술 색이 감춰지진 않았다. 한 발짝 뒤에 서 있는 또 다른 여자는 눈썹 문신을 하고 있었고 어깨 위로 비듬이 촘촘히 내려앉아 있었다. 여자들은 피곤해 보였다. 주어진 임무를 수행하는 지하세계의 관리들처럼 무표정했고 한편으론 포기를 모를 것같이 성실해 보였다.

잠깐이었지만 송인화는 그들을 들어오게 할까 생각했다. 척주에서 다시 그들의 방문을 받은 것이 과연 우연인지, 자신이 척주에서 왜 이러고 있는지, 당신들이 무엇인데 몸이 아프냐고 묻고 다니는지 궁금해졌던 것이다. 주인 노인이 아니었다면 송인화는 그날 저녁 그들과 깊은 대화를 나누었을지도 몰랐다.

"이 아가씨는 그런 거 안 믿어. 가. 어여 가."

송인화의 표정을 보던 주인 노인이 검은 코트 여자들을 손짓으로 밀어냈다. 노인이 현관문을 닫자마자 여자들이 계단을 내려가는 소리가 들렸다. 또각또각, 지체 없이 몸을 돌려 가버리는 소리였다. 할 바 다 했다는 듯 아무 미련 없는 발소리. 송인화는 왠지 조금 아쉬웠고, 배 안쪽이 허해졌다. 노인이 걸어가서 가스불을 껐다. 타이어가 자갈을 짓이기는 소리가 다시 한번 이어졌다. 각도를 틀어 후진하는 소리. 속도를 내서 출발하는 소리. 얼마나 지났을까. 마크처럼 남아 있는 자갈 소리를 지우며 손잡이 종이 울리는 소리가 들려왔다. 딸랑딸랑 소리는 천천히 움직이는 트럭 소리와 함께 연립주택을 지나쳐 오른편 골목으로 방향을 틀었다.

"두부장수인가요?"

"사이비라던데."

주인 노인은 송인화의 손에서 리플릿을 빼앗아 들더니 혀를 찼다.

"걸려들기 딱 좋네. 아예 날 제물로 잡아가쇼 광고를 하지그래."

"제가 뭘요?"

노인은 허리를 두드리면서 신발을 찾아 신었다.

"두부장수 지나갔으니 〈여섯시 내 고향〉 다 끝났겠네."

노인이 쓰레기봉투를 들고 나간 걸 송인화는 한참 후에야 알았다. 송인화는 졸아든 된장찌개로 저녁을 먹고 샤워를 한 뒤 일찌감치 침대에 누웠다. 그날 밤 송인화는 제대로 잠을 이루지 못했다. 주인 노인도 마찬가지였는지 아래층에서는 밤새 창문 여닫는 소리가 들렸다. 송인화는 자리에 누워 자신은 낸 적이 없는데 주인 노인에겐 들리는 소리에 대해 생각했다. 그러다 선잠이 들었고, 신문보급소가 문을 여는 소리에 가위에 눌린 듯 잠에서 깼다.

*

코끼리산은 새벽빛 속에 조용히 엎드려 있었다. 산 정상의 방송수신탑에서 불빛이 깜빡일 뿐 코끼리는 아직 자는 중인지 기척이 없었다. 날이 밝기 시작하면 방송수신탑이 먼저 윤곽을 드러내고 이어서 코끼리의 머리와 귀와 몸통과 코가 밝아졌다. 사방이 환해지면서 나무들의 움직임이 드러나야 코끼리는 잠에서 깬 것처럼 보였다. 들숨과 날숨을 쉬는 듯 나무들을 바람에 일렁이게 하는 것, 코끼리산은 그 정도 기척으로 자신이 거기 있다는 것을 전했다.

낮고 울퉁불퉁한 산이었지만 그만큼 사람들이 드나들기에는 좋았다. 코끼리는 낮 동안 주머니 조끼를 펼쳐 맨발 산책로와 벤치와 야생화 팻말 같은 것들을 꺼내놓았다가 밤이 되면 일을 마치고 다시 주머니에 넣었다. 코끼리산은 척주 시내와 어라진을 가르는 산이었다. 척주 시내 어디에서나 방송수신탑을 머리에 인 코끼리산이 보였다. 어라진에서도 마찬가지였다. 엎드린 코끼리의 몸통은 뒤쪽으로 가면서 빈약하게 펼쳐지다 바다 쪽의 석회산들과 꼬리로 연결되었다. 꼬리는 안쪽으로 굽어지며 일부가 어라진과 닿아 있었다. 그 반대편은 코였다. 코끼리 머리에서 귀를 지나면 산은 코의 곡선을 따라 완만하게 가라앉았다. 코는 기다랗게 이어졌고, 코가 끝나는 곳에 시 보건소가 있었다.

송인화는 기다렸다. 무엇을 기다리는지 모르는 채로 아래쪽이 조용해지기를 기다렸다. 어쩌면 신문보급소가 문을 닫기를 기다린 건지도 몰랐다. 동네에서 제일 일찍 하루를 시작하는 신문보급소가 일을 마치고 문을 닫아도 아직 잠에서 깨지 않은 사람들이 대다수였다. 골목이 조용해진 것을 확인한 송인화는 점퍼 모자를 세워 쓰고 집을 나섰다. 건물 외벽의 선이 어렴풋이 파악될 만큼, 날은 그만큼 밝아오는 중이었다.

연립주택과 멀지 않은 코끼리공원에는 아직 사람이 보이지 않았다. 정자 기둥에 걸려 있는 시계만이 가로등 저쪽에서 희끄무레하게 빛을 냈다. 송인화는 정상까지 이어진 나무 계단을 하나씩 디디며 점점 몸통을 드러내는 코끼리산을 올랐다. 중반쯤 올랐을 때 등에 땀이 배어나 점퍼를 벗었다. 계단을 오르다 멈춰 서서 돌아보면 아직 가로등이 꺼지지 않은 척주 시내가 푸르스름한 막에 싸여 있었다. 송인화는 점퍼를 허리에 감아 묶고 코끼리의 뒷목을 따라서 걸었다. 코끼리 머리꼭대기에 도착했을 때는 날이 거의 밝아 방송수신탑의 안테나 접시로 환한 기운이 고여들고 있었다. 수신탑 몸통에 매달려 있는 파라볼라 안테나들은 고대의 그릇 같기도 하고 낯선 생명체의 귀 같기도 했다. 그 밑으로 가지가 굵은 나무들이 듬성듬성 서 있었다.

송인화는 숨을 돌리며 척주 시내를 내려다보았다. 그러고는 늘 그랬듯 점 몇 개를 찍었다. 오른쪽 끝의 시 보건소를 시작으로 소방서, 홈플러스, 고등학교, 시청까지. 거기서 다시 우체국과 상공회의소, 고속버스 터미널로 돌아나오는 점을 이으면 좌우가 바뀐 물음표 모양이 되었다. 어떤 날은 오십천을 따라서 선을 그었다. 번개시장과 한전 건물에서 출발해 오십천교를 지나면 척주의료원까지 직선으로 이어졌고, 의료원 뒤편에서 휘어지는 강줄기를 따라가면 동굴탐험관이 나타났다. 박쥐의 날개를 본떠 지붕을 얹은 동굴탐험관은 잘못 튄 물감처럼 언제 봐도 풍경에 섞여들지 않았다. 반면 척주의료원 건물은 그 앞에 펼쳐진 사거리와 넓은 부지가 아니라면 찾아내기 쉽지 않을 만큼 풍경에 묻혀 있었다.

그날 아침 송인화는 물음표 대신 오십천을 따라 직선 긋기를 반복했다. 강을 지나 척주의료원까지 선을 그었다가 오십천로를 따라 되돌아왔고 그러다 다시 척주의료원으로 가 멈추었다. 날이 밝아올수록 의료원 건물은 흰색 점으로 뭉개지면서 이쪽으로 반사광을 쏘았다. 송인화는 멍하니 서서 의료원 건물 위에 빗금과 동그라미와 세모를 그리며 손가락으로 한참 동안 낙서를 했다.

의료원 앞 사거리 부근은 척주 시내에서 제일 번화한 곳이었다. 그곳을 중심으로 시내에 일 년 전부터 경쟁하듯 현수막이 내걸렸다. 송인화가 척주로 내려온 재작년 겨울부터 불붙기 시작한 현수막 싸움은 올봄이 정점이 아닌가 싶을 만큼 거리를 메우고 있었다. 내건 단체도, 문구도, 현수막 색깔도 종잡을 수 없이 다양했다. 길 위에서는 어지럽게만 보이던 현수막들이 산 위에서 보니 구역마다 핀 꽃 같았다. 송인화는 며칠 전 시청 청사를 덮었던 대형 현수막을 떠올렸다. 한 국제환경단체의 활동가 몇이 척주시청의 정책에 반대하며 내건 현수막이었다. 보건소와 십 분 거리에서 벌어진 일이었지만 송인화는 꽤 떠들썩했던 그 시위를 사무실에 앉아서 유튜브로 보았다. 옥상에서 줄을 타고 내려와 현수막을 걸던 사람들이 건조물 침입 혐의로 경찰서에 연행된 것도 보건소 업무 홍보 건이 아니라면 들어갈 일이 없는 지역신문 사이트에서 보았다.

그 단체의 이름은 송인화에게 늘 한 가지 기억을 불러왔다. 아주 오래전, 송인화는 아버지를 만나기로 한 어느 바닷가에서 커다란 배를 보았다. 학교가 끝나고 바로 간 길이었는지 기억 속에서 자신은 교복을 입고 있었다. 컨베이어 벨트가 가로지르는 저쪽 부두는 고요하기만 한데 이쪽 방파제는 어딘가 축제 분위기처럼 떠들썩했다. 장구 소리와 북소리가 울렸고 핼러윈 해골을 쓴 사람과 하회탈을 쓴 사람, 저승사자 갓을 쓴 사람들이 모여서 춤을 추었다. 허공에서는 색색의 깃발들이 오가고 있었다. 물감이 흘러내려서인지 깃발의 글자들은 땀을 흘리는 것처럼 보였다. 붉은 글자들은 피를 흘리는 것 같다는 생각을 하고 있을 때 송인화 앞으로 한 남자가 걸어왔다.

그는 검은 두루마기를 두르고 있었지만 송인화의 시선을 붙든 건 두루마기가 아니라 그 밑으로 드러난, 바다색하고 똑같던 청바지였다. 그리고 붕대. 검은 갓을 쓴 남자는 눈과 입만 내놓은 채 얼굴에 온통 흰 붕대를 감고 있었다. 풍선인지 깃발인지를 건네며 남자가 활짝 웃었다. 송인화는 붕대 사이로 드러나던 그의 웃는 입매와 고른 치아를 며칠 동안 잊지 못했다. 그리고 남자는 금세 인파 속으로 사라졌다. 송인화는 남자가 뒤돌아서서 춤을 추듯 걸어가던 모습을 그후로도 반복해서 떠올렸다. 남자 앞쪽으로 깃발, 그 뒤로 특정 로고가 새겨진 커다란 배, 빛을 실은 잔파도들이 배를 둘러싸며 사그라지던 모습. 그리고 그 모든 풍경의 배경인 듯, 시멘트를 실어나르는 벌크선이 저편에서 가물거렸다. 시멘트 벌크선이 있었기에 그곳은 어라항이 아닌 다른 곳일 수가 없었다.

약수통을 든 사람들이 보였다. 운동기구 위에 올라서서 허리돌리기를 하는 사람도 보였다. 산 위에는 어느샌가 아침 운동을 하는 사람들이 꽤 올라와 있었다. 아침 일찍 코끼리산에 올라온 사람들은 송인화처럼 척주 시내를 내려다보거나 반대편 정자 쪽으로 걸어가 바다를 바라봤다. 사람들 대부분은 시내보다 바다를 보는 걸 좋아했다.

코끼리산의 바다 쪽 정상에서 내려다보이는 것은 작은 항구 동네 어라진이었다. 크지 않은 고깃배들이 정박해 있는 어라항과 어판장을 낀 상가들. 송인화는 길게 늘어선 회센터 쪽을 내려다볼 때마다 2호집이 어디쯤일까 짐작해보았다. 2호집 앞에는 혼자 저녁을 먹은 뒤 밤바다로 나와 컴컴한 코끼리산을 올려다보는 송인화 자신의 모습이 있기 때문이었다.

회센터 앞쪽 바다로는 방파제가 이어져 있었다. 산 위에서 보면 방파제는 항에서 바다로 뻗어나간 기다란 나뭇가지 같았다. 가지 중간쯤에 있는 공동 할복장을 지나면 방파제는 본격적으로 테트라포드의 호위를 받으면서 바다로 길을 냈고, 그 끝에는 새빨간 등대가 서 있었다. 송인화는 오래전 자신이 저 방파제 어딘가에서 얼굴에 하얀 붕대를 감고 웃던 남자를 만났다는 걸 아직도 믿을 수 없었다. 송인화는 그날 그곳에서 아버지를 기다리던 중이었고, 아버지와 만나 분명 무슨 이야기를 나누었지만, 방파제의 떠들썩한 풍경을 떠올리다보면 이상하게 아버지의 모습이 잡히지 않았다.

방파제 뒤편 부두에는 여전히 시멘트 벌크선과 몇 척의 바지선이 오가고 있었다. 부두에서 끝나는 컨베이어 벨트를 거꾸로 따라가면 시멘트 저장 탱크와 소성로, 수송관들이 콘크리트 성처럼 얽힌 시멘트 공장이 나타났다. 그 너머는 석회산이었다. 이제는 산이라고도 할 수 없을 만큼 깊게 채광되어 분화구 같은 모습으로 남아 있는 곳이었다. 몇십 년 동안 척주의 중심에 있던 동진시멘트 척주공장과 석회 광구는 예전과는 다른 빛깔이었지만 여전히 척주 땅에서 제일 굳건히 서 있었다.

여행객인 듯한 여자 둘이 어라진 바다를 배경으로 사진을 찍는 게 보였다. "여기 올라오면 새천년도로가 보인다던데." 그중 한 명이 그렇게 말하면서 휴대폰으로 무언가를 검색했다. 붉은 조끼를 입은 산불감시원이 그들에게 다가갔다. "새천년도로는 저 산꼭대기로 가야 잘 보이는데." 산불감시원이 말했다. "저기가 산이에요?" 여자들이 물었다. 송인화는 그들이 가리키는 곳을 건너다보았다. 그곳은 앞으로 송인화가 계속해서 방문하게 될 어라항 뒤의 산비탈 동네, 유리골이었다.

송인화는 아직까지 유리골 꼭대기에 올라가본 적이 없었다. 코끼리산에서 건너다보거나 어라항 회센터 앞에서 올려다본 게 전부였다. 산비탈에 겹겹이 올라앉은 집들은 산언덕의 칠부 능선까지만 이어져 있었다. 그 위는 텃밭과 공터였다. 공터로 남아 있는 유리골 정상은 오래전에 사형장 터였다. 몇백 년 전, 동해안 수군의 죄수들은 포진이 있던 코끼리산 뒤편으로 끌려와 재판을 받았고 대부분 유리골 정상에서 사형을 당했다. 그래서인지 척주 사람들은 마을에 안 좋은 일이 생기면 사형당한 죄수들의 원혼 탓으로 돌리는 버릇이 있었다.

송인화는 유리골 정상을 볼 때마다 그곳에서 바다를 내려다보며 마지막 숨을 쉬었을 죄수들을 습관처럼 떠올렸다. 오래전의 사형장 흔적 같은 건 남아 있지 않았다. 유리골 정상은 지금 지진해일 대피소로 지정되어 있었다. 어라진 일대의 골목골목에는 지진해일 대피로를 가리키는 화살표들이 거미줄처럼 뻗어 있었고 그 화살표들은 모두 유리골 정상을 향했다. 척주시 재난안전대책본부가 관리하는 긴급대피장소. 오래전 숱한 사람들의 목이 꺾였던 곳. 그 유리골과 코끼리산을 잇는 산중턱에 바다를 보고 서 있는 상像이 하나 있었다.

*

보건소 예방의약계를 가장 긴장시키는 말은 '해빙기'였다. 봄철 해빙기, 봄맞이 해빙기라는 말이 나오면 그때부터 모기와의 전쟁은 시작된 것이었다. 겨우내 보건소 지하 방역 약품 창고에서 잠자던 분무 소독기와 모기 유충 구제제가 지상으로 올라오면 보건소 직원들은 해빙기가 온 것을 실감했다. 알을 까는 것들이 번식하기 좋은 시기가 온 것이다.

송인화가 접수 프런트에 서 있던 서상화를 데리고 지하로 내려갔을 때 창고는 폭탄을 맞은 듯했다. 감염병 행정 업무를 맡고 있는 김승희가 허리를 구부리고 서서 약품 재고를 확인하는 중이었다. 송인화는 깜짝파티를 준비하는 사람처럼 김승희와 신호를 주고받고는 서상화를 데리고 물품 창고로 들어갔다.

"책상은 작년에 갖다놨던 게 아직 그대로 있고…… 의자는 어떤 게 좋을까?"

"예방의약팀에 직원 새로 오나봐요?"

송인화는 대답하지 않고 서상화를 물끄러미 보기만 했다. 서상화가 쓰고 있는 안경 위로 창고 불빛이 내려와 얼굴에 안경 그림자를 만들었다. 궁금한 표정이던 서상화의 얼굴이 조금씩 풀어지더니 눈 밑에서부터 웃음기가 들어찼다.

"우와. 저 다시 데려가주시는 거예요?"

"지금 회의 들어갈 건데, 지면 못 데려오고."

예상대로 진료지원팀에서는 서상화를 내주려고 하지 않았다. 보건소로 오고 지난 일 년 동안 서상화는 단순 공익근무 요원이 아니라 한두 직원의 몫까지 하고 있었다. 친화력이 좋아 등록시스템을 열어보지 않아도 노인들을 어디로 안내해야 할지 꿰고 있었고 보도자료만 게시되는 정도이던 보건소의 SNS 페이지를 살려놔 본의 아니게 홍보업무까지 했다.

송인화는 서상화가 찍어서 올린 사진들을 대부분 기억하고 있었다. 그중 어떤 것은 인상적이어서 저장도 해두었다. BCG를 맞으러 첫 외출을 한 갓난아기, 칫솔질 교육을 받는 유치원생 아이들, 비만 탈출 에스라인 강좌를 듣는 중년 여자들과 주황색 티를 맞춰 입고 기공체조를 하는 노인들……

서상화는 재활운동실 앞에 있는 칼랑코에 화분에 꽃이 피면 그걸 찍어서 올렸고 보건소 층계참마다 하나씩 서 있는 커다란 괘종시계를 찍어서 올렸다. 이층에 있는 괘종시계는 정신보건우수사업 건으로 도지사가 보냈으며 삼층 시계는 청사 신축을 축하하며 23사단 사단장이 보냈다는 것을 사람들은 서상화의 사진을 보고 새삼스레 알게 되었다. 로비에서 성교육 책을 대여한다는 것도 보건소 홈페이지가 아니라 서상화가 올린 사진 덕분에 알려진 사실이었다.

서상화는 여기저기 카메라를 들이대도 사람들이 거부감을 느끼지 않게 하는 신기한 재주가 있었다. 서상화의 사진 속엔 보건소를 이용하는 시민들뿐만 아니라 차츰 직원들의 모습도 담기게 되었다. 직원들은 처음엔 손을 내저었지만 자신이 나온 사진의 '좋아요' 수를 보고는 밥을 사기도 했다. 서상화가 진료지원팀과 일층 접수 프런트에 있기 때문에 생기는 활력과 발견들을 보건소 직원들 누구도 부정하지 않았다. 송인화는 그런 서상화를 예방의약이라는 고단한 곳으로 데려오려는 것이었다.

"올해 의약 업무 늘어난 건 알겠는데요. 약대 잠깐 다니다 온 공익한테 전문성을 기대하는 것도 아닐 테고. 소장님이 보건소 홍보 잘된다고 좋아하시는 거 아시잖아요?"

내내 탐탁지 않은 표정으로 앉아 있던 진미진이 말했다.

"SNS야 접수대에 앉아 있지 않아도 할 수 있는 거고요."

송인화가 그렇게 말하자 진미진의 입가에 약오른 표정이 떠올랐다 사라졌다. 감정을 감추려고 애쓰는 것으로 감정을 다 드러내는 것이 진미진의 가장 큰 약점이었다. 누가 뭐래도 보건소 업무의 꽃은 예방의약이었다. 예방의약에서 인력이 필요하다는데 더 무슨 말이 필요한가? 송인화는 회의 내내 그런 태도로 진미진을 대하고 있었다. 누구보다 예방의약 업무를 무시 못하는 게 진미진이라는 걸 알기 때문이었다.

송인화가 오기 전 보건소의 약사법 관련 행정 업무는 오랫동안 진미진 담당이었다. 하지만 약무직인 송인화가 온 이상 일반 보건직인 진미진이 의약 업무를 하고 있을 이유가 없었다. 송인화가 계속 있는 이상 진미진은 자신이 터를 닦은 의약 업무에 복귀할 가능성이 없었다. 척주시 보건소에서 9급부터 시작해 7급으로 올라가기까지, 예방의약계는 진미진이 성과를 내고 나이를 먹고 인맥을 만들어온 곳이었다. 척주 관내의 오래된 의원과 약국들은 여전히 진미진의 명함을 갖고 있었고 문의할 일이 있으면 송인화의 내선번호로 전화를 걸어 진미진을 찾았다.

두 계장은 별말이 없었다. 공익 하나의 거취 문제 따위로 이런 신경전을 벌이는 게 피곤하다는 얼굴이었다. 진료지원계 심은숙 계장은 마스카라가 눈 밑으로 번져 두 배로 피곤해 보였다. 진미진이 알아서 제대로, 빨리 쳐내길 바라는 표정이었다. 예방의약계 이창규 계장은 어떤 결정이 나든 별 상관 없다는 태도였다. 하지만 어쨌든 최종 결정은 계장들이 해야 했고, 이건 누가 먼저 양보의 말을 꺼내느냐의 문제였다.

"공익근무 요원한테 접수 수납 업무를 맡기는 건 맞지 않다고 봅니다. 개인 질병 정보를 다루는 건데 안심할 순 없죠. 이 년 있으면 가는 사람이고, 항상 인성 바른 공익이 온다는 보장도 없고요."

송인화의 예상대로 그 말은 의심이 많은 심계장을 움직였다.

"서울에서는 요새 공익들한테 접수 업무 거의 안 맡깁니다."

그 말이 결정적인 쐐기가 되었다. 심계장은 이계장한테 공익을 양보했다. 사무실로 돌아왔을 때 송인화는 유난히도 긴 하루구나 생각했다. 밤새 잠을 설친데다 아침 등산까지 했던 것이다. 송인화는 의자에 등을 기대고 눈을 감았다.

몇 분이나 지났을까. 서상화가 한 남자와 함께 사무실로 들어왔다. 서상화는 남자를 송인화의 책상 앞으로 안내했다. 민원인인가, 생각하며 송인화는 자리에서 일어났다. 남자가 다가와서 내민 건 자신의 명함이 아니라 뜻밖에도 송인화의 명함이었다.

"척주경찰서 형사팀 박영필입니다."

남자는 송인화의 명함을 들고서 그렇게 말했다.

"어제저녁 삼양동 경로당에서 남자 노인이 독극물이 든 막걸리를 마셨습니다. 저녁 여섯시까지는 별일이 없었고 일곱시에 발견이 되었습니다만, 오늘 아침 날이 밝자마자 사망했지요. 사망자 점퍼 안주머니에서 이 명함이 나왔습니다. 척주시 보건소 보건정책과 예방의약계 약무주사보 송인화. 본인 맞으시죠?"

*

노인의 사인은 아질산나트륨 중독이었다.

죽은 노인을 포함한 남자 노인 세 명은 사건 당일 오후 다섯시경부터 경로당에서 막걸리를 마시기 시작했다. 그중 두 노인이 먼저 일어선 것은 여섯시경. 혼자 좀더 마시겠다며 남았던 노인은 일곱시경 경로당에 들른 여자들에 의해 쓰러진 채로 발견되었다. 노인은 척주의료원으로 옮겨졌고 다음날 아침 여섯시 십삼분에 사망했다.

이것이 송인화가 참고인 신분으로 척주경찰서에 와서 들은 사건의 전말이었다. 박영필은 이틀 전 보건소 사무실로 찾아와서 했던 말을 다시 한번 요약하면서 말문을 열었다. 원주 국과수까지 퀵보다 빠르게 시신이 오고 갔다는 말을 하면서 박영필은 비타500 하나를 따 송인화 앞으로 내밀었다. 그러고는 잠시 송인화와 눈을 맞추었고, 곧이어 그날 저녁 무엇을 하고 있었는지 물었다.

송인화와 박영필이 마주앉아 있는 데는 회의실로 쓰였던 곳인 듯했다. 유리 밑으로 녹색 부직포가 깔린 탁자는 열댓 명은 앉을 수 있을 것같이 길었다. 한쪽 벽면은 낡은 캐비닛들이 채우고 있었고 맞은편엔 오래된 프린터와 스캐너 여러 대가 놓여 있었다. 물티슈 박스까지 쌓여 있는 걸 보면 지금은 사용하지 않는 공간인 듯했다. 어쨌든 박영필은 경찰서에서 사람들 출입이 가장 드문 곳으로 송인화를 데려온 것 같았다.

창문 너머로 노란색 꽃이 핀 나무가 보였다. 나무를 보면서 송인화는 너무 익어 흐물흐물하던 애호박을 떠올렸다. 바람이 들이칠 때마다 흔들리던 가스레인지의 불꽃과 자갈 소리를 묻던 두부장수의 종소리도. 죽은 노인이 발견된 시각을 들었기 때문일까. 송인화는 〈여섯시 내 고향〉이 몇시에 끝나는지 다시 떠올려보려고 애썼다.

"제 명함이 있었다면 보건소에 등록된 환자일 겁니다."

집에 있었다는 말을 한 뒤 송인화는 그렇게 덧붙였다.

"맞습니다. 이영관. 71세. 보건소에 재가 진폐 환자로 등록돼 있더군요. 금연 클리닉에 올해도 등록한 걸 보면 진폐증인데도 담배를 못 끊었던 모양입니다. 작년에는 보건소 기공체조 2기 반이었고, 혹시나 해서 살펴봤는데 정신건강 증진센터에는 다닌 적이 없더군요."

"그렇군요."

"이영관이 보건소를 이용하면서 송인화씨를 직접 만날 일은 없었을 듯한데. 보건소에 등록된 정보대로라면 금연 클리닉 담당자나 기공체조 강사나 폐 사진을 찍었을 방사선사 명함이 나오는 게 더 맞지 않을까요?"

"그렇겠네요."

"아질산나트륨이 이게…… 아무나 구할 수 없는 건데. 보건소 단속 대상 약품 아닙니까?"

"아질산나트륨은 식품 업체에서 착색제로 쓰는 겁니다. 위생팀 업무죠."

박영필이 고개를 숙이며 웃었다.

"대학원 다니는 제 딸내미가 그럽디다. 대학원생들이 제일 잘 쓰는 말이 '제 전공이 아니라서요'라고. 그래서 제가 말해줬지요. 공무원들이 제일 잘 쓰는 말은 '제 업무가 아니라서요'라고. 공무원 다 되셨습니다."

박영필은 마치 공무원이 되기 전의 송인화를 알고 있는 사람처럼 말했다. 이 찝찝함은 뭘까, 송인화는 박영필한테서 얼굴을 돌리며 생각했다. 한참 말을 쉰 박영필은 창가로 걸어갔다. 그러고는 창문을 열더니 밖을 보며 그대로 서 있었다. 일 분쯤 지났을까. 박영필은 다시 창문을 닫고 자리로 돌아와 앉았다. 담배를 피우고 싶은 걸 창문을 열었다 닫는 걸로 대신하는 것 같았다. 잠깐이었지만 뭔가 시큼달달한 냄새가 안으로 들어온 것 같다고 송인화는 생각했다. 무언가가 썩는 냄새 같기도 하고 꽃이 피는 냄새 같기도 했다. 송인화는 박영필의 말을 지연시키고 싶어하는 사람처럼 계속 창문 쪽으로만 눈길을 주었다. 노란색 꽃 나무들 사이로 공공기관의 사업을 홍보하는 현수막 거치대가 보였다.

'에너지 거점 도시 척주.'

짙은 색에 고딕체로 거치대 상단에 박혀 있는 문구는 창문 밖 풍경 중에서 제일 도드라졌다.

"십팔 년 전, 척주에서 사건 하나가 있었습니다."

그렇게 말하고 박영필은 한 호흡을 쉬었다.

"동진시멘트 척주공장의 차장 한 명이 어라항 부두에서 시신으로 발견되었지요. 여러 의혹이 있었지만 자살로 결론이 났습니다. 차장의 죽음 뒤 그 부인과 고등학생 딸은 척주를 떠났습니다."

"……"

"그로부터 십육 년이 지난 뒤, 그러니까 재작년 겨울에, 차장의 딸은 약무직 공무원 신분으로 다시 척주에 돌아왔지요."

"……"

"차장의 죽음이 자살로 결론이 나기 전, 끝까지 유력한 용의자였던 사람이 있었습니다. 당시 동진시멘트 하청업체에 소속돼 있던 석회석 착암기사였지요. 아질산나트륨이 든 막걸리를 먹고 죽은 이영관이 끝까지 남았던 그 용의자였습니다. 알고 계셨나요?"

송인화는 대답하지 않았다. 공교롭네요, 라고 말했을 뿐이었다.

"그렇지요. 공교롭다는 말은 이럴 때 쓰기 좋지요. 어쨌든 이영관은 송인화씨 존재를 알고 있었던 게 아닌가 싶습니다."

"……"

"송인화씨가 오기 전에는 이영관은 보건소를 드나든 적이 없습니다."

"청사가 새로 지어진 다음부터 보건소를 다니기 시작한 사람은 부지기숩니다."

"아직도 이영관이 아버지를 죽였다고 믿고 있습니까?"

박영필은 이번엔 뜸들이지 않고 곧바로 물었다. 예고 없이 훅 들어온 말에 송인화는 침을 한 번 삼켰다. 박영필은 송인화가 무슨 말이라도 하길 기다리는 듯 더 말을 잇지 않았다.

"그 사람은 왜 지금 죽었을까요?"

한참 뒤 송인화는 혼잣말처럼 그렇게 말했다. 그 말을 음미하는 듯한 눈으로 박영필이 송인화를 쳐다봤다. 휴대폰이 울리는 소리에 박영필이 시선을 거두며 주머니에 손을 넣었다.

통화가 끝난 뒤 형사 한 명과 같이 들어온 사람은 뜻밖에도 주인 노인이었다. 송인화는 눈물이 핑 돌 정도로 반가워서 노인을 보자마자 자리에서 일어섰다. 따로 연락도 안 했는데 자신의 알리바이를 증명해주러 왔다고 생각한 것이다.

"얘기는 잘됐고?"

주인 노인은 박영필과 아는 사이인지 대뜸 그렇게 물었다.

"이 아가씨랑 얘기하기 쉽지 않을 거야. 은근히 사람을 들었다 놨다 하거든. 뛰어놓고는 안 뛰었다고 하고. 툭하면 거짓말이지. 멀쩡하게 생겨갖고. 내가 이 아가씨가 하는 말은 솔직히 반은 안 믿어."

"할머니……"

주인 노인은 눈을 흘기며 웃더니 손에 쥐고 있던 리플릿을 흔들었다. 그날 저녁 검은 코트 여자들이 준 리플릿이었다.

"우리 알리바이, 아가씨랑 내 알리바이가 여기 이렇게 있지."

그제야 송인화는 주인 노인이 이영관 사건의 또다른 참고인인 걸 알았다. 노인의 이름이 안금자인 것도 제대로 기억하게 되었다. 송인화는 노인과 함께 건물 밖으로 나왔다. 노인은 허리가 아파서 쉬었다 가야겠다며 송인화를 경찰서 앞뜰 벤치로 이끌었다. 아직 꽃이 피지 않은 등나무 줄기들이 벤치 뒤로 푸르게 얽혀 올라가 있었다. 주인 노인은 진분홍색 외투에 화장을 뽀얗게 하고 있었다. 송인화만 보면 아프다고 하소연했지만 주인 노인은 또래 노인들보다 활력이 있었다.

어떻게 보면 활력 면에선 송인화보다도 나은 것 같았다.

"박영필이가 말이야, 아무래도 이 사건을 단순하게 보진 않는 낌새야. 보니까 참고인들을 한꺼번에 불렀더라고. 누구누굴 대질시켰는진 모르겠지만. 잘 봐, 지금부터 저 문으로 나오는 사람들이 이영관 사건 참고인들이니까. 저중에 누가 용의자가 되는지 우리 내기나 할까?"

안금자는 마치 자신은 참고인이 아닌 것처럼 그렇게 말했다. 안금자의 말이 끝나기 무섭게 사십대 초중반으로 보이는 남자가 나왔다. 남자는 갈색 곱슬머리에 반투명 선글라스를 끼고 있었다. 인위적으로 느껴질 만큼 콧날이 곧게 뻗어 있었고 벤치에까지 전해질 정도로 향수 냄새가 짙었다.

"저 남자 모르지? 요새 척주에서 최고 인기 스타야."

"아…… 연예인이에요?"

"뭐, 노인네들 사이에선 연예인이지. 늙은이들 마음도 달래주고 심심함도 풀어주고 아픈 데도 어루만져주고."

"설마 약장수예요?"

"보건소에 있는 누구랑은 비교가 안 되는 약 박사지."

"조심하세요."

"나야 가서 구경하다가 휴지나 얻어오는 정도지. 근데 죽은 이영관이가 말이야, 저 약장수한테 수의도 사고 생선 말리는 무슨 건조댄가 그런 것도 사고, 그리고 뭐지, 천식 환자들이 쓴다는 무슨 기계를 엄청 비싸게 샀대요. 나중에야 정신이 들어서 반품하겠다고 약장수를 꽤 찾아다녔대. 자식들 알면 자긴 죽어야 된다고."

"자살일 가능성도 없진 않은 거네요."

"그거야 박영필이가 밝혀주겠지."

그렇게 말하고 안금자는 송인화의 얼굴을 훑었다.

"왜 그렇게 보세요?"

"왜, 뭐 찔려?"

"무슨 말씀이세요?"

"보건소에서 하는 일이 뭐야. 저런 약장수 단속도 안 하고."

"아시잖아요. 저 사람들이 단속망을 얼마나 잘 피해 가는지."

이어서 경찰서 출입문으로 나온 건 그날 저녁 송인화의 집에 찾아왔던 여자들이었다. 여자들은 여전히 검은 코트 차림이었고 해가 그리 따갑지 않은데도 장지갑으로 이마를 가리고는 서둘러 걸어갔다.

"경로당에서 이영관이를 발견한 게 저 여자들이야. 약왕성도회 여자들."

안금자가 귓속말을 했다. 박영필한테 들은 이영관 발견 시각이 정확하다면 저들은 송인화의 집에서 나가자마자 다른 집엔 들르지 않고 곧장 경로당으로 간 것이었다.

약장수와 검은 코트 여자들이 경찰서를 나가고 나서 얼마나 지났을까. 그다음으로 나온 사람은 놀랍게도 푸른색 공익 셔츠를 입은 서상화였다. 서상화는 벤치에 앉은 송인화와 안금자를 보더니 꾸벅 인사를 하며 다가왔다.

"상화씨가 여기 왜 있어? 상화씨가 뭘 잘못했는데?"

송인화는 자기도 모르게 흥분한 얼굴이 되어 자리에서 일어났다. 서상화가 당황스럽기도 하고 쑥스럽기도 한 표정으로 고개를 숙이고 웃었다.

"그게…… 운전면허 갱신 서류 때문에요. 환자용이 아니라 보건소 보관용을 내주는 바람에…… 경찰서 민원실에 서류 다시 전달해주고 오는 길이에요."

서상화가 멋쩍은 듯 검은색 공익 모자 위를 손으로 쓸었다. 서상화가 팔을 움직일 때마다 '척주 시청 서상화'라 쓰인 명찰이 셔츠 위에서 같이 흔들렸다. 그 명찰을 볼 때마다 송인화는 보건소가 시청 소속이라는 걸 새삼 실감했다. 서상화는 다시 꾸벅 인사하더니 먼저 가보겠다며 뒤돌아서서 뛰어갔다.

"세상에, 뉘 집 자식인데 저렇게 곱나. 허여멀건 게 키도 크고. 인사도 잘하고. 말년 운은 없어 보인다만."

송인화는 얘기가 이상한 쪽으로 길어질까봐 가방을 챙겨 일어섰다. 안금자도 같이 일어섰다. 경찰서 뜰을 걸어나오던 중이었다. 뜰 저편에 남자 노인 대여섯이 보였다. 그들은 벤치에 다리를 뻗쳐 올리기도 하고 허리나 목을 돌리기도 하면서 모여 있었다. 몇몇은 태극권인지 기공체조인지 모를 동작을 하면서 이상한 소리를 냈다. 마른 몸에 배가 튀어나온 노인과 머리가 벗어진 채 엉덩이를 빼고 있는 노인을 보면서 송인화는 어디서 봤지, 생각했다. 안금자와 송인화를 본 노인 두엇이 이쪽으로 손을 흔들었다. 송인화는 가볍게 목인사를 했다.

"저것들이랑은 상종도 하지 마."

송인화를 반대편으로 잡아끌며 안금자가 말했다.

"왜요?"

송인화가 남자 노인들을 돌아보며 묻자 안금자가 손을 내저었다.

"머리에 씹 생각만 든 씹새끼들이야."

*

서상화가 예방의약계 사무실로 올라오고 며칠도 안 돼 사람들은 서공이 원래 저랬던가, 하는 마음으로 서상화를 쳐다보았다. 처음 예방의약계에 배정된 서상화를 진료지원계에서 데려간 게 일주일 만이었으니 생소할 만도 했다. 서상화는 어떨 때 보면 파티션 안에 숨어 있는 직원들한테 같이 놀자고 떼를 쓰는 것 같았다. 자리에 앉아 있는 시간보다는 돌아다니는 시간이 많았고 심심한 걸 못 참는 아이처럼 이것저것 이유 없이 건드리고 다녔다.

"주의력 결핍, 뭐 그런 거 아니야?" 직원들은 휴게실에 모여 한동안 그런 얘기를 했다. "그래도 해야 할 일은 다 하잖아." "약대면 공부도 잘했겠지." 직원들은 모이면 일단 마음에 안 드는 공익근무 요원들을 끌어오면서 얘기를 시작하는 버릇이 있었다. 다른 직원의 뒷담화로 넘어가기 전에 하는 만만한 몸풀기 같은 것이었다. 지각하는 공익. 말귀 못 알아듣는 공익. 휴대폰만 보는 공익. 시키는 일도 하지 않는 공익. 대답 잘 안 하는 공익. 말끝 흐리는 공익. 무슨 생각을 하는지 알 수 없는 공익. 뒷담화는 거의 같은 말로 마무리됐다. "내가 공익 중에 제대로 된 애를 못 봤어." "제대로 됐으면 현역을 갔겠지."

그러나 휴게실에서 그렇게 떠들던 사람들도 사무실 자리로만 돌아오면 돌덩이처럼 입을 닫으며 벽을 쳤다. 서상화는 그 벽들을 살살살살 긁으면서 파티션 사이를 돌아다녔다.

"위험할 땐 119, 힘겨울 땐 뭐게요?"

"129."

"힘겨울 땐 129, 급할 땐 뭐게요?"

서상화가 누군가의 파티션에 붙어 서서 그렇게 물으면 책상 여기저기에서 사람들이 고개를 들었다.

"뭐가 급할 땐데?"

"돈? 화장실?"

"화장실 급할 때 거는 전화도 있어?"

그러면 누군가는 대출 받았던 얘기를 하고 누군가는 화장실 참았던 얘기를 했다. 서상화는 회의 탁자에 앉아 신문을 정리하다가도 불쑥 "오늘이 무슨 날이게요" 했다.

"잠깐. 청명이랑 한식은 지났고…… 콩팥의 날인가?"

"땡. 콩팥의 날은 3월입니다."

"콜레스테롤의 날? 향토예비군의 날?"

"땡."

"아, 뭐지 뭐지?"

이 놀이에 제일 열을 올리는 사람은 초등학생 딸아이를 둔 김순영이었다. 문제를 한 번에 못 맞힌 날은 민원 전화를 받는 목소리도 달라졌다.

"그럼 넘어가서, 정신건강을 지켜줄 수칙을 읽어드릴게요."

서상화가 보건소 탁상 달력에 적힌 건강 정보 페이지를 펼쳤다.

"1. 하루 세끼를 천천히 먹는다. 2. 약속 장소에 여유 있게 가서 기다린다. 3. 누구라도 칭찬한다. 4. 셀카를 찍는다. 주사님도 셀카 많이 찍으세요?"

그러면서 서상화가 송인화의 파티션 위로 불쑥 고개를 내밀었다.

"난 정신건강이 안 좋아서……"

"셀카는 건강증진팀에 걔 누구지, 맞아 김미혜. 걔가 많이 찍지. 진짜 화장실 갈 때마다 찍고 있어."

서상화가 탁상 달력을 계속 넘겼다.

"음, 이번엔 모자보건실에서 나온 식생활 실천 지침입니다. 식품첨가물 제거 방법이 나와 있네요. 단무지, 사카린나트륨, 찬물에 오 분 정도 담가둔다. 어묵, 소르빈산칼륨, 뜨거운 물에 헹군다. 햄, 아질산나트륨, 뜨거운 물에 이삼 분 데친다."

서상화의 입에서 아질산나트륨이라는 말이 나왔을 때 송인화는 키보드를 두드리던 손동작을 멈췄다. 그러자 갑자기 정적이 덮쳐왔고, 모두가 송인화 쪽으로 고개를 돌린 듯했다. 송인화는 천천히 고개를 들었다. 사람들은 다들 자신의 모니터를 들여다볼 뿐 송인화를 보고 있는 것은 서상화뿐이었다. 아질산나트륨이라는 단어에 다르게 반응한 것을 알아챈 듯 서상화는 송인화를 뚫어져라 쳐다보았다. 뭐지, 송인화는 생각했다. 쟤가 왜 날 보고 있지, 송인화는 다시 한번 서상화를 보았다. 그때 업무 수첩을 막 닫으면서 김승희가 사무실 문을 열고 들어왔다.

"주사님, 오늘이 무슨 날인지 다들 모르시는데요."

서상화가 달력을 제자리에 놓으며 말했다.

"아니 어떻게 그걸 몰라요. 오늘은 방역발대식 날이지."

김승희가 분주하게 책상을 정리했다.

"방역차 기사님이랑 소독 요원 분들 삼십분까지 도착하신답니다."

"좋아. 우리가 먼저 내려가자."

서상화가 김승희를 따라 나가다가 고개를 돌려 한번 더 송인화를 보았다.

어라항의 밤은 어지러웠다. 횟집과 건어물가게들이 불을 밝히면 밤바다는 불빛들을 어른어른 흡수하며 더 먼 곳까지 밀고 갔다. 그래서인지 어라항은 낮과는 다르게 휘황한 공간이 되었다. 횟집 고무호스에서 흘러나온 물이 시멘트 바닥 여기저기에 웅덩이를 만들었고 그 위로 겨울 때와는 다른 비린내가 떠돌았다.

방역발대식을 겸한 보건소 회식 장소는 어라항의 해돋이횟집이었다. 이창규 계장이 방역차 기사들과 소독 요원들을 한 사람씩 소개한 뒤 건배 제의를 했다. 김순영은 오래 있지 않고 일어나려는 듯 출입문 쪽 테이블 끝에 앉아서 쓰키다시로 나온 멍게만 집어먹었다.

"우리 딸내미 학교에 가족들이랑 같이 하는 줄넘기 프로그램이 있거든. 그래서 오랜만에 줄넘기나 해볼까 하고 갔지. 근데 한번 넘고 나서 내가 깜짝 놀랐어. 잠깐! 하고는 그길로 집에 가서 옷 갈아입고 다시 갔잖아. 이제 그거 없인 줄넘기도 못하겠어."

그게 요실금 얘기라는 건 아는 사람들만 알아들었다. 횟집 주인이 김순영 앞으로 전복 접시를 갖다놓으며 가족들 안부를 물었다. 예방의약계로 오기 전 오랫동안 일반음식점 관리 업무를 해왔던 김순영은 회식을 가면 식당 주인들한테 제일 대접을 받았다.

이창규와 김승희가 방역반 사람들과 함께 앉아 있는 저쪽 테이블과 달리 이쪽 테이블은 자연스럽게 서상화의 환영식 분위기가 되었다. 그러나 사무실에서는 한시도 가만히 안 있던 서상화는 술자리에서는 조용히 가라앉아 있었다. 술을 채 한 잔도 안 마신 것 같은데 목부터 이마까지 새빨갰다. 멋모르고 과일주 안의 과일을 집어먹은 아이 같았다. 극약을 먹은 카멜레온 같기도 하고, 이상한 종의 피를 잘못 흡혈해 당황한 곤충 같기도 했다.

"상화씨가 술을 못하는구나. 송주사 옆은 알아서 피해 앉아. 보건소에서 행정팀 윤계장 다음으로 술이 센 게 우리 팀 송주사잖아."

그러나 화장실을 갔다 오면 서상화는 몇 칸을 건너 송인화의 앞자리로 옮겨와 있었고 한번 더 갔다 오면 어느새 옆자리로 다가와 누군가와 얘기를 나누고 있었다.

매운탕의 쑥갓이 익기 시작하자 횟집 안은 후텁지근해졌다. 테이블은 거의 단체 회식팀들로 채워져 있었다. 왁자지껄하게 떠들며 먹는 듯 보였지만 테이블 사이에는 미묘한 긴장이 떠돌았다. 다들 표정을 감춘 채 옆 테이블을 간 보고, 건너 테이블을 떠보고, 뒤 테이블을 주시하고 있었다. 이즈음 척주에서는 사람들이 모인 곳이면 어디에서나 그런 분위기가 감돌았다.

송인화는 그런 수상한 테이블들을 건너 저쪽 끝, 창가 자리를 바라보았다.

"근데 상화씨는 왜 공익 왔어? 어디가 안 좋은데?"

"아…… 눈이요. 눈 굴절이상 때문에……"

"그럼 안경 안 쓰면 막 발도 헛디디고 그래?"

서상화는 그 말에는 대답하지 않았다. 그때 보건소 회식 테이블을 사이에 두고 앞쪽 테이블에서 뒤쪽 테이블로 석화 껍데기가 날아갔다. 이마에 석화 껍데기를 맞은 여자가 더 큰 석화 껍데기를 집어들더니 던진 여자한테로 걸어가 얼굴을 그었다. 비명소리와 함께 홀 안은 금세 어수선해졌다. 앞쪽 테이블의 여자들과 뒤쪽 테이블의 여자들이 흡사 패싸움을 벌이는 듯했다.

"나도 척주여고 졸업생이지만 정말이지 저 싸움엔 끼고 싶지가 않다."

김승희가 고개를 설레설레 흔들었다. 척주여고 동문회원들 간의 싸움은 이미 현수막을 통해 척주 곳곳에 전시되었다. '척주여고 총동문회'는 현수막에 이렇게 써서 내걸었다. '엄마의 마음으로 척주와 아이들을 지켜내겠습니다.' 그러면 '척주여고 총동문회 감사위원회'라는 이름의 또다른 동문회원들이 바로 옆에 더 큰 현수막을 걸었다. '정치와 선거에 이용당하면 동문회는 끝장난다.'

그 싸움의 중심에 있는 것은 척주시장市長이었다. 해돋이횟집 안을 비롯해 척주는 지금 시장 편과 시장 반대편으로 나뉘어 있었다. 그건 시장이 척주에 유치하려고 하는 핵발전소를 찬성하느냐 반대하느냐의 문제였고, 척주에서 밥을 먹고 사는 사람들에겐 다시 시에 협조하느냐 시의 눈 밖에 나느냐의 문제가 되었다. 척주 사람들은 이제 상대방이 찬핵인지 반핵인지 알기 전에는 서로 말을 섞지 않았다. 상대방이 어느 쪽에 생각과 생계가 닿아 있는지, 어떤 정보를 쥐고 있는지에 따라 그 앞에서 할 수 있는 말과 없는 말이 갈리기 때문이었다.

송인화는 번잡한 홀을 피해 밖으로 나왔다. 바다를 향해 늘어선 수족관에서 활어들이 요동쳤다. 늦은 시간인데도 어라항은 주차 공간을 찾는 차들로 혼잡했다. 김이 하얗게 새어나오는 대게집 앞에서 한 여자가 쭈그려앉아 울고 있었다. 토하고 있는 것 같기도 했다. 이제 막

뜰채로 건져졌는지 어디선가 퍼덕퍼덕 물고기 움직이는 소리가 났다. 바다 쪽에서 무슨 냄새가 흘러오는 것 같았다. 송인화는 냄새 쪽으로 걸어갔다. 보지 않아도 알 수 있었다. 한동안 잊고 지냈던 향, 담배 냄새였다. 2호집과 대왕수산의 중간쯤이었다. 그 앞에서 바다를 보며 서서 윤태진이 담배를 피우고 있었다.

송인화는 그 옆으로 가서 섰다. 윤태진은 오 초 정도 송인화를 쳐다보더니 말없이 다시 담배를 피웠다. 윤태진은 사십 시간 정도 면도를 안 했을 때의 길이로 수염이 돋아나 있었다. 바지와 셔츠는 구겨져 있고 눈에는 핏발이 서 있었다.

윤태진이 그 정도 피로 상태에 있을 때 볼에서 귀밑에서 목에서 어떤 냄새가 나는지 송인화는 알고 있었다. 단내를 포함한 피로의 냄새. 하룻밤 동안 씻지 않은 윤태진의 몸냄새. 그럴 때 안으면 윤태진이 어떤 강도로 몸을 파고들어오는지도 송인화는 알고 있었다.

시멘트 턱에 묶여 있는 검은 타이어에 바닷물이 와닿았다가 다시 쓸려나갔다. 항에 정박해 있는 작은 고깃배들이 불빛들 위에서 환영처럼 일렁였다. 윤태진은 탁탁, 손으로 담배를 털더니 송인화 옆에 잠시 그대로 서 있었다.

"먼저 들어갈게."

삼십 초쯤 후, 윤태진은 그렇게 말하고 해돋이횟집 쪽으로 걸어갔다. 윤태진이 횟집 현관에 신발을 벗고, 수상한 테이블들을 휘적휘적 건너 창가 끝 자리에 가서 앉고, 술을 한 잔 따라 들이켤 만큼의 시간이 지날 때까지 송인화는 그 자리에 서서 코끼리산을 올려다보았다. 어라항의 불빛 때문인지 방송수신탑의 불빛은 희미하게만 잡혔다. 코끼리의 머리도 등도 꼬리도 어둠에 묻혀 있었다.

"인화야."

시멘트 턱 위에 서서 검은 허공을 바라보다가 송인화는 누군가 자신의 이름을 부르는 소리에 뒤를 돌아보았다.

*

"자고 가."

송인화는 연립주택 골목으로 접어들며 하경희의 팔을 잡았다.

"저번처럼 주인 할머니한테 잡혀서 잠도 못 자라고?"

"그래도 자고 가라, 선생님. 응?"

선생님 소리에 하경희가 송인화의 등짝을 때렸다.

"아…… 십 년 만이다. 언니한테 등짝 맞는 거. 진짜 아파."

"언니라고 잘 하다가 다시 선생님 소리가 튀어나오니까 그렇지."

벌써 자는 건지 아직 집에 안 들어온 건지 안금자가 사는 이층엔 불이 꺼져 있었다. 척주 시내에 나왔다는 하경희한테 보건소 회식 장소를 알려준 건 송인화였다. 보건진료소나 지소에 있는 직원들은 일 년에 두 번 있는 전체 회식이 아니면 본소 직원들과 술자리를 같이할 일이 많지 않았다. 말로는 대리운전을 불러서 간다고 하고 있었지만 하경희는 송인화가 한 번만 더 조르면 베개를 이어붙이고 자고 갈 사람이었다.

"은남은 좀 어때?"

"반은 윗마을 관절염 약국으로 붙었고 반은 옆 마을 진폐 약국으로 붙었어."

하경희가 양말을 벗어던지고는 옷장에서 송인화의 트레이닝복 바지를 찾아 입었다. 송인화가 중학생일 때 간호대를 막 졸업하고 은남 마을 보건진료소에서 일을 시작한 하경희는 은남에서 결혼해 은남에서 아이를 낳고 키우며 정착해 살고 있었다. 선생님, 선생님, 하며 부르다가 언니라고 부르기 시작한 게 십 년 전부터였다.

"저번 주에 보건소로 약사법 위반 신고 들어온 거 있지? 그거 관절염 약국에서 찌른 거야. 약파라치한테 꽤 줬다던데. 신고 당한 진폐 쪽에선 저 새끼가 날 찔렀다 소문 퍼뜨리고. 시골 노인네들은 인정머리 없다고 찌른 쪽 욕하잖아."

송인화는 신고가 들어와 만났던, 자타칭 진폐 전문 약국의 약사를 떠올렸다. 척주는 시내 네 개 동을 제외한 모든 읍면이 의약분업 예외 지역인 곳이었다. 의사의 처방전 없이도 약국에서 얼마든지 전문의 약품을 살 수 있었다. 특정 질환에 잘 듣는 약을 지어준다고 입소문이 난 약국을 사람들은 질환 이름을 붙여 무슨무슨 전문 약국이라고 불렀다. 그런 약국들은 다른 지역 사람들도 몇 시간씩 달려와 약을 사갈 만큼 손님이 많았고 그런 만큼 약국 간 경쟁도 해묵은 감정 다툼도 잦았다. 하경희가 살고 있는 은남은 그런 약국조차 없을 만큼 외진 해안 마을이었지만 마을 노인들 중에는 다른 읍면에 단골 약국을 두고 있는 경우도 적지 않았다.

"관절염 약국에서 어떻게 다시 단골을 데려왔는지 알아? 바둑판 두 개를 더 들여놨어. 원비디랑 속청 무료로 풀고 파스도 돌리고."

송인화는 약사법 위반으로 조사를 받으면서도 귀찮다는 듯 눈 하나 깜짝 안 하던 늙은 약사의 표정을 떠올렸다. 의약분업 예외지역의 터줏대감 약사들은 동네 노인들에겐 약사이면서 의사였고 적적하면 들르는 동네 사랑방의 주인이었다. 통증을 없애주는 약을 쥐고 있으면서 동네에서 유일하게 '배운' 사람인 그들의 말 한마디는 노인들에게 영향력이 컸다.

"이렇게 누워 있으니까 옛날 생각 난다."

송인화가 천장을 보고 누워서 말했다.

"옛날이면 언제? 이 년 전? 오 년 전? 십 년 전?"

하경희가 송인화 쪽으로 돌아누웠다.

"십팔 년 전."

척주를 떠나기 전날 밤이었을 것이다. 송인화는 은남 마을로 가 하경희 옆에서 하룻밤을 잤다. 밤새 울었던 것도 같고 아버지 장례식 때 못 잔 탓에 밤새 잠만 잤던 것도 같았다. 하지만 더이상 진료소에 못 놀러온다는 게 아버지의 죽음만큼이나 슬퍼서 밤새 마음이 쓰렸던 기억은 났다. 은남 해안가에 놀러갔다가 화장실을 찾아 보건진료소로 들어갔던 중학생 때 이후로 하경희는 송인화가 유일하게 기댈 수 있던 타인이었다. 송인화는 보건진료소의 집기부터 종이 한 조각까지 그 안에 있는 것들이 그냥 다 좋았다. 장래희망이 보건진료소 직원으로 바뀔 정도였다. 동진아파트에서 탈출해 은남 바다에서 사는 게 인생 목표라고 하경희한테 정기적으로 고백을 하기도 했다. 바다와 진료소에 무턱대고 마음을 빼앗긴 외로운 여자애를 하경희는 안쓰러워하기도 하고 기특해하기도 했다.

서울로 가고 나서도 송인화는 중요한 때마다 은남 바다를 찾았다. 약대를 졸업했을 때도, 공무원이 되었을 때도. 다 잃어버렸다는 생각에 휩싸여 있던 이 년 전 봄에도 마찬가지였다. 윤태진이 있는 서울에서 멀어지고 싶었고 어떻게든 견딜 힘을 얻을 데가 필요했다. 분명 그 이유가 전부는 아니었지만 하경희 옆에 누워 밤새 은남 바다의 파도 소리를 듣고 간 며칠 뒤, 송인화는 알 수 없는 것에 이끌리듯 척주시로 가겠다는 인사 교류 신청서를 넣었다.

"나도 생각나네, 십팔 년 전."

하경희가 다시 천장을 보고 누우며 말했다. 송인화가 왜 지금 십팔 년 전 얘기를 꺼냈는지 하경희도 알고 있을 것이다. 봄이 시작되면서 송인화가 누구의 이름을 듣고 어디를 왔다갔다했는지도.

"언제부터 시작이지?"

하경희가 물었다.

"이 주 뒤부터."

"어디부터지?"

"유리골부터."

송인화가 하경희 쪽으로 돌아눕자 하경희가 고개를 끄덕였다.

*

길거리에 있는 나무들이 이렇게나 많이 벚나무였나 싶게 척주는 거리마다 벚꽃이 한창이었다. 약국과 의원들의 집합소인 척주의료원 사거리는 여러 종류의 가로수들이 각 방향으로 뻗어나가는 출발점인 듯했다. 사거리에 서자 오십천로 쪽으로는 왕벚나무가, 중앙로 쪽으로는 은행나무가 보였다. 벚나무보다 훨씬 큰 은행나무들은 손톱만한 애기 은행잎들을 매달고 저만치 위로 훌쩍 솟아 있었다. 연둣빛 중에서도 가장 옅은 연둣빛으로 돋아나는 이맘때의 은행잎들에 송인화는 꽃들한테보다 더 마음을 빼앗기곤 했다. 애기들한테 색깔이 있다면 딱 저 색이 아닐까 송인화는 생각했다.

코끼리산은 이맘때면 전체가 분홍빛으로 뒤덮였다. 드문드문 핀 산벚꽃이 아니라 촘촘하게 심어진 왕벚나무인 탓에 멀리에서 보면 그냥 벚꽃색 코끼리였다. 주말 오후에 코끼리산으로 무심코 산책을 나갔다가 송인화는 한 시간도 안 돼서 서둘러 산을 빠져나왔다. 산책로로 만들어진 벚나무 터널 아래에는 연인 아니면 아이의 손을 잡은 젊은 부부들이 대부분이었다. 날씨가 좋은 주말에 공원으로 산책을 나갈 때, 마트 앞을 지나갈 때, 아이를 둔 엄마들이 연달아 민원 전화를 걸어올 때, 송인화는 척주에 이렇게 엄마와 아이들이 많았나 새삼 놀랐다. 노인들에 비하면 한참 적은 숫자겠지만 송인화에게 노인 한 명과 아이 한 명은 그 존재감이 다르게 다가왔다.

연마다 하는 관내 약국 점검 기간이었다. 송인화는 의료원 사거리에 서서 거미줄처럼 주요 장소로 뻗어나가 있는 시내 약국들의 분포도를 떠올렸다. 점검 사항을 미리 통보하고 나가는 형식적인 실사였다. 면허증은 눈에 잘 띄는 곳에 걸어놓고 있는지, 가운은 제대로 갖춰 입고 있는지, 개인정보 취급자에게 보안서약서는 작성하게 했는지, 마약류 의약품 관리대장은 누락 없이 작성되고 있는지.

외근 후 바로 퇴근하면 되는 날이었지만 송인화는 의료원 사거리를 벗어나지 못하고 있었다. 송인화는 어느 약국 앞 벤치에 앉아서 한 시간 넘게 건너편을 바라보는 중이었다. 신호가 바뀌고 차가 멈추면 사람이 건넜고, 다시 신호가 바뀌어 사람이 멈추면 차가 지나갔다. 직진하던 차들이 멈추면 다른 차들이 좌회전을 했고, 신호가 바뀌면 그 반대로 움직였다.

저만치 길 끝 벚꽃나무 아래에서 한 여자가 유모차를 밀며 걸어왔다. 유모차에 앉은 아이는 내려서 걷고 싶은지 자꾸 몸을 뒤챘다. 여자가 유모차의 벨트를 풀어주자 아이가 종종거리며 벚나무 아래를 내달렸다. 여자는 빈 유모차를 밀면서 아이와 함께 걸었다. 아이는 이것저것 구경하느라 놀다가 걷다가 했다. 여자는 중간중간 걸음을 멈추고 뒤돌아서서 아이를 기다렸다. 엄마한테 다가간 아이는 이번에는 자기가 유모차를 밀겠다며 발꿈치를 들었다. 아이가 유모차 손잡이를 잡으면 여자는 그 뒤에서 유모차와 아이를 같이 밀었다. 그런 행동을 반복하며 여자와 아이는 개미보다도 천천히 벚꽃 길을 걸어 돌아갔다.

의료원 앞뜰의 소나무 조경수 아래에서는 미화원들이 커다란 가위를 들고 소나무 가지를 자르는 중이었다. 그 옆에서 야채를 파는 노인이 분무기로 상추에 물을 뿌렸다. 익숙한 숫자를 단 강원여객 시내버스들이 그 앞을 천천히 지나갔고 신호는 계속 바뀌었다. 꽃나무로 보이는 건 멀리에 늘어선 벚나무뿐인데 어디선가 자꾸 다른 꽃냄새가 건너왔다.

송인화는 묵념하듯이 눈을 감고 앉아 향기에 집중했다. 송인화가 앉아 있는 벤치 건너편은 척주의료원 장례식장이었다. 장례식장 입구 뒤쪽으로 백화라일락이 뭉텅이로 피어 있었다. 이즈음 피는 꽃 중에

향이 이렇게 짙은 건 라일락밖에 없었다. 향은 거기서 건너오는 게 틀림없었다.

아치형으로 된 입구에는 '장' '례' '식' '장'이라는 네 글자가 아치 모양을 따라 일정한 간격을 두고 벌어져 있었다. 입구 왼편에 있는 자동판매기 앞에서 검은 양복을 입은 상주들이 뜨거운 커피를 뽑았다. 그들은 뒤쪽의 은색 재떨이 휴지통 앞으로 걸어가 아주 천천히 담배를 피웠다. 검은 한복을 입은 여자들은 화장기 없는 얼굴로 바삐 걸었다. 여자들이 걸어갈 때마다 치마 밑으로 운동화가 드러났다. 주차해 놓은 차의 사이드미러에 얼굴을 비춰 보며 한 남자가 통화를 했고, 우는 아이의 손을 잡고 나온 소년이 아이와 함께 편의점으로 들어갔다.

근조 화환을 실은 꽃집 용달차가 사거리에서 신호 대기중이었다. 좌회전 신호를 받은 용달차는 송인화에게 뒤를 보이며 의료원 쪽으로 천천히 방향을 틀었다. 빈소가 새로 차려졌는지 꽃집 차 몇 대가 뒤이어 의료원 쪽으로 좌회전을 했다. 화환이 장례식장 입구로 들어갈 때마다 화환 위쪽의 리본이 아치형 입구를 아슬아슬하게 훑고 갔다. 세 번째 화환이 들어갈 때는 결국 리본이 걸려 화환을 든 사람이 몇 걸음 뒤로 갔다가 화환을 낮춰 다시 들어갔다.

때마침, 이라고 송인화는 속으로 외쳤다. 때마침 신호가 바뀐 것뿐이다. 신호등에 녹색 불이 켜지자마자 송인화는 몸을 일으켰다. 그리고 길을 건너기 시작했다. 송인화는 어디에도 눈길을 주지 않고 곧바로 아치형 입구로 들어갔다. 계단을 따라 지하로 내려가자 분향실 안내 전광판이 보였다. 1호실과 2호실과 5호실에 분향소가 차려져 있었다. 고인의 이름과 상주의 이름, 발인일과 장지를 알리는 글자가 오른

쪽으로 흘러갔다가 다시 왼쪽에서 나타나기를 반복했다. 송인화는 화장실을 찾아 통로를 두리번거렸다. 화환 몇 개를 지나서야 화장실 표지판을 찾은 송인화는 세면대 거울 앞에서 서성이기만 하다 다시 계단을 뛰어올라왔다.

밖으로 나오자 기다렸다는 듯 꽃냄새가 송인화를 감싸왔다. 송인화는 지하에서 내내 숨을 참고 있었던 사람처럼 허리를 굽히고 숨을 몰아쉬었다. 사레가 들린 듯 기침을 하다가 송인화는 뒤를 돌아보았다. 하얀 라일락 덩어리들이 햇빛을 끌어모았다가 튕겨내며 눈앞에서 천천히 흔들렸다. 겨울에 보면 저게 라일락 나무인 걸 또 까먹겠지, 송인화는 생각했다. 그러면서 조금 울었다. 왜 눈물이 나는지 이해할 수 없었다. 의료원 앞 사거리 일대를 막처럼 덮고 있는 이 슬픔이 무엇인지 전혀 모르는 채로 송인화는 미세한 통증만을 느꼈다.

해가 지는지 빛이 한 겹씩 사라져갔다. 송인화는 다시 횡단보도 앞에 서서 자신이 앉아 있던 벤치 뒤의 약국을 바라보았다. 흰색 정사각형 안에 붉은 글씨로 쓰인 '약' 자. 모든 약국마다 달려 있는 그 작은 간판에 막 불이 들어오는 것이 보였다. 자신이 보고 걸어가야 할 단 하나의 표지판인 것처럼, 송인화는 그 글자를 보면서 길을 건넜다. 그리고 그 안에서 송인화는 서상화를 보았다.

송인화가 들어서자 서상화가 놀란 얼굴로 카운터에서 일어섰다. "상화씨가 여기 왜." "주사님이 여기 어떻게." 둘은 동시에 그렇게 말했다.

송인화는 뒤늦게야 서상화가 제출했던 겸직 허가 신청서를 떠올렸다. 신청서에는 퇴근 후 약국에서 파트타임 일을 한다고 적혀 있었다.

그 약국이 여기인가 싶어 송인화는 출입문을 다시 쳐다봤다. '중앙약국'이라는 상호 아래에 '병의원 처방 조제 약국'이라는 문구가 보란듯이 붙어 있었다.

"약사는 어디 있어? 상화씨가 조제하는 건 아니겠지? 약대생이 졸업 전에 조제하면 불법이야."

"알아요. 그러면 주사님한테 단속받잖아요. 전 그냥 카운터 보는 거예요. 재고 정리 도와드리고 약품 진열하고. 그 정도예요."

서상화는 공익복 대신 청바지에 남색 티셔츠를 입고 있었다. 사복을 입은 서상화는 훨씬 편안해 보였다. 길에 지나다니는 평범한 학생 같았고 보건소에서 볼 때보다 강해 보였다. 일 년 뒤면 전역이란 걸 하고 저렇게 가뿐해지겠구나 싶은 생각이 들자 송인화는 조금 쓸쓸한 기분이 되었다.

"에너지 드링크 하나만 주십시오. 박카스는 말고 다른 걸로."

귀에 익은 목소리가 약국 문을 열고 들어왔다. 박영필이었다.

"소화제도요."

서상화가 드링크제를 꺼내려고 몸을 돌렸다.

"상화씨, 약사 아닌 사람은 활명수 하나도 못 파는 거 몰라? 얼른 약사 불러."

송인화의 말에 박영필이 송인화와 서상화를 번갈아 쳐다봤다.

"이야, 약사법 다 지키면 약사들은 똥도 못 싸러 간다던데 그 말이 맞나봅니다."

박영필이 껄껄 웃다가 입맛을 다시듯 서상화가 꺼내려던 드링크제를 쳐다봤다.

"저것만 보면 저는 이상하게 가슴이 뛴단 말입니다, 송선생님. 에너지 때문인가? 척주에서 요새 제일 핫한 말이 바로 에너지잖습니까, 에너지."

서상화가 약사한테 전화를 걸었다.

"아까 상갓집에서 먹은 수육이 이상하게 소화가 안 되는데. 소화제랑 저거랑 같이 먹어도 괜찮습니까?"

박영필이 송인화를 보며 물었다.

"안 괜찮아요."

"그렇군요."

박영필이 고개를 끄덕이더니 다시 송인화를 보았다.

"아까는 그냥 가시더군요. 그래도 미워한 세월이 있을 텐데, 국화꽃 한 송이는 놓고 가시지."

송인화는 대꾸하지 않았다.

"수사 자체를 반기지 않더군요. 자식들 마음이라는 게 참, 담당 형사 마음 같지가 않아서. 장례 치르고, 노인네 혼자 살던 집 처분해 나눠 갖고, 구설수 없이 조용히 종결되길 바라는 모양입디다. 뭐, 죽은 사람만 불쌍하지요. 언제나 그렇듯."

"그럼 이제 수사 안 하는 건가요?"

그렇게 물은 건 전화를 끊고 서 있던 서상화였다. 박영필이 흥미롭다는 듯 서상화를 훑어봤다.

"아, 이분이 그 유명하다는 공익 선생님. 우리 구면 맞지요?"

박영필이 서상화한테 손을 내밀었다. 서상화는 잠깐 머뭇거리다가 손을 잡았다.

"가족들이 덮어주세요, 한다고 덮고 그러는 게 아닙니다, 공익 선생님. 사람이 죽은 게 이게 그렇게 간단한 문제가 아니에요. 끝이 보일 때까지 하는 겁니다, 수사라는 건."

그렇게 말해놓고 박영필은 잠깐 송인화의 표정을 살폈다.

"……끝까지 가기 전에 결론이 난 적도 있긴 하지만."

박영필이 나가고 나서 어떤 표정이었는지 송인화 자신은 알지 못했다. 약국을 박차고 나와서 걸어가는 자신을 서상화가 뒤따라왔을 때 정상은 아니었구나, 짐작했을 뿐이었다.

"우리 잔치국수 먹으러 가요, 주사님. 네? 갑자기 국수가 너무 먹고 싶어서요, 약사님한테 오늘만 봐달라고 하고 나와버렸어요."

그러면서 서상화가 송인화를 오십천로 쪽으로 끌고 갔다. 엄마와 아이가 유모차를 밀며 걷던 벚꽃 길엔 어둠이 내려앉아 있었지만 어둡지가 않았다. 서상화는 국수가 얼른 먹고 싶은지 걸음이 빨랐다. 서상화한테 팔이 잡혀 걸어가다가 고개를 들면 가로등과 가로등을 잇는 벚꽃 터널이 거짓말처럼 하늘을 덮고 있었다. 저녁 산책을 나온 사람들이 오십천변을 따라서 걷거나 배드민턴을 쳤다. 셀카봉을 손에 쥔 사람들이 길 한쪽에 멈춰 서고 앞서 걷는 아이의 손에서 아이스크림이 녹아 소매 안으로 들어갔다. 라일락이 보이지 않는데도 어디선가 꽃냄새가 계속 따라왔다. 송인화는 산책 나온 개처럼 코를 킁킁거리며 걸었다. 서상화는 바닥 분수가 보이는 공원으로 내려갔다가 다시 긴 계단을 한참 걸어올라갔다. 헉헉거리며 계단을 다 올라간 곳에는 색색의 연등이 불을 밝힌 채 허공에 줄지어 떠 있었다. 송인화는 작게 탄성을 질렀다.

서상화는 공원 한쪽의 포장마차로 송인화를 데리고 들어갔다.

"맞아. 연등이 걸릴 철인데."

송인화는 자리를 잡고 앉아서도 넋을 놓고 연등만 내다보았다. 잔치국수와 소주가 나왔다. 송인화는 오래 참은 사람처럼 연거푸 소주 두 잔을 들이켰다. 단전에서 시작된 열기가 목과 귀밑을 타고 정수리까지 단번에 올라갔다. 나쁘지 않았다.

서상화는 소리만 들어도 맛있게 느껴질 정도로 코를 훌쩍거려가며 국수를 먹었다. 국물을 들이켤 때마다 서상화의 안경에 김이 서렸다. 송인화는 안경을 벗고 먹으라고 말하고 싶었지만 언젠가 세수를 할 때도 안경을 쓰고 한다던 말이 생각나 그냥 두었다.

"주사님, 지금 제 안경에 김 서리는 거 보시는 거죠."

국물까지 다 마시고 그릇을 내려놓으며 서상화가 말했다.

"안경을 벗으면 자꾸 이상한 빛이 보여요. 그게 무슨 빛이냐면요, 믿으실지 모르겠지만 인큐베이터 빛이에요. 제가 엄마 뱃속에서 좀 일찍 나왔거든요. 그래서 한 달인가 인큐베이터에 있었는데 그때 본 빛 때문에 어려서부터 난시가 심했어요."

"그 인큐베이터 빛이 지금도 보인단 말이야?"

"네."

서상화는 손등으로 콧등의 땀을 쓱 문질러 닦았다.

"근데 그 빛을 보면 자꾸 눈물이 나요. 해를 볼 때처럼."

연등 아래에서 캐치볼을 하던 남자와 아이가 옆 포장마차로 뛰어 들어갔다. 연등을 매단 철삿줄이 어둠에 묻혀서인지 연등은 풍등처럼 저절로 허공을 떠가는 것 같았다. 송인화는 술을 한 잔 더 따라 마셨다. 서상화가 휴대폰을 꺼내 계산기 앱을 열었다.

"진주로 아래쪽에다 약국을 낼 건데요, 나중에 돈을 모으면요."

"약국을 하겠다고?"

"네, 전 약국 차리려고 약대 간 거예요. 제약회사나 공무원 얘긴 하지 마세요. 그 둘은 절대 절대 안 해요. 이름도 벌써 정해놨어요. 상화네 약국."

"요새 약국 운영하기 만만치 않아. 더구나 척주라니. 다른 도시로 가."

"전 척주에서 개국하고 싶은데요."

"왜? 척주가 좋아?"

"주사님은 싫어요?"

"난 척주가 싫어."

"근데 왜 다시 오셨어요?"

"……"

"저야 주사님이 오셔서 너무 좋지만."

서상화는 그렇게 말하고 큭큭큭, 웃었다. 뭐지, 또 한번 속으로 중얼거리며 송인화는 계산기를 들여다보는 서상화의 정수리를 쳐다보았다.

"의료원 사거리 쪽은 아무래도 너무 비싸고…… 척주우체국 쪽으로 내려오면 그나마 좀 낫더라구요. 보증금은 삼천 정도로 잡고, 권리금도 이천에서 삼천. 인테리어 비용은 여덟 평짜리니까 천은 안 넘게 잡고."

"여덟 평은 너무 좁아. 열두 평은 돼야지."

"상화네 약국은 여덟 평이면 충분해요. 있을 것만 있는 약국이거든요."

서상화는 계속 계산기에 숫자를 입력했다.

"정수기랑 에어컨도 설치해야 될 거고, 조제 도구에…… 자리잡을 때까지 일 년 치 월세금을 여유분으로 갖고 있는다 치고, 초기 약 구입비에……"

그러더니 서상화는 한숨을 쉬었다.

"넉넉잡고 일억은 있어야 개국이든 뭐든 할 수 있을 거 같은데. 주사님, 제가 일억을 벌려면 얼마나 걸릴까요?"

"……"

"제가 중간에 휴학을 하는 바람에 학교를 이 년 더 다녀야 되거든요. 졸업까지 삼 년은 있어야 되는 거니까…… 스물일곱부터 근무 약사를 시작한다고 치고, 생활비 빼고 한 달에 백오십씩 저축을 하는 거예요. 그러면 곱하기 12……"

서상화는 남는 시간에 이렇게 계산기 두드리기와 한숨 쉬기를 반복하는 것 같았다.

"상화씨, 병원 안 끼면 약국 안 되는 거 알지? 병원 있는 건물에 들어가려면 병원에 쥐여줘야 되는 지원금만 일억이야. 그리고 수수료는 엄청 챙겨놓고 뒤통수치는 약국 브로커가 얼마나 많은지 알아? 일억 갖고는 택도 없어."

서상화가 송인화를 물끄러미 쳐다봤다.

"등록금을 내주는 분들이 있어요."

"……"

"저는 졸업하고 얼른 자리잡아서 조금씩이라도 그분들한테 받은 도움을 갚아야 돼요. ……자유로워져야 하니까."

그렇게 말하면서 서상화는 포장마차 밖으로 시선을 돌렸다. 서상화의 옆모습을 이렇게 가까이서 본 것은 처음이었다. 안경테가 고집스럽게 가리고 있었지만 속눈썹이 길었다. 두상도 예뻤다. 말없이 그냥 있는 서상화는 사람들 앞에서 떠들 때보다 왠지 더 자연스러워 보였다. 서상화의 옆얼굴을 보며 송인화는 안경을 벗는다는 건 어쩌면 서상화한텐 무장해제를 뜻하는 걸지도 모른다는 생각을 했다.

"고등학교 때요, 춘천 고모네서 며칠 지낸 적이 있거든요. 사촌형이랑 중도에 놀러갔는데 무슨 약사회인가 하는 데서 봉사를 나왔더라구요. 캠페인 같은 것도 하구요. 원래 약대 갈 생각 하고 있었으니까, 너무 재미있어 보이는 거예요. 그래서 거기만 기웃댔어요. 그런데 어떤 약사 누나가…… 저를 부르더니 황사 심하니까 마스크 끼고 놀라고 마스크를 주는 거예요. 부채도 주고 대일밴드도 주고."

"좋은 누나네."

"저녁쯤인가, 그 누나가 사람들이랑 부스를 정리하고 있길래 사촌형이랑 가서 도와줬어요. 근데 사촌형이랑 제가 하는 얘기를 들었는지 그 약사 누나가요, 저한테 어느 고등학교 다니느냐고 묻더라구요. 그래서 척주고등학교요, 했죠."

서상화가 물을 한 잔 따라 마셨다.

"그랬더니 그 누나가 뭐라고 했는지 알아요? '난 척주가 싫은데' 이러는 거예요. 저는 정말 충격받았어요. 그 말이 꼭 나는 니가 싫은데, 하는 것 같았거든요."

"나쁜 누나네."

"네. 보건소에 왔는데 그 누나랑 똑같이 생긴 어떤 누나가 사무실에 있어서 놀랐어요. 저 처음 왔던 날 백신 소각한 사진 출력하고 있었던 거 아세요?"

송인화가 백신 폐기 보고서를 쓰던 날인 듯했다. 송인화는 그날 본 서상화의 모습은 뚜렷하지 않았지만 정월대보름제에서 본 서상화의 모습은 기억하고 있었다. 송인화가 척주로 오고 두어 달이 더 지난 작년 초였다. 정월대보름제 행사장 한쪽에서 며칠간 보건소 홍보 부스가 운영될 때였다. 경품 추첨을 하려고 만들었던 함이 사라져 다들 발을 구르고 있는데 누군가 라면 박스를 주워와 한쪽 구석에서 조용히 경품함을 만들었다. 건강증진과 직원들이 누구야, 누구야, 웅성대자 김순영이 자랑하듯 말했다. "새로 온 공익이야. 우리 공익."

유난히 추워서 행사장으로 나간 직원들이 다들 온수통 옆에 붙어 있던 날이었다. 송인화에겐 그날이 서상화를 처음 본 것이나 마찬가지였다. 송인화는 그때가 생각나 어묵 꼬치 두 개를 국물과 함께 담아 왔다. 연등 아래서 놀던 사람들은 집으로 돌아갔는지 보이지 않았다. 밤공기가 아직 차서인지 국물이 따뜻하게 넘어갔다.

"지난번 그 형이요. 회식 날 어라항에 같이 서 있던."

서상화는 송인화가 윤태진과 같이 있는 걸 본 모양이었다.

"친구가 선관위에서 공익을 하거든요. 친구 만나러 갔다가 그 형을 본 적이 있어요. 친하세요?"

"친하냐고?"

송인화는 허리를 구부리고 끅끅 웃었다.

"차였어. 한참 전에."

"네에……"

서상화가 고개를 끄덕끄덕했다.

"뭐가 네에, 야."

송인화는 티슈 한 장을 뽑아서 서상화한테 던졌다. 둘은 잠깐 같이 웃었다.

"누나라고 불러도 되는 거예요?"

"아니."

"대체 왜요?"

송인화는 남은 술을 마저 들이켜고 일어섰다.

"난 척주가 싫으니까."

*

아침 일찍 전화를 하는 건 거의 꿈 얘기 때문이었다. 송인화는 아침 열시 전에 엄마한테 전화가 오면 일부러 받지 않았다. "간밤 꿈에서 인화야, 니 아빠를 봤다." 출근길에 그런 얘기를 들으면 하루가 힘들었다. 재혼을 하고 나서도 엄마는 연례행사처럼 꿈속에서 전남편을 만나고 다녔다. 올봄으로 접어들면서부터는 횟수도 잦아졌다. 이영관의 죽음에 대해 얘기하지 않았는데도 그랬다. "인화야, 니 아빠가 우리한테 할 얘기가 있나보다." "인화야, 니가 척주로 다시 가버린 걸 니 아빠가 이제야 알았나보다."

부재중 전화 여섯 통이 와 있는 휴대폰을 한쪽에 밀쳐둔 채 송인화는 오전 내 회의에 들어가고 외근 물품을 챙겼다.

"오늘 드디어 첫날이네. 상화씨, 잘 도와드리고. 근데 응원으로 뭐 줄 거 없을까."

김순영이 두리번거리며 책상을 살폈다. 이창규 계장은 모니터만 들여다볼 뿐 별말을 하지 않았다. 그는 처음부터 방문 복약 상담이라는 이 사업을 탐탁지 않게 여겼다. 약 복용 문제는 몇 회분 교육이나 캠페인 정도면 된다고 생각했다. 오랫동안 약사가 없는 상태로 예방의 약팀을 이끌어왔던 이계장 입장에서는 그렇게 생각할 수도 있었다. 하지만 그렇게만 넘기기에는 납득이 가지 않는 어떤 '못마땅함'이 송인화를 대하는 이계장의 태도에는 깔려 있었다. 송인화는 크게 개의치 않았지만 직속상관이 얼마나 지지하고 힘을 실어주느냐는 새 업무를 시작하는 데 있어 생각보다 중요했다.

송인화는 방문 보건 전용 프라이드의 운전석에 올랐다. 옆자리에 서상화가 앉았고 방문간호사 허선생이 뒷자리에 앉았다. 서상화는 괜히 들떠서 해안도로로 가자고 했지만 송인화는 제일 빠른 길로 방향을 잡았다. 비가 온 뒤여서인지 제법 바람이 불었다.

"제대로 보지도 못했는데 꽃이 벌써 떨어지네."

허선생이 창턱에 턱을 괴고서 말했다. 목련은 이미 자취를 감추고 연두색이던 은행잎은 점점 초록에 가까워지는 중이었다. 왕벚나무 가로수 길을 지날 때는 벚꽃잎들이 차창으로 날아와 송인화는 계속 와이퍼를 작동시켜야 했다. 어라지구대를 돌아 어라항에 가까워오자 저만치 유리골이 올려다보였다. 색이 바랜 슬레이트 지붕들이 산비탈 위에 흐린 선처럼 흩어져 있고 오르막길이 그 사이를 지그재그로 잇고 있었다.

유리골 초입에 있는 경로당 앞에 차를 세우고 셋은 홍보 물품과 리플릿을 들고 안으로 들어갔다. 오랫동안 어라동 일대를 담당했던 허선생은 오래 알아오지 않으면 물을 수 없는 안부들을 물으며 노인들과 인사를 했다. 평생 그물을 끌며 살아온 어라진 사람들은 동 대항 줄다리기 대회가 있으면 척주에서 항상 일등을 했다. 그러나 그만큼 여기저기 몸이 상한 곳도 많았다.

경로당에서 나오자 노란색 대피로 표지판이 보였다. 표지판의 화살표가 가리키는 방향을 보며 셋은 유리골을 걸어올라갔다. 길은 금세 가팔라졌고 골목은 좁았다. 축대 위에 올라선 집들은 문 앞이 바로 길이거나 아랫집 지붕이었다. 생선이 걸린 줄들이 집과 축대 사이를 이었고 그 사이에서 가끔씩 고양이가 나타났다. 오르다가 멈춰 서서 돌아보면 방파제와 석회산 너머로 티 한 점 없는 동해바다가 펼쳐졌다.

백육십여 가구가 모여 사는 유리골엔 독거노인도 와상 환자도 많았다. 비탈을 잇는 계단은 젊은 사람들이 다니기에도 경사가 급해서 사방이 어는 겨울이 되면 노인들은 한동안 바깥출입을 안 하기도 했다. 허선생이 아닌 낯선 사람이 들어서자 노인들은 눈에 띄게 송인화를 경계했다. 허선생의 도움을 받아 일의 취지를 설명하면 마지못해서 약상자를 보여주었다. 다섯 집을 돌고 한 집이 남았을 때 송인화는 입이 마르고 다리가 떨렸다. 폐의약품 수거함을 들고 따라다니던 서상화가 그때마다 물을 건넸다. 마지막 집은 유리골 4길의 바다 쪽 끝에 있었다. 허선생이 문을 두드리는데도 안에서는 좀처럼 기척이 없었다.

아래에서는 그만그만하게 불던 바람이 유리골에 올라오자 강풍이었다. 볼이 아플 정도로 바닷바람은 거셌다. 녹슨 창고 철문이 계속해서 덜그럭거렸고 축대 아래쪽에선 비닐봉지가 떠올랐다 사라졌다. 마지막 집 노인은 손이 바지런한 듯했다. 귀퉁이 텃밭에는 상추와 파가 싱싱했고 커다란 고무 함지에 고춧대 여러 개가 보였다. 다른 한쪽에서는 깻잎을 닮은 종지나물이 보라색 꽃을 피우고 있었다.

"들어갈게요, 어르신."

허선생이 문을 열었다. 안으로 들어갔을 때 송인화의 눈에 제일 먼저 들어온 것은 낡은 냉장고 문에 붙어 있는 톰과 제리 스티커였다. 스티커는 오래전에 붙여진 듯 반 이상이 떨어져나가 있었다. 집안에는 그런 물건들이 몇 개 더 있었다. 휴지걸이는 머리를 양쪽으로 땋은 여자아이 얼굴이었고 빨래 건조대 밑에 놓인 실내화는 털이 빠지기 전에는 꽤 귀여웠을 사자 모양이었다. 어쩌면 노인은 명절마다 찾아오는 어린 손녀를 기다리며 이 물건들을 샀을지도 몰랐다. 손녀는 이제는 고등학생이나 대학생이 되어 더이상 할머니의 무릎에 앉지도, 더는 바람이 몰아치는 이 집에 찾아오지 않을지도 몰랐다.

노인은 누워 있었는지 앉은 채로 방문을 열며 들어오라는 신호를 했다. 방은 정갈했고 노인은 작고 마른 몸집이었다. 노인들 특유의 냄새 위로 희미하게 나프탈렌 냄새가 겹쳐졌다. 이불 옆의 쟁반에는 물주전자와 컵과 이런저런 약봉지가 흩어져 있었다.

허선생이 노인의 혈압을 재는 동안 송인화는 노인이 내놓은 약상자를 살폈다. 노란색 레모나 통 안에는 제조 연도가 1997년인 훼스탈과 푸른 곰팡이가 슨 게보린이 그대로 들어 있었다. 뭉개진 캡슐약이 새어나온 연고들과 찐득찐득하게 엉켜서 독한 냄새를 풍겼다. 약들은 박카스 박스에도 담겨 있었고 약국 봉지째 플라스틱 바구니 안에도 들어 있었다. 병원 처방만으로는 구할 수 없다 싶게 스테로이드제가 많았고 디아제팜 같은 향정 약품도 여럿이었다. 유통기한이 오 년 이상 지난 약도 수두룩했다.

"어르신, 이 혈압약이요, 식사 때마다 드시는 거 아니죠? 이건 하루에 한 번만 먹는 약이에요."

"그런 거 몰라. 그냥 아플 때마다 먹어."

무릎이 시릴 때 먹는 약, 뒷목이 땅길 때 먹는 약, 부아가 치밀 때 먹는 약…… 노인한테는 약이 그런 식으로 구분되는 듯했다. 약은 꼭 밥을 먹고 먹어야 된다는 생각만은 확고해 한술이라도 뜨고 약을 먹는 것이 다행이라면 다행이었다. 대신에 하루에 두 번이나 한 번만 먹어야 하는 경우는 복용시간이 거의 지켜지지 않았다. 복용중인 약을 보니 노인은 고혈압과 관절염과 허리디스크와 백내장과 우울증을 앓고 있었고 해당 약들을 한꺼번에 먹고 있었다.

"주사님, 이거 바이옥스 아닌가요?"

약상자를 같이 살펴보던 서상화가 말했다. 서상화가 박카스 박스 안쪽에서 꺼낸 약은 2004년에 판매가 금지된 관절염 치료제였다.

"어르신, 혹시 이 약 지금도 드세요? 이거 부작용이 심해서 드시면 절대 안 되는 약이에요. 부작용으로 죽은 사람도 있어요."

그렇게 말하자마자 노인이 순식간에 다가와 약을 낚아챘다.

"이게 얼마나 용한 약인데. 모르는 소리 하지 말고 볼일 끝났으면 빨리 가."

노인은 약을 품속으로 숨겼다. 송인화는 약을 가져가려고 노인의 팔을 잡았다. 노인은 양팔을 교차시켜 몸을 감싸고는 꿈쩍도 하지 않았다. 송인화는 노인의 팔을 풀려고 더 힘을 주었다. 작은 몸에서 어떻게 그런 힘이 나오는지 노인은 절대 밀리지 않았다. 두 사람은 몸싸움을 하는 형국이 되었다.

"주사님, 조금 있다가요, 조금 있다가 다시 설득해봐요."

서상화가 다가와 두 사람을 떼놓았다. 송인화가 한발 물러서며 숨을 고를 때였다. 노인이 방바닥에 있는 쟁반을 집어들더니 그대로 송인화를 향해 내던졌다. 유리컵은 장롱 쪽으로 날아가서 깨졌고 주전자는 송인화의 어깨와 등을 적시며 나동그라졌다. 젖은 약봉지가 송인화의 발등으로 떨어졌다.

"아, 어떡해요. 송선생님, 괜찮아요? 이 어르신이 감정 기복이 좀 있어요. 그래도 나쁜 분은 아닌데……"

허선생이 어쩔 줄 몰라하며 노인을 붙들었다. 내던져진 쟁반이 자신도 당황스러운 듯 노인은 울먹울먹하며 주저앉았다.

"이게 무슨 경우야. 아픈 사람한테 약을 갖다주지는 못할망정 약을 뺏으면서 돌아다녀? 내가 저 약들이랑 있으면 하루가 그렇게 든든할 수가 없는데…… 저것들이 없으면 내가 아파서 잘 수가 없다고……"

송인화는 어깨가 젖은 상태로 몸을 떨면서 노인을 보았다. 하소연을 쏟아내며 방심한 사이 송인화는 걸어가 노인의 품에서 기어코 바이옥스를 빼냈다. 약을 들고 몸을 돌릴 때였다. 좁은 방 안에 노인의 얼음장 같은 목소리가 깔렸다.

"부모 잡아먹고 서방 잡아먹고 자식까지 잡아먹을 년."

송인화는 동작을 멈추고 천천히 노인 쪽으로 고개를 돌렸다.

"할복장에서 내장을 다 훑어도 피 한 방울 안 나올 년. 잡어만도 못한 년. 냄새나는 년. 부모 자식 서방 다아아아아아 죽일 년."

노인은 정확히 송인화의 눈을 쳐다보면서 그렇게 말했다. 그 말들은 어떤 필터도 거치지 않고 그대로 송인화의 몸속에 흡수되었다. 송인화는 꼼짝도 못하고 가만히 서 있었다. 몸의 반응은 몇 초 후에 왔다. 미처 어찌할 새도 없이 후드득 눈물이 쏟아져나왔다. 입이 다물어지지 않고 숨도 잘 쉬어지지 않았다. 송인화는 유통기한이 지난 약들을 닥치는 대로 집어서 폐의약품 수거함에 던져넣었다. 번들거리는 얼굴을 닦지도 않고 보란듯이 약들을 분리했다. 허선생이 흥분하는 노인을 밖으로 데리고 나갔다.

노인이 나가고 나서도 방안은 후텁지근한 열기가 가시지 않았다. 태풍이 지나간 해변처럼 바닥이 엉망이었다. 서상화가 바깥으로 이어지는 방문을 열었다. 문을 열자 저만치로 바다가 내다보였다. 방문 밖은 절벽 같은 축대였고 바다에는 고깃배 하나 떠 있지 않았다.

서상화는 깨진 유릿조각을 모으고 바닥의 물을 닦았다. 송인화는 장롱 옆에 주저앉아 방밖의 바다와 방안에서 움직이는 서상화를 물끄러미 보기만 했다. 방을 다 치운 서상화는 노인의 약봉지 위에 투약 스티커를 붙이고 복용량과 시간을 써넣었다. 그러고는 상자와 바구니에서 약들을 꺼내 '척주시 보건소'라 쓰인 약 보관함에 종류별로 정리를 했다.

서상화가 약봉지를 만질 때마다 바스락거리는 소리가 났다. 다른 모든 소리와 구별되는, 약봉지 구겨지는 소리였다. 그 소리를 들으면서 송인화는 밤이 되면 칠흑같이 어두워질 방문 밖의 바다를 생각했다. 밤새 불어올 바람에 대해서도, 절벽 끝 같은 집에서 홀로 겪어야 하는 통증에 대해서도. 그때마다 노인이 퍼부은 저주가 가슴을 그었다.

먼저 들어가라고 차 키를 주었지만 서상화는 다시 허선생한테 차 키를 주고 송인화를 따라왔다. 송인화는 방파제 쪽으로 걸었다. 유리골에서 최대한 멀어지고 싶어 유리골을 등지고 공동 할복장을 지나쳐 등대를 보면서 걸어갔다. 서상화가 열 걸음쯤 뒤에서 말없이 따라왔다. 한참을 걸어 등대 근처 벤치에 앉자 서상화가 비닐봉지에서 양말을 꺼내 건넸다.

"양말 다 젖었잖아요."

유리골에서 내려오면서 슈퍼에 뛰어갔다 온 모양이었다. 목이 긴 검은 양말이었다.

"여자 양말이 없어서……"

서상화가 머리를 긁적였다. 송인화는 젖은 양말을 벗고 새 양말을 신었다.

햇빛이 가깝게 내려왔다. 봄의 한복판인지 봄이 끝나가는 건지 가늠할 수 없는 날씨였다. 오른쪽에 앉은 서상화의 어깨 너머로 새빨갛게 달구어진 등대가 보였다. 잔파도에 실린 빛들은 더없이 반짝거리는데도 테트라포드를 휘감는 물소리는 회오리처럼 거셌다. 송인화는 그 둘이 같은 바닷물이라는 것을 믿을 수 없었다.

"상화야."

그렇게 부르자 서상화가 조금 오래, 송인화를 보았다.

송인화는 다시 한번 가슴이 그어지는 듯했다.

"……못할 짓이다 정말."

목소리가 떨려서 나왔다. 송인화를 보던 서상화가 팔을 들어 어딘가를 가리켰다. 송인화는 서상화를 따라서 고개를 들었다. 정물처럼 앉아 있는 유리골의 산언덕과 방송수신탑을 인 코끼리산이 보였다. 서상화가 가리킨 곳은 유리골과 코끼리산을 잇는 산중턱이었다. 송인화는 그곳에 서서 이쪽 바다를 내려다보고 있는 거대한 상을 바라보았다. 코끼리산 쪽으로도 유리골 쪽으로도 그 상은 온전한 모습을 보여주지 않았다. 바다 쪽으로 나와야만 모습을 제대로 볼 수 있었다.

아주 오래전부터 아픈 사람들의 기도처였던 곳. 척주에 숱한 사람들을 불러들였던 기약 없는 약속. 서상화가 보고 있는 것은 척주의 아이들이 한 번씩은 따라 그리며 자랐던 약사여래상이었다.

해가 지기 시작하자 공동 할복장 위의 구름이 색을 바꾸었다. 붉은 구름들은 해일처럼 빠른 속도로 코끼리산을 타넘었다. 등대에 불이 들어온 걸 신호로 방송수신탑에도 불이 켜졌다. 뒤이어 유리골의 집들도 하나둘 불을 밝혔다. 태양광이 사라지자 여래상도 어둠 속으로 모습을 감추었다. 송인화는 자신과 서상화의 모습이 점처럼 작아지는 것을 느끼며 어디서부터 어디까지인지 알 수 없는 맞은편 어둠을 바라보았다.

2장

출발 장소는 공설운동장이었다. 운동장 옆을 지나는 국도를 따라 달리다 왼쪽으로 꺾으면 고갯길이 시작됐다. 학교에서 바로 출발하는 날도 있었다. 척주고에서 교동길로 곧장 달리다보면 저만치 고개의 시작을 알리는 오르막길이 보였다. 광진 해변으로 질러가는 그 비포장 산고갯길은 자전거를 타고 가기에 좋았다. 울퉁불퉁한 길을 오르내리다보면 산악자전거를 타는 듯한 기분을 조금이라도 낼 수 있었고 내리막길을 달릴 때는 학교에서라면 내지 못할 이상한 소리도 질러버릴 수 있었다. 나무가 늘어선 산속 도로를 올라가고, 내려가고, 다시 올라가다 어느 순간 고개를 들면 눈앞으로 바다가 펼쳐졌다. 땀범벅인 채로 숨을 내뿜으면서 산 한가운데에 서서 바다를 바라보는 시간.

여전히 밤마다 윤태진은 그 길을 달렸다. 출발지는 척주시 공설운동장 혹은 척주고등학교. 산속은 한여름이고 교복 셔츠는 땀으로 젖어 있다. 매미와 여름벌레들이 내는 소리로 귀는 얼얼해진 지 오래다.

자전거 브레이크를 아슬아슬하게 조절하며 윤태진은 내리막길을 달리고 있다. 코밑에 와닿는 습도의 반은 바다의 것이다. 목을 훑고 가는 바람도 반은 바다에서 온 것이다. 윤태진이 아직 산속에 있음을 알려주는 것은 귀를 메운 벌레 소리뿐이다. 내리막길을 내달리던 윤태진은 어느 순간 허공으로 떠오른다. 떠오르면서 생각한다. 이대로 붕 떠가다 어딘가에 도착하게 된다면 그곳은 바다가 아닐까. 하지만 자신이 착지하게 되는 곳이 바다가 아니라는 걸 윤태진은 알고 있다. 알고 있지만 윤태진은 그 길을 달리는 것을 멈출 수가 없다. 그 순간을 복기하는 것도 멈출 수가 없다.

뒷목과 팔, 두 발꿈치가 무언가에 붙들려 있었다. 그런 채로 윤태진은 잠에서 깨어났다. 검은색 인조가죽 소파였다. 몸을 붙든 검은 덩어리가 다른 무엇이 아니라 소파라는 걸 알아챌 때까지는 시간이 필요했다. 누운 자세로 천장을 보고 있던 윤태진은 팔을 조금 움직였다. 팔은 소파에 붙어서 잘 떨어지지 않았다. 날이 더워지고 있다는 얘기였다.

소파 옆 테이블에는 막걸리 서너 통과 닭뼈들이 널려 있었다. 막걸리 안주로 양념치킨을 시켜 먹는 건 사무국장의 취향이었다. 지난밤 사무국장은 술에 이미 거나하게 취한 채로 막걸리를 사들고 들어왔다. 그때까지 사무실에 있던 윤태진은 치킨집에 전화를 걸었고 사무국장은 닭을 뜯으며 향우회 누구누구의 행실에 대해 얘기했다. 한 달에 서너 번은 있는 일이었다.

윤태진은 팔꿈치에 힘을 주며 조금씩 몸을 일으켰다. 끈적한 소리와 함께 반팔 셔츠 아래의 맨살들이 소파에서 떨어져나왔다. 윤태진이 움직일 때마다 소파는 살아 있는 생물처럼 반응하며 소리와 냄새를 올려보냈다. 그럴 때면 윤태진은 자신이 척주에서 제일 증오하는 것이 이 소파가 아닐까 생각했다. 늙은 남자들의 시커먼 엉덩이와 중년 여자들의 시끄러운 엉덩이, 주점에서 몇 시간씩 뭉개다 온 사무국장의 엉덩이, 어느 변기에서 어떤 분비물을 묻히고 왔을지 모를 엉덩이들이 수없이 앉았다 가는 이 소파에서 윤태진은 코를 박고 자기도 하는 것이었다.

윤태진은 벽걸이 선풍기의 줄을 잡아당기고 다시 소파에 앉았다. 겨드랑이가 땀으로 축축했고 심장이 빠르게 뛰었다. 날이 더워지면서 보름에 두어 번은 미세하게나마 결막에 출혈 자국도 생기고 있었다. 약을 가지러 자리에 가야 하는데도 윤태진은 몸이 무겁게만 느껴져 소파에 앉은 채 심호흡을 했다. 회의 탁자에 펼치지 않은 신문 뭉치들이 놓여 있는 걸 보니 사무국장은 신문이 도착하고 나서 집으로 돌아간 듯했다. 사무실의 이쪽 끝에서 저쪽 끝까지를 훑으며 윤태진은 사물들이 눈에 익길 기다렸다. 윤태진의 책상과 사무국장의 책상, 서무간사의 책상을 거쳐 간이 주방과 냉장고를 가리며 이어진 파티션에는 짜장면 자국인지 흙자국인지 모를 얼룩 몇 개가 묻어 있었다. 출입구 양옆으로 늘어선 난 화분들만이 비현실적으로 푸르렀다.

윤태진은 커피를 내리고 음식물 쓰레기봉투를 꺼내 와 테이블 위의 닭뼈를 쓸어 담았다. 행사 초청장들을 한쪽으로 정리하고 막걸리통을 내려놓자 테이블 유리 밑에 깔린 사진 두 장이 드러났다. 같이 산행중인 듯한 남자들 예닐곱이 모여 있는 사진이었다. 의원과 자신의 소싯적 모습이라며 언젠가 사무국장이 갖다놓은 것이었다.

윤태진은 테이블에 눌어붙은 양념을 물티슈로 문질렀다. 볼 때마다 석연치 않은 감정을 불러일으키는 사진이었다. 한쪽 사진의 배경은 댓재였고 다른 쪽 사진은 두타산 정상이었다. 사진의 색이 바래 등산복 색깔도 여름산의 색깔도 흐릿했다. 두타산악회의 초창기라는 1990년대 중반쯤의 사진인가 짐작해볼 뿐 사진 속 남자들 중 윤태진이 아는 얼굴은 의원과 사무국장밖에 없었다. 곧 여름 산행 일정을 짜야 할 때였다. 윤태진은 소파 맞은편 벽을 차지하고 있는 화이트보드를 올려다봤다. 거기에 다음달 일정을 빼곡하게 적어넣은 게 어제였다. 윤태진은 자신의 책상으로 가 컴퓨터 전원을 켜고는 창문을 하나씩 열어젖혔다.

시큼한 막걸리 냄새와 들척지근한 양념 냄새, 뭐라 말하기 힘든 검은 소파 냄새가 뒤섞이면 아무리 일찍 환기를 해도 냄새가 빠지지 않았다. 아침 아홉시가 되기 무섭게 문을 열고 들어와 장기판을 꺼내는 재향군인회 노인들은 냄새에도 민감했고 잔소리도 길었다.

윤태진은 지난 몇 주 동안 주인이 찾지 않은 의원실 창문까지 모두 열었다. 사무국장이 탐을 냈던 호접란이 응접 테이블 중앙에 꼿꼿이 서 있었다. 윤태진은 테이블과 소파를 지나 의원의 책상 뒤쪽으로 갔다. 책상 옆 신발 거치대에 구두와 운동화와 등산화가 나란히 놓여 있는 것이 보였다. 책상에서 마주 보이는 출입문 쪽 벽에는 척주동해비의 영인본 서각품이 걸려 있었다. 재앙을 막아준다는 동해송頌이 적힌 비문이었다. 비문에 따라다니는 '신비한 주술성' '철학적인 문장' 같은 수식어들은 의원이 좋아할 만한 것들이었다.

윤태진은 의원실의 오른쪽 벽면을 덮고 있는 척주 전도 앞으로 다가

갔다. 윤태진이 아무도 없는 의원실에 들어와서 즐겨 하는 건 그 지도를 음미하는 일이었다. 사무국장이 탐내는 게 난 화분이라면 윤태진이 눈독을 들이는 것은 지도였다. 윤태진은 밖에 있는 화이트보드와 의원실 안에 있는 지도를 바꿔서 걸어놓고 싶은 충동을 자주 느꼈다.

당선 첫해인 작년에는 일주일의 반 이상을 지역구 사무실에 틀어박혀 지내던 최한수 의원은 몇 주째 척주에 내려오지 않았다. 덕분에 의원의 대리인을 자처하는 사무국장이 이런저런 지역 행사에 다니고 있었다. 윤태진은 동해비 옆에 걸린 최한수의 홍보용 스냅사진을 바라보았다. 어라항 어판장에서 물고기를 들여다보는 사진이었다. 최한수는 시민들과 악수를 나누며 호탕하게 웃는 사진보다 무언가를 지그시 바라보며 미소짓는 사진을 더 좋아했다. 실제로 그게 더 잘 어울리기도 했다. 웃을 때 유독 순한 인상이 되는 오십대 중반의 남자를 윤태진은 착잡한 마음으로 쳐다보았다. 산 타는 걸 유달리 좋아하고, 척주인들끼리의 정을 중요시하고, 종교적 말씀에 마음을 쉽게 빼앗기는 남자. 정치만 안 한다면 얼마나 사람 좋아 보일 얼굴인가. 윤태진은 최한수의 사진에서 시선을 돌리며 창가로 갔다.

사무실에서 잠든 날이면 들을 수 있는 이른 아침의 소리들이 들려왔다. 대각선으로 마주 보이는 척주우체국엔 아직 셔터가 내려져 있었다. 윤태진은 사거리를 둘러싼 빌딩들의 몇몇 간판들을 두서없이 일별했다. 롯데리아, 삼성디지털프라자, 아카시아 당구클럽, 쪼끼쪼끼, 동해포장건설, 대한시조협회 척주시지회, 척주여고 총동문회, 삼양숯불갈비…… 그 뒤와 옆으로 겹겹이 이어진 낡은 빌딩들엔 아직 간판이 내걸리지 않았지만 언젠가를 위해 움직이고 있는 사람들이 있을 것이다. 윤태진은 그 움직임을 감지하려는 듯 창틀에 손가락을 대고 눈을 감았다.

담배 생각이 났다.

그러나 윤태진은 지금 당장 담배를 피우진 않을 것이다.

지금 당장 움직이지도 않을 것이다.

할 수 있지만 참는 것. 해도 되지만 참는 것. 하고 싶지만 참는 것. 그랬을 때 찾아오는 조금은 고통스러운 만족감의 맛을 윤태진은 알고 있었다. 그것은 윤태진이 그만그만한 인간들에게 우월감을 느끼는 유일한 순간이기도 했다.

*

문어구이 포차에서 내다보이는 것은 봉황모텔 후문이었다. 박성호는 삼십 분째 모텔 짓던 얘기를 하는 중이었다. 제대하던 해 가을에 노가다를 뛰며 벽돌을 수도 없이 날랐는데 그게 지금의 봉황모텔이라는 얘기였다. 이여환과 둘이 보려던 자리에 갑자기 박성호가 나타났을 때 윤태진은 집에 돌아가는 길이 쉽지 않겠구나 생각했다. 동창이라는 이유로 밥 한번, 술 한번을 얘기하는 박성호를 윤태진은 끈질기게 모른 체해왔던 것이다.

"우리 중기……?"

박성호가 건넨 명함을 앞뒤로 돌려 보며 이여환이 말했다.

"……송중기 팬클럽?"

"새끼, 감성 존나 아줌마스럽네. 내가 이런 게 재미있어서 명함에 구구한 설명을 안 썼어요."

통문어를 석쇠에 올리며 박성호가 윤태진과 이여환을 번갈아 쳐다봤다.

"잘 들어봐. 우리 중기들 이름 읊어줄 테니까. 스키드로더, 스크레이퍼, 기중기, 지게차, 굴삭기. 요새 얘네가 나를 아주 먹여 살린다. 교동에서 사직동까지 이 년짜리 하수도 공사가 시작됐잖냐. 맨홀 펌프장은 자기네한테 하도를 달라고, 그 창신산업 화살코 사장이 어제 뭘 들고 날 찾아왔는지 아냐? 세상사 참, 내가 저 봉황모텔 올릴 때까지만 해도 이렇게 될 줄 알았겠냐? 야, 너는 이렇게 될 줄 알았냐?"

박성호가 집게를 든 손을 윤태진 쪽으로 휘저으며 실실 웃었다.

"우리 고3 때 담임 생각나냐? 부인이 아파서 자기가 젊었을 때 병수발만 했다고 했었잖아. 비만 오면 죽은 부인 얘기하면서 신세 한탄하고. 그러고 나선 꼭 우릴 때렸잖아?"

"생각나지. 표정 진짜 우울했었는데."

박성호가 비밀 얘기를 하듯 몸을 숙였다.

"내가 엊그저께 민들레요양원 앞을 지나는데 말이야, 어떤 영감탱이가 보행 보조기를 짚고서 거기 앞뜰을 왔다갔다하는 거야. 딱 보니까 담임이더라고. 가서 인사를 드렸지. 근데 담임이 태진이 니 얘기를 물어보는 거야. 걔는 잘 살고 있냐, 뭐 그런 식으로."

윤태진은 박성호가 무슨 말을 하려고 이 얘기를 꺼냈는지 알 것 같았다. 이여환이 윤태진의 빈 잔에 술을 채웠다.

"그래서 내가 니 명함을 보여드렸지. 왜 지난번 설명회 때."

박성호가 이여환 쪽으로 몸을 돌려 부연 설명을 했다.

“저번 달에 문화예술회관에서 중요한 설명회가 있었어요. 방해하는 것들 때문에 우리가 경찰보다 더 고생을 했지. 거기에 우리 태진이가 왔었잖아.”

박성호는 얘기를 하며 문어 다리를 능숙하게 잘라나갔다. 주인 여자가 부추겉절이를 갖고 오자 박성호는 딸내미 시험 준비는 잘 되냐, 시어머니 수술 날짜는 잡혔냐 등등 단골의 증표 같은 얘기들을 주고받았다.

박성호는 군대에 있을 때 빼고는 척주를 떠난 적이 없었다. 일찌감치 병든 부모, 죽었다 깨나도 자기 손에는 안 들어올 것 같은 돈, 공부도 못하고, 기술도 없고, 그래도 어떻게든 척주에서 비비대니 살길이 보이더라는 게 박성호의 설명이었다.

박성호는 자신이 차린 밥상이라는 듯 윤태진과 이여환 앞으로 양념된 문어를 구워 날랐다. 그러면서 척주가 어떻게 변했는지를 한참 지껄였다. 경상도 말투와 강원도 말투를 반씩 섞어놓은 것 같은 척주 사람 특유의 억양이 박성호에겐 그대로 남아 있었다.

“근데 이 노인네가 눈이 망가져서 명함을 못 읽는 거야. 그래서 내가 또박또박 읽어드렸지. 서울특별시, 영등포구, 여의도동 1번지, 국회의원회관, 401호. 윤태진이 얘가 국회사무처에서 월급 받는 애다, 내가 이렇게 말씀을 드렸단 말이지. 당신이 옛날에 눈 부릅뜬다고 존나 갈구던 그 윤태진이 아니란 말입니다. 지금이야 뭐 척주에서 썩고 있다만.”

박성호가 집게와 가위를 내려놓고는 윤태진의 얼굴을 훑었다.

“근데 그때 담임이 징계 먹은 거 말이야, 윤태진 니 작품이란 얘기가 사실이냐?"

"사실이야."

윤태진이 술잔을 내려놓으며 말했다.

"와…… 새끼, 표정 하나 안 변하고 인정하는 거 봐."

박성호가 입을 벌리고 윤태진을 쳐다보다가 다시 이여환 쪽으로 몸을 돌렸다.

"이렇게 뒤끝 있는 새끼들이 진짜 무서운 거야. 한번 마음에 안 들면 어지간해서는 안 잊어버리거든. 그러다 빈틈 생길 때 제대로 까는 거지."

"담임은 당해도 쌌지. 눈 부릅뜨지 말라는 말은 그때 태진이한테 할 얘기가 아니었잖아."

그 말이 나오길 기다렸다는 듯 박성호가 테이블을 쳤다.

"내 말이. 태진이가 골탕에 빠졌던 걸 담임이 몰랐을 리가 있나. 안 그러냐, 태진아?"

박성호가 여전히 실실거림을 머금은 표정으로 술병을 들고는 윤태진에게 술을 권했다.

"솔직히 니 얼굴 아는 사람들은 다 니 걱정 했어. 윤태진이 척주에서 손꼽히는 수재 아니었냐. 그때 골탕에만 안 빠졌어도 다들 서울대 갔을 거라고 했는데. 그때만 해도 너는 1등, 나는 499등이었잖냐. 사람 일 진짜 모르는 거다. 안 그러냐?"

윤태진은 자신이 왜 박성호와의 사적인 자리를 피해왔는지 그제야 알 것 같았다. 윤태진은 어떻게 하면 좋을까 하는 표정으로 박성호의 얼굴을 쳐다봤다. 내 면전에서 골탕 얘기를 꺼낸다는 건 죽고 싶다는 뜻이 아닐까? 진지하게 생각하면서.

“혹시 화환 보냈어?”

박성호가 윤태진에게 대놓고 시비를 걸어대자 이여환이 화제를 돌렸다.

“못 들어본 무슨 단체 같은 데서 화환이 왔더라고. 사촌형이 무슨 일인가 하길래 내 친구가 보냈을 거라고 했다.”

화환을 보냈던가, 윤태진은 기억을 더듬었다. 친구 작은아버지 장례식장에 보내는 화환에 굳이 이름을 안 밝히진 않았을 것이다.

“근데 니네 작은아버지는 왜 그렇게 되신 거냐?”

진짜 궁금한 건 그것이었다는 듯 박성호가 불쑥, 낮은 목소리로 물었다.

“나도 누가 좀 알려줬으면 좋겠다.”

이여환이 손바닥으로 얼굴을 쓸었다. 윤태진 또한 궁금한 건 그것이었다는 듯 이여환의 빈 잔에 술을 따랐다.

“작은아버지네서 두어 달 있었지만 나야 잠만 자고 새벽같이 나갔잖아. 솔직히 노인네 기침소리밖에는 생각이 안 난다. 너네도 그런 기침소리 알잖아. 폐 안에서 돌가루가 진짜로 날아다니는 것 같은 소리 말이야. 듣는 사람까지 미치게 하는 소리. 그래도 어울리는 노인네들도 있고, 보건소니 노인정이니 잘 다니시길래 그럭저럭 지내시나보다 했지.”

윤태진은 지역신문에 단신으로 났던 기사 하나를 떠올렸다. 음독으로 사망했음을 알리는 그 기사 외에 추가 기사는 아직 없었다.

“어느 날은 일 나가려고 보니까 그때까지 못 주무시고 계신 거야.

자꾸 후앙 돌아가는 소리가 들린대. 귀가 울려서 잠을 잘 수가 없다고, 신경안정제인지 수면제인지 하는 걸 면에 있는 약국까지 가서 엄청 사다 드시더라고. 돌아가시기 일주일 전쯤인가, 만나야 될 사람이 있다고 갑자기 보건소에 데려다달라는 거야. 맨날 가는 데가 보건소인 양반이 뭔 소린가 했지."

"대체 어떤 씨발 년이 막걸리에다 약을 탄 거냐?"

박성호가 부추겉절이를 집어먹으면서 말했다. 박성호는 누구한테 욕을 하건 항상 여자한테 하는 욕을 썼다.

"사촌형이랑 누나는 그냥 덮고 싶어하는 것 같더라. 사는 게 힘들어서 약 타 드셨겠거니 하고. 35광구 일 뒤로 솔직히 안 좋으셨으니까."

35광구라는 말이 나오자 잠시 말이 끊겼다.

"35광구에서 사건 난 게 이십 년쯤 됐나?"

"십팔 년이지. 우리 고3 때 여름이니까."

"막 헬기 뜨고 그랬잖아. 그때 대체 35광구에서 무슨 일이 있었던 거냐?"

그러나 그 말에 대답할 수 있는 사람은 없었다. 대화는 다시 끊겼다. 윤태진과 이여환과 박성호는 각각 말없이 술을 한 잔씩 들이켰다. 척주에서 자란 윤태진 또래에게 동진시멘트 35광구는 크든 작든 애증의 감정을 불러일으키는 말이었다. '아버지 뭐하시니'라는 물음에 '동진시멘트 다니세요'라고 대답하는 아이들은 그 자체만으로도 반에서 도드라졌다. 그 아이들의 엄마들은 동진시멘트 마크가 찍힌 전표만 가지고도 척주 어디에서나 돼지고기를 사고 라면을 살 수 있었다. 그 아이들의 아빠들은 모두 백바가지라 불리는 흰색 안전모를 쓰고 다녔고 그들은 대부분 오십천 남쪽에 있는 동진아파트에 모여 살았다. 같은 동진시멘트의 같은 석회석 광산에서 일해도 아버지가 백바가지를 쓸 수 없는 아이들은 아버지 뭐하시냐는 물음에 대답하기를 싫어했다.

어라항 옆에서 이십 년 넘게 동진시멘트의 젖줄 역할을 하던 35광구는 곧 폐광될 것이다. 그 자리는 앞으로 척주에 몇 기가 세워질지 모를 발전소 부지 중 하나로 얘기되고 있었다. 그리고 그 광산에서 백바가지 없이 일했던 사람들은 지금 석회산 출입이 막힌 채로 척주 거리 곳곳을 돌고 있었다.

"방은 얻었어?"

윤태진이 이여환에게 물었다.

"안 그래도 그것 때문에 골치야. 척주가 고향이면 뭐하냐. 묵을 곳 없으면 외지인인 거지. 원룸 월세가 팔십이라는데 감당이 돼야지. 제관팀 형님 둘이랑 방을 같이 얻었는데 한 형님이 코를 미치게 고는 거야. 죽을 맛이다, 진짜."

고등학교 졸업 후 부모님을 따라 당진으로 이사를 갔던 이여환은 거기서 육상 플랜트 제관 일을 해왔다. 지금은 척주 호산항 옆의 화력발전소 건설 현장에서 일하고 있었다.

"원룸 월세가 팔십이면 날로 먹는 거네. 우리 중기씨들이 벌어준 돈으로 원룸 장사나 해볼까? 원룸은 대구랑 포항 쪽 애들이 기가 막히게 짓는다던데. 한번 알아봐? 응? 어떠냐, 내가 여환이 너는 동창이니까 반값에 해줄게."

박성호가 이여환의 어깨를 감쌌다.

"이게 빈말이 아닌 게 말이야, 우리 시장님 방에 가면 벽에 조감도 두 개가 걸려 있거든. 왼쪽에 있는 조감도가 현재 상황인데 말이야, 서해안이랑 경상도 쪽 동해안엔 발전소가 제대로 들어차 있어. 강원도 동해안만 텅 빈 거거든. 존나 썰렁하지. 그런데 오른쪽 조감도를 보면 가슴이 막 벅차. 앞으로 십오 년, 이십 년 동안 동해안에 지어질 발전소가 파란 점, 빨간 점, 녹색 점으로 빽빽하게 붙어 있는 거야. 그 중에 '핵'심이 빨간 동그라미 아니냐. '핵'발전소. 그것 땜에 내가 요새 존나게 고생하고 있는 거고."

박성호가 이여환한테 팔을 두른 채 윤태진을 쳐다봤다.

"그러니까 여환아, 너 다시 척주에 터 잡아도 돼. 니가 내년에 여기서 결혼해서 내후년에 애를 낳아도 그애가 고등학교 졸업할 때까지는 먹고살 수 있다니까. 안 그러냐, 태진아?"

그러고는 주인 여자를 부르더니 통문어 한 마리를 더 시켰다. 포차 안의 원형 테이블엔 어느새 사람들이 거의 차 있었다. 조감도 얘기를 하면서 흥분 상태에 들어간 박성호는 소매를 걷어붙이고 다시 문어를 자르기 시작했다. 파리 한 마리가 양념장 근처에 내려앉자 박성호가 "어우 이 씨발 년" 하면서 두 손으로 파리 잡는 시늉을 했다. 옆 테이블에 앉아 있던 대학생 몇이 눈살을 찌푸리며 이쪽을 돌아봤다. 박성호는 보란듯이 고개를 들더니 외쳤다. "죄송합니다, 파리님. 우리 엄마도 아닌데 씨발 년이라고 해서." 그러고는 손등으로 이마의 땀을 닦으며 다시 문어를 잘라나갔다.

양아치 새끼.

윤태진은 더는 경멸의 표정을 감추지 않으며 담배를 들고 일어섰다. 마주앉아 있는 것만으로도 같이 쓰레기가 되는 기분이었다.

지금은 뜸해졌지만 한동안 의원은 시장과 꽤 저녁 술자리를 가졌다. 최한수의 척주에서의 일정은 항상 윤태진이 수행했고 시장을 만나는 자리에 가면 어느 언저리에선가 박성호가 나타났다. 너는 의원 가방모찌, 나는 시장 가방모찌. 같은 처지끼리 잘 지내보자. 박성호가 말할 때마다 윤태진은 실소했다. 그 옛날에도 지금도 윤태진은 박성호를 자신과 같은 급이라고 생각해본 적이 없었다. 박성호는 자신과는 다른 세계의 놈팡이일 뿐이었다. 박성호는 윤태진이 자신을 일관되게 경멸한다는 걸 잘 알고 있었고 그걸 알면서도 윤태진에게 엉겨댔다. 어쩌면 그건 박성호의 생활 방식인 것도 같았다. 박성호는 주워먹을 게 있는 곳이라면 어디에든 갔다. 지금은 그게 핵발전소 문제인 것뿐이었다. 박성호 패거리는 핵발전소 유치에 사활을 건 오병규 시장의 양자를 자처하며 한수원에서 활동비를 받고 있었다.

윤태진은 포차 밖으로 나와 봉황모텔을 바라보며 담배를 물었다. 간판에서 쏟아지는 불빛이 어둑한 뒷골목을 채우고 있었다. 모텔 주차장에서 나온 차들이 윤태진에게 뒤를 보이며 한 대씩 빠져나갔다. 윤태진은 담배 연기를 천천히, 한 호흡으로 깊게 빨아들였다. 열아홉 시간 만에 피우는 담배는 몸 구석구석에 불을 지피며 세포들을 흔들고는 다시 가라앉혔다. 따뜻하고도 허허로웠다.

윤태진은 의원회관 팔층, 분수대가 내려다보이는 방을 생각했다.

밤을 새워 질의서를 만들고 상임위 관련 공부를 하던 방. 정치부 기자들과 밀당을 하고, 부처 공무원들에게 핵심 자료를 받아내려 고심하고, 보도자료와 토론회 자료집에 둘러싸여 지내던 때. 옷만 겨우 갈아입으며 의원회관에서 먹고 자면서도 항상 송인화와 함께 있다고 느끼던 때. 윤태진이 하루 동안 만나는 수십 명의 사람들 중에 정치가 세상을 조금은 더 낫게 만들 수 있다고 믿는 사람이 적어도 한둘은 있던 때였다.

의원회관 세미나실 앞에서 최한수가 말을 걸어왔을 때를 윤태진은 가끔 곱씹었다. 야당 의원 방에서 정책비서관을 하고 있을 때였다. 상임위 회의장에서 보건복지부 장관이 쩔쩔맸다는 뉴스를 봤다며 최한수는 악수를 청했다. "그 질의서가 윤비서관님 솜씨라면서요." 어디서 들었는지 최한수는 그렇게 말하고는 덧붙였다. "척주 출신이라면서요." 윤태진은 속으로 코웃음을 쳤다. 여당 원외였던 최한수 따위는 윤태진의 관심사가 아니었다.

여전히 누군가의 비서관인데 윤태진은 그때에서 너무 멀리 왔다는 생각이 들었다. 자신이 척주에 있는 것이 자의인지 타의인지 도망인지 유배인지, 아니면 자학인지 이제는 아무것도 알 수 없는 기분이었다.

윤태진은 그대로 포차 골목을 걸어나왔다. 걸음을 옮기자 그제야 조금씩 취기가 올라왔다. 길을 걷다가 윤태진은 가로수 하나를 붙잡고 섰다. 등을 굽히며 커다란 몸을 휘청이자 길을 가던 사람 몇이 윤태진을 피해 갔다. 윤태진은 잠시 그러고 있다가 가로수를 올려다보았다. 잎이 빽빽하게 돋은 은행나무였다. 가로등 불빛에 비친 은행잎들 사이에는 새파란 은행 알들이 다닥다닥 매달려 있었다. 그걸 보고서야 윤태진은 조금 토할 수 있었다.

밤거리를 휘적휘적 걷다보니 우체국 사거리였다. 우체국 맞은편 공원엔 가로등 밑으로 철쭉 화단이 환했다. 윤태진은 길가에 선 채 화단 뒤쪽의 성당 계단과 물결 그림자가 어른어른 일렁이는 인공 폭포를 한참 바라보았다. 그러고는 공원 옆 선일빌딩의 컴컴한 계단을 걸어올라갔다. 사무실 문을 열자 집기들이 어슴푸레하게 윤곽을 드러냈다. 창밖의 간판 빛이 변할 때마다 사무실 벽에 다른 그림이 그려졌다. 윤태진은 컴퓨터 전원을 켜고 의자 등받이에 등을 기댔다. 그 사진이 보고 싶었다. 윤태진은 척주시 보건소의 SNS 페이지로 들어갔다.

바다가 보이는 사진이었다. 일하는 모습이 찍힌 다른 사진들과 달리 그 사진엔 사람이 보이지 않았다. 조그만 방문 밖으로 돌축대가 보였고 그 너머로 바다가 내다보였다. 사진에는 아무런 설명도 달려 있지 않았지만 윤태진은 그 사진을 보면서 며칠째 송인화를 생각했다. 보건소 사람들과 함께 해돋이횟집 안으로 들어오던 송인화. 담배 한 대를 다 피우기 전에 꿈처럼 옆에 와서 서던 송인화. 자신을 떠난 뒤 홀연히 척주로 가버린 송인화. 지금 이곳, 척주에 있는 송인화.

모니터는 금세 어두워졌다. 윤태진은 컴컴한 복도로 나갔다. 집 화장실보다 익숙한 선일빌딩 삼층의 화장실이 보였다. 그곳은 밥을 먹은 윤태진이 양치를 하는 곳이었다. 사무실에서 잔 날은 세수를 하는 곳이었고 술을 마신 다음날은 혼자 앉아 설사를 하는 곳이었다. 부분부분 타일이 깨진 세면대 앞에 서서 윤태진은 거울 속 남자를 건너다보았다.

몸집이 큰 남자의 굵은 목 위로 두 눈이 돌출된 얼굴이 보였다. 몇 년 전부터 왼쪽 눈의 쌍꺼풀이 풀리면서 윤태진은 그쪽만 외까풀 눈이 되어 있었다. 큰 키 때문에 더 거해 보이는 어깨와 등, 한쪽 눈만 짙게 진 쌍꺼풀, 쉰 듯한 목소리. 모르는 사람에게 윤태진은 강건하고 이목구비가 뚜렷한 인상을 주었지만 그중 어느 것도 원래 윤태진의 것이 아니었다. 거울 속 자신의 모습을 보면서 윤태진이 가장 많이 하는 생각은 '징그럽다'였다.

오늘도 여전히 징그럽다.

윤태진은 치약을 길게 짜 올린 칫솔을 잇몸이 아프도록 입속으로 밀어넣었다.

*

"사무국장님."

"그래, 태진아. 아니, 윤비서관. 내가 잘못했다."

사무국장이 소파에 엉덩이를 댄 채 윤태진의 눈치를 봤다.

"사무국장님 또 사고치셨어요? 이번엔 어디서 전화가 왔는데요?"

김간사가 키보드를 두드리며 물었다.

"척주신문입니다."

"전기신문이 아니고?"

사무국장이 묻자 김간사가 파티션 위로 고개를 들었다.

"전기신문은 오병규 시장님이 툭하면 인터뷰하는 데가 전기신문이구요."

"그건 그렇지. 척주를 동북아 에너지 메카로 만들겠다고 엊그제도 인터뷰했더만. 아니 근데 척주신문 기자랑 술 마신 것도 아닌데 왜 거기서 전화가 오냐."

사무국장이 부은 눈으로 고개를 내저었다.

“뒷수습하는 것도 한두 번입니다. 제발 술자리에서 말조심 좀 하십시오. 우리 입에서 말 나가면 다 의원님 생각이라고 여기는 거 아시잖습니까.”

“그래, 윤비서관이 잘못이라면 잘못인 거야. 벌로 뭐할까. 화장실 청소할까?”

윤태진이 대답을 하기 전에 사무국장의 휴대폰이 울렸다. 같이 점심을 먹기로 했다는 친구가 사무실로 올라올 모양이었다. 윤태진은 휴대폰을 들고 창가로 가는 사무국장을 쳐다보았다. 술만 덜 좋아한다면 얼마나 좋을까. 그러나 그 술 좋아하고 사람 좋아하는 면이 여러 조직을 관리하는 힘이기도 했다. 최한수와 형 동생 하는 사이인 사무국장은 최한수를 초선으로 당선시킨 선거캠프에서 단연 일등공신이었다. 당선 뒤 최한수는 사무국장을 제일 먼저 보좌관으로 등록시켜 중앙으로 데려갔다. 하지만 국정감사 기간을 거치는 동안 정책 실무의 꼭지를 전혀 잡지 못하던 사무국장은 올라간 지 몇 달 만에 넌더리를 내며 척주로 돌아왔다.

인턴부터 시작해 차곡차곡 단계를 밟으며 5급 비서관으로 올라오기까지, 윤태진은 그렇게 불쑥 왔다가 가버리는 사람들을 수도 없이 겪었다. 지역 공신이 왔다 가는 것은 약과였다. 의원들은 유난히 간판을 좋아했고 하버드 출신이라는 이유로, 변호사 출신이라는 이유로 사람을 툭툭 꽂아넣었다. 그렇게 온 사람들은 대부분 의원회관 생활을 오래 못 버티고 떨어져나갔지만 자리는 새로운 고스펙 낙하산들로 끊임없이 채워졌다. 그런 곳에서 오로지 실력 하나로 버티는 동안 윤태진을 가장 많이 따라다닌 말은 싸가지라는 단어였다. 젊은 게, 줄도 배경도 없는 게 싸가지까지 없다는 지긋지긋한 얘기들. 6급 비서 팔 개월 차에 최연소 최단기간으로 5급 비서관이 되자 동료들의 시기와 질투, 험담도 같이 따라붙었다. 의원들은 내 보좌관 이런 출신이야, 하는 과시에는 윤태진을 써먹지 않았지만 진짜 일을 해야 할 때는 윤태진을 찾았다. 의원회관에서 잔뼈가 굵은 윤태진은 아무것도 믿지 않는 사람이 되었다. 윤태진이 믿는 건 자신의 능력과 경험뿐이었다.

"한수형이 너 얼마나 이뻐라 하는지 아냐." 사무국장은 윤태진을 보며 자주 그렇게 말했다. "한수형이 말은 안 해도, 니가 정치 생각만 있다면 자기 다음으로 너 안 밀어주겠냐. 일 년만 더 지역구 겪고 회관으로 복귀하면 너한테도 다 좋은 경험이 될 거다." 하지만 그건 최한수가 아니라 사무국장의 입에서 나온 말일 뿐이었다.

사무국장이 창문 밖을 향해 손을 흔들었다. 사무국장에게는 지역구 관리 업무가 맞는 옷이었다. 그 일을 제일 잘할 수 있는 사람이기도 했다. 그냥 허허 웃고 다니는 것 같아 보여도 사무국장의 머릿속에는 시의원들부터 아파트 부녀회 회장까지 척주의 웬만한 동향들은 다 입력돼 있었다. 하지만 그는 어디까지나 최한수의 사람이었다.

"윤비서관, 장명수는 언제 만나나?"

소파로 돌아오며 사무국장이 물었다.

"오후에요. 집으로 부르던데요."

"그래? 홍삼액이라도 사갖고 가라. 가서 간 잘 보고."

후원회 계좌에 찍히는 장명수라는 이름은 둘이었다. 한 장명수는 한 달에 만원씩 일 년에 십이만원을 후원했고 다른 장명수는 한 달에 사십만원씩 일 년에 사백팔십만원을 후원했다.

척주에 내려와 법회에 참석할 일이 생기면 최한수는 후원금을 내는 장명수가 감로사 법원 스님인지 삼은사 지광 스님인지 죽장사 석인 스님인지를 물었다. 기부금 영수증을 발급해야 했던 연말엔 행정비서도 윤태진에게 전화를 걸어 물었다. "장명수가 어느 스님 속명이에요?" 그러나 법정 한도액인 오백만원을 거의 채워 후원하는 그냥 장명수에 대해서는 다들 조심스러워했다.

문제는 그냥 장명수 같은 개인이 근래에 갑자기 많아졌다는 것이었다. 최한수에게 고액을 후원하는 사람들은 대개 척주 출신으로 서울에서 사업을 하고 있었다. 그것도 어쩌다 서너 명일 뿐 한 달에 만원씩 자동 이체하는 소액 후원자들이 대부분이었다. 장명수를 비롯해 한도액에 가까운 금액을 보내오는 개인들은 당원도 아니었고 최한수와 각별한 친분이 있지도 않았다. 지역 사무실은 늘 후원금에 목이 말랐기 때문에 돈이 들어오는 게 나쁜 일은 아니었다. 하지만 만에 하나라도 특정 단체에서 입법 활동을 목적으로 후원금을 내는 것이라면 기자들이 소설을 쓰려고 달려들 것이었다. 티가 나는 후원금은 목적을 파악해야 했다. 그들끼리의 연결 고리를 찾기 힘든 상태였기 때문에 장명수부터 시작해 한 사람씩 떠보자는 게 팀의 생각이었다.

"둘이 처음이지? 인사해."

사무실로 올라온 사무국장의 친구는 사무국장과 달리 마르고 빳빳해 보이는 인상이었다.

"이쪽은 보건소 실세. 이쪽은 우리 영감이 제일 의지하는 우리 팀 실세."

명함을 받고 나서 윤태진은 사무국장의 친구를 다시 한번 쳐다봤다. 척주시 보건소 예방의약계 계장 이창규. 예방의약계 계장이라면 송인화의 직속 상사일 터였다. 친구를 만나러 왔는데도 그는 어딘가 곤두서 보였다. 말라서 그런지 얼굴은 사무국장보다 나이들어 보였지만 전체적인 태는 더 젊고 날렵해 보였다. 어떤 사람일까, 윤태진은 이창규를 자세히 알고 싶어질 것 같은 예감이 들었다. 보건소에 비바람이 불면 어떻게 행동할 사람일까.

"영필이는 아예 얼굴이 안 보이네."

사무국장이 뒷주머니에 지갑을 넣으며 말했다.

"아, 너는 영필이랑 얼굴 안 보는 사이지."

이창규는 대꾸가 없었다. 싫어하는 건 언급도 하기 싫은 듯했다.

"하긴 척주에서 형사질 하려면 영필이가 바쁘긴 바쁠 거야. 혼자서 삐딱한데도 바쁜 거 보면 신기해."

사무국장과 이창규가 나가려고 할 때였다. 한 남자가 출입문으로 쭈뼛쭈뼛 들어왔다. 등이 구부정했고 직모 머리칼이 귀를 지저분하게 덮고 있었다. 양복을 걸치고 있었지만 며칠 집에 안 들어간 듯한 모습이었다. 남자는 출입문 손잡이를 잡고 서서 "못살겠어서 왔습니다" 했다. 개인적으로 하소연을 하러 오는 사람들이 일주일에 한둘은 있었다. 사업이 망했으니 예산을 따달라고 하거나 구제 방법을 알아봐 달라는 얘기일 거라고 윤태진은 남자의 차림을 보면서 생각했다.

사무국장이 남자를 소파로 데려가 앉혔다. 소파에 몸을 구기고 앉더니 남자가 말했다.

"집사람이 사이비에 빠져서요, 돈을 다 들고 튀었습니다. 집사람이 콩팥이 안 좋았는데 몇 달 어디 가 있더니 병이 다 나았다면서 돌아왔어요. 그러더니 아들 등록금까지 털어서 나갔습니다. 사이비 때려잡는 법 좀 만들어주세요, 의원님."

남자가 초조한 눈빛으로 사무실을 훑었다. 박성호보다 척주 억양이 훨씬 짙은 말투였다.

"거기가 혹시……"

"약왕성도회예요."

"에이, 거기가 요새도 그럽니까? 요새는 조용하지 않아?"

사무국장이 이창규를 돌아봤다.

"한 이십 년 조용했지. 요샌 좋은 일도 꽤 하는 것 같던데. 주말마다 회관으로 노인들 불러서 무료 공양 대접인가, 그런 것도 하고."

"그래. 어려운 애들 장학금도 주고 그런다고 들었는데. 수해 나면 성금도 꽤 크게 내고. 김간사야, 너 그쪽 좀 알지 않니?"

"좀 알진 않구요. 사무국장님이 좋아하시는 막걸리요, 그게 약왕성도회 거라는 건 알아요."

"그랬나?"

"저쪽 동네에 랜드 하나 있잖아요, 그것도 걔네 거고. 해수욕장에 리조트도 몇 개 있을걸요. 산속에 박물관도 하나 있다는데요, 거기 잘못 들어가면 못 나오는 수가 있대요."

"안 알려진 사업은 더 많을걸. 걔네는 절대 대놓고 안 하잖아."

"그러다 약왕성도회에서 동해안 땅 다 사는 거 아니야?"

"무슨. 거긴 한수원 직원들이 애저녁에 샀다던데."

소파에 앉아 있던 남자가 한숨을 쉬며 몸을 더 구겼다. 사무국장이 가서 남자의 팔을 잡았다.

"이거 손님을 앞에 두고 저희들끼리 떠들었네요. 약왕성도회 건은 접수했으니까요, 저희가 잘 살펴보겠습니다."

사무국장은 남자를 부축해서 이창규와 함께 밖으로 나갔다.

약왕성도회라, 오랜만에 들어보는 이름이었다. 윤태진이 고등학생 때만 해도 약왕성도회는 공격적으로 거리 포교를 했다. 지나가는 사람들의 기색을 살펴서 몸 어디어디가 안 좋으시죠, 라며 접근하는 식이었다. 남자가 말한 사연 같은 것도 그 무렵 척주에 많이 떠돌던 것이었다. 그러다 어느 순간부터 약왕성도회는 거리 포교를 중단했고 사람들의 머릿속에서 잊혀졌다. 입방아에 오르내릴 만한 스캔들도 없었다. 이십 년 가까운 세월 동안 그들이 조용히 복지와 교육 사업에 매진해왔다는 것, 누구도 그 전체 규모를 알 수 없는 이익 사업을 하고 있다는 것. 밖에 알려진 것은 그 정도였다. 그 약왕성도회의 이름이 다시 들려오기 시작한 것이었다.

윤태진은 창가로 갔다. 직모 머리의 남자는 보이지 않았다. 대신 윤태진의 눈에 들어온 것은 선일빌딩 앞 갓길에 세워진 연갈색 산타페였다. 사무국장이 막 조수석으로, 이창규가 운전석으로 들어가는 것이 보였다. 윤태진은 사거리에서 천천히 우회전을 하는 산타페의 뒷모습을 눈으로 좇았다. 얼마 안 되는 시기에 어디선가 저 차를 봤다는 생각이 들었다. 그게 어디였을까. 윤태진은 차가 시야에서 완전히 사라질 때까지 그 자리에 서서 움직이지 않았다.

*

'CCTV 작동중. 언제나 안심.'

붉은색 세콤 패널 앞에 서서 윤태진은 문이 열리길 기다렸다. 담을 타 넘어온 붉은색 장미 덩굴이 땅을 향해 늘어져 있었다. 해가 뜨거웠다.

대문 밖으로 나와 홍삼농축액을 받아든 건 장명수의 부인이었다. 공들여 조경은 했으나 오랫동안 가꾸지 않은 듯한 뜰에는 빈 대형 화분 몇 개가 모여 있었다. 집고양이인지 길고양이인지 알 수 없는 고양이가 그중 하나에 앉아 윤태진을 쳐다봤다.

베란다에는 키가 큰 관엽식물이 빽빽하게 늘어서 있었다. 그래서인지 낮인데도 실내는 어둑했다. 윤태진은 장명수와 인사를 하고 거실 소파에 앉았다. 맞은편 벽에 무언가가 많이 붙어 있었다. 붉은 흙으로 뒤덮인 밭 사진이 제일 먼저 눈에 들어왔다. 그 옆에 있는 액자에는 영금굴 입구가 보이는 덕왕산 사진이 담겨 있었다. 덕왕산 옆에는 절벽 끝에 매달려 있는 해송 사진이 있었고 그 옆에는 달마도가, 주방 쪽 벽에는 약사여래상이 보이는 달력이 걸려 있었다. 한약재를 달이는 듯 안쪽에서 후텁지근한 기운이 새어나왔다.

"벌써 참 덥죠?"

얼음이 든 오미자차를 내오며 장명수 부인이 말했다. 정신없이 걸린 액자들 때문인지 약재 냄새 때문인지 윤태진은 집안에 들어서면서부터 이상하게 머리가 지끈거렸다. 해송 사진 위에 걸린 척주동해비 탁본 액자를 보고 나서야 이마가 조금씩 차가워지며 호흡이 원래대로 돌아왔다.

"그거 아세요? 태풍 루사 때요. 오십천이 넘치고 난리도 아니었잖아요. 저 비문 갖고 있는 집만 물을 피했대요. 그뒤로 우리집도 동해송은 항상 걸어놓고 있어요."

윤태진이 동해비 액자를 보고 있자 장명수 부인이 말했다. 검은색 민소매 원피스를 입은 장명수 부인은 중늙은이처럼 보이는 장명수와 달리 언뜻 봐서는 나이가 가늠되지 않았다. 나잇살이 안 보이는 여리여리한 몸에 긴 머리를 하나로 묶고 있었다.

"옛날에 어라진에 해일이 덮쳤을 때요. 배가 유리골 꼭대기에 걸렸었다잖아요. 그때도 척주동해비에서 무슨 징조가 읽혔다고 하던데…… 삼은사에 신도들 모이면 그 얘기 하는 게 제일 재미나요. 언제 언제 해일이 올 거라고 적힌 비결서가 있다더라, 그런 거. 사모님이 그런 얘기 진짜 좋아하세요."

장명수 부인이 말하는 사모님은 최한수 부인일 터였다. 둘은 삼은사 약사여래불 앞에서 기도를 하며 인연을 맺은 사이였다. 어라진 바다를 보며 서 있는 삼은사 약사불은 팔공산 갓바위나 남해 보리암 못지않은 기도처였다. 약사여래 기도 접수를 시작하면 척주 사람들은 물론 전국에서 병든 신도들이 모여들었다. 주지가 특별 법회에라도 불러주면 그게 다 최한수의 표였다.

"요새 한창 바쁘시겠어요. 의원님이 늘 감사해하십니다."

윤태진은 장명수에게 최대한 정중하게 말했다.

"아카시아꽃이 작년보다 빨리 피어서 아주 정신이 없었어요. 덕왕산에서 내려온 게 그저껩니다. 이제 밤꽃 피면 또 올라가야지요."

검붉게 그을린 전형적인 촌부 얼굴을 한 장명수를 윤태진은 유심히 바라보았다. 산을 타서일까. 키는 작았지만 어깨도 허리도 단단해 보이는 남자였다.

"이 사람은 집보다 산을 더 좋아해요."

장명수 부인이 장명수의 등을 만지며 말했다.

"그럼 두타산에 한번 같이 가세요. 곧 여름 산행이 있을 겁니다."

자연스레 서로 몸을 대고 앉은 장명수와 장명수 부인을 윤태진은 번갈아 바라보았다. 장명수 부인의 손이 장명수의 몸을 떠나지 않아서일까. 산행 얘기를 하면서도 윤태진의 머릿속으로는 두 사람의 여러 체위 장면이 영상으로 지나갔다. 오미자차를 마시는 것으로 태연하게 영상을 밀어내며 윤태진은 장명수의 대답을 기다렸다.

"내가 무슨요. 먹고살기도 바쁜데."

장명수가 손을 내저었다. 자신이 낄 자리가 아니라는 듯 쑥스럽게 웃기까지 했다. 윤태진은 장명수의 거칠거칠한 얼굴을 다시 바라보았다. 그는 양봉업자일 뿐이었다. 물론 단순 양봉업자는 아니었다. 그가 덕왕산 영금굴 주변에서 채취한 토종꿀은 시의 특산물이었다. 여러 행사장과 관광지에서 장뇌삼이나 가시오갈피 등과 함께 판매되고 있었다.

"그래도 사모님은 척주여고 출신이 아니니 얼마나 다행이에요. 저는 요새 동문회에서 걸려오는 전화 때문에 죽겠어요."

장명수 부인이 동문회 얘기를 꺼냈다.

"제가 양쪽에 다 친한 사람들이 있어서요. 동문회 감사위원회 언니들이 동문회장 언니를 고소했어요. 동문회비를 반핵 단체에 기부했다고 배임 횡령 혐의로 찌른 거예요. 근데 그게 다가 아니라요, 오시장님 '양아'들이 있잖아요? 왜 연초에 척주여고 총동문회에서 원전 반대 기자회견 했잖아요. 그때 삭발했던 동문회 임원들 집을 그렇게 어슬렁거린대요. 무서워서 밤늦게 딸내미 학원도 못 보내겠다고 하더라구요."

"시장님이 요새 마음이 급한가보네."

장명수가 혼잣말처럼 말하며 윤태진을 보았다. 최한수의 입장에 대해 제대로 듣고 싶어하는 눈치였다. 시장과 여전히 한편인지도 궁금할 것이다.

"감사위원회 언니들이 단단히 벼르고 있어요. 척주에서 공무원 생활하는 척주여고 출신들 다 소집해서 시장님한테 힘 실어드려야 한다고. 이럴 땐 공무원 아닌 게 얼마나 다행인지."

장명수 부인이 윤태진 쪽으로 몸을 조금 숙였다.

"솔직히 윤비서관님, 우리가 시랑 척지면 양봉사업 제대로 하기 힘들잖아요. 이러지도 못하겠고 저러지도 못하겠고."

"……"

"요새 분위기로 봐선 척주에 뭔 일이 날 것 같다니까요."

모임에서든 일터에서든 이들 부부도 입장을 분명히 해야 하는 압박감 속에 있는 듯했다. 사람들은 여당 태생인 최한수가 정부 여당에서 추진하는 핵발전소 건설 사업을 반대할 수도 있는 사람이라고 생각하는 걸까?

최한수의 유일한 목표는 재선이었다. 후쿠시마 원전 사고 이후로 이제 대놓고 원전 건설에 찬성해서는 척주에서 표를 얻을 수 없다는 걸 최한수는 잘 알고 있었다. 하지만 여당 공천을 못 받으면 그 표를 얻을 수 있는 기회조차 없었다. 최한수는 어떻게 하는 게 재선에 유리할지 척주와 당 계파의 눈치를 한꺼번에 보는 중이었다.

"근데 그 서명부가 있기는 한 거예요? 이상한 얘기가 돌던데."

"이상한 얘기요?"

"제가 오늘 삼은사 가서 들은 건데요, 그 서명부에 죽은 사람 이름도 있다고 하더라구요."

장명수가 껄껄 웃더니 절에서 기도를 해야지 왜 소설을 쓰느냐고 말했다.

"아니, 상식적으로 그렇잖아요. 척주 사람 96퍼센트가 찬성 서명부에 사인을 했다는데 그 명단이 다 어디서 왔겠어요."

장명수 부인이 목소리를 낮췄다.

"새천년도로에 있는 소망의 탑이요, 왜 그 탑 지을 때 후원금 낸 사람들 이름이 거기에 동별로 깨알같이 적혀 있잖아요? 그걸 베껴다가 명단을 만들었다는 얘기도 있어요. 근데 그건 약과예요. 유리골에서 사형 당한 죄수들 있잖아요. 그 원혼들이 척주를 골로 가게 하려고 자기들 이름을 대줬다는 얘기도 있어요. 시 차원에서 굿 한번 해야 되는 거 아닌가 몰라."

장명수 부인의 입에서는 끝도 없이 소문과 괴담이 나올 듯했다.

후쿠시마 사고로 반대 여론이 끓어오르자 오병규 시장은 서명부 하나를 전면에 걸며 그것을 핵발전소 유치의 명분으로 내세웠다. 척주시 유권자의 96.9퍼센트가 핵발전소 건설에 찬성 서명을 했다는 서명부였다. 주민투표를 하자는 요구도 서명부를 근거로 들며 거부하고 있었다.

윤태진은 작년 봄, 척주체육관에서 떠들썩하게 열렸던 원전 유치 결의대회를 떠올렸다. 원전 찬성 서명부가 처음 등장한 게 그 무렵이었다. 체육관에는 삼천 명이 넘는 사람들이 동원되었고 거리에는 천여 개가 넘는 원전 유치 지지 현수막이 달렸다. 동일본 대지진으로 후쿠시마 원전이 폭발한 게 결의대회 이틀 뒤였다. 후쿠시마 사고 나흘 뒤, 한수원의 부지선정위원들이 척주에 답사를 왔다. 오병규 시장, 시의회 의장과 함께 원전 건설 후보지를 둘러본 부지선정위원들은 신라회관에서 소 한 마리를 먹으며 척주 사람 96.9퍼센트의 이름이 적힌 원전 찬성 서명부를 전달받은 것으로 알려져 있었다.

그러나 찬성 서명부는 등장 당시부터 조작 의혹이 끊이지 않았고 지금은 원본은 물론 복사본조차 행방을 알 수 없는 상태였다.

"혹시 그 서명부가 어디 있다더라는 소문은 없습니까?"

윤태진이 반농담으로 물었을 뿐인데 장명수 부인은 기다렸다는 듯 "당연히 있죠" 했다.

"시청 정화조 뚜껑에 붙어 있다는 설이 하나 있구요, 보건소에 백신 보관하는 냉장고 있잖아요? 거기에 있다는 설도 있어요."

그렇게 말하고 장명수 부인은 상체를 들썩이며 웃었다. 외모와 달리 웃음소리가 기괴했다. 사모가 가까이하게 두어도 될까, 윤태진은 판단이 서지 않았다.

장명수가 걸려온 전화를 받으며 방으로 들어갔을 때였다. 민소매를 입은 장명수 부인이 앉은 자세에서 두 팔을 들어올려 느슨해진 머리를 다시 묶기 시작했다. 이쪽을 향해 활짝 열린 부인의 맨겨드랑이에서 윤태진은 순간 시선을 돌렸다. 그러다 아차 하는 사이 다시 부인의 겨드랑이와 허리와 둔부를 훑고 말았다. 부인은 머리를 한참 동안 묶어 올리면서 속을 알 수 없는 표정으로 윤태진을 빤히 쳐다봤다. 그러더니 "잠깐만요" 하고는 주방으로 들어갔다.

왜 그런지 윤태진은 모욕을 당한 기분이 들었다.

잠시 뒤 부부는 약속이라도 한 듯 외출 준비를 하고 나왔다.

"같이 가시죠, 윤비서관님. 윤비서관님이 흥미를 느끼실 만한 강연이 하나 있습니다."

진짜 중요한 건 지금부터라는 듯 부부는 윤태진을 자신들의 차에 태웠다.

*

장명수 부부의 차가 도착한 곳은 척주문화예술회관이었다. 소강당 앞으로 윤태진을 데려간 부부는 좀 둘러보고 계세요, 하더니 어디론가 사라졌다. 강당 입구에는 보라색 꽃이 핀 작은 화분들이 테이블 위에 길게 늘어서 있었다. 간단한 다과도 보였다.

몸싸움이 벌어졌던 곳이라고는 믿기지 않게 문화예술회관 앞은 조용했다. 윤태진이 이곳에서 박성호와 명함을 주고받은 날은 한수원에서 원전 관련 주민 설명회를 열던 날이었다. 앞쪽에서는 경찰이, 뒤쪽에서는 박성호 패거리가 원전에 반대하는 주민들의 입장을 막고 있었다.

'척주의 새로운 성장 동력, 원자력발전입니다.'

회관 입구에 걸린 대형 플래카드 앞에서 주민들이 경찰과 대치하고 있었다. 그들은 '땅을 해치지 말라'고 적힌 플래카드를 몸에 감고 어떻게든 설명회장 안으로 들어가려고 했지만 그러지 못했다.

설명회는 원전에 찬성하는 주민들만 입장한 채 한 시간 만에 끝났다. 어깨에 달갈을 뒤집어쓴 박성호가 벤치에 앉아 있는 윤태진한테 다가오더니 명함과 식사권을 건넸다. 가서 밥이나 먹자고 말하는 박성호는 땀에 젖어 씩씩거리면서도 활기와 흥분에 휩싸여 있었다. 박성호가 건넨 종이에는 칠천원이라는 가격 표시와 함께 '본 식사권을 받은 음식점은 원전유치협의회에 제출하시기 바랍니다'라고 쓰여 있었다.

박성호 패거리가 삭발한 중년 여자들에게 쌍욕을 하던 문화예술회관 뜰엔 붉은색 장미가 피어 있었다. 척주의 어딜 가도 장미꽃이 보이는 때였다. 그 뜰을 지나 사람들이 하나둘 안으로 들어왔다. 삼삼오오 모여 왁자지껄하게 들어오는 사람들도 있었고 트레이닝복 차림으로 아이 손을 잡고 오는 사람들도 있었다. 유모차를 밀고 오는 사람도 있었고 임신부도 보였다. 그들은 강당 입구에서 보라색 꽃 화분을 하나씩 받아들고는 안으로 들어갔다.

스태프가 건네는 화분을 얼떨결에 받아들고 윤태진도 안으로 들어갔다. 행사의 취지를 알고 온 듯 사람들은 윤태진처럼 두리번거리지 않고 자연스럽게 자리를 찾아 앉았다. 대부분 아이 엄마로 보이는 여자들이었다.

잠시 뒤 무대로 한 여자가 들어왔다. 정장을 입은 오십대 정도의 여자였다.

"더운데 오시느라 고생 많으셨지요? 요즘 같은 때에 허심탄회하게 속 얘기나 해보자고 이런 자리를 마련했습니다. 혼자 불안해하면서 인터넷 카페에 이런저런 질문 올려봐도 마음은 계속 답답하잖아요."

인터넷 커뮤니티를 통해 홍보가 된 강연인 듯했다. 연단 위에 선 여자는 표정도 목소리도 온화했다. 조카의 상견례에 곱게 꾸미고 나온 고모 같은 모습이었다.

"날도 더운데 우리 동굴 사진 보면서 머리 좀 식힐까요?"

여자의 말과 함께 강연대 뒤의 스크린에 영상이 나타났다. 석회암 바위가 솟아 있는 산이었다. 영상은 석회암을 타고 아래로 내려갔다. 암석 사이로 삼각형의 굴 입구가 보였다.

"척주에 쉰 개가 넘는 석회동굴이 있지요. 영금굴은 유명 관광지니까 다 가보셨겠지만 우리가 지금부터 볼 곳은 미개방 석회동굴입니다. 여기가 어디쯤일까요? 7번국도 하맹방에서 서쪽으로 6킬로미터를 가면 있는 곳입니다. 생각보다 가까운 곳이지요?"

영상은 굴 안을 비췄다. 새하얀 유석들이 커튼처럼 펼쳐졌다. 석순과 휴석들을 천천히 비추던 영상은 종유석 폭포를 타고 수직으로 내려가기 시작했다. 한참을 내려간 곳에서 나타난 것은 동굴산호에 둘러싸인 연못이었다. 진주 같기도 하고 꽃 같기도 한 새하얀 돌기들 사이로 무언가를 반사하고 있는 듯한 연못이 보였다. 동굴 안 어디선가 바람이 불어오는 듯 연못에 잔물결이 일었다.

"여러분은 지금 오억 년 된 동굴 안에 들어와 있습니다. 초섬굴이라 불리던 곳이지요. 보이시나요? 이곳은 바깥의 더러움과 분리된 다른 세계입니다."

소강당 안은 기침소리 하나 없이 조용했다. 그만큼 동굴 영상은 비현실적으로 느껴졌고 사람들을 순식간에 다른 차원으로 데려간 듯했다.

"믿기십니까? 여기가 척주 땅 밑입니다. 여러분들은 이런 동굴 위에서 걷고, 먹고, 자고 있는 거예요. 땅 위에서 오억 년이 흘러가는 동안 이 안에서는 무슨 일이 있었을까요?"

"……"

"인간들이 절대 알 수 없는 어떤 생명체가 자라고 있지는 않았을까요? 지구 어디에도 없고 오직 척주 땅 밑에만 있는 그런 거 말입니다."

오억 년 된 동굴수와 함께 동굴 생성물들을 한참 비추던 영상은 잠시 뒤 바다로 넘어갔다. 어라진이었다. 윤태진은 자신도 모르게 침을 삼켰다.

"여긴 여러분에게도 익숙한 곳이지요?"

영상은 바다와 방파제와 등대를 훑고 육지 쪽을 비췄다. 코끼리산과 유리골, 삼은사의 약사여래불을 향해 다가가던 영상은 왼쪽으로 방향을 틀더니 골짜기 하나를 넘었다. 35광구였다.

"바닥까지 움푹 파였네요. 여기가 이십 년 동안 석회석을 캤던 35광구입니다. 이 산이요, 광구로 개발되기 전에는 약산이라고 불리던 곳입니다. 여기 움밭리 일대가요, 약초 많고 기도발 잘 받기로 유명했던 거 아십니까? 이제는 뭐 다 캐먹었지만요. 아무튼 35광구를 대신할 새 광산이 다시 개발되고 있는데요."

여자의 조곤조곤한 목소리와 함께 영상은 석회석 덩어리가 어지럽게 쌓인 다른 산으로 넘어갔다.

"여기가 새로 석회석을 캐게 될 신광산입니다. 위치가 어딘지 한번 볼까요? 7번국도 하맹방에서 서쪽으로 5킬로미터. 네, 아까 여러분이 봤던 초섬굴 옆입니다. 이 새 광산과 초섬굴은 애초에 바다였던, 같은 석회암 덩어리입니다. 여기서 석회석 채광을 시작하면 초섬굴에서는 어떤 일이 일어날까요."

환경단체인 건가. 동굴 영상에 홀렸던 탓인지 윤태진은 힘이 조금 풀리는 듯했다.

"초섬굴 안에 무언가가 있다면 말입니다, 그게 오억 년 동안 자라 왔든 아니든, 이제 우리에겐 시간이 얼마 없습니다."

동굴을 사랑하는 사람들의 모임인 걸까. 강당 안에는 강연의 목적을 짐작할 수 있을 만한 플래카드도 포스터도 보이지 않았다. 연단 쪽 출입구로 얼핏 장명수 부인의 뒷모습이 스쳐간 것 같아 윤태진은 고개를 뺐다.

"들어오면서 보라색 꽃 하나씩 받으셨을 겁니다."

스크린은 어느새 태평양 지도로 넘어가 있었다.

"자주달개비라는 꽃입니다. 방사능 지표식물이지요. 방사능 수치가 정상일 땐 꽃이 보라색입니다. 수치가 높아지면 색이 달라지지요. 어때요, 여긴 아직 정상인가요?"

사람들이 고개를 숙여 화분을 바라봤다.

"저도 척주에서 애 둘을 키웠습니다."

여자의 말에 아이 엄마들이 고개를 들었다.

"다 키운 저도 이런데, 이제 막 어린애들 키우기 시작하는 여러분들은 마음이 어떻겠습니까. 작년에 후쿠시마 사고가 나고 나서 우리 얼마나 불안해했습니까. 척주가요, 후쿠시마 이후에 세계 최초로 새 원전 부지로 지정이 된 곳입니다. 작년 봄에 방사능 비 맞던 날 생각나세요? 여기다 원전 세우려고 꼼수 부리는 저 태백산맥 서쪽 것들이요, 그때 방사능 비 막자고 태백산맥에 인공 강우를 뿌렸습니다. 동쪽에 있는 우리가 요오드랑 세슘 비를 다 뒤집어썼어요."

차분하게 말을 이어오던 여자는 인공 강우 얘기에서 약간 흥분한 듯했다. 반핵 단체인 건가. 윤태진은 턱을 매만졌다. 여자의 화법으로 보면 다음 선거를 준비하는 예비 후보라고 해도 믿을 수 있을 것 같았다.

"석회석 새로 캔다고 뭐라고 할 수도 없는 것이요, 핵발전소 세워지면 격납건물에, 방사능 폐기물에, 콘크리트를 엄청 들이부어야 하잖아요? 그러니 시멘트가 얼마나 많이 필요하겠습니까. 새마을운동 때보다 더 필요할지도 몰라요."

여자는 천천히 물을 들이켰다. 마음을 가라앉히려는 듯했다. 스크린에 띄워진 태평양 지도를 보던 여자는 진정된 목소리로 말을 이었다.

"척주맘들, 우린 바다 옆에서 아이들을 키우고 있습니다. 다 아는 얘기이지만 들을 때마다 무섭고 불안해지는 말들이 있지요. 여기 이 해류 보이십니까? 이 흐름대로라면 2019년엔 태평양 전체가 방사능으로 오염될 거라고 합니다. 그전엔 안전할까요? 후쿠시마 현에서 시작되는 아가노 강이 우리 동해로 직접 흘러들어온다는 얘기가 있어요. 일본산 꽁치가 타이완산으로 둔갑해서 버젓이 팔리고 있습니다. 일본까지 갈 거 있나요? 대게는 영덕보다 울진에서 더 많이 잡히는데 절대로 울진 대게라고 하지 않습니다. 생협이랑 한살림만 이용하면 정말 안전할까요? 믿을 만한 방사능측정기 추천해주세요, 하고 인터넷 카페에 올리면 뭐합니까. 아이들이 유치원이랑 학교에서 뭘 먹고 올지 모르는데요."

여자는 잠시 말을 쉬면서 숨을 골랐다.

"지구상에서 세포분열 속도가 느린 생명체가 둘 있습니다. 노인과 바퀴벌레입니다. 그들은 방사능에 별 영향 안 받아요. 하지만 아이들이요, 우리 아이들! 우리 아이들 몸으로 저 더러운 것들이 들어오면 어떤 치명타를 입을지 모릅니다."

방사능과 내부 피폭 얘기가 나오자 여자들의 집중도가 눈에 띄게 달라졌다. 연단 위의 여자가 외친 '우리 아이들'이라는 말이 좌석에 앉은 여자들을 묘한 흥분과 집중 상태로 이끄는 듯했다. 스크린은 태평양 지도에서 망망대해 사진으로 바뀌었다.

"태평양에 사는 물고기와 해초를 이제 우리가 먹을 수 있을까요? 여러분은 바다를 믿을 수 있습니까? 저는 더는 바다를 못 믿겠습니다."

여기저기서 사람들이 고개를 끄덕였다. 누군가 속시원하게 이런 얘기를 해주길 기다려온 듯한 모습들이었다.

"갑상선 방호 약품이라는 게 있습니다. 정부는 말하지요. 핵발전소 사고를 대비해서 요오드화칼륨, 프러시안블루, 다 비축해두었다고요. 여러분은 그 약들이 여러분한테까지 빠르게, 충분히 전달될 거라고 믿을 수 있습니까? 독감 백신 수요도 못 맞추는데요? 미리 배포를 해주는 것도 아닙니다. 사고가 나면 대피해야 될 그 급박한 시간에 보건소로 약 받으러 가야 돼요. 우리한테 차례가 올지 알 수도 없는 약을 받으러요."

여자가 좌중을 천천히 둘러보다 급습하듯 물었다.
"정부가 우리한테 약을 약속해줄 수 있습니까?"
낮은 탄식들이 새어나왔다.
"그러면 이건 어떻습니까."
스크린에 다시 나타난 것은 뜻밖에도 삼은사 약사여래불이었다.
"저는요, 여러분. 척주에서 태어나서 척주에서 초중고등학교를 다녔습니다. 척주 남자랑 결혼해서 척주에서 아이들을 낳고 키웠습니다. 제 어머니, 할머니, 몸 아플 때마다 저 약사불 앞에 가서 기도를 드렸습니다. 영험하신 부처님, 약함을 들고 계신 우리 부처님. 저는 척주 사람입니다. 대체 그 약함엔 무엇이 들어 있습니까!"
원망하는 것도 같고 비꼬는 것도 같은 목소리로 여자가 낮게 외치기 시작했다.
"병고와 재난을 해결해주신다는 약사 부처님. 바다를 보면서 저렇게 고상하게만 서 계신 부처님! 바다에는 지금 이렇게 재앙이 닥쳐와 있습니다. 그런데 약함을 열지도 않고 서서 무얼 하십니까, 부처님!"
좌석에는 불안한 여자들이 앉아 있었고 연단 위의 여자는 그 마음들을 움켜잡듯 물기 어린 목소리로 공기를 흔들었다.
"어머님들."
여자들의 시선이 연단 위에 고정됐다.
"저 약사여래가 우리한테 약을 약속해줄 수 있습니까?"
좌석은 쥐죽은듯 고요했다.
송인화가 강당 안으로 들어온 건 그때였다.
송인화는 스크린에 띄워진 약사여래상을 한참 쳐다보다가 통로 건너쪽 좌석에 가서 앉았다. 같이 들어온 공익근무 요원이 윤태진의 시야를 가리며 송인화의 왼쪽에 앉았다. 윤태진은 등에 저절로 힘이 들어갔다. 연단 위의 여자가 본격적으로 갑상선 얘기를 시작했지만 윤태진에게는 더이상 그 말이 들리지 않았다.

흥미롭다는 듯 강당 안의 사람들을 둘러보던 공익근무 요원은 뒤를 돌아보다 윤태진한테 시선을 고정했다. 눈이 마주치자 공익근무 요원은 뜻밖에도 윤태진에게 목인사를 했다. 윤태진은 그의 이름을 알고 있었다. 보건소 SNS 페이지에 몇 번이라도 들어가본 사람이라면 모를 수 없는 이름이었다.

서상화는 다리를 떨고, 귀를 만지고, 앞좌석의 아이가 돌아보자 손을 흔들었다. 서상화가 몸을 기울여 송인화한테 무언가를 얘기하자 송인화가 고개를 끄덕였다. 둘은 해돋이횟집에서보다 더 가까워 보였다. 서상화는 동네 누나를 따라 나온 소년 같기도 하고 과외 선생님을 쫓아다니는 학생 같기도 했다. 들떠 보였다. 윤태진과 다시 눈이 마주치자 서상화는 웃고 있던 표정 그대로 주저 없이 윤태진의 시선을 받았다. 서상화가 송인화와 자신의 관계를 알고 있다는 걸 윤태진은 직감할 수 있었다.

서상화는 강당 좌석에 맞춰 앉기엔 다리가 너무 긴 듯했다. 반듯하고 아담한 어깨와 기다란 목, 두상이 드러나도록 시원하게 깎은 머리, 땀도 흘리지 않을 것 같은 마르고 가뿐해 보이는 몸을 윤태진은 뭐라 설명하기 힘든 기분으로 쳐다보았다. 여자들과 거리낌없이 수다를 떨고 격의 없이 친구가 되는 남자들. 윤태진은 그런 종류의 남자들한테 제일 큰 거리감을 느꼈다. 박성호 같은 양아치들보다도 윤태진한테는

면 존재처럼 느껴졌다. 세상 사람들이 자신에게 호의를 베풀지 않을 이유가 없다는 듯 어떤 경계심도 없이 타인에게 먼저 다가가는 사람들.

하지만 서상화에게선 그것만으로는 설명되지 않는 다른 무언가가 느껴졌다. 그게 뭘까, 윤태진은 생각했다. 저 자식이 송인화 옆에 있는 것이 왜 불길하게 느껴질까. 서상화가 앞자리의 아이한테 장난을 걸며 몸을 굽힐 때마다 송인화의 옆모습이 드러났다. 옅은 화장기에 강단이 숨어 있는, 여전한 그 얼굴이었다. 윤태진 때문에 울고, 윤태진의 말에 베이고, 회복할 수 없을 정도로 윤태진 자신을 베던 여자가 정말 저 여자가 맞을까.

윤태진은 송인화와 함께 척주 거리를 걸어본 적이 없었다. 서울에서 만났고 둘 다 서울에서 일을 했다. 말을 맞춘 것도 아닌데 둘은 척주 얘기를 삼갔다. 서로에게 척주는 그다지 떠올리고 싶은 곳이 아니라고 짐작할 뿐이었다. 그런데 그날은 이상했다. 며칠 동안 휘몰아친 일이 마무리되고 같이 쉬게 된 주말이었다. 무작정 어디론가 떠나고 싶어서 출발을 했는데 정신을 차려보니 둘은 영동고속도로 위에 있었다.

밤새 비가 내린 뒤여서인지 이른 아침에 들어선 대관령 터널엔 안개가 짙었다. 여름인데도 차체로 차가운 기운이 느껴져 윤태진은 조수석에서 자고 있는 송인화에게 담요를 덮어줬다. 윤태진은 동해 톨게이트로 나와 무릉계곡 쪽으로 차를 몰았다. 나무가 우거진 계곡길로 들어갔을 때쯤 내내 자고 있던 송인화가 눈을 떴다.

계곡을 따라서 이어진 식당들 앞엔 효자손과 삑삑이 인형과 나비가 그려진 등산용 손수건들이 매달려 있었다. 둘은 한 식당 안으로 들어갔다. 계곡이 내려다보이는 제일 안쪽 평상에 앉자 모든 소음을 집어 삼킬 듯 물소리가 거세게 들려왔다. 저만치 계곡 아래에서부터 올라온 소나무 줄기가 평상 바로 옆을 지나며 위로 뻗어 있었다. 젖어 있어서인지 나무줄기에서는 송진 냄새가 짙었다. 소나무잎에 매달린 물방울들이 닿을 듯 가까이에서 흔들렸다.

"좋다……"

숲을 보던 송인화가 말했다. 감자전과 도토리묵이 나올 때까지 둘은 물소리를 들으며 말없이 계곡을 내려다봤다. 음식이 상에 놓이자 송인화가 이쪽으로 몸을 돌리며 턱을 쓱 닦았다. 그제야 윤태진은 송인화가 울고 있었다는 걸 알았다. 좋은데 왜 눈물이 나는지 모르겠다는 듯 송인화가 멋쩍게 웃으며 젓가락을 집었다. 그러더니 "미쳤나봐" 하면서 또 턱을 닦았다.

평상 난간 아래쪽에는 다육이가 심어진 기다란 장화 화분이 있었다. 닭백숙에 넣는 황기 냄새가 희미하게 깔려 있었고 테이블을 덮은 흰 종이 위로 작은 벌레들이 날아왔다가 다시 날아갔다. 모자를 벗으며 단체 등산객들이 들어왔고 옥수수 찜통에서 올라온 김들이 쉬지 않고 창유리에 서렸다. 손을 뻗으면 닿는 테이블 맞은편에는 송인화가 있었다.

둘 사이에 어떤 일이 일어나게 될지 둘 다 알지 못하던 때였다. 양손에 젓가락 하나씩을 들고 감자전을 가르는 송인화를 보면서 윤태진은 생각했다. 이 여자가 옆에서 이렇게 이유 없이 눈물을 글썽여준다면, 그러면 흔들리지 않고 갈 수도 있겠구나.

윤태진은 보라색 꽃 화분을 그 자리에 놔두고 소강당을 걸어나왔다.

어둑해진 사무실엔 아무도 없었다. 어스름이 짙게 내려오자 윤태진은 몸 안쪽이 텅 빈 것처럼 허전해져왔다. 시간을 보니 밥때가 지나 있었다. 윤태진은 주문한 밥이 올 때까지 파티션에 등을 기대고 우두커니 서 있었다. 된장찌개 백반은 둥근 쟁반에 담겨 배달되었다. 윤태진은 소파 테이블에 쟁반을 놓고 앉았다. 밥공기 뚜껑을 열고 뚝배기에서 된장찌개를 한 숟가락 떴다. 꽃무늬가 거의 지워진 스텐 쟁반 위에는 어묵조림 조금, 미역줄기 조금, 취나물 조금, 고등어 반토막이 담겨 있었다. 윤태진은 밥과 함께 그것들을 입에 넣고 한참을 물고 있다가, 생각난 듯 우물우물 씹어 삼켰다. 컴컴한 사무실에서 불도 켜지 않은 채 윤태진은 커다란 등을 수그리고 앉아 한참 동안 밥을 먹었다.

*

남자는 웃고 있다. 남자는 뒷걸음으로 뛰어가면서 웃고 있다. 남자는 뒷걸음으로 뛰는 동시에 휴대폰으로 동영상을 찍으면서 웃고 있다. 윤태진은 남자가 짓고 있는 표정을 이해할 수 없다. 어떻게 하면 저런 표정이 나올 수 있는 건지 죽을 때까지 이해할 수 없을 것 같은 기분이 든다.

아이는 아장아장, 뛸 듯이 걸었다. 남자는 아이 앞에서 뒷걸음으로 뛰면서 어쩔 줄 몰라하는 표정으로 아이를 찍어댔다. 육아 예능 프로그램의 한 장면이었다. 윤태진이 그걸 보면서 느낀 감정은 한 가지였다.

저 남자가 싫다.

저렇게 웃는 면상을 한 대 갈기고 싶다.

이른 새벽에 침대에서 선잠이 깨면 몸이 그대로 윤태진을 집어삼키는 듯했다. 며칠째 반복되는 영상이 새벽마다 윤태진을 자극했다. 윤태진은 누군가의 골반을 잡은 채 몸을 움직이고 있었다. 윤태진의 두 손은 엎드린 여자의 허리를 지나 가슴을 움켜잡았다. 윤태진은 헐떡이며 외쳤다. 미쳐버릴 것 같고, 다 없애버리고 싶다고. 전부 다 없애버리고 싶어. 여자가 윤태진을 돌아보면서 피식거렸다. 장명수 부인이었다. 몸을 빼려고 했지만 윤태진은 이미 멈출 수 없는 상태에 들어가 있었다. 뒷걸음으로 뛰면서 그런 윤태진을 찍고 있는 것은 서상화였다. 잇새로 짐승 소리가 새어나오고 콧구멍이 벌어지는 윤태진의 얼굴을, 결국엔 장명수 부인에게 사정을 하고, 사정을 했지만 아무런 일도 일어나지 않는 모든 상황을 서상화가 찍고 있었다.

윤태진은 탈진한 듯 엎드렸다. 몸속에서 뽑아낸 정액은 세상에서 제일 더러운 오염 물질 같았다. 혼자서 절정에 오를 때마다 비참함으로 일그러지면서도 다시 절정을 향해서 몸을 흔드는 자신이 브레이크가 고장난 폭주 기관차처럼 느껴졌다. 윤태진은 자신이 성적으로 얼마나 비틀려 있는지 알고 있었다. 혼자 있을 땐 미치광이 같아도 사람들 속에 있으면 다시 차가워진 머리로 일을 하고 대화를 하고 아무렇지 않은 얼굴로 세상을 대할 것이라는 것도 알았다. 억눌린 것들이 다른 쪽으로라면 몰라도 성적으로는 터져나오지 않을 거라는 것도, 그래서 오직 혼자 끙끙대야 한다는 것도 윤태진은 알고 있었다.

윤태진은 몸을 일으켜 앉았다. 이런 새벽마다 제일 마지막에 찾아오는 것은 죽을 때까지 다시는 송인화를 안을 수 없을 거라는 실감이었다. 송인화를 안을 수 없는 세상에 자신이 살아 있다는 것. 그것만이 유일한 현실 같았다.

윤태진은 송인화에게 자신의 역사를 기꺼이 열어 보인 적이 없었다. 윤태진에게는 그 흔한 초등학교 소풍 사진 하나, 중고등학교 졸업 사진 하나 없었다. 윤태진 스스로 자신의 어린 시절 사진을 모두 찾아서 없애버렸다. 쌍꺼풀 없이 길게 찢어져서 웃으면 굵은 펜으로 선을 그려놓은 것 같았던 자신의 원래 눈을 이제는 윤태진조차 기억하지 못했다.

그해 여름에 자전거를 타지 않았다면. 자전거를 타고 광진 해변으로 달리지 않았다면. 해변으로 가는 그 산길에서 도로포장 공사를 하고 있지 않았다면. 자전거와 함께 허공으로 떠올랐을 때 그대로 세상이 멈췄다면. 윤태진은 이십 년 가까운 시간 동안 그런 가정을 수도 없이 해왔다.

척주 여기저기에서 도로포장 공사가 한창일 때였다. 남쪽으로 빠르게 갈 수 있는 자동차 전용 도로가 생기고 관광객들 차가 편하게 다닐 수 있도록 해변으로 가는 곳곳에 지름길이 만들어졌다. 비포장 임도는 포장되고 좁았던 도로는 넓어졌다. 도로 공사가 진행되는 곳에는 군데군데 콜타르 웅덩이가 생겼고 사람들은 그 웅덩이를 골탕이라고 불렀다.

윤태진은 끈적한 콜타르가 자신을 어떤 강도의 점성으로 붙들었는지 아직도 생생히 기억했다. 내리막길을 달리던 자전거와 함께 골탕 속으로 곤두박질쳤을 때 윤태진은 그곳이 빠져나오기 힘든 무시무시한 웅덩이라는 걸 본능적으로 알았다. 그래서 더 필사적으로 허우적

거렸다. 몸에 있는 구멍들로 검은 액체가 쏟아져들어왔던 시간은 어쩌면 십 초도 안 되었는지 몰랐다. 윤태진은 숨구멍만 겨우 연 채 검은 짐승처럼 웅덩이에서 기어나왔다. 공사 인부가 와서 윤태진의 팔을 잡아주었다. 똥통에 빠진 것보다야 나으니 액땜한 셈 치라고도 했다. 내리막길에서 자전거가 굴렀지만 윤태진은 살이 까지지도 팔이 부러지지도 않았다.

변화는 서서히 찾아왔다. 윤태진은 척주 어느 거리에서나 볼 수 있는 빼빼하고 눈 찢어진 평범한 고등학생일 뿐이었다. 공이 날아오면 바로 되받아칠 운동신경이 있었고 몇 시간이고 수학 문제를 파고들 수 있는 집중력이 있었다. 하지만 골탕에 빠졌다 나온 이후 모든 것이 달라졌다.

가장 먼저 찾아온 건 혀가 몇 배로 부풀어서 입안을 꽉 채우고 있는 듯한 느낌이었다. 윤태진은 말이 느려졌다. 예전처럼 민첩하게 행동하기도 힘들었다. 책상에 한 시간만 앉아 있어도 저항할 수 없는 피로가 몰려왔다. 목이 굵어지고 목소리가 변하고 덩치가 부풀기 시작했다.

무엇보다 가장 달라진 것은 얼굴, 그중에서도 눈이었다. 전신 성형을 하지 않아도 사람의 얼굴과 체형이 바뀔 수 있다는 것, 그로 인해 그 사람이 갖고 있던 고유의 느낌 자체가 변할 수 있다는 것을 윤태진은 자신의 몸을 보면서 받아들여야 했다.

윤태진은 자신이 괴물이 되었다고 생각했다. 암흑 속으로 빨려들어갔다가 감쪽같이 탈피를 한, 세상을 더럽히려고 엉금엉금 기어나온 한 마리의 괴물. 안구를 잡고 있던 근육이 돌출되면서 괴물의 형상은 극적으로 완성됐다.

윤태진은 골탕에 빠진 뒤 몇 년 동안 약을 먹었고 약은 몸의 여러 수치들을 정상으로 되돌려주었다. 집중력도 회복됐고 반사 신경도 정상이 되었다. 돌아오지 않은 것은 외모뿐이었다. 그래도 시간이라는 건 신기해서 변해버린 눈도 몸도 윤태진은 씻기고 자극하고 재우면서 같이 살아왔다. 척주가 아닌 곳에서는 누구도 윤태진을 남다르게 보지 않았다. 원래 모습으로 되돌아가려다 멈춘 듯한 한쪽 외까풀 눈은 오히려 매력이 될 때도 있었고 칼같이 해온 운동 덕에 몸은 탄탄해졌다.

그리고 인화.

어느 날 윤태진에게 송인화라는 사람이 나타났다.

송인화를 만나면서 윤태진은 생각했다. 어쩌면 나는 정상적인 사람이 아닐까 하고. 하지만 윤태진이 전혀 멀쩡하지 않다는 걸 확인시켜준 사람 또한 송인화였다.

윤태진은 침대맡에 놓인 갈색 약통에서 알약 네 개를 꺼냈다. 송인화와 헤어지고부터 수치가 다시 나빠져 먹기 시작한 호르몬제였다. 윤태진은 M자가 쓰여 있는 흰색 정제를 내려다보면서 그동안 자신의 몸에 들어왔던 약들을 떠올렸다. 눈두덩이 붓고 염증이 심해서 먹었던 스테로이드 경구약. 돌출된 안구에 결막 출혈이 올 때마다 맞았던 스테로이드 주사제. 대가처럼 따라온 부작용으로 밤마다 근육이 비틀리던 일. 피를 뽑아 호르몬 검사를 하고 수치 확인을 하는 지난한 시간들을 지나오면서 윤태진은 일반인들보다 두세 배는 강하게 정신줄을 잡고 있어야 일반인들과 엇비슷한 생활이 가능했다. 윤태진은 그렇게 잡고 버텨온 줄 하나를 놓으면 자신이 다시는 기어 올라올 수 없는 웅덩이로 떨어질 거라는 걸 알았다. 혼자 있는 밤마다 불쑥 찾아오는, 그 끈을 놓아버리고 싶은 마음과 싸우는 일이 윤태진에겐 가장 쉽지 않았다.

*

—저녁 일곱시 우체국 사거리.

이른 아침 척주신문 기자한테 문자가 와 있었다. 윤태진은 요일을 확인했다. 수요일이었다. 수요일 저녁 일곱시는 핵반투위에서 매주 촛불집회를 여는 시간이었다. 기자한테 연락이 왔다는 건 촛불집회 외에 다른 일이 있을 거라는 얘기였다.

긴 하루가 될지도 모르겠다는 생각을 하고 있을 때 누군가 사무실 문을 열어젖히며 들어왔다.

"윤비서관. 이번 여름 등반 명단에 왜 내 이름이 빠졌어?"

선거 때 어깨띠 조로 활동했던 여자 운동원이었다.

"지난번 봄 산행 끝나고 제가 말씀 안 드렸던가요?"

여자가 윤태진을 싱크대 쪽 파티션 안으로 끌고 가더니 목소리를 낮췄다.

"대체 무슨 소문을 듣고 이래? 뭘 들었든 난 아니야."

"구구절절 얘기하실 거 없습니다. 한 회 쉬세요."

여자가 윤비서관, 하면서 윤태진의 팔을 잡았다. 윤태진은 불결한 것이라도 묻은 듯 소스라치면서 여자의 팔을 쳐냈다. 지난 봄 산행에서 몇몇이 머리에 진달래꽃을 꽂고 정상주를 잔뜩 마실 때부터 분위기는 불안불안했다. 하산주를 마시려고 들어간 술집에서 누가 봐도 뻔하게 만지고 낄낄대던 두 남녀를 윤태진은 여름 산행에서 제외시켰다. 두타산악회는 목적이 분명한 모임이었다. 기름기 잔뜩 낀 오십대 남녀들이 썸질을 하라고 힘들게 산행 계획을 짜는 게 아니었다.

"윤비서관이 봤어? 이건 모함이야. 대체 누가 그런 얘길 한 거야? 동문회장 쪽에서 얘기 들은 거 맞지? 이년들이 싸움을 아주 지저분하게 거네."

윤태진은 여자의 얼굴을 뻔뻔하다는 듯 내려다봤다. 얘기가 안 먹힐 것 같았는지 여자가 최한수를 들고 나왔다.

"의원님도 알아? 윤비서관이 이렇게 엿장수 마음대로 산악회 관리하는 거? 내가 의원님한테 다이렉트로 얘기해봐? 이런 일 하나 잡음 없이 처리 못한다고 의원님이 꽤나 좋아하시겠네."

"이렇게 관리하라고 저한테 맡기신 겁니다."

"그러니까……"

여자가 윤태진의 표정을 살폈다.

"좋은 게 좋은 거라고 윤비서관."

여자가 끈끈한 손으로 다시 윤태진의 팔을 잡았다.

"좀!"

윤태진은 여자를 파티션 쪽으로 쳐내며 한쪽 눈을 부릅떴다.

"불륜질을 하든 뭘 하든 딴 산악회 가서 하시라고."

윤태진은 자신이 눈을 부릅뜨면 상대방이 위압감을 느낀다는 걸 다시 한번 확인하면서 여자한테서 얼굴을 돌렸다. 파티션 밖으로 나간 여자가 윤태진을 돌아보며 씩씩거렸다.

"의원님이 우리한테 이러면 안 되지. 국회의원을 누가 만들어줬어, 응? 후보자 경선 때 잊었어? 경선인단을 그렇게 안 짰으면 최한수는 선거에 아예 나오지를 못했다고."

사무실로 사무국장이 들어와도 여자는 멈추지 않았다.

"새파란 게 위아래도 없고."

"……"

"넌 엄마가 누구니, 응?"

출입문으로 나가는 동안에도 여자는 분이 안 풀린 듯 사무국장을 보며 말했다.

"마누라가 바람피우면 쥐도 새도 모르게 묻을 사람이에요, 저 사람이. 윤비서관 척주에서 결혼은 다 한 줄 알아."

여자가 나가자 사무국장이 음료수를 따서 건넸다.

"너무 그렇게 적 만들지 마라. 척주에서 한 다리 건너면 친척이고 선후밴데 어디서 다시 엮일 줄 알고 그래. 요새 무슨 일 있어?"

윤태진은 음료수를 한 호흡에 들이켰다.

윤태진은 언젠가 어머니한테 태몽 얘기를 들은 적이 있었다. 커다란 뱀이 산을 휘감고 있었다고 했다. 길도 없는데 산에는 노란 바탕의 갈매기 표지판이 이어져 있었고 뱀은 그 사이를 스르륵거리며 올라갔다. 뱀이 표지판을 감아 올라갈 때마다 배가 희끗희끗 드러났다. 어머니는 왜 그런지 발길이 안 떨어져 그 뱀을 한참 바라봤다고 했다. 집에 돌아와 밥상 앞에 앉았는데 다리가 선득했다. 고개를 숙이고 들여다보니 그 뱀이 밥상 아래에서 똬리를 풀고 있었다. 그게 윤태진을 임신하고 꾼 태몽이라고 했다. 윤태진은 궁금했다. 뱀의 피부가 다리에

닿았을 때 싫지는 않았는지, 밥상 밑에 있는 뱀과 눈이 마주쳤을 때 기분이 어땠는지.

어머니가 그 태몽에 덧붙인 말은 한마디였다. '깜짝 놀랐다.' 어머니는 뱀을 발견하고 그저 깜짝 놀랐다고 했다. 윤태진 남매를 혼자서 키운 여자였다. 지금은 척주에서 혼자 늙어가고 있는 여자였다.

젊었을 때 남편을 잃고 홀로 남은 여자가 어린아이들을 어떻게 키우는지 사람들은 잘 몰랐다. 인내와 고난과 헌신은 결과적인 얘기였고 매일매일 겪어내야 하는 일상엔 짜증과 폭언이 있었다. 적어도 윤태진이 아는 그 여자는 그랬다. 힘들 때마다 남편과 세상을 원망하며 그 분노를 아이들한테 풀었고 흔히 할 수 있는 아이들의 실수도 불행의 징조인 것처럼 확대 해석해 아이들한테 누명을 씌웠다.

아이들을 생각해 재혼 가능성을 닫아둔 것도 아니었다. 괜찮은 남자가 있으면 만났고 집으로 데려와 소개해주기도 했다. 여자가 재가를 안 하고 혼자 늙어간 것은 어쩌다가 그렇게 된 것뿐이었다. 그걸 아이들을 위한 대단한 희생인 양 포장하는 생색에 윤태진은 신물이 났다.

윤태진이 열 살 무렵일 때였다. 집에 무언가를 사들고 자주 찾아오던 남자가 있었다. 일곱 살부터 아버지 없이 지낸 윤태진은 남자 어른의 손길을 항상 그리워했다. 중학생이던 누나가 본 체도 안 하자 남자는 주로 윤태진에게 말을 걸고 윤태진한테 맞는 선물을 사다주었다. 점잖은 남자였다. 말투도 옷차림도 윤태진이 동네에서 보던 시커먼 남자들과는 달랐다. 남자는 윤태진과 씨름도 해주었고 공놀이도 해주었다.

그날 뭐가 그렇게 갖고 싶었을까. 남자가 윤태진한테 로봇을 사다 준 날이었다. 윤태진은 선물을 들고 신나하면서 갖고 싶은 게 더 있으니 다음엔 그걸 사다달라고 말했다. 아마도 팔뚝에 엉기면서 떼를 쓰듯 말했을 것이다. 웃고 있던 남자의 표정이 미묘하게 일그러졌다. 그 눈빛을 뭐라 말할 수 있을까. 선을 넘어온 남의 아이를 보던 눈빛. 복잡다단한 경멸을 담고 있던 눈빛.

세상이 어떤 법칙으로 굴러가는지 그 눈빛을 통해 다 알아버렸다는 걸 윤태진은 송인화가 떠나고 나서 깨달았다. 송인화가 가고 혼자 남았을 때 가장 먼저 떠오른 것도 다른 수컷의 자식을 보던 그 남자의 눈빛이었다. 그때부터였을까. 희망을 가지고 움직이는 사람들을 보는 것이 때로는 윤태진을 견딜 수 없는 기분에 빠져들게 했다.

윤태진은 오후에 최한수한테 전화를 했다.

짐짓 평온한 척하는 최한수의 점잖은 목소리를 듣자 윤태진은 신경선이 팽창하는 것 같았다. 분위기가 좀 어떠냐고 최한수가 물었다. 의원회관 스태프들이 매일같이 물어오는 것도 그 말이었다. 분위기가 어떠냐. 척주 분위기가 어떠냐. 척주에 오지도 않고 말로만 묻는 것들한테 윤태진은 분노가 치밀었다.

윤태진은 자신이 지금 고립되어 있다는 느낌 속에서 하루하루를 보내고 있었다. 지역에서는 운신할 수 있는 폭이 좁았다. 보좌관의 생명력은 정보력이었고 지역은 정보가 차단되는 곳이었다. 아무리 친한 부처 사람과 기자들이 있다고 해도 중앙에선 하루면 받아낼 수 있는 정보들이 지역에서는 일주일, 열흘이 걸렸다. 지역에 있다는 건 그런 것이었다. 윤태진은 당적을 옮긴 비서관이기도 했다. 야당 의원 방에서 여당 의원 방으로 옮기긴 쉬워도 여당에서 야당으로 다시 돌아가긴 힘들었다.

송인화가 자신을 떠나지 않았다면 윤태진은 최한수의 제의를 받아들이지 않았을까. 여당 의원 방으로 옮겨가는 윤태진을 두고 별별 말들이 다 돌았지만 윤태진에겐 그런 것들이 아무 의미가 없었다. 세상이 변할 수 있다고 믿는 게 더이상 가능하지 않다고 느꼈던 그때, 최한수를 택하는 동시에 자포자기하듯 척주행을 결정하면서 윤태진은 스스로를 돌아나갈 수 없는 곳으로 몰아넣은 것일지도 몰랐다.

최한수는 재선, 삼선을 할 수 있는 인물일까. 보좌진들은 틈날 때마다 최한수에게 말했다. 척주에서 척주 사람을 만나세요. 만나서 손잡고 명함 돌리세요. 제발 표 좀 달라 하세요. 하지만 최한수는 그런 걸 쑥스러워했다. 그러면서도 재선 삼선을 하고 싶어했다. 삼선을 하면 사선을 하고 싶어할 것이다. 사선을 하면 오선이 하고 싶어지겠지. 척주에 궁둥이를 붙이고 앉아 죽을 때까지 국회의원을 하는 것. 그게 최한수의 꿈일 것이다. 그러나 거기까지였다. 최한수는 치고 나가서 누군가를 이끌기보단 뒤에 점잖게 앉아서 대접받고 싶어했다. 누군가 자신의 자리를 노리고 있다는 생각에 불안해하면서도 술수를 쓰려 하지 않았고 대세가 무엇인지 살펴 잡음 없이 묻어가려고 했다. 무엇보다 중앙의 당직에 욕심이 없었다. 오병규 시장처럼 양아치짓을 해서라도 무엇을 가져보겠다는 악바리 근성도 없었다.

윤비서관만 믿습니다. 최한수가 윤태진을 보며 자주 하는 말이었다. 그때마다 윤태진은 최한수의 멱살을 잡고 묻고 싶었다. 뭘 믿는데. 씨발 뭘 믿는데! 윤태진은 제어하기 힘든 무언가가 목 끝까지 차

오르는 느낌에 눈앞에 있는 종이를 구겨 쥐었다.

밖에서 앰프가 삐걱대는 소리가 들렸다. 촛불집회가 시작된 듯했다. 윤태진은 창가로 가서 사거리를 내려다봤다. 구호가 적힌 종이와 초를 받아든 사람들이 우체국 앞 계단에 줄지어 서고 있었다. 평소에는 핵반투위 사람들 일부만 보이더니 지금은 그 몇 배의 사람들이 모이는 중이었다. 엄마 아빠를 따라 나온 아이들도 있었고 머리가 희끗한 사람들도 있었다. 앰프를 실은 소형 트럭에서 〈고향의 봄〉이 흘러나왔다. 구호는 평소처럼 두 개였다. '원전 신규 부지 철회하라.' '에너지 정책 전환하라.'

우체국 건물 왼쪽 골목으로 박성호 패거리가 보였다. 그러나 카메라를 들고 온 기자들 때문인지 그들은 나서지 않고 어슬렁거리기만 했다. 동해시청 공무원 노조 노래패가 소개됐고 노래패의 선창에 맞춰 사람들이 노래를 부르기 시작했다.

"조금만 있어도 우리는 행복해요."

'조금'과 '우리'와 '행복'의 노랫말이 저녁이 오는 사거리를 메워갔다. 어스름이 내려오면서 촛불이 밝혀지자 사거리는 잔잔한 활기로 타올랐다. 그 광경은 왜 그런지 윤태진을 아프게 그었다. 윤태진은 여전히 무언가가 넘쳐버릴 것 같은 아슬아슬한 상태로 아래를 내려다보았다. 핵반투위 위원장이 마이크를 잡고 나서야 그들이 이제부터 어떤 구호 하나를 더 추가하게 될지가 드러났다. 책상에 앉아 있던 김간사가 창가로 달려왔다.

"대박. 시장을 진짜 끌어낸다는 거예요?"

위원장의 목소리가 건물을 울리며 올라왔다.

"우리는 오늘을 척주의 역사적인 날로 기억할 것입니다. 우리는 조작된 서명부를 근거로 주민투표를 거부하는 척주시장을 거부합니다."

위원장이 구호를 외치듯 선언했다.

"탈핵 원년, 6월 20일, 척주시장의, 주민소환 운동을, 공식, 선포합니다!"

음악소리와 함께 사람들의 함성이 퍼져 올랐다. 윤태진은 소름이 돋은 팔을 쓸어내리며 이 상황이 자신을 왜 흥분 상태로 몰고 가는지를 알기 위해 눈을 감았다.

저들이 오병규를 소환할 수 있을까. 척주시 유권자 15퍼센트의 청구 서명을 받아내고 유권자 삼분의 일을 투표장으로 오게 할 수 있을까. 윤태진은 고개를 저었다. 척주는 관의 힘이 막강한 곳이었고 지금의 주민소환법은 관이 방해할 수 있는 여지가 곳곳에 심어져 있었다.

그러나 변수가 생긴다면. 의혹을 진실로 밝혀줄 증거품이 드러난다면.

윤태진은 서명부를 떠올렸다. '척주시 원자력 클러스터 구축을 위한 원자력발전소 유치 찬성 서명부.' 56,000여 명의 이름이 들어가 있다는 서명부는 총 열두 권으로 알려져 있었다. 원본도 사본도 행방이 묘연한 그 서명부가 사람들 앞에 드러난다면. 어떤 변수가 생길지 알 수 없었다. 윤태진은 호흡을 골랐다. 시가 원전 유치 신청을 하면서 서명부 사본을 보냈을 곳을 떠올렸다. 한수원. 지식경제부. 국회 사무처.

윤태진은 뒤를 돌아 검은색 인조가죽 소파를 쳐다봤다. 척주시 진주로 우체국 사거리 선일빌딩 삼층. 일 년 동안 먹고 잤던 사무실이 윤태진 앞으로 어둑하게 펼쳐졌다. 윤태진은 어라항을 바라보는 최한수를 한 번 훑었다. 시장이 끌려 내려오든 아니든 이제 척주는 진흙탕이 될 것이다.

사거리의 촛불들이 윤태진의 눈 아래에서 춤을 추듯 흔들렸다. 윤태진은 거리를 바라보며 창틀을 타고 내려온 블라인드의 끈을 손에 천천히 돌려 감았다.

3장

보건소 건물 뒤편과 맞닿은 연립주택은 층이 낮아 옥상 바닥이 그대로 내려다보였다. 옥상을 가로지르는 빨랫줄에는 이불과 수건이 자주 널렸다. 검은색 양말과 흰 러닝셔츠, 작업복 같은 것이 내걸리기도 했다. 빨래 아래쪽에는 무언가를 괼 용도로 가져다놓았을 시멘트 블록 서너 개가 흩어져 있었다. 한낮이 되면 고양이 한 마리가 올라와 그 옆에서 햇볕을 쬐다 갔다. 층이 높은 다른 연립들에 둘러싸여 있어 그 옥상은 울타리가 쳐진 정원처럼 보이기도 했다. 더 높은 옥상의 안테나와 환풍기가 바람에 움직일 때마다 낮은 옥상 안으로 빛이 뿌려졌다.

송인화는 보건소 삼층, 자료실과 통신실로 이어지는 기다란 복도 끝에 서 있었다. 보건소에서 인적이 가장 드문 곳이었다. 옥상을 내려다보다 고개를 들면 때가 낀 연립주택들의 외벽과 군데군데 매달려 있는 에어컨 실외기들이 눈에 들어왔다. 그 너머에서 이쪽을 굽어보고 있는 것은 코끼리의 귀 부분이었다. 구십 도 경사의 흙 절벽인 귀는 코끼리산이 짙푸르러지는 여름이 되어도 흙색 그대로 남아 있어 멀리서도 눈에 띄었다. 차 한 잔을 들고 나와 복도 끝에서 밖을 내다보는 시간이 송인화에겐 유일한 휴식시간이었다.

빨랫줄과 시멘트 블록만 있던 옥상에 언제부터인가 둥근 테이블이 놓여 있었다. 엑스 자로 엇갈린 철제 다리에 빈틈없이 녹이 슨 테이블이었다. 누군가 그 위에 신문을 깔고 나물을 널어놓은 것이 보였다. 방문 복약 상담으로 외근이 잦았던 두세 달 사이에 옥상에 새로 등장한 물건이었다. 평생 들을 욕을 한꺼번에 들은 듯한 상반기 복약 상담은 이제 한 주의 일정만 남겨두고 있었다. 일부 노인들은 오랫동안 병과 싸워온 우울감을 방문간호사나 방문약사를 함부로 대하는 것으로 풀려 했다. 물건을 던지거나 무언가에 대한 분풀이를 하는 것까지는 견딜 만했지만 남자 노인에게 성기를 빗댄 욕을 들으면 방문 업무에 대한 회의감이 며칠씩 갔다. 시간과 인내가 필요한 일이라는 걸 알고 시작했지만 모든 것이 송인화의 예상을 뛰어넘었다. 약물 오남용은 듣던 것보다 심각했고 약에 대한 노인들의 집착은 집도 부술 것 같았다. 그들은 오랜 세월에 걸쳐 무언가에 서서히 중독되거나 세뇌당해온 사람들 같았다. 송인화는 빈 컵을 들고 한참을 더 서 있다 사무실로 걸어갔다.

"어라진에서 삼양동으로 넘어오다보면 굴다리 사거리가 있잖아요. 네, 거기에서 좌회전이요. ……코끼리 귀를 보면서 코를 따라 죽 직진하시면요."

서상화가 수화기를 들고 서서 보건소 위치를 설명하는 중이었다.

송인화는 사무실 문 앞에 서서 그런 서상화를 물끄러미 바라봤다.

언젠가 송인화는 서상화가 펼쳐놓은 업무 노트를 본 적이 있었다. 약도는 하나여도 그 약도를 설명하는 용어나 방식은 직원들마다 조금씩 달랐다. 서상화의 노트에는 송인화가 보건소 위치를 설명하던 문장이 그대로 적혀 있었다. 사람들은 코끼리산의 중간과 끝이라는 말은 써도 코끼리의 귀라거나 코라고는 하지 않았다. 그렇게 말하는 사람은 보건소에서 송인화밖에 없었다. 송인화는 자신의 말이 서상화의 목소리에 실려 다시 들려오는 것을 이상한 기분으로 서서 들었다. 봄과 초여름 내내 어라동 일대의 집집을 함께 다녔던 서상화는 이제 방역 업무에 투입될 예정이었다. 그동안 근무시간 내내 서상화와 붙어 지냈다는 사실이 송인화는 이제야 실감이 갔다. 그 시간 동안 본의 아니게 서상화에 대해 알게 된 것들이 있었다. 눈동자가 갈색이라는 것, 왼쪽 귓바퀴 안에 점이 있어 무언가에 몰두하고 있으면 그 점이 선명히 보인다는 것, 초등학교 4학년 때 짝꿍이었던 여자아이에게 아이를 네 명 낳을 거라는 예언을 들었던 일 같은 것.

복약 상담을 하다 안 좋은 일을 겪은 날이면 서상화는 묻지도 않았는데 자기 얘기를 했다. 주로 학교 다녔을 때 얘기였다. 어라초등학교의 남녀 아이를 통틀어 자기가 '푸른하늘은하수'를 제일 잘했다는 얘기나 자신과 서로 짝을 하겠다고 아이들이 울었다는 얘기들. 그런 얘기를 듣다보면 결국엔 피식 웃게 됐다. 어느 순간부터는 허풍처럼 느껴지지도 않았다. 남의 이야기를 잘 들어주고 맞장구도 잘 쳐주고 종알종알 얘기도 잘하는 서상화는 여자아이들이 선호하는 짝이었을 것이다.

수화기를 잡고 있는 서상화의 커다란 손을 보다가 송인화는 그날을 떠올렸다. 서상화가 짝꿍 얘기를 하면서 자신의 손목을 보여준 건 유리골 꼭대기에서였다. 반대편 능선의 한 집만을 남겨둔 늦은 오후였다. 서상화는 손으로 원을 그리며 "사형장 터가 보기보다 넓죠?" 했다. 고사목 하나가 서 있는 공터 주변으로 옥수숫대가 푸르게 뻗어 있었다. 해가 코끼리산 쪽으로 기울어갔고 저무는 빛을 받은 방송수신탑 너머로는 산맥들이 파도처럼 이어져 있었다. 서상화는 어렸을 때 심심하면 친구들과 여기 올라와서 놀았다고 했다. 겨울에는 해가 빨리 떨어져 등대에 불이 들어오고 바다가 컴컴해지고 나서야 내려갔다고도 했다. 송인화는 새삼스러운 마음으로 구름이 흩어져 있는 하늘과 수평선을 바라보았다. 소망의 탑 쪽으로 이어지는 새천년도로 일부가 바다 사이로 언뜻 보였다. 자신이 척주 시내를 내려다보던 곳이 어디쯤일까 가늠해보며 송인화는 코끼리산의 방송수신탑을 건너다보았다. 언제 그쪽으로 갔는지 사형장 터의 커다란 전신주를 지나며 서상화가 이쪽으로 걸어왔다. 옥수숫대보다 높게 솟은 '지진해일 대피장소' 표지판 위로 붉은빛이 내려앉고 있었다. 서상화가 한 걸음씩 다가올 때마다 그림자가 전신주보다도 길어졌다.

"짝꿍이 제 손목을 잡더니요." 노을을 등지고 나란히 걷기 시작했을 때였다. 서상화가 소매를 걷으며 짝꿍 얘기를 했다. 짝꿍은 손바닥이 보이게 서상화의 팔을 뒤집더니 양 엄지손가락으로 서상화의 손목 안쪽을 눌렀다고 했다. 무언가 알갱이 같은 것이 서상화의 손목에 툭 불거졌다. "네 개네. 넌 애를 넷 낳을 거야." 짝꿍은 그렇게 말하더니 다른 아이의 손목을 누르러 돌아다녔다. 서상화는 왜 그런지 그때부터 초등학교를 졸업할 때까지 그 아이를 피해 다녔다고 했다.

서상화는 아직도 있다면서 자기 손목을 눌러 송인화 앞으로 내밀었다. 내리막 골목이 시작되기 전이었다. 해가 점점 더 기울면서 바닷바람이 세게 불어왔다. 가파르게 뻗어 내려간 계단 앞에 서서 송인화는 서상화의 손목에 돋아난 네 개의 알갱이들을 보았다. 왠지 만져봐야 될 것 같은 돌기들이었다고 하면 설명이 될까. 송인화는 자기도 모르게 서상화의 손목으로 검지손가락을 뻗었다. 하나, 하나, 다 말랑했다. 뒤늦게야 자신의 얼굴에 박혀 있는 서상화의 시선을 느끼고 송인화는 손가락을 거뒀다.

서상화가 그 손으로 수화기를 들고 있었다. 서상화는 그 손으로 식당 테이블 맞은편에서 숟가락을 건네고, 마우스를 움직이고, A4용지가 담긴 박스를 들고, 송인화의 의자 등받이를 잡았다.

"뭐지, 이 표정은?"

출입문 앞에 우두커니 선 송인화 앞으로 김순영의 얼굴이 다가왔다.

"아련아련하고 이상 미묘한 게…… 미소 같기도 하고 아닌 것 같기도 하고…… 뭐야, 이런 수상쩍은 표정을 하고 어딜 보는 거야?"

다행히 서상화는 전화를 끊고 파티션 안쪽에 앉은 뒤였다. 송인화는 서상화의 자리와 이어져 있는 자신의 자리로 들어가 앉았다. 송인화가 앉길 기다렸다는 듯 서상화가 고개를 돌려 이쪽을 보았다. 자기를 보고 있는 걸 다 알고 있었다는 듯 상기된 표정이었다.

*

"약을 나눠 먹는 사이야."

주인 노인 안금자가 말하는 두 사람은 이영관이 죽던 날 같이 술을 마셨던 노인들이었다. 이영관이 죽고 나서 계절이 바뀌었지만 참고인으로 불려갔던 사람들 중에 피의자가 된 사람은 없었다. 경로당에서는 증거가 될 만한 지문도 족적도, CCTV 자료도 나오지 않았다. 아무런 증거도 찾지 못하자 사건이 장기화될 거라는 말이 나오고 있었다.

안금자는 송인화에게 이영관과의 관계를 묻지 않았고 자신과 이영관의 관계에 대해서도 말하지 않았지만 그 두 가지를 제외한 모든 일에 대해서는 여전히 쉴새없이 얘기했다.

약을 나눠 먹는 사이라는 두 노인 중 한 명은 몇 년째 전립선비대증 치료를 받고 있었다. 노인은 치료제로 처방받은 약 일부를 탈모가 있는 다른 노인에게 팔았다. 같은 성분의 약이라도 전립선비대증이 아닌 탈모로 처방받으면 비급여라서 약값이 비싸기 때문이었다.

"약도 싸게 얻어먹겠다, 둘이 그렇게 붙어다녀. 근데 걔네가 먹는 게 그것뿐이 아니야. 어느 날은 보니까 불그스름한 캡슐약 같은 걸 하나씩 먹고 있더라고. 한 알에 오천원짜리라면서."

"그건 무슨 약일까요?"

"걔들이 기를 쓰고 먹는 건 하나밖에 없어. 서게만 해준다면 독약도 구해 먹을 것들이라니까."

보건소에서 항생제를 처방받아 가는 남자 노인들은 대부분 성병이 원인이었다. 그들은 항생제를 처방받고 곧바로 의약분업 예외지역인

읍이나 면의 약국으로 가 발기부전제를 사 모았다. 그곳에는 약사가 직접 만들어 파는 정력제들도 다수 있었다. 그런 생활을 몇 년 반복하다보면 내성이 생겨 항생제도, 발기부전제도 듣지 않았다. 그럴수록 노인들은 더 센 약을 찾아 헤맸다.

안금자는 살구 한 바구니를 들고 올라온 참이었다. 저녁을 먹고 치워도 밖이 환하면 기분이 이상하다고, 안금자는 날이 더워지면서 송인화를 자주 찾아왔다.

이영관도 그들과 약을 나눠 먹는 사이였을까. 송인화는 밤에 잠이 안 오면 서상화가 찍어 올린 기공체조반 사진을 열어봤다. 이영관은 두 노인의 뒤편에 늘 구부정하게 서 있었다. 멀리에서 얼핏 찍힌 사진으로만 보아도 이영관은 사그라드는 재처럼 느껴졌다. 얼굴빛은 검었고 몸은 물기가 다 빠져나간 듯 쪼그라들어 있었다. 그동안 보건소 곳곳에서 마주쳤을지도 모를 이영관을 못 알아본 건 십팔 년 전과 달라진 체격 때문이었을까. 송인화는 확대를 할수록 흐릿해지는 이영관의 얼굴을 보고 또 보았다.

"산림욕장 쪽 코끼리산으로 올라가다보면 무덤이 하나 있잖아. 그 옆에 살구나무 큰 거 하나 있는 거 알아? 내가 우리 아들 가졌을 때 거기 가서 살구를 그렇게 주워먹었어."

안금자가 살구 바구니를 끌어왔다.

"이것도 거기 가서 주워온 거야. 먹어봐."

제일 커 보이는 살구 하나를 집어서 안금자가 송인화한테 건넸다.

"내가 개를 한겨울에 낳았는데, 지금도 걔 낳던 달만 되면 그렇게 식은땀이 흘러."

"……"

"그게 다 산후조리 때문이야."

송인화는 살구를 손바닥 위에 올려놓고 이리저리 굴려보았다.

"내가 그 자식 낳고 조리만 잘했어도 아직 날아다닐 텐데."

송인화는 선풍기를 틀었다.

"애를 낳았는데 젖은 안 나오고 밭은기침만 계속 나오는 거야. 아무튼 오줌이 나올 정도로 기침을 하고 있는데, 옆집 여자가 약병아리에다가 만삼 있지, 만삼을 넣고 고아서 갖다주는 거야. 참 신기한 게, 그걸 국물 한 방울까지 다 먹고 나니까 기침이 딱 그치더라고. 내가 그때 생각했어. 나중에 내 며느리가 첫애를 낳으면 나도 약병아리 구해다가 만삼 넣고 푹푹 고아줘야지, 하고. 그게 한 마리를 먹으면 증상이 없어지고 두 마리를 먹으면 얼굴이 뽀얗게 올라와."

"옆집 분이랑 친하셨나봐요."

"그뒤로 친해졌지. 어느 날은 내가 허리가 아파서 끙끙대니까, ……그것도 조리를 못해서 그래. 그 여자가 자기가 산후풍으로 고생할 때 효과를 봤다면서 약을 하나 갖다주는 거야."

"그건 또 무슨 약이었는데요?"

"들어봐. 누르스름한 갱지가 꼬깃꼬깃 접혀 있는데 그걸 펴니까 가루약이 소복하니 담겨 있는 거야. 그걸 물에 개서 먹었어. 그랬더니 정말 허리가 하나도 안 아파. 그 마음 알아? 옆집 여자한테 가서 절이라도 하고 싶었어. 그런데 얼마 있다 그 여자가 갑자기 이사를 갔지. 야반도주라도 하는 것처럼. 그때 내가 어땠냐면, 남편도 자식도 다 필요 없고 그 여자를 따라가고 싶더라니까. 그런 마음 알아?"

"……아니요."

"다 산후조리 때문이야."

"그분은 다시 못 만났나요?"

"만났지. 내가 애아빠랑 일찍 사별을 했어. 남편 잃고 정신을 차려 보니까 내 옆에는 여섯 살, 아홉 살 먹은 어린 남매만 있는 거야. 그뒤에 어찌어찌하다가 옆집 여자를 다시 만났지. 그 '어찌어찌'를 풀자면 이틀 밤을 새워도 모자라."

"살구 맛있네요."

"그래?"

안금자가 턱을 당기고 눈을 약간 올려 뜬 각도로 송인화의 얼굴을 쳐다봤다. 지난봄 이영관 사건 참고인으로 경찰서에서 마주친 이후부터 안금자는 가끔씩 그런 시선으로 송인화를 봤다. 유쾌한 시선은 아니었다.

"혹시 약왕성도회일까요?"

"뭐가?"

"……아니에요."

송인화는 문화예술회관에서 열렸던 강연회를 떠올리며 무슨 말인가를 하려다가 고개를 저었다.

"왜, 약왕성도회에 대해서 뭐 알고 싶은 거 있어?"

"……"

"어디 보자. 척주시 약무직 공무원 정도면 약왕성도회에서 벌써 간을 봤을 법한데 말이지……"

안금자가 짓궂은 표정으로 송인화를 훑어봤다. 그때 창문 밖에서 손잡이 종이 울리는 소리가 들려왔다. 두부 트럭이 지나가는 시간인 듯했다. 밖은 아직 환했고 선풍기 바람이 커튼 한쪽을 들추며 조용히 돌아갔다. "계세요" 하면서 누군가 현관문을 두드리는 소리에 송인화와 안금자는 놀란 표정으로 고개를 들었다. 지난봄의 그날 저녁이 떠올랐던 것이다.

송인화는 현관문 쪽으로 조심스럽게 다가갔다.

"누구세요?"

말소리가 잘 들리지 않아 송인화는 현관문 렌즈로 밖을 살폈다. 밖에 서 있는 여자가 들고 있는 것은 약왕보살의 서원이 적힌 리플릿도, 폐의약품 수거함도 아니었다. 송인화는 천천히 문을 열었다.

"안녕하세요. 척주시장 주민소환 건으로 나왔습니다."

여자가 척주시 선관위원장의 직인이 찍힌 수임인 표지와 함께 내민 것은 시장 주민소환 청구를 위한 서명 용지였다.

*

"진료지원계 있을 때는 맨날 파스타 먹으러 다녔는데."

식당으로 들어가면서 서상화가 들릴 듯 말 듯 한 목소리로 말했다.

"진료지원계는 면 취향인지 몰라도 예방의약계는 탕 취향이야."

이번 달 예방의약계 점심 회식 장소는 새로 생겼다는 낙지연포탕집이었다.

"예방접종실은 다 안 보이네."

"공보의 형은 서울에서 누가 왔다는 것 같구요, 박주임님은 오늘

월차예요."

널찍한 탕 냄비 두 개가 각각 테이블에 올려졌다. 이창규와 김순영이 왼쪽 테이블에, 김승희와 송인화와 서상화가 오른쪽 테이블에 앉았다. 육수가 끓자 주인이 살아 있는 낙지 두 마리를 들고 왔다. 뜨거운 냄비 속에 들어가자 낙지는 온몸을 비틀기 시작했다. 무와 야채를 휘저으며 요동치던 낙지는 밖으로 다리를 뻗어 냄비 손잡이를 휘감았다. 그냥 두면 냄비 밖으로 기어나올 것 같았다. 송인화는 입술을 물며 낙지의 움직임을 눈으로 좇았다. 저렇게 살아 있으니, 얼마나 맛있을까. 저렇게 살아 있는데, 왜 꼭 익혀 먹어야 할까.

"빨리 뚜껑 닫자. 못 보겠다."

얼굴을 찌푸린 김순영을 보고 서상화가 주머니에서 고민해결북을 꺼냈다. 초등학생 막내 딸아이가 선물로 주었다며 김순영이 사무실에 갖고 왔던 것이었다. 김순영이 기다렸다는 듯 자세를 고치며 고민을 말했다.

"저의 고민은, 낙지연포탕을 꼭 먹어야 하는가입니다."

손바닥의 사분의 일도 안 되는 미니북이 서상화의 손끝을 타고 스르륵 넘어갔다. 김순영이 스톱이라고 외쳤다. 서상화가 걸린 페이지를 펼쳐 읽었다.

"기회는 지금이다."

"뭐가 지금이야. 나 다른 고민 말할래."

"네, 얼마든지요."

김순영이 다시 자세를 가다듬었다.

"저의 고민은, 날이 더워서 아무것도 하기 싫다는 것입니다."

스톱 소리와 함께 서상화가 책장을 펼쳤다.

"두드려라, 그러면 열릴 것이다."

"뭘 두드려. 오늘은 하등 도움이 안 되네."

김순영한테 고민해결북을 얻은 이후로 서상화는 심심하면 사람들 앞에 책을 펼쳐 들었다. 송인화도 두어 번 당한 적이 있어 그 이후로는 절대 고민을 말하지 않았다. 그 놀이를 좋아하는 사람은 서상화와 김순영뿐이었다.

"상화씨, 많이 먹어. 이제 땡볕에 정화조 방역 다니려면 진짜 잘 먹어야 돼."

김승희가 서상화 앞접시에 탕을 덜어주며 말했다.

"그게 작년이었지? 공익 한 명이 방역 나가고 일주일 만에 길에서 쓰러졌잖아. 그때 김주사 얼마나 놀랐어."

"올여름은 더 덥다는데 걱정이에요."

그때 국물을 떠먹던 이창규가 고개를 들었다.

"군대만 할까. 한여름에 유격 가고 행군해봐. 시내 정화조 돌아다니는 게 힘들다는 얘긴 못하지."

잠시 정적이 일었다. 이창규가 그렇게 군대 얘기를 하고 나면 뭐라고 더 할 말이 없었다. 서상화가 고개를 숙인 채 말없이 버섯을 건져 먹었다. 누가 어떤 말을 해도 주눅드는 법이 없는 서상화에게도 예외가 있었다. 현역 얘기가 나올 때였다.

햇빛이 따가워진 대신 나뭇잎은 무성해져서 가로수 아래에는 그늘이 생겨났다. 나무와 햇빛이 만들어준 그늘 아래로 초여름 바람이 불어왔다. 한 달에 한 번, 예방의약계 사람들과 밖에서 점심을 먹고 함께 거리를 걸어 보건소로 돌아가는 시간을 송인화는 좋아했다. 커피를 하나씩 나눠 들고 설렁설렁 걷다가 다이소 앞에서 양말들을 구경하기도 하고 사거리에서 허수아비 풍선을 올려다보기도 하는 시간들.

길에는 여기저기 검은 얼룩이 져 있었다. 벚나무가 봄에, 은행나무가 가을에 흔적을 남긴다면 이 무렵 흔적을 남기는 것은 뽕나무였다. 나무에서 떨어진 오디 열매들은 한쪽에 수북이 쌓이기도 했고 터져서 블록 위에 검은 물을 들이기도 했다. 가로수 아래에 놓인 흰 벤치들도 거뭇거뭇했다. 이맘때의 뽕나무 가로수 아래를 걸어야 할 때 사람들은 시청 욕을 제일 많이 했다.

김순영은 이창규와 함께 앞서 걸었다. 그 뒤에서 김승희가 서상화한테 무언가를 설명하며 걸어갔다. 서상화는 여기저기 뭉쳐 있는 오디를 피해 걷다가 가끔씩 뒤를 돌아 송인화를 보았다. 김순영과 이창규가 우체국 사거리 쪽으로 방향을 틀었다. 송인화는 김순영의 군더더기 없는 단발머리를 바라보았다. 터울이 있는 아이들을 키우면서 직장생활을 하는 어려움을 늘 솔직하게 얘기해서인지 김순영은 여직원들 사이에서 상담사 같은 맏언니로 통했다. 송인화가 척주시 보건소에 와서 그나마 적응할 수 있었던 것도 옆에서 챙겨준 김순영의 도움이 컸다. 방문 복약 상담을 하면서 일부 노인들의 폭력이 위협적으로 느껴졌을 때, 그에 대한 최소한의 안전장치를 같이 고민해준 것도 김순영이었다. 김순영의 의견이 아니었다면 이창규는 어떤 요구도 새겨듣지 않았을 것이다. 결정적인 순간마다 김순영의 의견에 따르는 이창규를 두고 사람들은 김순영 뒤에 시청의 실세 과장인 남편이 있어서라는 말을 했지만 김순영이 지금까지 보건소에서 그런 티를 낸 적은 없었다.

우체국 사거리에 가까워지자 거리는 시끌시끌해졌다. '주민소환 승리하자'라고 쓰인 천막 앞에서 예방의약계 사람들은 걸음을 멈추었다. 아직 신호등은 빨간불이었다. 천막 앞에서 서명을 받고 있는 사람들은 송인화의 집에 방문했던 사람과 같은 수임인 표지를 목에 걸고 있었다. 천막 옆으로 시장 소환 사유가 적힌 현수막이 보였다. '척주 시민의 생존과 안전이 걸린 문제에 척주 시민의 의견을 수용하지 않는 시장' '거짓 찬성 서명부로 척주 시민의 뜻을 왜곡하고 억압하며 척주의 민주주의를 말살하는 시장'…… 수임인들은 소환 사유를 외치며 지나가는 사람들에게 서명을 요청했다. 김순영과 이창규는 천막을 등지고 서서 그쪽을 돌아보지 않았다. 신호가 바뀌자 둘은 빠른 걸음으로 길을 건넜다. 보건소로 들어가기 전, 김순영은 김승희와 송인화를 따로 불러 저녁 모임 참석 확인을 했다.

*

척주대 부근의 화덕피자집이었다. 송인화와 김승희가 조금 늦게 도착하자 사람들과 얘기를 나누고 있던 김순영이 어서 와 앉으라고 손짓을 했다. 이층에는 보건소 단체석 외에는 다른 손님들이 보이지 않았다. 보건소 여직원 정기 모임은 대개 이곳에서 열렸다.

평소보다 참석률이 좋았지만 사람들은 조금씩 긴장한 표정이었다. 모임의 좌장 격인 진료지원계 심은숙 계장이 기다란 테이블의 안쪽

상석에 앉아 있었고 그 옆으로 진미진이 보였다. 김순영은 점심때와 달리 표정이 심각했다. 문가 쪽 테이블 끝에는 유난히 경쟁률이 높았던 지난해의 9급 공무원 시험을 통과해 이제 막 보건소 행정직 일을 시작한 신입 직원이 앉아 있었다.

여직원 모임에 나올 때마다 그러듯 송인화는 테이블에 앉은 여자들을 낯선 느낌으로 바라보았다. 대부분 척주에 부모가 있거나 시댁이 있거나 자신이 꾸린 가족이 있는 사람들이었다. 척주에서 학교를 다니는 아이들이 있고, 그 아이들이 자라서 가능한 한 척주를 벗어나 살기를 바라는 사람들. 이야기는 평소처럼 활발히 오가지 않았다. 여름휴가 계획이라든지 속눈썹 연장술을 잘하는 곳이라든지 공동구매 같은 얘기도 나오지 않았다. 띄엄띄엄 침묵이 고였다가 풀어지는 지루한 식사가 거의 정리될 즈음 심은숙이 테이블 위로 한마디 던졌다.

"여긴 서명한 사람 없지?"

심은숙이 말하는 서명은 지금 척주를 들썩이게 하는 시장 소환 청구 서명일 터였다. 척주 유권자 중 구천 명 정도의 서명이 채워지면 시장 소환을 위한 투표일이 잡힌다는 그 서명. 테이블은 조용했다.

"그래, 찬핵이고 반핵이고 그건 자윤데,"

김순영이 얼굴을 쓸며 말을 이었다.

"서명은 하지 마. 구천 명 채워져서 선관위에서 투표일 잡는다고 해도, 어차피 시장 소환은 현실적으로 힘들어. 자기 몰아내려고 서명했던 사람들 너 같으면 그냥 두고 싶을까? 나중에 어떤 불이익을 당할지 모르는 거야."

걱정 같기도 하고 협박 같기도 한 말이었지만 김순영이 했기 때문에 그 말은 거의 걱정처럼 들렸다.

"지금 시청 분위기가 어떠냐면, 동네별로 공무원들 담당 지역 정해서 통리반장들 관리 들어갔어. 이 손바닥만한 동네에서, 이제 통리반장들이 누가 서명하는지 눈에 불을 켜고 다닐 텐데."

"우리 어머니 말씀이요,"

테이블 중간쯤에서 누군가 말했다.

"우리 동네 통장님은 아예 원전유치협의회 사람이라던데요. 시청에서 맨날 회식 가는 삼진횟집 사장님도 얼마 전에 통장 됐다고 플래카드 걸렸던데."

말을 한 직원 쪽으로 김순영이 가만히 상체를 돌렸다.

"그래서, 자기 어머니는 서명했고?"

조금 전까지도 분위기는 후일에 있을지도 모를 인사상의 불이익을 걱정하며 지금의 현실을 한탄하는 정도였다. 하지만 김순영이 그렇게 묻는 순간 분위기는 달라졌다.

매일 얼굴을 보고 같이 일하던 이 사람들은 누구일까. 내가 아는 그 사람들이 맞을까. 사람들의 얼굴엔 복잡함이 서려 있었다. 말을 뱉은 직원은 다행히 그런 분위기에는 별로 신경을 안 쓰는 듯했다.

"우리 어머니는 핵 반대세요. 당연히 서명하셨죠. 근데 우리 시아버지는 좀 다르시더라구요. 척주에 핵발전소 들어오는 건 반대하시는데요, 아무리 그래도 어떻게 칠십 먹은 노인네를 몰아내려고 할 수 있냐고. 요새 핵반투위 사람들 하는 거 보면 괴뢰군이랑 비슷하다고."

"괴뢰군?"

"크크. 괴뢰군이라는 말 진짜 오랜만에 듣는다."

누군가 키득거리며 웃었다.

"근데 오병규 시장님 나이가 칠십이에요?"

"그럼. 칠십 넘었지. 시장님이 동진시멘트 사장 할 때가 이십 년도 더 전인데."

오병규 시장에게는 척주의 향토기업이라 불리는 동진시멘트의 후광 효과가 항상 따라다녔다. 오병규가 여당 공천을 받지 못한 채로도 민선 5기 척주시장 재선에 성공할 수 있었던 것 또한 그 때문이라고들 했다.

"자기 아버지 동진시멘트 다니셨다며. 시장님 계실 때 일하셨겠네?"

서상화를 예방의약계에 데려오기로 한 회의 뒤로 송인화에게 부쩍 관심을 보이던 심은숙이 말했다. 그렇게 묻는 걸 보면 송인화 아버지의 죽음까지는 모르는 듯했다.

"진짜요? 그럼 송주사님 옛날부터 척주 살았던 거예요?"

사람들의 시선이 갑자기 송인화에게 쏠렸다. 진미진이 허리를 세우며 귀를 여는 것이 보였다.

"그럼 인화씨도 척주 사람이네."

누군가 그렇게 말했지만 말한 사람도 듣는 사람도 송인화도 알았다. 그들이 송인화를 척주 사람이라고 생각하지 않는다는 것을.

초등학교 때부터 척주에서 살았지만 송인화는 한 번도 척주에 속해 있다는 느낌을 받지 못했다. 씹을 거리가 없을까 하고 달라붙던 동네 사람들의 시선, 친구 아버지의 죽음을 가십거리 정도로 취급하며 뱉어대던 반 친구들의 수군거림. 그런 것들을 생각하면 아직도 고개가 돌려졌다. 서울시 공무원이었던 송인화가 척주시로 왔을 때 보건소 사람들은 송인화가 언제든지 다시 떠날 수 있는 사람이라고 생각했다. 무엇을 하려고 해도 일 벌이지 말라는 분위기가 강했다. 송인화는 자신이 척주에 와서 가장 필요하다고 느꼈던 방문 복약 상담을 시행하기까지 보건소 내부에서 뚫어야 했던 단단한 벽들을 떠올렸다.

자신에게로 날아오는 시선들을 되받아치면서, 김순영을 보면서, 송인화는 이제 보건소 여직원 정기 모임에는 안 나오게 되겠구나 생각했다. 그 때문에 매일 얼굴을 봐야 하는 김순영과 서먹해진다 해도, 무언가를 참는 대가로 얻었던 화기애애함과 편안함 대신 불편함이 찾아온다고 해도 이제는 어쩔 수 없는 때가 온 것인지도 몰랐다.

송인화는 불이 들어온 방송수신탑을 올려다보며 걸었다. 밤이 온 척주 거리를 혼자서 걸을 때면 송인화는 눈으로 코끼리산을 더듬어 올라가 방송수신탑을 찾아야 안심이 되곤 했다.

오디 열매를 밟으며 한참을 걷다보니 우체국 사거리였다. 송인화는 길가에 선 채로 사거리 공원의 화단과 가로등 불빛에 물결이 어른대는 인공 폭포를 한참 바라보았다. 밤공기가 후텁지근해서인지 늦은 시간인데도 공원 곳곳엔 사람들이 모여 있었다. 송인화는 공원 벤치에 앉아 옆 건물의 간판을 일층에서부터 하나씩 읽어 올라갔다.

삼천리자전거, 나래기획, 국회의원 최한수, 성인게임랜드.

건물 삼층은 창문이 열려 있고 불이 환했다. 장미가 한창이던 몇 주 전 문화예술회관, 약사여래를 부르고 난 여자가 갑상선 얘기를 시작했을 때 자리에서 일어나 나가던 남자가 있었다. 얼핏 본 뒷모습만으로도 그는 분명 윤태진이었다. 시장 소환 얘기가 나오면서 이제 문제는 단순한 찬핵 반핵을 넘어서 있었다. 척주의 많은 것들이 물밑에서 정치적으로 복잡하게 얽혀 돌아가는 중이었다. 그 가운데에서 윤태진의 욕망이 어디로 향할지, 송인화는 너무 잘 알 것 같기도 하고 아무것도 알 수 없을 것 같기도 했다.

*

예방접종을 받으려는 아기들은 주로 오전에 보건소로 왔다. 한 아이가 주사를 맞다 울면 대기하고 있던 다른 아이들도 연달아 울음을 터뜨렸다. 일층 접종실에서 시작된 울음 합창은 삼층 사무실까지 우렁차게 올라왔다. 아이들의 울음소리가 들리면 뭘 해도 집중이 되지 않았다. 그러면 송인화는 원통형 복도로 나와 일층 로비를 내려다보며 울음이 그치길 기다렸다. 임신부일 때는 철분제를 받으러 오고 산모일 때는 유축기를 빌리러 오던 여자들은 이제 부기가 빠진 몸으로 아기를 안고 예방주사를 맞히러 드나들었다. 보건소 복도에서 그들을 내려다볼 때면 송인화는 어쩔 수 없이 신길동 방, 윤태진과 함께 여러 해를 보냈던 그곳이 떠올랐다.

윤태진이 쓰러지기 직전의 몸을 끌고 와 내리 잠을 잤을 때니 국정감사가 끝나고 꽤 쌀쌀해진 무렵이었을 것이다. 퇴근을 하고 문을 여니 윤태진은 여전히 침대에서 잠들어 있었다. 평소보다 숨소리가 거칠어 송인화는 윤태진의 이마를 짚어봤다. 열이 있었다. 약을 먹여야 할까, 수건 찜질만으로도 괜찮을까. 송인화는 윤태진의 얼굴과 목에 손등을 더 대보다 수건을 적시려 자리에서 일어섰다. 문손잡이를 막 돌리려던 참이었다. 윤태진이 잠결인 듯 잠긴 목소리로 물었다.

"몇시야……"

송인화는 방문을 열지 못하고 뒤를 돌아보았다. 얼굴이 꺼칠하게 꺼진 윤태진이 몸을 일으키지 못한 채로 이쪽을 보고 있었다. 송인화가 수건을 적시러 나가지 않은 건 분명 그 말 때문이었을 것이다. 열에 잠긴 윤태진이 묻던 '몇시야' 소리. 그건 세상에서 가장 쓸쓸하고 서글픈 말처럼 들렸다. 가장 유혹적인 말처럼도 들렸다. 송인화는 윤태진이 앓고 있는 침대 속으로 들어갔다. 열이 도는 윤태진은 다른 때보다 더 까슬하고 푹신하고 부드럽고 단단했다.

윤태진과 헤어진 뒤 윤태진과 나누었던 많은 말들이 사라졌지만 몇시냐고 묻던 그 말만은 쉽게 지워지지 않았다. 그러나 그것보다 더 강하게 떨쳐지지 않던 것이 있었다. 윤태진의 몸이 주던 감각이었다. 윤태진의 음경이 주던 감각 그 자체. 윤태진만의 주름, 윤태진만의 냄새, 윤태진만의 부피. 윤태진이라는 덩어리가 닿고, 더 닿고, 더 더 깊이 닿던 순간들. 내 몸이 느끼고, 내가 느끼는 걸 그가 알고, 그렇게 서로를 움켜잡던 순간의 만족감. 송인화는 윤태진과 그런 순간을 나누는 것만으로도 충분했다. 너무도 좋았던 그 순간들이 순간의 즐거움만으로 그치지 않고 어떤 결과를 가져온다는 게 송인화는 불가사의한 벌처럼 느껴졌다.

임신인 걸 알고 우왕좌왕할 만큼 송인화도 윤태진도 어린 나이는 아니었다. 피임이 실패한 것에 대한 당황스러움은 곧 지나갔고 송인화의 머릿속에는 앞으로 해야 할 일들이 차분히 떠올랐다. 부모님들의 상견례 날짜를 잡고, 배가 불러오기 전에 결혼식을 치를 수 있는 식장을 예약하고, 조용히 쉴 수 있는 신혼여행지를 알아보고, 각자의 재정 상태를 점검해 어디에 집을 얻을지 의논하는 것. 그런 일들을 하면 되는 것이었다. 속도위반을 한 다른 많은 커플들처럼 둘은 결혼 칠 개월 만에 아이를 낳아 보건소 예방접종 일정표를 챙기고 아이의 중이염을 걱정하며 살 수도 있었을 것이다.

임신 사실을 안 몇 주 뒤 산부인과 정기검진일이었다. 그날은 배에 와닿는 초음파 젤이 이상하게 차가웠다. 송인화가 긴장한 걸 느꼈는지 옆에 선 윤태진이 송인화의 손을 찾아 쥐었다. 초음파 영상을 보는 내내 의사의 표정이 좋지 않았다. 시간도 더디게 흘러가는 느낌이었다.

"신경관 결손인 것 같습니다."

한참 뒤 의사가 꺼낸 말이었다. 신경관 결손이라는 말이 무슨 뜻인지 송인화도 윤태진도 감이 오지 않았다. 무언가가 어른거리는 초음파 영상과 의사의 얼굴을 번갈아 보며 다음 말을 기다릴 수밖에 없었다.

"초음파상으로 두개골이 보이지 않습니다."

의사는 송인화의 몸속에 있는 십삼 주 된 태아에게 무뇌증이라는 진단을 내렸다. 심장은 잘 뛰고 있지만 대뇌가 없다고, 달수를 채워 태어나더라도 몇 시간 내에 사망할 가능성이 크다고 했다.

어떻게 며칠이 갔는지 기억나지 않았다. 늦은 밤이었다. 비틀거리며 집에 들어온 윤태진이 송인화의 얼굴을 보며 말했다.

"토할 것 같아."

송인화도 알고 있었다. 인터넷 검색창에 무뇌증이라고 치면 나오는 사진들을. 무뇌증이 어떤 병인지, 무뇌증이면 어떻게 되는지, 왜 그런

병에 걸리는 건지 찾아보다가 윤태진 또한 떠돌아다니는 무뇌증 태아들의 사진을 보았을 것이다. 머리 없이 얼굴만 있는 사진, 심하게 튀어나온 두 눈이 얼굴의 반을 차지하는 사진을.

그때부터였다. 윤태진은 자신의 가장 밑바닥에 고여 있던 어떤 것을, 이런 일이 없었다면 평생 꺼낼 일이 없었을지도 모를 모습을 꺼내서 한 장 한 장, 송인화를 향해 던지기 시작했다. 윤태진은 당장 중절수술을 하러 달려가지 않는 송인화를 이해할 수 없다는 듯 매일 다그쳤다.

"어차피 태어나도 금방 죽을 애잖아!"

정상이 아닌 걸 품은 송인화를 한순간도 못 견디겠다는 듯 윤태진의 눈엔 핏발이 서 있었다.

"우리도 어차피 죽을 건데 살고 있잖아."

송인화는 감정을 지운 눈으로 윤태진을 쳐다봤다. 그건 반발심에서 나온 말이었을까. 송인화도 아이를 낳겠다는 게 아니었다. 송인화는 자신의 몸속에서 다른 무엇이 자란다는 변화만으로도 버거운 상태였다. 어떻게 할지 결정하는 건 무뇌증이라는 말을 실감하고, 이 사태를 받아들이고 난 뒤라야 가능했다. 송인화에겐 시간이 필요했다.

윤태진은 무뇌증 태아가 생긴 원인이 자신에게 있다고 확신했다. 송인화도 윤태진이 십대 때 겪은 사고로 오랫동안 갑상선 질환을 앓아왔다는 걸 알고 있었다. 하지만 그것이 원인이라고 누구도 단정할 수 없었다.

송인화는 어느 날 윤태진의 가방에서 '유전체의 무결성에 대한 고해상도 스캐닝 검사'라고 적힌 리플릿을 보았다. 이십오만원이면 십사 일 이내에 결과가 나온다는 그 검사를 윤태진이 실제로 했는지는 알 수 없었다. 검사를 하는 대신 자신 탓이 아닐 수도 있다는 가능성을 일 퍼센트라도 열어둔 채, 자신 때문이라고 믿으면서, 자신과 주변 사람을 학대하는 쪽을 택했는지도 몰랐다.

그 와중에도 입덧은 계속됐다. 약 조제실 아무데라도 눕고 싶을 만큼 송인화는 몸이 힘들었다. 퇴근하자마자 초저녁부터 잠이 쏟아지던 날이었다. 송인화는 침대에 기대 있다 휴대폰을 들었다. 윤태진한테 문자메시지가 와 있었다.

—인화 니가 이상한 가면을 쓰고 나를 뒤쫓아와. 그 가면은 내가 제일 증오하는 내 얼굴이야. 두 눈이 튀어나온 얼굴. 너무 징그러워서 미칠 것 같은 얼굴. 찢어버리고 싶은 얼굴. 없어졌으면 좋겠어. 전부 다.

송인화는 그 문자를 몇 번씩 들여다보다가 잠이 들었다. 얼마나 잔 것일까. 송인화는 옆이 서늘한 느낌에 잠에서 깼다. 창문 쪽에서 빛이 느껴졌지만 그건 자연광이 아니라 간판 불빛이었다. 아직 깊은 밤인 듯했다. 더 자려고 창문에서 고개를 돌리다 송인화는 숨을 멈췄다. 윤태진이 침대에 앉아서 송인화를 내려다보고 있었다. 윤태진의 커다란 몸이 송인화의 시야를 거의 가리고 있었다. 어둠이 눈에 익자 윤태진의 눈동자가 보였다. 송인화는 누운 채로 윤태진의 눈을 쳐다봤다. 오랜 시간 보아오던 눈이었다. 잠에서 깨던 아침에, 몸과 몸이 맞물리던 순간들에, 고요히 서로의 깊은 곳에 닿아 있다 조금만 움직여도 신음이 흘러나오던 그런 때에 수도 없이 마주보았던 눈. 크고 짙은 윤태진의 눈에 물기가 어려 있었다. 자신도 어쩔 수가 없어서 정말 어쩔 수가 없다는 눈. 송인화는 소리 없이 울고 있는 윤태진의 그 눈을 보면서 생각했다. 이 남자가 이렇게 슬픈 눈을 하고 무언가를 해칠 수도 있겠구나. 그건 납득할 수도 설명할 수도 없는, 본능적으로 스쳐간 느낌 같은 것이었다.

송인화는 윤태진에게서 얼굴을 돌리며 천천히 돌아누웠다.

*

보건소 정문 건너에는 현금인출기 하나가 서 있었다. 상가 건물과 따로 떨어져 있어서인지 얼핏 보면 커다란 공중전화 부스 같기도 했다. 가로수 하나가 현금인출기를 감싸듯 그 위로 가지를 늘어뜨리고 있었다. 인출기 위의 에어컨 실외기에서 바람이 나올 때마다 그 앞으로 늘어진 잎들이 파르르 흔들렸다. 길 건너편에서 신호를 기다리다 보면 그 부분만 유독 팔랑거려서 누군가 일부러 잔가지들을 흔드는 것 같았다. 멍하니 서서 가지들의 움직임에 시선을 고정하다보면 갑자기 매미 소리가 끊길 때가 있었다. 그러면 송인화는 침을 한 번 삼켰고, 그러면 다시 벌레들이 요란하게 울었다.

"가을 되면 쟤네만 먼저 떨어지는 거 아닐까요?"

서상화가 옆에 와 서며 말했다.

"그러게."

"오늘도 해안도로 가시는 거예요?"

"……응."

"오늘은 저 데려가주시면 안 돼요?"

"……"

"저녁 일 안 가는 흔치 않은 날이거든요. 옆에 없는 듯이 있을게요. ……이제 방역 나가면 같이 다니지도 못할 텐데."

없는 듯이 있겠다던 서상화는 예상과 달리 정말로 없는 듯이 앉아 창밖만 보았다. 송인화는 교동 사거리를 지나 해안도로가 시작되는 척주 해변 쪽으로 차를 몰았다. 23사단 정문을 지나 리조트 쪽으로 접어들자 이제 몇 주 뒤면 휴가객들로 복잡해질 해변과 상가가 나왔다. 차가 해안절벽길로 올라서자 서상화가 창문을 열고 바다에 시선을 고정했다.

"같은 바단데 이상하게 해변에서 보는 바다랑 해안도로에서 보는 바다가 달라요."

남해안보다도 포근하다는 척주 바다를 따라서 차는 계속 달렸다. 작은어진을 지나고 광진을 지나고 조각공원을 지나 송인화는 소망의 탑 입구에 차를 세웠다. 해송이 우거진 산책길로 들어서자 저만치 위쪽으로 탑이 올려다보였다. 송인화는 나무 계단 난간에 기대서서 땀을 닦았다. 줄기가 덩굴식물로 뒤덮인 소나무들이 철조망 너머로 줄지어 서 있었다. 해송이 끝나는 바위 절벽 끝으로 해안 초소가 보였다. 초소 너머로는 '척주 바다색'이라고밖에는 할 수 없는 빛깔의 바다가 하늘과 맞닿은 채로 펼쳐져 있었다.

나무 계단을 오르다가 옆이 허전해 송인화는 뒤를 돌아보았다. 커피를 사오겠다며 도로 맞은편으로 뛰어갔던 서상화가 한 손에 커피 캐리어를 들고 서서 이쪽으로 손을 흔들었다. 서상화가 막 길을 건너려고 할 때였다. 차 한 대가 햇빛을 튕겨내며 빠른 속도로 지나갔다.

"상화야!"

송인화는 자기도 모르게 서상화의 이름을 외쳤다. 얼마나 지났을까. 분명히 길 저쪽에 있던 서상화가 어느 결에 건너왔는지 계단을 성큼성큼 걸어올라 송인화 앞에 섰다.

"네, 누나. 저 부르셨어요?"

서상화가 입술을 씰룩이며 웃었다.

"상화씨에는 주사님, 상화야에는 누나. 안 된다고 해도 안 돼요 이젠."

서상화가 송인화의 팔을 잡아끌며 계단을 걸어올라갔다. 다 올라가자 양손을 둥글게 모은 듯한 원형 조형물이 나타났다. 소망의 탑이었다. 곡선으로 휘어진 탑신 안쪽은 은판으로 덮여 있고 탑신 바깥쪽은 작은 돌들로 채워져 있는 탑이었다. 탑 앞으로 타임캡슐이 묻힌 자리가 보였다. 송인화는 지붕이 달린 벤치형 그네에 가서 앉았다. 도로를 달리며 지나치기만 했지 송인화도 소망의 탑에 올라온 건 오랜만이었다. 서상화가 탑신 바깥을 돌며 사람들이 돌에 써놓은 낙서들을 읽었다.

"지수 영지 영원히 함께해. 태호랑 은영이 다녀가요. 쑤! 넌 성공할 수 있어. 내 사랑 지영아, 정수기 평생 동안 렌트해줄게, 사랑해."

서상화가 큭큭거리며 계속 낙서들을 읽었다.

"우리 할아버지 빨리 건강하게 해주세요. …… 예쁜 아기 낳게 해주세요. …… 가는 그날까지 건강하고 사랑하자. …… 광현이의 친구들. 태인 승엽 정은 연정 수영 태경."

서상화가 읽는 다짐과 소망의 말들은 매미 소리에 묻혔다가 다시 들리고, 해안도로를 지나가는 차소리, 기암괴석 위를 도는 갈매기 소리에 섞였다가 다시 또 들려왔다. 송인화는 흔들리는 그네에 몸을 기대앉아 바다를 바라보았다. 해초가 비치는 바다 위로 햇빛이 가루처럼 내려와 반짝거리다 사라지고, 반짝거리다 사라졌다. 바다에서 불어오는 바람에 나뭇잎들이 느리게 일렁였다. 발이 따가워 고개를 숙이면 샌들 사이로 드러난 발등에 햇빛이 내리꽂히고 있었다. 두 발을 그네 안으로 집어넣고 고개를 들면 어느새 송인화의 시야 안으로 들어온 서상화가 저만치에서 해송 가지를 툭툭 건드리며 지나갔다.

송인화의 눈앞에서 왔다갔다하는 서상화는 송인화가 한 번만 더 자기 이름을 불러주길 바라는 것 같기도 했고 송인화가 잊지 못할 모습 하나를 남겨주려는 것 같기도 했다. 서상화가 힘줄이 도드라진 팔을 뻗을 때마다 송인화는 땡볕 아래에 오래 서 있을 때 오는 현기증처럼 무언가에 아찔하게 정신을 빼앗기고 있는 느낌이 들었다.

아카시아잎을 따던 서상화가 손짓으로 탑을 가리켰다. 송인화는 탑 앞으로 걸어갔다. 빨대가 꽂힌 투명 음료컵 두 개가 나란히 놓여 있었다. 아직 얼음이 남아 있는 걸 보니 송인화와 서상화가 올라오기 직전에 내려간 사람들인 듯했다. 탑신 안쪽의 은판에는 소망 하나씩을 가지고 후원금을 냈을 사람들의 이름이 빼곡하게 새겨져 있었다. 은판 위에 손을 대자 이름들이 도돌도돌하게 만져졌다. 해에 달궈져서인지 은판이 뜨끈했다.

"여기 누나 이름도 들어가 있어요?"

"아니. 나는 새천년이 될 때 척주에 없었어. 니 이름은?"

송인화는 어라동 쪽 이름을 보며 물었다.

"제 이름도 없어요. 그때 우리 반 애들은 거의 다 이름 들어갔는데.

천원만 내면 여기에 이름 새길 수 있었잖아요. 다른 집은 할머니, 할아버지, 한 살짜리 아기까지 식구들 이름 다 넣었는데, 우리 할머니가 그날 너무 정신이 없어서 제 이름 적어 내는 걸 깜빡했대요. 저 일주일 동안 울었잖아요."

송인화는 서상화의 이름이 없는 소망의 탑을 올려다보았다.

고개를 돌리니 서상화가 타임캡슐 앞에 서 있었다. 송인화는 그 옆으로 가서 섰다. 캡슐이 묻힌 자리에는 두 개의 날짜가 적혀 있었다. 캡슐을 묻은 날짜인 2000년 1월 1일. 캡슐을 개봉하는 날짜인 2100년 1월 1일. 송인화는 어떤 숫자보다도 비현실적으로 느껴지는 2100이라는 숫자를 물끄러미 내려다봤다.

"누나."

한참 동안 숫자에 눈을 고정시키고 있던 서상화가 고개를 숙인 채로 송인화를 불렀다.

"우리 임원으로 회 먹으러 갈래요?"

그렇게 말하며 서상화가 조심스럽게 고개를 들었다. 대답을 기대하는 표정이었다.

"나 회 싫어해."

"거짓말."

"……"

"낙지 꿈틀댈 때 침 삼키는 거 내가 다 봤는데."

"……"

"툭하면 물회에 식은밥 말아먹는 것도 다 아는데."

소망의 탑에서 내려오기 전, 서상화는 삐친 표정으로 탑신 뒤로 가더니 한참 동안 돌에 무언가를 새겨넣었다. 송인화는 바다가 아닌 시내로 다시 차를 몰았다. 그리고 서상화에게 흑돼지를 사주었다. 회식하는 것 같아서 싫다고 투덜대면서도 서상화는 비계 조각 하나까지 남김없이 먹었다. 시내로 온 김에 코끼리 귀를 가까이서 보고 싶다면서 서상화는 기어이 연립주택까지 송인화를 따라왔다.

연립 울타리를 타고 오른 커다란 호박잎이 가로등 아래에서 흐늘흐늘 움직였다. 밤이어서인지 더 선명해 보이는 흰색 접시꽃들이 연립벽 앞으로 줄지어 솟아 있었다. TV 소리가 새어나오는 골목을 나란히 걷는 동안 밤공기 속에서 서상화의 땀냄새가 건너왔다.

송인화는 연립 뒤편의 축협 창고를 지나 코끼리 귀 앞으로 서상화를 데려갔다. 컴컴한 산 앞에 서서 서상화는 고개를 젖히고 코끼리 귀를 한참 올려다보았다.

"이걸 보고 있으니까 제가 알던 어떤 절벽이 생각나요."

가로등 빛을 고스란히 받고 있는 서상화의 가는 상체를 보면서 송인화는 왜 서상화와는 이렇게 척주 구석구석을 다니게 되는 걸까 생각했다.

"상화야."

"네?"

"몇 달 동안 고생 많았어."

"……"

"너 있어서 든든했어."

서상화는 좋은 표정을 미처 감추지 못하고 뒤를 돌더니 크게 심호흡을 했다.

*

'제가 알던 절벽이 생각나요.'

자리에 누웠지만 송인화는 잠이 오지 않았다. 서상화가 코끼리 귀를 보면서 한 말이 머릿속을 떠나지 않았다. 송인화 또한 코끼리 귀를 볼 때마다 어떤 절벽을 생각했기 때문이었다.

계단식으로 깎아 내려간 산. 계단 한 단의 높이가 너무 높아서 절벽이라고밖에는 할 수 없던 거대한 공간. 절벽 꼭대기에 매달려서 느릿느릿 움직이던 불빛 하나. 아래에서부터 차올라온 해무가 절벽을 점점 끌어내리며 그 불빛까지도 삼키던 광경을 송인화는 딱 한 번 본 적이 있었다.

그 공간은 여러 소리들로 장악돼 있었다. 눈앞의 것들을 다 부술 것 같던 소리. 단단한 것이 깨지고 갈리는 소리. 하지만 그날 송인화가 골재장에서 들은 건 배경처럼 깔려 있던 그 소음들과는 다른 종류의 소리였다. 그건 분명 성인 남자의 울음소리였다. 자신의 입을 틀어막고 우는 듯한 꺽꺽 소리. "확인했어?" 다급하게 묻던 소리.

둘 이상의 목소리가 섞여 있었지만 35광구라 불리던 석회산에서 송인화가 눈으로 본 사람은 한 명이었다. 돌 파쇄기의 소음이 귀를 막고 바다 안개가 앞을 가리고 있었지만, 십팔 년이라는 시간이 쉰 중반의 사내를 쪼그라든 노인으로 만들어놓았지만 송인화가 본 사람은 이영관이 분명했다. 송인화와 마주치고 당황해하던 사람. 아무것도 알아선 안 된다는 듯 눈빛으로 송인화를 쫓아내던 사람.

그때 송인화는 고등학교 1학년이었다. 학교도 집도 답답해 오십천을 따라서 무작정 걷거나 아파트 옥상에 올라가 많은 시간을 보낼 때였다. 동진아파트는 코끼리의 뒷다리 아래쪽에 자리를 잡고 있었다. 시멘트 분진 때문에 밖에 빨래를 널 수 없어 아파트 옥상은 늘 텅 비어 있었다. 아파트 뒤쪽으로는 대숲이 우거져 있었고 대숲 사잇길을 따라가면 죽장사라는 작은 절이 나왔다. 송인화는 사람들이 많은 삼은사보다 대나무밖에 없는 그 절을 더 좋아했지만 송인화의 엄마를 비롯해 동진아파트에 사는 여자들 대부분은 팀을 꾸려서 삼은사를 자주 드나들었다.

오십천변에 지금처럼 자전거 길도 공원도 없을 때였다. 아파트 옥상에 서 있으면 우거진 잡풀과 강, 그 건너편의 시멘트 생산공장만이 건너다보였다. 공장 뒤쪽으로는 까마득하게 노천 광산이 이어져 있었다. 아무리 늦은 밤이나 이른 새벽이더라도 석회산 쪽에선 불빛이 깜빡였다. 비가 오거나 폭설이 내리거나 해무가 올라오면 산 자체가 시야에서 사라져버렸지만 진동처럼 건너오던 소음은 끊긴 적이 없었다.

한낮이었고 오십천을 따라서 느릿느릿 걸었으니 토요일이었을 것이다. 키 큰 뽕나무들이 아무렇게나 우거진 더운 날이었다. 송인화는 다른 날과 마찬가지로 기다란 벨트를 따라서 걸어갔다. 시멘트 가루를 실어나르는 컨베이어 벨트는 강을 가로질러 와 어라항의 동진 부두로 이어져 있었다. 땅을 흔드는 벨트의 소음이 싫어 이어폰을 꽂고 있었을 것이다. 송인화는 '가자미회 썰어드립니다'라고 적힌 가건물을 지나 부두로 통하는 샛길로 접어들었다. 'YOKO'라는 글자가 잘려 나온 폐타이어 조각을 밟아 넘어질 뻔했고 어쩌면 목이 말라서 책가방에서 물을 꺼내 마셨을 것이다. 그러다 떠들썩한 행사 소리에 이

끌려 부두를 지나 항 방파제 쪽으로 길을 튼 것이었다.

송인화가 아버지를 만난 건 정말 방파제의 인파 속에서였을까. 아버지가 다시 들어가봐야 한다면서 갔던 곳은 평소처럼 시멘트 공장의 사무실이었을까. 그 뒤의 노천 광산이었을까. 아니면 바다였을까.

이영관의 조카라는 사람이 연락을 해온 것은 서상화에게 절벽 얘기를 들은 며칠 뒤였다. 그는 연락을 하는 것이 맞을까 한참 동안 망설였다고 했다. 결심을 하고 나서도 시내로 나올 짬이 나기까지 또 한참이 걸렸다고도 했다.

"작은아버지가 송인화씨를 만나고 싶어했던 것 같습니다."

이여환이라고 자기를 소개한 남자는 얼음이 든 음료를 반 넘게 마시고 나서야 그렇게 말을 꺼냈다. 이 주 만에 작업복을 벗고 나왔다는 그는 목소리가 작고 눈이 컸다. 이여환이 보자고 한 카페는 대형 고무나무 몇 개가 공간을 나누고 있어 비좁은 느낌을 주었다. 이여환한테서 나는 것도, 카페 종업원한테서 나는 것도 아닌 듯한데 어디선가 짙은 향수 냄새가 자꾸 건너왔다. 송인화는 주위의 빈 테이블들을 훑어보다 다시 이여환한테로 고개를 돌렸다.

"저는 보건소에 계속 있었는데 만나고 싶었다면 왜 직접 찾아오지 않았을까요?"

"글쎄요. 작은아버지도 망설이셨던 게 아닌지……"

"왜요?"

하지만 그건 두어 달 동안 이영관의 집에서 잠만 잤을 뿐이라는 이영관의 조카가 대답할 수 있는 말은 아닌 듯했다.

"날 풀리기 시작하면서 몸이 더 안 좋아지셨어요. 원래 난청도 있으셨고. 명절 때 만나면 작은아버지는 꼭 소리치듯이 말씀을 하셨거든요. 광산이 워낙 시끄러운 곳이어서 그랬다는 건 나중에 알았지만…… 수면제 부작용인지 한 며칠 이상한 소릴 하시길래……"

"어떤 소릴 하셨죠? 기억나는 건 다 말씀해주세요. 전부 다."

송인화가 다그치듯 묻자 이여환이 주춤하며 시선을 내렸다.

"정확히 기억은…… 그냥 보건소 얘기를 하셨고, ……송인화씨 이름을 두어 번 들었지만 그땐 대수롭지 않게 넘겼어요. 작은아버지 돌아가시고 나서야 보건소 홈페이지에 들어가봤더니 정말로 송인화씨 이름이 있더라구요."

이여환은 말이 빠른 사람이 아니었다. 송인화는 마음을 가라앉히며 다음 말을 기다렸다.

"작은아버지가 갖고 계셨던 게 있어요. 근데 사실…… 그걸 송인화씨한테 전해주려고 했는지는 잘 모르겠습니다. ……모르겠어요."

그게 뭐냐고 속사포처럼 묻고 싶은 마음을 누르며 송인화는 이여환의 얼굴을 살폈다. 상대 쪽에서 달려들면 이여환은 목을 움츠리고 딱딱한 집 속으로 들어가버릴 것 같았다.

"사촌누나가 작은아버지 물건들을 정리하는데…… 이상하게 그걸 누나에게 내놓지는 못하겠더라구요. 제가 갖고 있자니 찝찝하고, 지금 척주 상황도 너무 뒤숭숭하고…… 친구 놈한테 의논할까 하다 그것도 관뒀습니다."

이여환 역시 송인화의 얼굴을 살피고 있었다.

"그걸 저한테 전해도 될지 아직 판단이 안 서신 거네요."

하지만 송인화를 찾아와 이런 말을 한다는 건 어느 정도 결심이 기울었다는 얘기였다. 믿어도 될지 확신할 순 없지만 믿고 싶은 마음이 있다는 것이기도 했다. 무얼 보여주고 확신을 주면 좋을까. 송인화는 물을 한 모금 들이켰다.

그때 이여환이 송인화 앞으로 목캔디 통을 하나 내밀었다.

"그냥 건강식품이라고 하셨지만 아무리 봐도 약 같아서……"

송인화는 조심스레 뚜껑을 열었다. 통 안에는 크기도 색깔도 다른 정제들이 수북이 담겨 있었다.

"작은아버지가 항상 머리맡에 놓고 계시던 거예요."

약 성분을 정확히 알려주면 믿어보겠다는 듯 이여환이 다시 송인화를 봤다. 그때 고무나무 저쪽 테이블로 반투명 선글라스를 쓴 곱슬머리 남자가 보였다. 어디선가 본 적이 있는 남자였다. 남자는 자신이 이쪽을 보고 있다는 걸 숨기지 않은 채로 송인화와 이여환을 보고 있었다. 송인화는 서둘러 목캔디 통을 가방에 넣고 자리에서 일어섰다. 그러고는 이여환과 함께 일단 카페 밖으로 나와 정류장 방향으로 걸어갔다.

"오늘 저랑 만나는 걸 알고 있는 다른 사람이 있나요?"

"아니요."

이여환이 의아한 표정으로 멈춰 섰다. 송인화는 뒤를 한 번 돌아보고, 다시 이여환을 쳐다봤다.

"사건 직후에 박영필 형사 말고 또 만난 사람이 있나요? 박영필 형사한테는 어디까지 얘기를 하셨죠?"

*

여름답지 않게 장마 한 번 없이 7월 내내 폭염이 이어졌다. 이제 사무실에서는 서상화의 얼굴을 보기가 힘들었다. 서상화는 아홉시에 출근 도장을 찍자마자 공공근로자와 2인 1조로 밖으로 나갔다. 오전 방역을 돌고 나면 구내식당으로 와서 점심을 먹고 다시 오후 땡볕 속으로 나갔다가 다섯시가 가까운 시각에 보건소로 돌아왔다.

서상화와 같이 움직이는 공공근로자 방학수는 사십대 중후반쯤으로 보이는 남자였다. 직모 머리칼이 귀를 반 넘게 덮고 있었고 머리칼 끝이 땀에 항상 젖어 있었다. 송인화는 방학수와 마주칠 때마다 귀 위로만 머리칼을 잘라내도 덜 더울 텐데 하는 생각을 했다. 그는 이창규 계장과 안면이 있는지 공공근로 첫날부터 사람들을 거리낌없이 대했다. 서상화와도 금세 가까워진 듯했다. 여름 내내 힘든 일정을 같이해야 되니까 좋은 사람이면 좋겠다고, 송인화는 방역 약품을 끌고 나가는 서상화와 방학수의 뒷모습을 보면서 생각했다.

김순영은 직원들과 일대일로 점심 약속을 만들어 나가는 날이 많았다. 주민소환 청구 서명 얘기가 나왔던 여직원 정기 모임 날, 시부모 얘기를 꺼냈던 직원을 뒤로 불러 김순영이 내민 건 '서명철회서'였다. 시청 과장인 남편이 오병규한테 큰 자리를 약속받았다는 얘기부터 김순영이 차기 보건소장을 노리고 있다는 얘기까지 여러 말들이 흘러다녔다.

척주에서 오랫동안 현수막집을 해오던 김승희의 고모부는 시청 앞에서 일인 시위중이었다. 찬핵 쪽뿐 아니라 반핵 쪽 현수막 일도 받아서 했다는 이유로 시청에서 거래를 끊어버린 것이었다. 현수막집은 관공서 거래가 끊기면 타격이 큰 곳 중 하나였다.

"봄 축제 열릴 때마다 대목이었는데 이상하게 올봄엔 일이 안 들어오더래. 우리 고모부는 어차피 찍혔겠다, 시장이 물러나야 가게 매상 다시 올라간다고 지금 대놓고 소환 운동 하셔."

땡볕 아래에서 일인 시위를 하는 김승희의 고모부를 보면서 자영업자들은 "나는 저 꼴 나면 안 될 텐데" 한숨을 쉬었다. 딸이 공무원인 게 자랑인 김승희의 어머니는 고모부의 행동이 혹 자기 딸에게 피해가 갈까 못마땅해하다가 고모 내외와 사이가 틀어져버렸다. 집안 싸움에 자기 등만 터진다며 김승희가 고개를 저었다.

이래저래 어수선한 오후였다. 송인화는 문서 몇 개를 들여다보고 있었다. 스테로이드 처방이 유독 잦은 약국들을 대상으로 식약처에서 지적 사항이 내려온 터였다. 송인화는 그 명단을 옆에 두고 약사법 위반 사례가 잦았던 약국들을 정리해놓은 파일을 열었다. 마약류와 향정 약품 파손 신고가 잦은 약국 목록 파일도 열었다. 작년 가을 하장의 삼베 농가에서 접수된 대마 폐기 보고서 파일도 가져왔다. 그것들을 앞에 두고 송인화는 한참을 미동 없이 앉아 있었다. 며칠 전 요양병원 점검을 나갔을 때의 일이 떠올랐다. 점검을 마치고 나오려는데 한 환자가 송인화의 손목을 잡았다. 검버섯이 핀 두피에 흰 머리칼 몇 가닥만이 듬성듬성 남아 있는, 적어도 수년은 누워서 생활한 것 같아 보이는 노인이었다. 송인화가 누군지 왜 왔는지 상관없이 외부 사람에게 사정하고 싶은 것처럼 보였다. 틀니를 끼지 않아 쪼그라든 입으로 노인이 송인화에게 속삭였다. 삼양동 어느 집에 암을 앓다 죽은 동생이 있다. 동생이 죽기 전까지 먹던 진통제가 집 어딘가에 꽤 남아 있을 거다. 그걸 갖다 달라. 그 사람들이 갖고 가기 전에 나에게 약을 갖다 달라. 노인은 그런 뜻의 말로 애걸을 했다. 노인이 얘기한 '그 사람들'이라는 말이 며칠째 송인화의 머릿속을 맴돌고 있었다. 송인화는 펼쳐놓은 명단들에 공통으로 들어 있는 약국들을 추렸다.

늦은 오후로 넘어가자 민원 전화들이 쉴새없이 걸려왔다. 시장 소환 운동이 시작되면서 특정 약국 약사를 지목하는 전화는 더 잦아졌다. 어느 약국 약사가 불친절하다, 복약 지도를 못 알아먹겠다, 가운을 안 입은 카운터가 대일밴드를 팔더라 같은 내용의 전화들이었다. 민원 전화 중에는 약사법 위반인 사항도 있었고 단순한 불만 사항인 것도 있었지만 송인화 혼자 지도 점검을 하기에는 여건이 턱없이 부족했다. 송인화는 원래 골이 깊었던 시청 노인대학 졸업생들과 농협 실버대학 졸업생들이 정치적 입장이 다른 약국을 거점으로 신경전을 하고 있다는 하경희의 말을 떠올렸다. 송인화는 진폐 전문 약국과 관련한 신고 자료들을 추려 하경희한테 보내고는 숨을 돌리며 사무실 밖으로 나왔다.

서상화가 막 화장실에서 나오는 중이었다. 오후 방역을 마치고 돌아온 참인 듯했다. 화장실 세면대에서 씻었는지 서상화의 목과 팔에서 물이 뚝뚝 떨어졌다.

"덥지."

"그래도 보건소 들어오니까 살 것 같아요."

서상화의 몸에서 쉰내가 건너왔다. 축축하게 들러붙은 공익 셔츠를 벗기고 냉탕 속으로 집어넣어주고 싶은 심정이었다. 푹푹 삶아야 셔츠에서 냄새가 안 날 텐데, 반나절이라도 햇볕에 말려야 뽀송뽀송할 텐데, 공익 셔츠는 몇 벌 가지고 돌려 입는 걸까. 송인화는 그런 생각들을 두서없이 하며 사무실로 들어가는 서상화의 뒷모습을 보았다.

하루 동안의 폭염에 절여진 서상화는 퇴근시간이 되면 저녁을 어떻게 먹는지도 알 수 없게 파트타임 일을 하는 약국으로 달려갔다. 송인화는 약국 명단을 펼쳐놓은 채 늦게까지 사무실에 앉아 있다 척주의료원 사거리로 걸음을 옮겼다. 저만치 불이 켜진 약국 너머로 카운터에 앉아 있는 서상화가 보였다. 조제실에서 나온 약사가 서상화의 어깨를 두드리며 무슨 말인가를 하자 서상화가 지친 듯 희미하게 웃었다.

송인화는 마약류 관리 교육 때 그 약사를 본 적이 있었다. 척주 관내의 약사들뿐 아니라 병의원의 마약류 취급자들, 의약품 도매상들과 대마 재배자들까지 모인 자리였다. 반 정도는 피곤하다는 듯 등을 기대고 있었고 반 정도는 송인화가 자신들 얘기도 좀 들어줬으면 좋겠다는 듯 몸을 세우고 앉아 있었다. 송인화가 최근 개정된 법률 안내를 할 때쯤 그 약사가 전화를 받으며 일어나 나갔다. 교육이 끝날 때까지도 그는 다시 들어오지 않았다. 중앙약국 대표 약사 양진성. 대부분 연령대가 높은 약사들 사이에서 삼십대 중후반쯤으로 보이는 그는 눈에 띄었다.

송인화는 약사 가운을 단정하게 입고 있는 양진성과 서상화를 번갈아 바라보다 휴대폰을 들었다. 서상화한테 전화를 하고 싶다는 생각이 어느 때보다도 강하게 들었다. 송인화가 통화 버튼을 누르는 동시에 양진성이 서상화를 데리고 조제실 쪽으로 들어갔다. 서상화는 한참 동안 전화를 받지 않았다.

*

오징어 철이었다. 울릉도 근해로 나가 있던 오징어잡이 배들이 들어오면 송인화는 일주일에 한 번은 아침잠을 포기하고 어라항으로 나갔다. 채낚기 오징어 입찰이 한창인 어판장을 지나 2호집으로 가면 주인이 오징어 내장을 받아뒀다 탕을 끓여줬다. 방금 죽은 오징어의 내장은 짠내도 없어 입으로 들어가자마자 부드럽게 녹았다. 오징어 내장탕에 맛을 들인 이후로 송인화는 씹는 게 거추장스럽게 느껴져 오징어를 잘 먹지 않았다.

새벽 어판장의 외침 소리를 들으면서 칼칼한 내장탕을 먹다보면 이 동네 어딘가에서 서상화가 아직 아침잠을 자고 있겠구나 하는 생각이 들었다. 예전엔 버리는 고기라고 안 먹었는데 이제는 비싸서 못 먹는다며 곰칫국 얘기를 하던 것도 떠올랐다.

문화예술회관에서 2차 설명회가 열린 날도 오징어 내장탕을 먹기 위해 하루를 일찍 시작한 날이었다. 송인화 혼자·도착한 회관에는 1차 때보다 더 많은 사람들이 모여 있었다. 건강보조식품이라면서 노인들에게 약을 파는 홍보관이 워낙 많았기 때문에 보건소에서는 이런 종류의 설명회에 늘 신경을 곤두세우고 있었다. 지난 1차 설명회가 열리기 며칠 전이었다. 송선생이 흥미를 느낄 만한 강연이 하나 있으니 단속이 필요한지 한번 가보라고 말해준 것은 안금자였다. 설명회는 그동안의 홍보관이나 떴다방과는 분위기가 전혀 달랐다. 모여 있는 사람들도 노인들이 아니라 젊은 사람들이 대부분이었다. 후쿠시마 사고 이후에 보건소로 걸려왔던 민원 전화들을 떠올리며 송인화는 이제 홍보관도 타깃을 달리하는구나 생각했었다.

지난번에 방사능과 갑상선 얘기가 나왔으니 이번에는 제품 설명을 할 거라고 생각하며 송인화는 중간쯤에 자리를 잡고 앉았다. 사람들이 좌석을 찾아 앉는 동안 강연대 뒤의 스크린으로는 밭을 찍은 풍경 사진이 여러 장 지나갔다. 어떤 사진은 거대한 밭 속에 들어앉은 마을을 찍은 것처럼도 보였다. 흙이 유난히도 붉은 밭이었다. 뜬금없는 밭 사진을 보자 송인화는 1차 설명회가 끝나고 스크린으로 지나가던 동굴 사진이 떠올랐다. 동굴과 밭은 아무 상관이 없어 보이는데도 묘하게 서로를 연상시키는 데가 있었다.

밭 사진이 다 지나가자 스크린에 두 단어가 띄워졌다.

Iodine-127. Iodine-131.

무대 앞으로 나온 건 삼십대 남자였다. 강사의 얘기는 간명했다. 방사능 요오드인 131이 침투하기 전에 몸에 필요한 요오드인 127을 충분히 섭취해 우리 몸을 방어해야 한다는 것이었다. 거기까지 들었을 때도 송인화는 요오드 관련 건강식품 홍보가 이어질 거라는 생각에 변함이 없었다. 종편의 건강 의료 프로그램에서도 연일 요오드 얘기가 쏟아지는 중이었다. 방송을 탄 제품들은 홈쇼핑에서도 거의 완판이었다. 백수오와 흑초와 그라비올라가 차지하던 그 자리를 후쿠시마 사고 이후로는 요오드 제품과 천일염 같은 것들이 대신하고 있었다.

하지만 강사의 입에서 천연물 의약품이라는 말이 나왔을 때 송인화는 생각만큼 단순한 게 아닐지도 모른다는 생각이 들었다.

“여기 약 부작용 겪은 분들 많죠. 합성 의약품의 한계입니다. 우리가 옛날부터 식용으로 먹던 것, 그런 것들로 약을 만들면 부작용도 적고 약효도 좋은 건 더 말할 필요도 없겠죠. 천연물 신약은 자연물에서 추출한 단일 물질로 약을 만드는 겁니다. 여러분, 국가법령정보센터 홈페이지에 들어가서 ‘천연물 신약’이라고 쳐보십시오. 그러면 이 법령이 뜰 겁니다.”

‘천연물 신약 연구 개발 촉진법’ 법령 조항이 스크린에 떠올랐다. 생약 얘기 정도로 생각하던 사람들이 법령을 보자 고개를 앞으로 내밀었다.

“이게 십 년도 더 전에 만들어진 법입니다. 정부가 구천억 가까운 예산을 투자해온 사업이지요.”

강사의 얘기는 다 맞는 말들이었다. 지금 허가를 받아 판매되는 천연물 신약은 총 9종이었다. 천연물 성분으로 제조되었지만 약사법이 정한 절차에 따라 정제나 캡슐제나 주사제로 만들어져 판매되고 있었다. 의사에게만 처방권이 있어 한의사와 의사 간 싸움의 장이 되기도 하는 의약품이었다.

보건복지위원회 상임위 일을 오래 했던 윤태진은 천연물 신약에 관심이 많았다. 연초부터 이 사안을 국정감사 아이템으로 잡고 병원 약제부를 돌던 윤태진은 날카롭고 정확하고 끈질긴 사람이었다. 윤태진과 처음 얘기를 나누던 날, 윤태진의 말투에서 희미하게 감지되던 척주 억양에 송인화는 윤태진의 얼굴을 한번 더 쳐다보았다. 시간이 갈수록 완화되고 있는 천연물 신약의 허가 절차와 안전성, 유효성에 대해 지적한 국정감사 기사를 읽다 윤태진을 생각하기도 했다.

다른 것도 아닌 천연물 신약 얘기를, 그것도 갑상선과 직결된 요오드와 관련해서 들었기 때문일까. 송인화는 중간중간 좌석을 둘러보았지만 윤태진의 모습은 보이지 않았다. 연단 위의 남자가 천연물과 자연물 얘기를 계속 이어가자 좌석에서 누군가 손을 들었다.

"자꾸 자연물 추출 얘기를 하시는데요, 지금 믿을 수 있는 자연물이 있긴 합니까?"

너무도 좋은 질문이라며 남자가 박수를 쳤다.

"제가 바로 그 말씀을 드리려는 것입니다. 자연물로 약을 만든다, 이십 년 전만 해도 좋은 얘기였습니다. 하지만 지금은 상황이 다르지요. 이런 방사능 시대에 자연물이라니요. 아까 요오드 말씀드렸지요. 요오드를 얻을 수 있는 자연물은 거의 바다에 있습니다. 해양오염은 이미 돌이킬 수가 없고요. 하지만 여러분, 바다가 아닌 곳에서, 정확히 말하면 아주 옛날엔 바다였지만 지금은 육지인 곳에서 요오드 식물이 자라고 있다면 믿으시겠습니까?"

남자가 스크린을 가리켰다. 석회동굴 안을 흐르는 시내가 나왔다. 시냇물 아래에 돌들이 깔려 있었고 그 사이로 처음 보는 식물이 보였다.

"이게 뭐처럼 보이시나요. 김? 톳? 미역? 다시마? 다 아닙니다. 편의상 민물초라고 불러보지요. 이 민물초에는 해조류의 스무 배가 넘는 미네랄과 요오드가 들어 있습니다. 중금속도 방사능도 없었던 오억 년 전의 바다 냄새가 느껴지십니까? 옛날부터 초섬굴 근처에 살던 사람들은 다 알던 식물입니다. 너무 귀해서 임금님한테 진상도 안 하고 쉬쉬하면서 먹었다고 하지요."

민물초라는 식물의 사진이 여러 장 넘어갔다.

"계속 말씀드렸지만 고용량의 요오드를 지금부터 꾸준히 먹는 것만이 언제 어디서 피폭될지 모를 우리 몸을 보호하는 길입니다. 방사능은 남자보다 여자에게 세 배, 성인보다 아이들에게 열 배나 치명적입니다. 그게 저희가 어머니들을 초대한 이유입니다. 암과 기형아 출산의 공포에서 누가 여러분을 보호해줍니까. 오염되지 않은 유일한 요오드 식물, 이 민물초가 우리가 안심하고 먹을 수 있는 이 시대의 마지막 천연물 의약품이 될 겁니다."

문화예술회관에서 나온 뒤 송인화는 집으로 바로 올라가지 않고 안금자를 찾아갔다.

"강사 얘기 들으면서 민물초 사진을 보는데요, 나도 먹어보고 싶다, 그런 생각이 드는 거예요."

안금자가 앉으라는 얘기도 하기 전에 송인화는 설명회에 대해 이런 저런 것들을 떠들었다. 안금자가 그런 송인화를 보며 희미하게 웃었다.

"설명회 끝나고 회원 가입서 같은 걸 받더라구요. 건강 정보 보내준다고."

"그래서, 가입서 쓰고 왔어?"

"쓰고 싶었어요. 쓰진 않았지만."

"……"

"세상은 이런데 마음 기댈 데가 없잖아요. 누가 '나만 믿어' 하고 확 끌어주면 눈물날 것 같아요."

"……"

"약 보고 따라가는 사람들 이해 못할 것도 없겠어요. 안 아프게만 해준다면 내 질병 정보 긁어 주는 게 무슨 대수겠어요."

안금자가 아무 대꾸 없이 얼음이 든 매실차를 내밀었다. 물방울이 맺힌 차가운 유리잔을 손으로 감싸쥔 채 송인화는 거실 벽에 걸려 있는 액자를 쳐다봤다. 사실 송인화는 안금자의 집에 들어서면서부터 그 액자만을 보고 있었다.

설명회에 다녀오기 전에는 대수롭지 않게 지나쳤던 그것은 붉은 흙으로 뒤덮인 밭 사진이었다. 땅이 꺼지고 있는 것처럼 가운데가 오목하게 들어간 밭에는 회백색 돌들이 군데군데 박혀 있었다. 언젠가 안금자는 액자 속 사진을 가리키며 밭 아래에 무엇이 있을 것 같냐고 물은 적이 있었다. 접시처럼 가운데가 들어가 있지만 비가 천 일 동안 퍼부어도 물이 고이지 않는다고 했다. "물이 안 고인다는 건 지하에 동굴이 있다는 얘기야. 척주엔 저런 곳이 수두룩해."

송인화는 문득 안금자의 약상자를 보고 싶다는 생각이 들었다. 어떤 약을 먹고 있는지 알면 그 사람의 현재 마음 상태를 반 이상은 알 수 있었다. 송인화는 얼음이 거의 녹은 매실차를 한쪽으로 돌려놓으며 계속 말을 던졌다.

"약왕성도회 사람들은 교주를 회주라고 부른다면서요. 오늘 사람들이 하는 얘기를 들었는데……"

설명회가 끝나고 삼삼오오 나오면서 사람들은 하나같이 약왕성도회 얘기를 했다.

"송선생 오늘 여기서 밤참까지 먹고 가."

내내 별말이 없던 안금자가 송인화를 붙잡듯 불쑥 그렇게 말했다.

"……"

"내가 송선생이랑 하고 싶은 얘기가 많아."

"오늘 사람들이 하는 얘기를 들었는데…… 약왕성도회 회주가 오래전부터 실종 상태였다고 하더라구요. 동굴에 숨어서 민물초 캐고 있었던 거 아니냐고."

송인화의 말이 끝나자마자 안금자가 파리채를 집어들었다.

"회주는 죽었어."

뜻밖에도 단호한 말투였다. 송인화는 입을 다문 채 파리채를 휘휘 흔드는 안금자의 얼굴을 쳐다봤다. 안금자가 창문 쪽으로 걸어가 창턱에 파리채를 툭툭 털어내면서 말했다.

"죽어야만 그만하는 것들이 있지."

"……"

"죽기 전엔 멈출 줄을 몰라."

*

휴가철이 시작되기 전 출장소와 지소와 진료소에 비상 의약품을 전달해야 하는 주였다. 윤태진에게 연락이 온 건 하장에 있는 보건지소로 외근 나갈 준비를 하고 있을 때였다. 두타산 산행이 있어 댓재에 간다고, 하장에 오면 전해줄 것이 있다고 했다. 윤태진이 연락을 했다는 건 정말로 용건이 있다는 얘기였다.

서쪽 내륙으로 이어지는 댓재 너머 마을이라고만 들었을 뿐 하장은 한 번도 가보지 않은 곳이었다. 김승희가 살아 돌아오라는 말을 던졌지만 대관령도 아닌데 험하면 얼마나 험하랴 싶어 송인화는 별생각

없이 차를 끌고 나갔다. 아침부터 날이 흐리더니 미로면을 지날 때쯤엔 조금씩 비가 떨어졌다. 어느 마을에선가 주유소를 보았지만 송인화는 그냥 지나쳤다. 댓재로 올라서기 전 마지막 주유소라는 걸 몰랐던 것이다.

산속 고갯길로 들어서자 차가 거의 보이지 않았다. 포장만 되어 있을 뿐 댓재는 구불구불한 길이 끝없이 이어지는 경사 높은 산길이었다. 운전이라면 도가 튼 송인화였지만 핸들을 이리 꺾고 저리 꺾으며 다리에 힘을 주다보니 금세 목이 뻣뻣해져왔다. 와이퍼 때문에 시야도 어지러운 상태였다. 맞은편에서 가끔씩 대형 트럭이 내려올 때마다 송인화는 아슬아슬한 마음으로 속도를 늦췄다. 저곳만 돌면 정상이 보이겠지, 하면 다시 굽은 길이었고 저곳만 돌면, 하고 올라가면 또 길이었다. 올라가도 올라가도 끝이 보이지 않았다. 비가 그치고 몸이 다 굳은 다음에야 송인화는 정상으로 보이는 곳에 차를 세울 수 있었다. 산꼭대기에는 작은 휴게소 건물 하나와 '白頭大幹 댓재'라 새겨진 대형 비석이 있었다.

송인화는 차에서 내려 비석 앞으로 걸어갔다. 한여름인데도 댓재 정상엔 차게 느껴지는 바람이 불어왔다. 비석 아래쪽에는 작은 글씨로 '덕왕산 ↔ 댓재 ↔ 두타산'이라 쓰여 있었다. 고개를 드니 비석 너머로 산줄기가 겹겹이 펼쳐져 있고 구름이 닿을 듯 낮게 내려와 있었다. 이상하게도 기시감이 드는 풍경이었다. 울퉁불퉁한 비석의 윗부분, 白이라는 한자, 그 너머로 출렁이는 산. 이 비슷한 배경의 사진을 어디선가 본 적이 있는 것 같다고 생각하다가, 다시 하나둘 떨어지는 빗방울에 송인화는 차로 달려갔다. 산고개를 한참 올라왔지만 내리막

길은 없었다. 댓재 정상에서 마을 쪽으로 가는 길은 평지였다. 송인화는 하장이 얼마나 높은 지대에 있는 마을인지 그제야 실감이 갔다.

송인화는 바로 보건지소로 가 담당자에게 비상 약품을 전달했다. 내륙 오지인 하장과 해안 마을인 은남 사이에는 남한 최대의 탄전이라 불리던 도계가 있었다. 젊은 시절 탄광에서 수십 년을 일하다 폐에 분진이 쌓이는 진폐증을 얻은 노인들은 주로 하장과 은남과 도계에 흩어져 살고 있었다. 진폐 재해 보상금을 받게 해주겠다며 이들에게 접근하는 진폐 브로커들 또한 이 세 마을을 중심으로 활동했다.

약국이 없는 하장 사람들은 댓재 대신 태백 쪽 도로를 타고 도계 점리로 넘어가 몇 개월 치의 약을 사왔다. 도계의 약국들은 기침 증상에 특화된 한외마약 약품들로 주 수입을 올리고 있었지만 그곳 약사들이 시중에 나와 있는 약들만을 파는지는 아무도 알 수 없었다. 그들끼리의 알력으로 제보가 튕겨져 들어올 때마다 송인화는 거대하고 촘촘하게 짜인 그물과 마주하고 있는 듯한 기분이 들었다.

송인화는 보건지소에서 나와 마을길을 따라 걸었다. 비에 젖어서인지 도로는 색이 짙었다. 송인화는 고랭지 배추밭을 따라서 걷다가 삼베 농가가 모여 있는 대마 재배지 쪽으로 걸음을 옮겼다. 비닐하우스 위로 비가 자작자작 내리다 잦아들었다.

폐교 철문은 열려 있었다. 안으로 들어가자 풀이 웃자란 운동장 너머로 이순신과 이승복 동상이 보였다. 자그마한 단층짜리 학교 건물 뒤로 밤나무 한 그루가 구름처럼 꽃을 피우고 있었다. 윤태진은 건물 앞쪽 계단참에 서 있었다.

두타산 산행을 마친 일행들은 하장면 내의 한 식당에 있다고 했다.

윤태진은 송인화에게 두꺼운 골판지 상자를 접어 건네고는 한참 말이 없었다. 송인화는 윤태진과 세 걸음쯤 떨어진 계단참에 상자를 깔고 앉아 운동장 너머를 바라보았다. 마을을 둘러싼 산 아래로 대마밭이 짙푸르게 펼쳐져 있었다. 대마밭이 끝나는 곳에서부터 폐교 터까지 이어진 채소밭을 바라보다 송인화는 다시 운동장 안으로 눈길을 주었다. 칠이 벗겨진 미끄럼틀과 시소는 원래 저렇게 작았나 싶게 조그맸다. 아이들은 학교에 다닐 만큼 자라도 저렇게 작은 것일까.

윤태진도 어쩌면 폐교에 들어서면서부터 그때 그 일을 생각하고 있는지도 몰랐다. 서로의 얼굴을 보면 자동으로 떠오를 수밖에 없는 일. 오래전 일 같기도 하고 어제 일 같기도 한 일. 대뇌가 있든 없든, 두개골이 있든 없든, 모체에 찾아오는 증상은 다른 임신부와 똑같다는 게 뭐라 말할 수 없이 가슴을 눌러오던 때였다.

윤태진은 며칠째 집에 들어오지 않았고 송인화는 이틀간의 휴가를 냈다. 늦잠을 자고 느지막이 잠에서 깬 오전이었다. 창문에서 반사된 빛이 침대 위 천장에서 어른거리고 있었다. 그걸 바라보다 한쪽으로 돌아눕는데 그때까지 한 번도 느껴보지 못한 느낌이 송인화의 몸을 감싸왔다. 포근함이라는 말로도 나른함이라는 말로도 다 표현할 수 없는, 누군가가 송인화의 몸과 마음을 특별한 이완 상태로 이끌어주는 듯한 신비로운 느낌이었다. 몸을 일으키는데 송인화는 문득 맛있는 것이 먹고 싶었다. 창문을 열어 환기를 하고 밖으로 나갔다. 근처 식당으로 들어가 송인화는 갈비탕 한 그릇을 땀을 뻘뻘 흘리며 먹었다. 마트에 들러서 과일을 샀고 집으로 돌아오면서는 임신을 하면 원래 이런 건가, 생각했다.

고요하고 허기지고 나른했던 이틀간의 휴가가 지나고 그다음날 정기검진 때였다. 초음파 영상을 보던 의사가 낮은 한숨과 함께 화면을 껐다. 태아가 숨을 쉬지 않는다고 했다. 신경관 결손이라는 말을 들었을 때보다 더 현실감이 느껴지지 않아 송인화는 아무런 말도 하지 못했다. 두개골 없이 얼굴만 있던 아이는 송인화한테 어떤 신호도 보내지 않고 그렇게 뱃속에서 조용히 죽어 있었다. 송인화는 아스피린과 엽산만 처방받은 채 혼자서 병원을 걸어나왔다.

송인화는 아이가 마지막 호흡을 했을 때가 언제였을까 생각했다. 식당에서 갈비탕을 먹을 때였을까. 마트에서 사온 사과를 먹을 때였을까. 침대에서 돌아누울 때 찾아왔던 그 신비로운 느낌은 무엇이었을까. 그때는 살아 있었던 걸까.

그런 마음들 뒤에 찾아온 것은 안도감이었다. 뭔가를 결정하지 않아도 된다는 안도감. 괴로움의 원인이 사라졌다는 안도감. 곧이어 송인화를 덮친 건 영원히 벗어나지 못할 것 같은 죄책감이었다.

윤태진의 얼굴을 볼 수 없었기 때문에 송인화는 그 소식을 문자로 보냈다. 결정이 서면 나타나겠다는 듯 집에 들어오지 않던 윤태진은 문자를 받자마자 달려왔다. 모든 걸 송인화 혼자 감당하게 해놓고 자신의 상처에만 빠져 있던 사람이었다. 윤태진 또한 아이의 죽음에 안도하고 있을 거라 생각하자 송인화는 목구멍이 터질 것 같았다.

송인화는 윤태진의 두 눈을 똑바로 쳐다보며 말했다.

"토할 것 같아. 당신 얼굴 볼 때마다 그랬어."

윤태진한테 가장 상처가 될 말이라는 걸 알기 때문에 한 말이었다. 그 말을 하고 나면 끝이라는 걸 알기 때문에 한 말이기도 했다.

토할 것 같다는 말을 송인화에게 되돌려 들은 윤태진은 몸안에서 흐르는 온기 있는 것들, 피, 물, 침, 땀이 모두 빠져나간 사람 같았다. 되돌릴 수 없었고 그걸로 끝이었다.

아이가 유산되기 전에 윤태진이 내뱉었던 말들은 몇 년이 지난 지금도 두개골 없는 아이와 함께 척주 하늘을 떠돌아다니는 것 같았다.

"버스정류장에서 어떤 꼬마애가 내 앞을 뛰어 지나가는 거야. 너무 해맑게. 내가 그애를 어떻게 하고 싶었는지 알아? 나는 멀쩡한 걸 만들어낼 수가 없는데, 그런 세상에서 다른 남자의 아이가 웃고 뛰고 자라는 걸 나는 견딜 수가 없어."

스스로 생식능력을 제거해버리고 나니 모든 것이 부질없어졌다는 듯 윤태진은 하고 있던 일들과 관계들에서 손을 놓았다. 그리고 다른 방향을 향해 가기 시작했다.

"파헤치지 않았으면 해."

한참 동안 운동장 풀숲을 바라보던 윤태진이 말했다. 무슨 말인가 싶어 송인화는 윤태진을 쳐다봤다.

"뭔가를 하나씩 알게 되다가 갑자기 퍼즐이 맞춰지더라도…… 덮어. 너한테 손 뻗는 것들에 반응하지 마. 너한테 꽂히는 반감들에 흔들리지도 마. 그냥 아무것도 하지 마."

"척주를 떠나라는 말 같네."

윤태진은 대답 대신 서류 봉투 하나를 내밀었다.

"써먹을 일이 생길 수도 있을 거야."

"……"

"인화 니가 다치지 않았으면 좋겠어. 너한테 별일이 없어야 내가 척주라는 곳을 견딜 수 있으니까. 그래서 그래."

송인화는 봉투를 열지도 않고 대답도 하지 않은 채 다시 부슬비가 내리기 시작한 운동장을 바라보았다. 담이 허물어진 운동장 한쪽으로 폐가전제품과 가구가 보였다. 빗방울이 조금씩 굵어졌다. 송인화도 윤태진도 우산을 펼쳐 썼다. 둘은 우산이 맞닿지 않는 거리에 앉아 비를 맞고 있는 가구들을 바라보았다. 반쯤 열린 냉장고 문짝과 거꾸로 놓여 있는 소파, 알록달록한 스티커가 붙어 있는 거실장. 오래전 누군가가 공들여 닦았을 그것들이 속수무책으로 비에 젖어갔다.

마을 뒤편의 산봉우리들이 점점 흐려졌다.

아이에 대한 어떤 이별 의식도 치르지 못한 채 송인화도 윤태진도 한참을 걸어왔다. 어쩌면 이 자리는 이제 자기를 떠나보내라고 아이가 만들어준 자리 같았다. 윤태진이라는 사람, 기척 없이 숨을 멈춘 아이, 그 모든 시간들이 비안개 입자처럼 땅에 스며들어갔다.

전화를 받고 윤태진이 먼저 일어섰다. 교문 쪽으로 걸어가는 윤태진의 커다란 어깨가 우산에 가려졌다가 다시 드러났다. 척주로 내려와 거리의 현수막에서 가장 많이 본 말은 '후손' '아이들' '미래' 같은 단어였다. 윤태진이 자신의 인생에서 스스로 제거해버린 말들. 어느 때보다 저 말들이 많이 거론되는 지금의 척주에서 윤태진은 어떤 마음으로 하루를 살고 있을까.

녹색 철문에 가까워졌을 즈음 윤태진이 고개를 돌려 송인화를 보았다. 삼 초쯤 후, 윤태진은 다시 앞으로 고개를 돌렸고 철문을 조금 더 잡아당기며 교문을 나섰다. 철문 사이로 윤태진의 팔이 어른어른 비치다 한 칸씩 사라져갔다.

'무더위 속 소나기, 동해안 비.'

휴대폰 화면에 날씨 알림이 떠 있었다. '동해안 비'라는 말을 보고 송인화는 비로소 울음을 터뜨렸다.

어떻게 들어도 가슴 아픈 지명, 동해안.

송인화는 우산도 가방도 놔둔 채 울면서 운동장 너머 밭으로 걸어갔다. 감자밭을 지나고 콩밭을 지나 대마밭으로 걸어갔다. 송인화는 키 큰 대마 줄기를 휘저으며 밭 한가운데로 갔다. 빽빽하게 치솟은 대마잎에 몸을 묻자 하늘이 보이지 않았다. 비에 젖은 이파리들이 모든 걸 잊게 해줄 듯 아찔한 향을 내려보냈다. 송인화는 층층이 펼쳐진 잎들에 얼굴을 묻고 몇 년 동안 어디서도 풀어내지 못한 울음을 울었다. 목이 쉬도록 울었다.

*

"좀 있으면 대마 수확기예요. 척주경찰서 마약류 단속 기간이란 말입니다. 이때만 되면 대마 절도범들이 기승을 부려서 다들 눈에 불을 켜고 있는데 딱 맞춰 대마밭에 들어갑니까?"

송인화는 마을 주민에게 신고를 당했고, 박영필이 운전하는 차에 타고 있었다.

"어제도 말입니다. 어떤 남자가 대마를 훔치려고 수원에서 원정을 왔어요, 이 산골짜기로. 대마 상순을 비닐봉지에 차곡차곡 담아서 차에 쟁여놨습디다. 어쨌든 신고가 들어왔으니 송인화씨 차도 수색했습니다. 엥꼬 나서 견인했고요. 아니 어떻게 기름도 안 넣고 그 고개를 넘어왔습니까? 그리고 대마밭엔 대체 왜 들어갔어요?"
"대마를 훔칠 생각은 없었어요……"
그렇게 말하고 나자 송인화는 대마 도둑으로 오해를 받아도 상관없을 것 같다는 생각이 들었다. 비와 땀에 전 채로 감정들을 쏟아버려서인지 힘이 하나도 남아 있지 않았다. 송인화는 핏기 없는 얼굴로 차창 밖을 내다봤다. 날이 어둑어둑했다. 차는 다시 댓재 정상을 지나고 있었다. 고갯길을 또 내려갈 생각을 하니 까마득했다.
"요새 시청 공무원들이 제일 무서워하는 말이 '하장으로 발령 낸다'라면서요. 하긴, 매일 아침 이 고갯길로 출근하라고 하면 겁날 만도 하지."
"……"
"그래도 그렇지. 시장이 천년 만년 시장 할 것도 아닌데. 먹고살려면 어쩔 수 없다는 핑계로 시장 꽁무니에 붙어서 하는 짓거리들 보면 참."
박영필이 핸들을 꺾으며 송인화를 힐끗 쳐다봤다.
"안금자씨랑은 친합니까?"
라이트 불빛 안으로 덤불 밑동이 휙휙 지나갔다. 날은 완전히 어두워져서 창밖으론 나무 윤곽도 보이지 않았다. 이런 산속에서 납치돼 죽는다고 해도 아무도 모를 것 같았다. 박영필이 왼쪽으로 핸들을 틀었다. 송인화는 위쪽 손잡이를 슬그머니 찾아 쥐며 박영필의 옆얼굴을 쳐다봤다. 믿어도 되는 사람일까.
"혹시…… 약왕성도회세요?"
스스로 생각해도 뜬금없는 질문이었다. 하지만 송인화는 진심으로 궁금했다. 척주 거리를 지나다니는 사람들을 하나하나 붙잡아 묻고 싶은 말이기도 했다. 박영필이 한참을 껄껄 웃었다.

"안금자씨한테는 안 물어봤습니까? 약왕성도회냐고?"

"……"

"약왕성도회 얘기만 들어도 지긋지긋합니다. 저 처음 형사 일 시작할 때, 약왕성도회에서 내분이 얼마나 심했는지 툭하면 지들끼리 고소에 협박에…… 내가 그거 쫓아다니다가 잔뼈가 굵었어요. 지금 시장 편에 붙어서 반핵 집회 깽판 놓고 다니는 척주 양아치들이요, 걔네들이 옛날에는 약왕성도회 일을 받아서 했어요. 탈퇴한 신도들 쫓아가서 보복 테러 하고."

박영필이 생각하기도 싫다는 듯 고개를 흔들었다.

"근데 신기한 게, 회주가 실종되고 나서 내분이 더 심해질 줄 알았더니 그때부터 조용합디다. 동굴에서 도를 닦는다느니 이십 년째 식물인간으로 누워 있다느니 말들이 많은데 모르지요, 버젓이 걸어다니고 있는지. 아무튼 그때나 지금이나 약왕성도회에서 삼은사 신도들 많이 빼가고 있지요. 누가 약왕성도회 사람인지 아닌지는 부처님도 모를 겁니다. 간첩을 알아보는 게 더 쉽지."

고갯길을 내려오는 동안 송인화는 생각보다 더 긴장을 하고 있었던 듯했다. 차가 산을 벗어나자 몸이 천근인 듯 내려앉았다.

"그날 일에 대해 더 기억나는 건 없습니까? 당일 말고 며칠 전후의 얘기라도 좋습니다."

차가 평지를 달리기 시작하자 박영필이 조심스레 말을 꺼냈다. 박영필은 이영관 사망 사건을 수사하면서 송인화에게 자꾸 십팔 년 전 일을 묻고 있었다.

"그 얘기는 이미 경찰한테 다 말했습니다. 십팔 년 전에 다요."

송인화는 그렇게 말하고는 입을 다물어버렸다.

경찰서에서 연립 앞까지 어떻게 걸어왔는지 몰랐다. 송인화는 연립 앞 담벼락에 기대선 채 불이 켜진 이층 창문을 올려다보았다. 죽었어, 라고 말하던 안금자의 말이 여전히 창문에 매달려 있는 듯했다. 봄이 시작되면서 들었던 여러 말들도 송인화의 머릿속을 휘저었다. 자기 아버지 동진시멘트 다니셨다며. …… 작은아버지가 송인화씨를 만나고 싶어했던 것 같습니다. …… 끝까지 가기 전에 결론이 난 적도 있긴 하지만. …… 내가 송선생이랑 하고 싶은 얘기가 많아. …… 반응하지 마. …… 제가 알던 어떤 절벽이 생각나요.

송인화는 연립 계단을 천천히 걸어올라갔다. 땀과 비로 몸이 축축했지만 씻을 생각이 들지 않았다. 송인화는 침대 발치에 한참 기대앉아 있다 휴대폰의 통화 버튼을 눌렀다.

왜 이렇게 목소리에 힘이 없냐고, 휴대폰 저쪽에서 엄마가 말했다. 송인화는 어느 고지대에 올라갔다 비를 맞고 내려왔다고 했다.

"보내주고 왔어. 얼굴 한 번 보지 못했는데…… 이제 정말 보내줬어."

밥은 잘 챙겨 먹고 다니냐고, 한참 뒤에 엄마가 물었다.

"엄마."

"응."

"그날……"

"……"

"아니, 그때…… 그러니까 옛날에, 삼은사 가서 뭐했어?"

"기억도 안 나. 가고 싶어서 갔니. 사장 부인이 다니니까 다들 다녔지."

송인화는 낮에 봤던 댓재의 비석을 떠올리다 다시 물었다.

"아빠는 등산을 좋아했나?"

"왜 그래. 아빠가 니 꿈에도 나왔어? 자원팀 있을 때 사장 따라서 한참 다녔지. 사장 바쁘면 대타로도 가고."

"사장 누구?"

"그때 사장이 오병규밖에 더 있니. 왜 그래, 아빠가 뭐래?"

엄마는 십팔 년이 지난 지금도 여전히 꿈 얘기를 빌미로 아빠 얘기를 현재형으로 하는 버릇이 있었다. 그때마다 송인화는 전화한 것을 후회했다.

*

"언제 올 거야?"

"마지막에."

"제일 처음에 와야지 어떻게 끝에 와. 갯바위 재네들이 너 기다리다 돌 된 거야."

하경희의 말에 송인화는 휴대폰을 든 채로 웃었다. 하경희의 목소리를 듣자 저절로 마음이 누그러졌다. 은남보건진료소를 마지막 일정으로 잡은 건 거기 가면 쉴 수 있기 때문이었다.

26번 버스가 지나가는 곳. 척주의 해안 마을 중에서 바다가 가장 극적으로 나타나는 곳. 송인화는 은남 바다가 내려다보이는 국도변에 차를 세우고 저만치 바다 가운데에 솟아 있는 돌섬을 내려다봤다. 빨간색과 하얀색 등대가 나란히 서 있는 은남 바다 방파제를 보자 송인화는 일로 왔다는 것도 잊고 마음이 들떴다. 돌축대로 둘러싸인 집들을 지나 송인화는 이층 벽돌 건물 앞에 차를 세웠다.

하경희가 팔을 벌리고 달려나와 약상자를 받았다.

"난 또. 나 안아주는 줄 알았지."

"이렇게 늦게 오는 애를 뭐가 이쁘다고."

안으로 들어서면서 송인화는 그래 이 냄새였는데, 중얼거렸다. 아무리 오랜만에 들러도 단번에 마음이 편해지는 공간이었다. 진료소 곳곳엔 여전히 하경희의 손길이 묻어 있었다. 동네 할머니들의 응접실이나 다름없는 소파에는 쿠션과 목침이 있었고 벽걸이 선반과 창가로는 생화와 공기 정화 식물이 담긴 화분이 보였다. 진드기 주의보와 치매 검진 안내문이 든 액자. 먼지 하나 없는 자동 제세동기. 진료 베드 창문 너머에서는 상추와 고추가 자라고 있었다.

"소장님, 나 식중독 걸린 것 같애. 아무래도 이상해."

노인 한 명이 신발을 벗으며 들어왔다.

"어디 보세요."

하경희가 진료실 안으로 들어가 노인과 마주앉았다. 송인화는 소파에 앉아서 빛이 은은하게 비쳐드는 진료실을 바라보았다. 하경희가 "오늘 뭐 안 좋은 일 있으셨어요?" 묻자 노인이 자식 얘기를 한참 털어놓았다. 하경희가 노인의 가슴에 청진기를 대고는 "그놈 안 되겠네" 했다. 하경희는 노인의 등을 쓸며 계속 맞장구를 쳤고 노인은 들어올 때보다 속이 편안해진 표정이었다.

"할머니, 식중독 아니니까 걱정 마시구요. 항상 요일 보는 습관을 들이세요. 금요일인데 몸이 이상하다 싶으면 바로 저한테 오셔야 돼요. 주말에 응급실 가면 사만원 깨지잖아요. 그러니까 금요일에는 고추도 따지 마시구요, 월요일에 따세요. 아셨죠? 이따 해 지고 시원해지면 동네 한 바퀴 도시구요, 그래도 속 답답하면 알마겔 하나 짜 드세요."

노인이 하경희한테 천원짜리 한 장을 내밀고 일어서자 하경희가 백원도 공금이라며 노인의 주머니에 동전을 찔러넣었다. 노인은 백원을 다시 꺼내 '은남초등학교 운동회 후원금'이라 쓰인 저금통에 넣고 갔다. 진료비가 구백원이라 후원금이 꽤 쏠쏠히 모인다며 하경희가 저금통을 흔들었다. 그러고는 진료실 컴퓨터 앞에 앉아 방금 다녀간 노인의 타 기관 처방 내역을 살폈다.

십대 때도 그랬지만 지금도 송인화의 눈에 하경희는 전천후였다. 지소나 출장소보다 더 외진 곳에 있는 보건진료소에서는 간호사 신분인 담당자가 예외적으로 조제와 투약을 할 수 있었다. 병원과 약국이 먼 마을에서 하경희는 진료를 하는 의사이자 조제를 하는 약사였다. 산파처럼 아이도 받을 수 있었다. 의약분업 예외지역의 늙은 약사들과 유일하게 맞짱을 뜰 수 있는 사람이기도 했다.

진료소 이층 관사에 올라갔다 오니 언제 왔는지 노인 세 명이 안마의자와 소파에 나누어 앉아 있었다. 한 명은 밥솥을 들고 온 참이었다.

"모델명인지 뭔지를 내가 읽을 수가 있어야지."

하경희는 노인 대신 밥솥 AS 접수를 하고는 노인이 들고 온 찐옥수수를 풀어놓았다.

"할머니, 요새도 약이 밥보다 맛있으세요?"

"당연하지. 늙어서 혼자 아파봐. 약보다 맛있는 게 있나."

하경희가 보건소 홍보물을 꽂아놓고 있는 송인화를 불렀다.

"제가 젤 아끼는 동생이에요. 저야 이 동네 벗어나면 진료도 조제도 못하지만 얘는 정식 약사예요."

노인 한 명이 송인화의 손을 모아 쥐었다.

"세상에, 곱네. 약도 잘 짓겠어."

"아우, 할머니, 잘못 보셨어요. 얘가 약 뺏으러 다니는 약사예요. 여리여리해 보여도 얼마나 똥고집인데요. 지금은 시내만 돌고 있는데요, 꿈이 야무져서요, 몇 년 뒤에는 척주 전체에 주치약사를 돌리겠대요. 어르신들 이제 큰일났어요."

"약사 선생님, 안 그래도 우리가 하소장님한테 맨날 혼나. 저번에는 오랜만에 아들 내외랑 손녀가 온다는 거야. 근데 내가 아픈 모습으로 비실비실 있을 수가 없잖아. 소장님이 물약을 하루에 딱 한 컵만 먹으라고 했거든. 근데 쌩쌩하게 앉아 있고 싶어서 그날은 내가 세 컵을 먹었어."

"결국 응급실 가셨잖아요."

"그래도 난 입에서 단내가 확 올라오게 약을 먹어야 든든해."

"누가 이 약 좋다 하면 이거 얻어다 드시고 저 약 좋다 하면 그것도 얻어다 드시고. 제가 어르신들 때문에 하루도 마음을 못 놓아요. 약은 그렇게 막 섞어 드시면 큰일난다니까."

노인들이 모두 돌아가고 나니 늦은 오후였다. 송인화와 하경희는 진료소 앞뜰의 나무 테이블에 마주앉았다. 집 앞이 바로 바닷가인 마을

이었다. 그물이 쌓여 있는 항 저쪽 뜰에서 미역이 말라가고 있었다. 바다 위에 오밀조밀 솟은 갯바위들을 바라보다 송인화는 피식 웃었다.

"뭐야. 송인화가 뜬금없이 웃을 때도 있네?"

"아니…… 아까 언니가 진료하는 걸 보는데 누가 생각나서. 걔는 꿈이 여덟 평짜리 약국을 여는 거래."

"여덟 평?"

"응. 나중에 약국 차리면 딱 언니처럼 할 애야. 할머니들이 약 사러 와서 속상한 얘기 하면 한참 들어주고, 애들이 감기 걸려서 오면 뽀로로 비타민 퍼주고. 기다리고 들어주고, 또 기다리고 또 들어주고. 그런 건 정말 천성인가봐. 언니나 상화 같은 사람들. 난 참 안 되던데."

"음……"

"나한테 자꾸 자기 초등학교 때 얘기를 해. 뭘 잘 먹었고 어디에서 놀았고…… 걔 어렸을 때 얘기를 너무 많이 알아버렸어. 뭐가 그렇게 씩씩한지, 보면 손에 꼭 상처가 하나씩 나 있어. 그리고 비가 오면…… 나한테 비가 온다고 메시지를 보낸다. 웃기지?"

"너 그거 알아?"

"뭘?"

"윤태진 얘기 할 때랑 표정이 완전히 다른 거."

"……"

"이거 봐. 윤태진 이름 석 자 나오니까 다시 얼굴에 그늘지는 거. 잘 헤어진 거야. 그런 남자 옆에 있으면 평생 맘고생한다."

팩스 좀 쓰겠다며 누군가 진료소 안으로 들어갔다. 잠시 뒤 또 누군가가 들러 택배 보낼 상자를 맡기고 갔다. 바닷가 끝 쪽으로 담에 그림이 그려져 있는 슬레이트 지붕집이 보였다. 하경희네 집이었다. 아이는 기숙사 딸린 학교에 가 있고 남편은 하루종일 바다에 나가 있고 하경희는 진료소에 매달려 있어서 심심하다고 운다는 집.

"방문 복약 상담 확대하는 거, 척주시 약사회 쪽 반응은 어때? 얘기가 잘되겠어?"

"쉽지 않아. 이상한 게, 뭔가가 약국에 점조직처럼 뻗어 있는 느낌이야."

"상황이 만만치 않겠지만 마음 약해지지 마. 누구보다 내가 잘 안다, 그 사업이 얼마나 필요한지. 여차하면 내가 보건소장이든 시장이든 찾아가서 드러누울 테니까, 밀고 나가."

송인화는 은남 바다를 배경으로 앉아 있는 하경희의 얼굴을 바라보았다. 인생의 고비마다 옆에 있어준 사람이었다. 밀고 나가라는 말. 송인화는 하경희한테 그 말을 들으려고 은남에 온 것 같았다.

"하장에서 박영필 형사 만났다며."

하경희의 입에서 나온 이름이 뜻밖이라 송인화의 눈동자가 커졌다.

"박영필 형사랑 알아?"

송인화가 묻자 하경희가 진폐 브로커 얘기를 꺼냈다.

"우리 동네 어르신한테서 이 년 동안 삼천만원 뜯어갔던 놈 있지. 자기가 고용노동부에 아는 사람이 있다느니 하면서. 그놈 떨거지들이 다시 돌아다닌다는 말이 있어. 이번엔 시멘트 광산 쪽으로."

송인화는 척주의 모든 보건기관과 마찬가지로 은남보건진료소 입구에 큼지막하게 붙어 있는 영동권역 진폐 지정 병원 응급센터 안내문을 보았다. 그 옆으로 폐렴 예방접종 안내문이 색이 바랜 채 무기력하게 붙어 있었다.

진폐 환자 중에는 증상이 있어도 몇 년째 진폐 등급을 못 받고 있는 의증 환자들도 있었고 재가 진폐 환자 판정을 받아도 요양 환자 판정을 못 받아 생계비를 받지 못하는 사람들도 있었다. 진폐 브로커들은 주로 요양 등급을 원하는 환자들에게 접근해 수백에서 수천씩 돈을 뜯어갔다. 그들이 기생해 살기엔 탄광과 시멘트 광산이 같이 있는 척주만한 곳이 없을 터였다. 하경희는 잘 알던 동네 노인이 피해를 본 뒤 단서가 될 만한 풍문과 첩보와 증거를 긁어모아 척주경찰서 수사관에게 제보를 하고 있었다.

"비공식적으로 하는 내사였는데, 담당 수사관이 봄에 갑자기 다른 관할서로 옮겨갔어. 박영필 형사가 온갖 수를 써서 자료들을 넘겨받았다고 하더라고."

"봄에?"

"응. 이영관 사망하고 나서."

"……"

"그동안은 제보하면서도 왠지 모르게 갑갑했거든. 근데 박영필 이 사람이, ……뭔가 감을 잡은 건지. 이영관 사건 참고인 중에 정보 제공자가 있었던 것도 같고. 아무튼 올해 가기 전에 이 브로커 놈들 제대로 잡아넣을 거야. 아까 밥솥 들고 왔던 할머니, 그분이 진폐 환자로 위장해서 유인하기로 했어. 그러니까 인화야,"

이름을 부르고 나서 하경희가 송인화를 한참 봤다.

"무슨 일 있으면 박영필 형사한테 연락을 해."

하경희는 십팔 년 전의 기억을 다시 묻는 대신 그렇게 말했다.

택배차가 와서 진료소 앞에 놓인 상자들을 싣고 갔다. 줄 게 있다면서 집으로 뛰어간 하경희가 토마토와 옥수수 한 봉지씩을 차 트렁크에 실어 넣었다. 국도로 올라와 내려다보니 나란히 선 등대 두 개에 불이 들어와 있었다. 송인화는 운전석 의자에 등을 기댔다. 사이드미러에서 나타난 차들이 송인화 옆을 지나 앞쪽으로 달려갔다.

척주에서 대체 무슨 일이 일어나고 있는 걸까.

달려가는 차들의 후미등 불빛을 바라보다 송인화는 눈을 감았다. 시동을 걸려는데 서상화한테 메시지가 왔다. 막대 아이스크림을 들고 있는 사진이었다. 방역중일 때 찍은 것인지 아이스크림 너머로 바퀴가 달린 보건소 장바구니가 보였다. 송인화는 사진을 저장하고는 시내로 차를 출발시켰다.

*

지소와 진료소를 도는 일정이 끝나고도 송인화는 하루에 채 한 시간도 서상화의 얼굴을 못 보는 날이 많았다. 그런 채로도 한 주 한 주는 금세 갔다. 각자 다른 곳에서 외근을 하고 있다보면 늦은 오후쯤 서상화가 방역을 가다 찍은 거리 사진이나 바닥에 주저앉아 있는 이모티콘을 보내왔다. 그러면 송인화는 오늘도 하루가 갔구나, 오늘 저녁에도 상화는 일을 하러 가겠구나 생각하며 하루 일정을 마무리하곤 했다.

일직 근무가 있던 토요일 저녁이었다. 마무리할 일이 있어 송인화는 근무를 마치고 삼층 사무실로 올라갔다. 자리로 거의 와서 송인화는 걸음을 멈췄다. 컴컴한 사무실에서 불도 켜지 않은 채 서상화가 책상에 엎드려 있었다. 송인화는 그대로 선 채 서상화의 고단해 보이는 등을 한참 내려다봤다. 서상화는 이즈음 부쩍 지쳐 있었다. 사람들한테 먼저 말을 걸지도 장난을 치지도 않았다. 다들 방역 외근이 힘들어서 그러겠거니 생각했다. 깨워야 할까, 망설이다 송인화는 최대한 소리가 나지 않게 의자에 앉았다.

모니터가 밝아졌지만 송인화는 집중이 되지 않았다. 팔을 베고 엎드려 있는 서상화의 기다란 상체가 곁눈으로 자꾸 들어왔다. 송인화는 마우스에서 손을 떼고 서상화 쪽으로 의자를 조금 돌렸다. 전화선이 팔꿈치 밑에 깔려 있었다. 빼내주려고 팔을 뻗는데 서상화가 몸을 일으켰다.

"아직 안 가셨네요……"

"응. 마무리할 게 있어서."

"저 물리치료실 가서 누워 있을게 일하세요. 그냥 좀 쉬고 싶어서 왔어요."

서상화가 나가며 불을 켜주었다. 휴일에 쉬고 싶어서 사무실에 온다는 건 무슨 말일까. 송인화는 고개를 돌려 서상화의 책상을 봤다. 문화예술회관에서 받아온 보라색 꽃 화분. 모니터 옆에 붙어 있는 휴일 당번 약국 정리표. 공익근무 요원 복무 지침서. 그 옆으로 전공 서적 몇 권이 꽂혀 있었다. 제제학, 병태생리학, 약물치료학, 의약품합성학, 의약화학.

서상화는 물리치료실 안쪽 침대에 누워 있었다.

"많이 안 좋니? 병원 가봐야 하는 거 아니야?"

송인화는 원형 의자를 끌어와 앉았다. 서상화가 송인화 쪽으로 돌아누우며 언제 안 좋았냐는 듯 싱긋 웃었다. 웃고 있었지만 마른 입술에 수포가 돋아오른 게 보였다.

"누나, 한 주 어떻게 보냈어요?"

서상화가 한쪽으로 팔을 베고 누워 송인화를 올려다봤다.

"어제는 임원에 있는 아동센터에 약물 교육을 갔었어."

"와, 내가 임원 가자고 할 땐 꿈쩍도 안 하더니."

"그래도 회는 안 먹고 왔어."

서상화가 입을 내밀었다.

"내가 약물 교육 하고 나서 소방관 한 명이 응급처치 교육을 했거든. 생각해보니까 심폐소생술 연습해본 게 한참 된 거야. 그래서 애들이랑 섞여서 나도 같이 교육받았어."

"그 소방관 멋있었어요?"

"응. 멋있었어."

"……치."

"근데 소방관 이름이 김상화였어."

"내 생각 했구나."

"응."

물리치료실 커튼 사이로 밤바람이 들어왔다. 멀리서 주말 밤의 소음이 들려왔지만 보건소 건물에는 송인화와 서상화 외에는 아무도 없었다. 둘 다 말을 멈추자 천장에 매달린 선풍기 소리가 도드라졌다. 송인화는 침대 옆에 있는 저주파 자극기의 어지러운 선들과 적외선램

프의 갓 모양에 눈길을 주었지만 이끌리듯 다시 서상화의 얼굴로 돌아갈 수밖에 없었다. 다른 건 아무것도 안 보인다는 듯 서상화의 눈이 송인화의 얼굴에 고정돼 있었다. 그 눈 속에 갇히자 송인화는 직진을 하고 싶어졌다. 서상화의 이마, 코, 인중, 입술, 턱, 목으로 손을 뻗고 싶었다.

"누나."

"……"

"참고 있어요?"

"응."

"……왜요?"

"모르겠어."

송인화는 숨을 내쉬며 침대 위로 머리를 묻었다. 그때 서상화의 손이 송인화의 손으로 미끄러지듯 들어왔다. 송인화는 머리를 묻은 그대로 숨을 멈췄다. 서상화의 손은 놀랍도록 차갑고 축축했다. 손바닥과 손바닥이 맞닿는 순간 송인화는 자신이 다른 세계 하나와 연결되는 것을 느꼈다. 서상화라는 세계. 송인화는 숨을 천천히 몰아쉬며 손에 힘을 주었다.

4장

'끈질긴 모기. 어떻게든 따라옵니다. 스마트하게 차단하세요.'

마트 계산대 앞에 있는 에프킬라 광고판이었다. 거기엔 모기 얼굴이 사람 얼굴보다 크게 그려져 있었다. 갈색 털이 난 머리에는 더듬이 네 개가 삔어 있었고 코는 주삿바늘처럼 뾰족했다. 모기는 먹잇감을 발견했다는 듯 눈을 빛내며 씩 웃고 있었다. 이빨은 대문처럼 커다랗고 촘촘했다.

예전 같으면 귀엽다고 생각했을지도 몰랐다. 하지만 이젠 아니었다. 서상화는 에프킬라 광고판 앞에 서서 송인화에게 메시지를 보냈다.

—마트에 왔는데요, 모기가 너무 못되게 생겼어요. ㅜㅜ

서상화가 진료지원계에 있을 때 예방의약계로 제일 많이 돌린 전화는 모기 민원 전화였다. 보건소에서 모기도 안 잡고 뭐하냐, 왜 우리 동네만 약을 안 쳐주냐 같은 전화들이었다. 그래선지 김승희는 지구 생물 중에서 모기를 제일 증오했다. 김승희는 우리가 왜 장구벌레를 목표로 삼아야 되는지 시간 날 때마다 얘기했다.

"날아다니는 걸 잡는 게 쉬울까, 꼬물대는 걸 잡는 게 쉬울까. 물에서 빼끔거리고 있는 애벌레일 때 무조건 죽여야 돼. 그게 우리가 사는 길이다. 힘내자."

하지만 아무리 방역을 해도 장구벌레들은 살아남아서 성충 모기가 되었고 물이 고인 곳이면 가리지 않고 알을 낳았다. 하나도 아니고 수백 개씩 낳았다. 모기가 알을 낳기 좋아하는 고인 물. 그중에 최고는 똥물이었다.

"나 왔다, 상화야."

"안녕하세요, 아저씨."

같은 방역조인 공공근로자 방학수가 손을 흔들었다.

"오늘도 삼십오 도까지 올라간단다."

"그러게요, 아저씨."

가방에 약품을 챙겨넣고 서상화는 화장실로 뛰어들어갔다. 그러고는 주머니에서 선크림을 꺼냈다. 방역 업무가 시작될 무렵 송인화가 사준 것이었다. 서상화는 방역 나가기 전마다 보건소 화장실에 서서 그 선크림을 얼굴에 펴 발랐다. 아까워서 목에는 바르지 않았다. 서상화는 행운의 부적이라도 되는 것처럼 선크림을 주머니 깊숙이 넣고 다시 밖으로 뛰어나갔다.

"출발할까요?"

그렇게 말했지만 막상 발이 떨어지지 않았다. 서상화와 방학수는 보건소 정문에 서서 폭염이 내리꽂히는 밖을 내다봤다. 서상화가 방학수와 2인 1조가 되어 방역을 해야 하는 곳은 척주 시내 네 개 동에 있는 건물 정화조였다. 정화조가 없는 건물엔 안 가도 됐지만 정화조가 없으려면 화장실이 없어야 했고 이 세상에 화장실이 없는 건물은 없었기 때문에 사실상 모든 건물을 돌아야 했다.

아스팔트와 보도블록은 달구어질 대로 달구어져서 작업을 시작하기도 전에 둘은 이미 땀범벅이 되었다. 서상화와 방학수는 약품을 담은 바퀴 가방을 끌고 구 시장통 쪽으로 걸어갔다. 오래된 상가 건물은 모텔 못지않게 정화조 상태가 처참한 곳이었다. 서상화는 "보건소에서 왔습니다!" 외치고는 건물 뒤쪽, 화장실 환풍기가 보이는 곳으로 찾아들어갔다.

서상화는 정화조 뚜껑에 꼬챙이를 걸고 심호흡을 한 번 했다. 고개를 최대한 뒤로 틀고 숨을 참은 채 뚜껑을 힘주어 당겼다. 정화조가 열리는 동시에 땅속의 열기와 똥이 삭는 냄새가 가스폭발 하듯 솟구쳤다. 서상화는 뚜껑과 함께 엉덩방아를 찧으며 한참 동안 기침을 했다. 방학수가 정화조 쪽으로 다가와 몸을 숙였다.

"아, 씨." 건더기가 적당히 보일 때 방학수의 입에서 나오는 소리였다. "아, 씨발." 물이 유난히 많아 그 안에서 뭔가가 막 움직일 때 나오는 소리였다. "아아아아, 씨발." 분뇨 수거차가 다녀간 지 오래돼서 꼭대기까지 덩어리가 차올라 있을 때 나오는 소리였다. 뚜껑을 열자마자 모기가 튀어나오면 둘은 동시에 비명을 질렀다. 덩어리 위에 올라앉아 있던 모기가 팔로 달려들면 서상화는 무조건 골목 밖으로 도망쳤다. 심호흡을 하며 몇 분 정도는 마음을 진정시켜야 다시 정화조 앞으로 갈 수 있었다.

"아저씨, 저 안쪽에 엄청나요."

똥물 위에서 무언가가 뽀글뽀글 쉬지 않고 움직였다. 장구벌레였다.

"빨리 약 던져!"

서상화는 그물에 싼 가루 유충 구제제를 뽀글거림이 심한 쪽으로 던져넣었다. 물결이 출렁이자 지네 두 마리가 사납게 지나갔다. 서상화가 우는 표정을 지으면 방학수는 "저기 나방" "저기 구더기" 하며 짓궂게 웃었다. 방역을 다니고부터 서상화는 밥을 먹어도 맛있지가 않았다.

하루에 사오십 군데의 정화조를 돌고 퇴근을 하다보면 세상이 다르게 보였다. 건물과 가로수, 자동차와 사람들만 보이는 게 아니었다. 투시력이 생긴 것처럼 땅 밑에 묻힌 정화조가 동시에 보였다. 교복을 입은 고등학생들이 지나가면 학교 정화조가 반사적으로 떠올랐다. 민원인이 아파트 이름을 대면 근처에 가야 한다는 사실만으로도 두려움을 주는 그곳, 아파트 정화조가 떠올랐다.

서상화는 땀에 찌든 채로 저녁이 오는 사거리에 우두커니 섰다. 길에 늘어선 건물들로 하나둘 불이 들어왔다. 휴대폰, 화장품, 아웃도어…… 조명은 근사했고 사람들은 바빠 보였다. 땅 위는 이렇게 멀쩡한데, 발밑 뚜껑 아래에 뭐가 있는지 사람들은 알까. 모를까. 알면서 모르는 척 살아가는 걸까. 서상화는 빨리 가을이 오면 좋겠다고 생각했다.

*

"상화야, 아이스크림 사줄까?"

오후 방역이 끝날 때쯤 방학수가 말했다.

"예, 아저씨."

아이스크림을 사주겠다던 방학수는 편의점으로 들어가더니 껌을 한 통 샀다.

"거스름돈을 덜 주셨네."

만원짜리를 내고 거스름돈을 받은 방학수는 밖으로 나와 오천원짜리를 따로 뺐다. 그러고는 편의점으로 다시 들어가 오천원을 덜 받았다고 우겼다. 돈을 더 받아낸 방학수는 다른 편의점으로 가서 아이스크림을 샀다.

"잘 먹어라 상화야. 내가 쏘는 거니까."

방학수가 주머니에서 오천원을 꺼내 흔들었다.

"와, 아저씨는 알수록 새롭네요."

"너 이런 거 한 번도 안 해봤냐?"

"네."

"너 엄마 지갑에서 돈도 안 훔쳐봤어?"

"……네."

"착하네. 너 같은 애들이 한번 사고 치면 크게 치지."

"에…… 아저씨가 어떻게 알아요."

둘은 뽕나무 가로수 아래의 벤치에 앉아 빠삐코 쭈쭈바를 먹었다. 몇 주 전보다 옅어지긴 했지만 보도블록엔 여전히 오디 얼룩이 묻어 있었다.

"그래도 넌 올여름만 이 짓 하면 끝이지만 난 이 나이에 똥통이나 열고 다니고. 내 신세가 이게 뭔 꼴인지 모르겠다."

그러면서 방학수가 부인 얘기를 했다.

"약왕성도회가 뭐라고, 아들 등록금을 털어 나가는 게 그게 제정신이냐? 마누라 찾아오겠다고 쫓아다니다 직장 잃고 개털 되고."

"처음에 삼은사 다니셨다면서요."

"잘 다녔지. 신장에 병 생기기 전까지는 문제가 없었어요. 약왕성도회 그것들이 몸 아픈 사람들을 귀신같이 알아보고 접근을 하잖아."

"……"

"기도발이 아니라 약발이 필요했다더라, 마누라 말이. 근데 그 약발이 어떤 순으로 잘 듣는지 아냐? 성금을 많이 낼수록 쫙쫙 받는다는 거야."

서상화는 약발과 성금이라는 말을 입에서 굴리며 방학수가 다음 말을 하길 기다렸다. 조금이라도 더 약왕성도회 안에서의 생활 얘기를 듣고 싶었지만 방학수도 안의 상황은 잘 모르는 것 같았다.

"상화야, 내 귀에는 저 매미가 도온 도온 도온, 하고 우는 것 같다."

"저도 그런데."

"그러냐?"

"만원짜리가 열 장 있으면 십만원. 백 장 있으면 백만원. 천 장 있으면 천만원. 만 장 있으면,"

"일억!"

"저 네이버에 맨날 일억 쳐보거든요. 일억 모으기. 일억 만들기. 일억 굴리기. 일억 재테크. 일억 이자. 일단 일억만 모으면 엄청 자신감이 붙을 것 같아요. 뭐라도 다 할 수 있을 것 같은 그런 거?"

"야, 너 마음에 든다 상화야. 우리 친하게 지내자."

네시가 넘어가는데도 해는 식을 생각이 없는 것 같았다. 식당 건물 쪽에서 서명 용지를 든 사람이 터벅터벅 걸어나오는 게 보였다.

"땡볕에 척주 시내 도는 게 우리뿐이 아니네?"

정화조 뚜껑을 닫고 건물 뒤를 돌아나오다보면 주민소환 청구 서명을 받으러 돌아다니는 수임인들과 서너 번은 마주쳤다. 그때마다 방학수가 하던 말이었다. 상가 주인들 대부분은 그들을 반기지 않았다.

"나도 핵발전소 싫어. 오병규도 싫어. 그래도 가게로는 찾아오지 마. 내가 나중에 몰래 가서 서명할게."

도는 영역이 비슷한지 오전에 만났던 수임인을 오후에 다른 건물에서 다시 만나기도 했다. 큰 사거리와 시장 입구에는 또다른 사람들이 있었다. 그들은 '주민소환 서명철회 방법 안내'라 쓰인 전단지를 돌렸다. 그러면 방학수는 "땡볕에 척주 시내 도는 게 수임인뿐이 아니네?" 하면서 지나갔다.

주민소환 청구인 대표의 위임을 받아 청구 서명을 받으러 다니는 수임인 신청자는 갈수록 늘었다. 천 명 가까이 될 거라고들 했다. 수임인과 서명자가 늘수록 '척주시장 주민소환반대대책위'의 활동도 늘었다. 서명 부정행위를 적발해 신고하면 포상금을 최대 백만원까지 준다는 안내문이 내걸리기도 했다. 방학수는 서명을 철회하면 오만원, 수임인 활동을 철회하면 십만원을 준다는 소문을 물고 와 서상화한테 작전을 짜자고도 했다.

아이스크림을 다 먹은 서상화와 방학수는 마지막 코스인 농협 건물 쪽으로 걸어갔다. 봄에 핵발전소 반대 현수막이 걸렸던 자리에는 주민소환 반대 현수막이 걸려 있었다. '지역 발전 가로막는 주민소환 결사반대.' '혈세 낭비 갈등 조장 주민소환 철회하라.' 돈을 들인 현수막은 때깔부터가 다르다며 방학수는 땀을 닦을 때도 꼭 주민소환 반대 현수막에 닦았다.

하나로마트 앞이 시끌시끌했다.

"상화야, 요샌 구경거리가 왜 이렇게 많냐."

둘은 마트 앞으로 갔다. 서명을 받고 있는 수임인들한테 한 노인이 호통을 치고 있었다.

"동진시멘트 아니면 척주가 이만큼 먹고살지도 못했어. 오병규 시장이 누구야, 응? 이 시골 바닥에, 몇십 년간 척주 경제를 이만큼 돌게 해놓은 게 누구냐고! 발전소 들여와서 다시 한번 척주 살려보겠다고 이리 뛰고 저리 뛰고, 그렇게 일 열심히 하는 시장을 돕지는 못할 망정, 어디서 기어나와서 호객 행위야, 응?"

"할아버지, 호객 행위라뇨."

수임인들이 가던 길 가시라며 노인을 밀자 노인이 재향군인회 모자를 벗어서 바닥에 패대기쳤다. 싸움이 길어질 것 같았다. 한참 뒤 에쿠스 한 대가 갓길에 와서 섰다. 한 노인이 내리더니 재향군인회 노인을 차에 태웠다.

"와, 씨발. 저 노인네 작년만 해도 별 볼 일 없었는데. 원전유치협의회 일 보더니 에쿠스 끌고 다니네."

방학수가 차에서 눈을 떼지 못하며 말했다.

"저게 기름값만 해도 얼만데. 씨발, 뭘 해도 돈 만지는 것들은 따로 있고. 나는 똥통이나 열고 다니고."

에쿠스가 출발하자 방학수가 "해애애애액, 퉤!" 침을 뱉었다. '핵, 퉤'는 요새 척주에서 유행하는 침 뱉기 방식이었다.

*

몸 접히는 부분이 다 끈적끈적했다. 서상화는 보건소로 돌아와 일층 화장실로 들어갔다. 세수를 하고 목을 씻고 반팔 셔츠를 어깨까지 말아올린 뒤 팔 전체를 씻었다. 거울을 보면서 머리카락을 정리하고 마지막으로 안경의 물기를 닦았다. 서상화는 숨을 한번 크게 들이쉬고 삼층으로 천천히 걸어올라갔다. 송인화가 거기에 있기를 바라면서.

자료실과 통신실로 이어지는 기다란 복도 끝이었다. 송인화는 오후에 두 번 정도 그곳에서 혼자 차를 마셨다. 방역을 마치고 오후 늦게 돌아오면 송인화가 복도에 있는 날도 있고 없는 날도 있었다.

서상화는 시계를 보았다. 오후 다섯시 십분이었다. 빛이 복도 이쪽 끝까지 길게 들어와 있었다. 당겨서 여는 작은 창문 세 개와 그 위의 커다란 유리창이 복도 바닥에 그림자 틀을 만든 것이 보였다. 빨간 소화기 하나, 해피트리 화분 하나. 그리고 그 옆에 송인화가 서 있었다. 오늘은 머리를 묶지 않았다. 오늘은 스커트를 입었다. 오늘은 차를 다 마시지 않았는지 팔을 굽혀 컵을 들고 있다. 서상화는 이쪽 복도 끝에 서서 한 번이라도 감싸보고 싶은 송인화의 어깨를 바라보았다. 해피트리 가지 몇 개가 대신 송인화의 어깨에 닿아 있었다.

고개를 숙이고 있으면 코끝이 서서히 빨개지곤 했다. 노인들한테 심한 말을 듣고 났을 때나 터무니없는 민원 전화를 받았을 때, 감정을 감추고 있지만 송인화의 몸 어딘가에는 꼭 표가 났다. 서상화는 자신이 그걸 발견할 수 있는 게 좋았다. 송인화가 책상 파티션에 사진 하나 안 붙여놓는 것도 좋았고 회의 문건의 비읍만 볼펜으로 메우는 것도 좋았다. 손등 위에 하얀 핸드크림을 짜 올리는 것도 좋았고 귓불에 빛처럼 박혀 있는 귀고리도 좋았다. 자신이 끙끙거리면서 읽고 있는 약학 서적들을 이미 다 보았다는 것도 좋았다. 업무 얘기로 들어갈 때마다 차갑게 빛나는 눈도. 고개를 돌릴 때마다 나는 어떤 냄새, 살짝 갈라진 머리끝, 그걸 아무렇게나 묶고 있는 모습도 좋았다. 차에 걸어둔 인형도, 더 자주 입어주었으면 좋겠는 청록색 블라우스도. 코에 낀 피지도 좋았고 그 피지가 알려주는 콧방울의 선도 정말, 너무 좋았다.

그리고 손. 물리치료실에서 마주잡았던 송인화의 손바닥 감촉을 떠올리고 서상화는 땀이 찬 손을 옷에 닦았다. 서상화는 송인화가 서 있는 쪽으로 발을 떼다 걸음을 멈췄다. 그러고는 고개를 숙여 자신의 몸에서 나는 냄새를 맡았다. 아직도 정화조 냄새가 가시지 않은 것 같았다. 이런 상태로는 도저히 옆에 가서 설 자신이 생기지 않았다. 서상화는 화장실로 돌아가 손에 물비누를 짰다. 거품을 내며 손과 팔뚝을 한참 닦았다. 다시 나왔을 때 복도 끝에는 송인화가 보이지 않았다. 서상화는 복도를 터벅터벅 걸어가 송인화가 있던 자리에 섰다. 연립 뒤에 솟아 있는 코끼리 귀를 바라보았고, 고개를 돌려 해피트리 잎을 한 번 툭 쳤다.

*

보건소 SNS 페이지에 여러 업무 사진을 올려왔지만 서상화는 정화조 방역 사진만은 올릴 마음이 들지 않았다. 사람들의 관심이 핵발전소와 시장 주민소환 문제로 들끓으면서 보건소 페이지는 잠시 소강상태이기도 했다. 각 단체의 포털 카페, 홈페이지, 보건소 계정과 연결된 여러 SNS 계정으로 시장 소환에 대한 온갖 의견과 현황들이 올라왔다. 그중에서 사람들이 가장 많이 퍼 나르는 것은 '과거사 폭로'였다.

척주여고 총동문회와 총동문회 감사위원회, 핵반투위와 주민소환 반대대책위. 지금은 서로 대척점에 있지만 그들은 모두 같은 마을 주민이자 학교 선후배, 멀거나 가까운 친척으로 얽혀 있는 사이였다. 상대편의 과거와 약점을 누구보다 잘 알고 있다는 얘기였다.

공소시효가 남아 있다면 구속감이 아닐까 싶은 얘기들이 서슴없이 오가기도 했다. 글쓴이도 익명이고 등장인물들도 이니셜로 표시될 때가 많았지만 댓글을 읽다보면 그들끼리는 누가 누군지 다 아는 듯했다. 과거사 폭로는 중독성이 강한 장르여서 한번 빠져서 읽기 시작하면 멈출 수가 없었다. 방학수가 혀를 찰 정도로 서상화는 손에서 휴대폰을 놓지 못했다. 자신이 너무 어릴 때여서 모르고 지나갔던 일들을 알 수 있진 않을까, 약왕성도회의 뒷얘기 같은 걸 들을 수 있진 않을까 해서 댓글의 댓글까지 열어보았다.

서상화가 골재장 얘기를 읽은 건 '35광구의 진실'이라는 제목의 글을 열었을 때였다. 댓글에서는 원청 현장직과 하청 현장직으로 짐작되는 사람들이 서로 육두문자를 쓰며 싸우고 있었다. 서상화는 한참 밑에 달린 댓글에서 눈을 멈췄다.

—니들이 골재장에서 한 짓보다야.

그게 다였다. 이어지는 댓글도 없었다. 하지만 서상화는 그 댓글을 보자마자 광산에서 받았던 이상한 느낌이 떠올랐다.

말로만 듣던 트럭을 눈앞에서 실제로 본 건 열한 살 때였다. 석회석 광산 안에 있는 것들은 밖의 것들과는 단위 자체가 다른, 상상도 못하게 큰 것들이었다. 아빠가 모는 덤프는 타이어 하나의 높이가 아빠 키의 두 배는 됐다. 타이어와 타이어 사이의 몸체에 근사하게 새겨져 있던 'CATERPILLAR'라는 글자. 그걸 보자마자 서상화는 자기도 캐터필러 트럭을 몰아보고 싶다고 말도 안 되는 떼를 썼다.

여름방학 때여서 학교에 갈 수도 없었다. 할머니가 포항 이모할머니네에 급히 가게 된 열흘 동안 서상화는 아빠가 출근하고 나면 하루 종일 집에 혼자 있어야 했다. 아침 여덟시에 출근을 하면 아빠는 밤 열두시가 되어서야 퇴근을 했다. 그러고는 다음날 여덟시에 다시 출근을 했다. 집에 못 오고 밤새 광산에 있는 날도 있었다. 서상화는 일주일만, 삼 일만 하며 아빠를 조른 끝에 아빠와 함께 광산 통근버스를 탈 수 있었다.

서상화는 연필이 든 필통과 샤파 연필깎이만 있으면 어디서든 시간을 보낼 수 있었다. 아빠도 그걸 알았기 때문에 허락했을 것이다. 아빠가 다른 아저씨들과 함께 작업 배차를 받고 광산으로 올라갈 준비를 하는 동안 서상화는 대기실에 앉아서 그림을 그렸다. "아빠가 맨날 니 자랑이다. 자기 안 닮아서 똘똘하다고." 머리를 쓰다듬어주던 아저씨들이 각자의 작업 공간으로 흩어지고 나면 서상화는 그때부터 광산 탐사에 나섰다.

석회산을 위에서부터 계단식으로 깎아 내려온 노천 광산은 아빠한테 들으며 상상했던 것보다 훨씬 높았다. 아빠가 준 작업용 귀마개를 하고 있어도 광산의 소리는 대단했다. 착암기사들이 석회석에 구멍을 뚫는 소리, 발파팀들이 화약으로 바위를 폭파시키는 소리, 크러셔가 돌을 부수는 소리로 머리가 흔들릴 정도였다.

서상화는 아빠의 덤프가 어디쯤을 올라가고 있을까 찾아보려고 했지만 알아보기가 힘들었다. 지그재그로 산을 오르고 있는 덤프들은 타이어가 사람보다 크다는 게 믿기지 않을 만큼 개미만했다. 굴착기 한 대가 덤프들보다도 훨씬 높은 곳에 따로 떨어져 느릿느릿 움직였다.

시끄럽고 위험한 곳이었지만 광산 안에는 초등학생 남자아이의 관심을 끌 만한 것들이 넘쳤다. 가장 신날 때는 다이너마이트를 실은 차가 들어올 때였다. 벌크차처럼 생긴 차가 화약을 싣고 오면 장약수 아저씨들이 나와서 화약을 옮겨갔다. 차에 새겨진 화약 제조회사의 로고는 대문자 H에서 불꽃이 뿜어져나오는 것 같은 모양이었다. 서상화는 그 로고가 마음에 들어서 연습장에다 몇 번씩 따라 그렸다. 벨트라인 아저씨들은 항상 무전기를 들고 긴 거리를 오갔다. 살수차가 지나가면 뿌연 흙먼지가 가라앉았고 차량 정비고에 있는 아저씨들은 못 고치는 게 없는 광산의 대장처럼 보였다.

"상화야, 광산 안은 먼지는 둘째 치고 돌멩이가 막 날아다니는 곳이니까 밖에 나오면 큰일난다." 그렇게 말하면서 아빠는 안전모를 씌워주고 갔다. 아빠의 당부만 대기실 안에 둔 채 서상화는 안전모를 쓴 김에 좀더 먼 곳까지 갔다. 대기실 옆에는 샤워장 가건물이 있었고 그 옆에는 식당 건물이 있었다. 식당에는 군데군데 목캔디 통이 놓여 있었는데 아저씨들은 피곤해서 사탕을 주워먹는 사람들처럼 지나다니면서 수시로 무언가를 꺼내 먹었다. 목캔디 통에 들어 있었지만 목캔디는 아니었다. 아빠는 그게 35광구만의 특수한 목캔디라고 했다. 처음에는 분진 때문에 목이 칼칼해서 먹었는데 자꾸 먹다보니 명치까지 시원해졌다고 했다.

서상화는 식당 컨테이너를 돌아나와 아저씨들이 부원료 광산이라고 했던 쪽으로도 걸어갔다. 한참 가자 작은 돌들이 산처럼 쌓여 있는 곳이 나왔다. 나중에 안 것이지만 그곳이 골재장이었다. 골재장을 지나 또 한참 걸어가자 이번엔 폐타이어가 산처럼 쌓여 있는 야적장이 나왔다. 야적장 너머로 보이는 초록색 철망 펜스까지가 서상화가 갈 수 있는 곳인 것 같았다. 서상화는 '이곳은 출입 제한 구역입니다'라고 쓰인 표지판을 붙잡고 서서 그 너머의 펜스를 바라보았다. 아무나 들어올 수 없는 곳에 내가 있다니, 우쭐해하면서 서상화는 표지판에 그려진 캐릭터를 쳐다봤다. 하지 말라고 말하는 듯한 표정의 캐릭터는 붉은색 동진 마크가 새겨진 흰색 안전모를 쓰고 있었다. 서상화는 아빠가 씌워준 안전모를 착용하고 서서 그 캐릭터를 한참 마주보다가, 나무숲 저쪽으로 담비가 뛰어가는 게 보여 그쪽으로 달려갔다.

대기실에선 비 한 방울 안 오는데 광산 꼭대기에서는 폭우가 내리는 때도 있었다. 그만큼 산이 높았다. 점심시간이 되면 통근버스가 작업자들을 태우러 지그재그 길을 한참 올라갔다. 아빠와 다른 아저씨들이 다 내려와도 굴착기에 있는 아저씨는 내려오지 않았다. 매일 도시락을 싸온다고 했다. 그 말을 들으며 서상화는 이상한 마음으로 광산 꼭대기를 올려다봤다. 비좁은 절벽길 위에 올라가 있는 굴착기는 보이지 않는 끈에 붙들려 있는 것 같았다.

이영관이라는 노인의 죽음에 대해 들었을 때 서상화는 그 절벽을 생각했다. 35광구에서 오랫동안 일했다는 그는 그때 광산 대기실을 오가던 수많은 작업자들 중 하나는 아니었을까. 까마득한 흙 절벽에 매달린 굴착기 안에서 혼자 차가운 도시락을 먹던 사람은 아니었을까. 한 평짜리 공간에 앉아서, 해무가 올라오는 바다와 야적장과 골재장을 내려다봐야 했던 사람은 아니었을까.

*

"아저씨, 이것 좀 보세요."

서상화는 방학수에게 주민소환 청구인 대표 이름으로 올라온 글을 보여줬다.

"오, 오, 넘은 거야?"

주민소환투표 청구 서명을 시작하고 한 달여가 지난 시간이었다. 서명인 수는 11,617명으로 집계돼 있었다. 유효 서명인 수인 8,983명을 훌쩍 넘은 숫자였다.

"오병규 이러다 좇 되겠네."

방학수가 댓글을 읽어 내려갔다. 관권과 금권을 동원한 시장측의 온갖 압박에도 유효 서명인 수를 넘어섰다는 기쁨의 글, 척주가 한국 탈핵운동의 성지가 될 거라는 시장 소환 확신의 글들이 이어졌다. 소환반대대책위 쪽은 조용했다. 예상보다 빠르게 채워진 서명인 수에 당황해 대책을 세우고 있는지도 몰랐다.

반대대책위에서 대책을 세운 게 맞았는지 청구인 대표의 글이 올라온 다음날부터 핵반투위 사무실로 등기우편물이 날아오기 시작했다. 서명철회서가 담긴 우편물이 며칠 사이에 천여 통이 접수되자 핵반투위는 서둘러 청구 서명부를 선관위에 접수했다. 접수 며칠 뒤 서명부 사본 열람 기간이 시작됐다. 서상화는 선관위에서 공익근무중인 친구와 수시로 연락을 주고받으며 상황을 지켜봤다.

"서명부 열람하겠다고 신청한 사람이 백 명이 넘어. 근데 그게 다 공무원 아니면 공무원 부인이다."

주민번호는 가려진 채 공개되었지만 건너 건너 다 아는 척주에서 이름과 주소만으로도 누가 서명했는지는 거의 드러났다. 서상화는 친구가 대박이라는 말과 함께 창문 밖에서 찍어 보내온 사진을 봤다. 서명부 열람실 안에 사람들이 모여서 무언가를 미친듯이 적어 내려가고 있었다. 복사와 촬영이 금지되었기 때문에 명단을 베껴 적는 것이었다. 그중 한 명의 옆모습을 보면서 서상화는 이 사람이 김순영일까 아닐까 한참 생각했다.

열람 이틀째에는 차례를 기다리던 공무원 부인들이 선관위 뜰에 텐트를 치고 수박을 쪼개 먹었다고 했다. 그들은 열람을 마치고 함께 화장실로 들어가 베낀 명단을 맞춰보며 누락된 게 있는지 확인했다. 선관위 건물과 열람실 부근에선 오병규의 양아들이라는 깡패들이 어슬렁거렸다. 친구는 두 눈으로 직접 봤다며 서상화한테 전했다. 명단 유출에 항의하러 온 여자의 상체를, 깡패가 밀고 밀고 또 밀어서 벽까지 몰아붙였다 했다. 신고를 해도 경찰은 적극적으로 움직이지 않았다.

녹초가 되어 퇴근을 하면서 친구가 한마디 했다.

"척주가 너무 싫다."

열람 사나흘 만에 서명을 한 척주 시민 만여 명의 명부가 만들어졌다. 사람들이 살생부라 부르기 시작한 그 명단은 곧 이통장들한테 전달됐다. 드디어 서명자들의 목록을 손에 쥔 이통장들은 밤낮없이 사람들을 만나고 전화를 돌렸다. 오병규 시장은 일찌감치 이통장협의회를 소집해 동네 이장들한테 원전 유치 찬성 위원이라는 내용의 위촉장을 만들어준 바 있었다. 감투와 완장을 얻은 뒤 그들은 훨씬 적극적으로 움직였다. 시청 내부 메일로 주민소환 서명철회 문서가 배포되었고 시청 공무원들 개개인에게는 하루에 서명철회서를 열 장씩 받아오라는 임무가 떨어졌다는 말이 돌았다. 시장 소환 건인지 모르고 서명했다는 사실확인서, 중복 서명 등이 의심된다는 이의신청서까지 청구 서명을 무효화하기 위한 서류들은 계속 접수가 됐다. 서명자 명단 팩스가 나간 곳이 주민소환반대대책위 사무실도 아닌 척주시청 총무과로 밝혀지자 핵반투위는 오병규 시장과 시청 총무과장을 개인정보보호법과 주민소환에 관한 법률 위반 혐의로 강릉 지청에 고발했다. 하지만 핵발전소 확대 정책을 펴는 중앙정부를 뒤에 업은 그들을 검찰이 제대로 처벌할지는 알 수 없었다.

저녁 아르바이트까지 모두 마치고 돌아온 늦은 밤, 서상화는 한글창 빈 화면에 오병규라는 이름을 쳤다. 다시 오병규. 또 오병규. 오병규. 오병규. 그 이름은 쳐도 쳐도 끝이 없을 것 같았다. 동진시멘트 사장 시절 천만 톤 물량 신화를 이뤄냈다는 오병규. 척주를 먹여 살렸다는 오병규. 지금도 서상화의 눈앞에 철통처럼 서 있는 오병규. 서상화는 오병규한테 해야 할 말도 따져야 할 말도 있었다. 서상화는 척주시청 홈페이지로 들어가 자유게시판에 있는 글쓰기 버튼을 눌렀다. 제목에 '오병규'라는 글자가 들어가자 글이 올라가지 않았다. 오빙규라고 써도 올라가고 오병구라고 써도 올라갔지만 오병규한테만은 글을 쓸 수가 없었다.

서상화는 잠을 제대로 못 자고 보건소로 출근을 했다. 선관위 열람실 사진에서 봤던 사람은 김순영이 맞는 것 같았다. 보건소 직원 중 누가 서명을 했는지 쫙 펴져 있었다. 이미 한 달 전, 주민소환투표 청구 서명이 시작되자마자 서명한 사람이 있었다. 송인화였다.

*

서상화의 옆자리는 송인화였고 서상화의 맞은편 자리는 김승희였다. 김승희의 옆자리는 김순영이었다. 그러니까 김순영과 송인화의 책상은 서로 마주 놓여 있었다. 파티션이 있다 해도 고개를 들면 서로의 얼굴을 볼 수 있었다. 전화 통화 소리는 물론 통화하다 한숨을 쉬는 소리도 들을 수 있었다.

방역을 마치고 오후 늦게 사무실로 돌아와보면 예방의약계 분위기는 생각했던 것보다 더 안 좋았다. 김순영이 수화기를 세게 내려놓는 소리, 이창규가 한숨을 쉬며 결재판을 던져놓는 소리. 그런 공기 속에 송인화가 앉아 있었다. 그냥 견디고 있는 것 같기도 했고 크게 상관 안 하는 것처럼 보이기도 했다. 서운하고 당황하고 상처받은 표정인 사람은 오히려 선관위에 가서 명단을 적어온 김순영이었다. 서상화는 당장 그 공간에서 송인화를 빼와 아무 해변으로라도 같이 가버리고 싶었지만 퇴근을 하고 나면 금방 약국 아르바이트 시간이었다.

"사람 어때?"

양진성이 송인화에 대해 이것저것 물었다. 예방의약계 사람들에 대해 캐묻는 것만 빼면 일하기 괜찮은 약국이었다. 무엇보다 다른 곳에 비해 보수가 높았다.

"진미진이 의약업소 담당할 때가 편하긴 했지. 사람이 융통성도 있고, 약사가 아니라 일반인이라 얘기도 잘되고."

양진성은 송인화에 대한 보건소 내부의 평판이라든가 일하는 스타일이라든가 출신을 짐작할 수 있는 어떤 얘기라도 들려주길 바라는 것 같았지만 서상화는 그럴 마음이 전혀 없었다.

"오늘 재고도 다 맞지?"

"네."

"마약류랑 향정은 반드시 맞아야 되는 거 알지?"

"네."

"마감 전 금고 확인은 이제 상화 니가 맡아라."

"네?"

서상화는 양진성을 돌아봤다. 양진성이 말하는 금고에는 마약류 의약품이 보관되어 있었다. 2중 잠금장치와 고정장치가 되어 있는 금고였다.

"그래도 전 그냥 알반데……"

"믿으니까 하는 얘기지."

양진성이 할머니에게 갖다 드리라며 원비디 한 박스를 카운터 위에 올려놨다. 그러고는 콧노래를 흥얼거리며 뒤쪽 조제실로 들어갔다. 양진성의 집과 통하는 약국 뒷문엔 공식 조제실 외에 다른 조제실이 있었다. 플라스크가 어지럽게 놓여 있어 조제실보단 실험실 같았던 그곳에 서상화는 청소를 하러 딱 한 번 들어갔던 적이 있었다.

서상화는 그때 조제실 쓰레기통에서 봤던 한외마약 약봉지들을 떠올렸다. 코디프로, 코대원포르테, 코푸, 코푸진…… 대부분 '코' 자가 들어가 있는, 진해거담제로 불리는 기침감기약이었다. 마약 성분이 들어 있긴 하지만 의존성이 없어 분업지역 약국에서도 처방전 없이 살 수 있는 의약품이었다. 그 약들에는 '디히드로코데인' 성분이 공통으로 들어 있었다. 중추신경을 마비시켜서 일시적으로 기침을 멎게 하는 마약성 중추성 진해제 성분이었다. 서상화는 토할 정도로 기침을 하던 동네 할아버지가 '코' 자가 들어간 약을 수시로 먹는 것을 어렸을 때 본 적이 있었다.

"상화야, 내가 레시피 좀 전수해줄까?"

조제실 청소를 한 번 시킨 뒤로 양진성은 자신이 하고 있는 일을 서상화에게 숨기지 않았다. 그걸 발설하는지 안 하는지로 자신을 시험하고 있다는 생각이 들 정도였다. 기본적인 화학 지식만 있다면, 더구나 약사라면, 감기약에서 마약 성분을 추출해 새로운 약을 만들 수 있다는 걸 서상화는 알고 있었다. 양진성은 조제실의 플라스크를 '내 도가니'라고 불렀고 자신만의 조제 레시피에 대해서 자부심을 갖고 있었다. 죽지 않는 한 없어지지 않을 만성 통증으로 잠을 못 자는 사람들이, 기침을 멈출 수만 있다면 영혼이라도 팔고 싶어하는 이들이 자신의 약을 기다리고 있다고, 양진성은 농담인지 진담인지 모를 소리를 서상화에게 했다.

서상화는 원비디 박스를 들고 척주병원 쪽으로 걸어갔다. 허리디스크 수술을 받은 할머니가 한 달째 입원해 있는 곳이었다. 늦은 시각이라 서상화는 병실 문을 조용히 열었다. 문가 침대에 누워 있는 할머니한테로 걸어가 서상화는 강아지처럼 얼굴을 들이밀었다. 할머니가 "아이고, 내 새끼" 하며 꺼끌꺼끌한 손으로 서상화의 양볼을 비볐다.

"달롱알 같은 내 새끼. 이쁜 내 새끼."

서상화는 그제야 마음이 풀어지는 것 같았다. 어렸을 때부터 그랬다. 할머니가 내 새끼, 내 새끼 하며 쓰다듬어주는 게 서상화는 그렇게 좋았다.

"아빠는 뭐 좀 먹고 다니니?"

"그럼요."

"내가 돈덩어리가 돼서 어쩌냐."

"할머니 또."

"늙으면 죽어야 되는데."

"또 또!"

할머니한테 위로받으러 가는 대가로 들어야 하는 말들을 차례로 들은 뒤 서상화는 밖으로 나왔다. 병원 앞 버스정류장에 서서 서상화는 휴대폰을 열었다. 송인화는 아직 메시지 확인을 안 한 상태였다. 목소리가 너무 듣고 싶어서 통화 버튼을 눌렀지만 연결음만 계속 이어졌다. 벌써 자는 걸까, 무슨 일이 있는 걸까 생각하다가 서상화는 어라동행 버스에 올라탔다.

시내버스 앞좌석에 광고지가 보였다. 무슨무슨 이치와 무슨무슨 실체를 알려준다는 문구가 휴대폰 번호와 함께 적혀 있었다. 어렸을 때 약왕성도회 광고를 봤던 곳도 버스 좌석이었다. 햇볕에 색이 바랠 대로 바랜 종이가 앞좌석의 낡은 비닐 사이에 끼워져 있었다. 서상화는 전화번호를 메모해 와 할머니와 아빠 몰래 전화를 걸었었다. 아빠가 서상화한테 불같이 화를 낸 건 그때가 처음이었다.

아빠는 TV도 켜지 않은 채 혼자 앉아 있었다. 거실로 들어서는 껑충한 자신을 아빠가 새삼스러운 눈으로 쳐다보는 게 느껴졌다. 언제 이렇게 컸나, 나한테서 어쩌면 이렇게 훤칠한 놈이 나왔나 하는 눈빛. 아빠는 안주도 없이 술을 먹고 있었다.

*

"상화야, 이 차 오야 기사가 나다."

나는 이런 사람이다, 라고 보여주듯이 아빠가 말했다.

첫인상이 멋있었던 덤프는 자세히 보니 성한 곳이 하나도 없었다. 차문이 고장나서 아빠는 안쪽 문손잡이에 끈을 묶어 문을 닫았다. 절벽에서 떨어진 부석에 맞아 금이 갔다는 앞유리에는 테이프가 길게 붙어 있었다. 타이어에 희끗한 것이 보여 다가가보니 철심이었다.

"상화야, 너 그 타이어가 하나에 얼만 줄 아냐?"

지나가던 아저씨가 물었다. 그렇게 묻는 걸 보니 비쌀 것 같았다.

"백만원요?"

"이천육백만원."

아빠가 모는 덤프는 브레이크도 정상이 아니었지만 고장이 나도 바로 수리되는 게 아니었다. 어떤 아저씨들이 정비를 올리면 바로 수리가 되었지만 어떤 아저씨들이 정비를 올리면 시간이 날 때까지 기다리라는 말이 돌아왔다. 하루에 맞춰야 되는 물량이 빡빡해 시간은 잘 나지 않았고 그러면 아빠는 정비가 접수될 때까지 불안한 마음으로 차를 몬다고 했다. 덤프 운전을 오래 한 아빠는 브레이크가 말을 안 들을 때마다 임시로 처방하는 아빠만의 노하우가 있었다. 그래도 내리막길을 내려갈 때는 조마조마하다고 했다. 비가 와서 노면이 흙탕뻘이 되는 날은 저 아래 크러셔 건물까지 살아서 내려갈 수 있을까, 기도하는 마음이 된다고도 했다.

서상화를 광산에 데려간 뒤로 아빠는 광산 얘기를 자주 들려주었다. 그때 봤던 얼굴 까만 아저씨 있지, 거기 슬러그 쌓여 있던 자리에 말이야, 하면서. 서상화가 기억하는 35광구의 풍경은 열한 살 여름방학 때의 며칠과 그후에 아빠가 들려준 이야기들이 혼합돼 있었다. 하지만 광산을 떠돌던 분위기만은 단 며칠이었다고 해도 서상화가 직접 느낄 수 있었다.

"골재 실으러 레미콘차 들어온다던데요?"

아빠와 동료 몇몇이 쉬고 있자 누군가 와서 말했다. 아빠처럼 작업복을 입고 안전모를 쓰고 광산에서 같이 일하는 사람이었다. 그런데 자세히 보면 무언가가 달랐다. 아빠가 신은 불편해 보이는 안전화와 달리 지퍼가 달린 편한 안전화를 신고 있었다. 회색 작업복도 톤이 약간 달랐다. 가장 눈에 띄게 다른 건 아빠와 동료들이 쓰고 있는 노란색 안전모와 달리 흰색 안전모를 쓰고 있다는 것이었다.

"차 들어오니까 가서 돌 좀 치우세요들."

흰색 안전모를 쓴 남자가 말했다.

"거긴 우리 구역도 아닌데 왜 우리한테 그럽니까?"

아빠 동료 중 한 명이 말했다.

"사무실에서 지시 왔어요. 치우라고. 아 몰라요, 난 얘기했습니다."

남자가 그렇게 말하고 나가자 아빠 동료가 발끈해 일어섰다.

"왜 지들 구역 돌을 우리보고 치우래? 골재장 가기 싫은 거야 다 똑같은 거 아니야?"

남자가 당연하다는 듯 일을 떠넘겼기 때문인지 골재장 얘기 때문인지 다들 표정이 좋지 않았다. 골재장은 35광구의 금기어 같았다. 그 근처에 가면 재수없는 일이라도 생길 듯한 분위기였다. 골재장 앞길의 돌들은 결국 노란 안전모를 쓴 아빠와 동료들이 치웠다.

흰색 안전모와 노란 안전모는 같은 공간에서 작업 배차를 받고 같은 공간에서 밥을 먹고 똑같이 동진시멘트라는 곳으로부터 작업 지시를 받았지만 소음과 분진이 심한 곳에 배치되는 것은 거의 노란 안전모들이었다. 흰색 안전모들은 안전과에서 얼마든지 방진마스크를 갖다 쓸 수 있었지만 노란 안전모들은 분진이 많은 곳에 배치되는데도 한 달에 열다섯 개 이상의 마스크를 쓸 수 없었다. 작업복과 귀마개와 안전화 또한 마찬가지였다. 노란 안전모들이 마음껏 가져갈 수 있는 건 목캔디뿐이었다. 그런 걸 감수하고 일을 해도 아빠가 받는 임금은 흰색 안전모의 반도 안 되었다. 잔업을 하지 않으면 기본적인 생활비조차 댈 수 없는 금액이었다. 아빠는 열여섯 시간 이상 일하는 날이 많았고 명절에도 쉰 적이 거의 없었다.

점심시간이었다. 광산 버스에서 내린 아빠와 동료들이 몸을 털면서 식판을 들 때였다. 흰색 안전모를 쓴 사람들이 뒤따라 들어오면서 말했다.

"어이, 니들이 먼저 그렇게 서면 안 되지. 비켜, 비켜."

아빠와 동료들이 주춤하며 한쪽으로 비켜섰다. 자신들이 먼저 먹는 게 당연하다는 듯 흰색 안전모들이 식판을 들고 앞으로 가서 섰다. 밥을 먼저 먹지 말라는 건 서상화의 초등학교 4학년 교실에서도 좀처럼 일어나지 않는 일이었다.

그날 서상화가 아빠의 얼굴에서 본 것은 멸시받는 게 만성이 된 사람의 표정이었다. 누군가가 일터에서 매일매일 오랜 세월에 걸쳐 인격적 모독을 당한다는 것. 그게 내 가족이라는 것. 그 사실이 사람의 마음을 얼마나 휘저어놓는지를 서상화는 뭐가 뭔지 모르는 채로 먼저 느껴버렸다. 중학생이 되고부터 서상화는 광산 쪽으로 발길을 돌리지 않았다. 아빠는 나이 어린 정규직한테 쌍욕을 듣고 오는 날도 있었고 덤프에서 돌을 떨어뜨렸다고 주먹질을 당해 입술이 터져서 오기도 했다. 출근하는 아빠의 뒷모습이 보기 싫어 서상화는 학교도 일찍 갔다. 술만 먹으면 아빠가 중얼거리던 '하청 주제'라는 말을 크러셔에 넣어버리고 싶었다.

*

귀신이 온다고 했다. 해무가 오는 걸 사람들은 그렇게 말했다.

몇 미터 앞의 불빛까지도 완벽하게 삼켜버리는 게 해무였다. 아빠는 해무를 가장 무서워했다. 석회석 덩어리들을 싣고 절벽길을 돌아 내려오다보면 산 아래에서부터 해무가 올라오는 게 보인다고 했다. 어, 어, 어, 하는 사이 바다 안개는 덤프를 집어삼키고는 위로 계속 올라갔다. 야간에는 차 전조등 하나에 의지해 길을 내려가야 했지만 해무가 올라오면 어떤 불빛도 소용없었다.

해무에 갇히면 아빠는 시동을 끄고 위를 올려다봤다고 했다. 보이는 게 없는데도 이삼십 미터 위쪽 절벽에서 굴착기가 움직이는 게 느껴졌다. 회사에서는 원가를 낮추기 위해 화약을 많이 쓰지 않았다. 제대로 발파돼 나오지 않은 돌들을 하루종일 굴착기사가 뜯어냈다.

해무를 뚫고 들려오는 굴착기 소리는 덩치 큰 짐승의 울음소리와 흡사했다. 혼자 살아남은 공룡이 긴 목을 주억거리며 우는 소리. 운전석에 머리를 기대고 있다가 눈을 뜨면 여전히 발밑은 하얬고 위에서는 울음소리가 들려왔다. 그러면 아빠는 여기가 어디인가 한참 생각해야만 했다고 했다.

굴착기가 절벽 밑으로 떨어지면서 덤프를 덮치는 사고는 잊을 만하면 일어났다. 내리막 커브길에서 추락하는 덤프도 많았다. 폭우와 안개 때문에, 장비 고장 때문에 잠깐 차를 세우면 작업을 재촉하는 무전이 왔다. 장례식에 갔다 올 때마다 아빠는 자신이 아직까지 살아 있는 게 신기하다고 했다.

"도계 탄광에서 일하다가 땅속이 무섭다고 온 형님이었다. 그래도 여기는 노천이니까, 갱은 아니니까, 해를 보면서 일할 수 있으니까. 그러다 절벽으로 굴렀어."

사망 사고가 날 때마다 동진시멘트는 사고 원인을 작업자 과실로 돌리려는 노력을 멈추지 않았다. 노란 안전모를 쓴 아빠와 동료들은 노조를 만들고 노동부에 진정을 냈다. 구 개월을 기다린 끝에 고용노동부 태백 지청에서 판정이 나오던 날, 아빠는 서상화를 껴안고 한참을 울었다. 동진시멘트가 이십 년 동안 불법적 고용 형태를 유지해왔다는 판정이었다. 아빠가 속한 하청회사는 직접 고용을 피하기 위해 동진시멘트가 내세운 유령회사에 불과하며 35광구에서 일한 첫날부터 아빠는 정규직이라는 것이었다.

서상화는 믿어지지가 않아서 판정문을 보고 또 보았다. 판정 소식을 들었을 때 서상화가 가장 먼저 떠올린 것은 아빠가 십 년 전에 겪었던 사고였다. 아빠가 몰던 삼십오 톤 덤프가 내리막길에서 시동이 꺼져버렸었다. 석회석 덩어리를 실은 대형 백덤프가 내리막길에서 시동이 꺼진다는 건 어떤 노하우도 임시 처방도 끼어들 틈이 없는, 곧 죽는다는 말과 같았다. 아빠의 비명소리와 함께 우당탕탕 내리달리던 덤프는 절벽으로 곤두박질치는 대신 임시로 쌓여 있던 골재 더미를 들이받고 옆으로 전복됐다. 아빠는 운좋게 살아남았지만 흉추 골절로 반년 동안 병원에 있어야 했다. 사고는 공상으로 처리됐고 광구로 다시 복귀했을 때 아빠는 안전 관리 소홀을 이유로 하청 반장직에서 물러나야 했다.

서상화가 어렸을 때 아빠는 습관처럼 말했다. 퇴직 전에 새 덤프 한번 몰아보면 소원이 없겠다고. 서상화는 아빠가 모는 덤프가 흰색 안전모들이 쓸 때까지 쓰다가 사실상 폐차를 시켜놓은 차였다는 걸 사고가 나기 전까지는 알지 못했다.

고용노동부의 판정은 아빠가 방진마스크와 귀마개와 안전화를 필요한 만큼 얼마든지 갖다 쓸 수 있다는 말이었고 터무니없었던 임금 대신 정당한 보수를 당당하게 요구할 수 있다는 얘기였다. 그리고 무엇보다도 안전한 덤프를 몰 수 있다는 뜻이었다. 브레이크가 고장나지 않은 덤프. 내리막길에서 시동이 꺼지지 않는 덤프.

하지만 판정의 여운은 하루도 가지 못했다. 노동부 판정이 나온 다음날, 동진시멘트는 하청업체와의 계약을 해지했고 하청업체는 아빠와 동료들을 전원 해고했다.

"안주도 없이. 속 버리려고."

서상화는 황태채를 꺼내와 먹기 좋게 잘랐다. 그 위에 물을 살살 뿌리고 전자레인지에 이 분만 돌리면 아빠가 좋아하는 촉촉한 황태채가 됐다.

"상화야."

거실에 앉아 강소주를 먹던 아빠가 서상화를 불렀다.

"상화야."

자꾸 이름을 부르는 건 아빠가 술에 취했을 때 나오는 버릇이었다.

"어떻게 서른두 명이 한꺼번에 나가니 상화야."

서상화는 아빠를 바라보았다. 갑작스럽게 해고를 당한 아빠와 동료들은 근로자지위확인 소송을 내고 35광구 정문 앞에서 복직 농성을 하고 있었다. 고용노동부의 판정은 법적 구속력이 없어서 근로자지위확인 소송을 해서 회사를 상대로 승소하지 않으면 아무 소용이 없었다.

아빠가 이십 년 동안 통근버스를 타고 매일같이 드나들던 곳이었다. 동진시멘트는 이십 년 만에 처음으로 목소리를 낸 사람들을 업무 방해죄와 폭행죄로 고소한 뒤 노동조합을 탈퇴하면 합의서를 넣어주겠다고 말했다. 기소된 사람들 중 조합 탈퇴 의사를 밝힌 사람들은 집행유예로 풀려났고 탈퇴하지 않은 사람들은 법정 구속됐다.

강릉교도소로 면회를 다녀오고 나면 아빠는 술을 마셨다. 광산에서 같이 일하던 동네 동생의 어머니가 면회실 복도에서 우는 소리. 광산에서 같이 일하던 동네 친구가 감옥에서 쓴 반성문. 그런 것들에 대해서 아빠는 제정신으로 얘기하길 힘들어했다.

얼마 뒤 동진시멘트로부터 손해배상청구 소송이 들어왔다. 생산 물량에 차질이 생겼으니 배상하라는 것이었다. 손배소 금액은 십육억원이었다. 곧이어 재산 가압류가 들어왔다. 어라동 집, 보험, 생활비 통장까지 서상화네 집은 지금 모든 게 묶여 있었다. 할머니 병원비로 농협에 넣어놓았던 삼백만원을 당장 출금할 수가 없는 상황이었다.

재산 가압류가 들어오자 아빠는 눈에 띄게 흔들렸다. 서른두 명이 한꺼번에 조합을 탈퇴하고 나간 것도 재산 가압류가 들어온 직후였다. 아빠와 동료들의 제일 큰 약점이자 그들을 가장 아프게 흔들 수 있는 것이 생계라는 걸 동진시멘트는 너무 잘 알고 있었다.

"상화야, 근로자지위확인 소송만 취하하래."

아빠는 계속 동진시멘트 쪽의 연락을 받고 있었다.

"그 소송만 안 하면…… 가압류도 풀어주고 다시 일도 하게 해준대."

서상화는 상처 자국이 크게 남아 있는 아빠의 오른쪽 귀 밑을 보았다. 그 여름방학 때에서 일 년 정도 시간이 지났을 때였다. 철심이 나올 정도로 닳아 있던 타이어는 그때까지도 교체가 되지 않았다. 점심

버스를 타려고 아빠가 덤프에서 내리는 순간 타이어는 뻥 소리를 내면서 터져나갔다. 대형 타이어의 압에 사방에서 돌이 튀어올랐다 했다. 아빠는 고막이 터지고 오른쪽 얼굴을 크게 다쳤다. 그때 아빠에게 문병 왔던 동료는 말했다. 우리는 이천육백만원짜리 타이어보다 못한 존재라고. 근로자지위확인 소송을 취하하고 돌아와 일을 하라는 건 다시 그렇게 살라는 것이었다. 내리막길에서 시동이 꺼지는 덤프에 아무 말 없이 다시 몸을 실으라는 얘기였다. 다시 들어가면 아빠는 이제 어떤 주장도 할 수 없을 터였다.

서상화는 아직 따지 않은 소주 한 병을 아빠 모르게 냉장고에 갖다 넣었다. 그것마저 먹고 나면 아빠는 살던 대로 살고 싶다는 말을 할 것 같았다.

서상화는 벽에 구부정하게 기대앉아 있는 아빠를 자리에 뉘었다. 승소할 때까지 조금만 더 버티자고 얘기해왔지만 그 조금이 일 년이 될지 오 년이 될지 알 수 없었다. 1심 판결이 잘 나온다고 해도 동진시멘트에서 항소를 안 할 리 없었다. 시간조차 아빠 편이 아니었다.

서상화는 아빠 머리에 베개를 받치고 양말을 벗겼다.

"돈은 내가 어떻게 해볼게."

서상화는 자신에게도 딱히 방법이 없는 걸 알면서도 그렇게 말했다.

"근로자지위확인만 포기하지 마."

*

"상화야, 너 요새 왜 이렇게 맥을 못 추냐."

식은땀을 흘리는 서상화를 보고 방학수가 말했다. 방역을 돌다가 더위 때문에 힘이 빠지면 둘은 현금인출기 코너에 들어가서 잠깐씩 쉬다 나오곤 했다. 에어컨 바람 속에 있는데도 서상화는 자꾸 땀이 흘렀다.

"야간 택배 일 시작했거든요. 그래도 잠은 좀 자고 나오는데."

"너 아무리 한창 나이라도 그러다간 쓰러진다."

둘은 코끼리산 산림욕장 쪽으로 걸어갔다. 건널목 앞에 서서 방학수가 서상화의 얼굴을 이쪽에서 한 번, 저쪽에서 한 번 훑었다.

"상화야, 너 돈 필요하냐?"

틈이라도 발견하고 싶은 것처럼 방학수가 눈을 가늘게 떴다.

"돈이야 항상 필요하죠."

산림욕장 산책 코스 입구에 집 모양의 함이 보였다. 서상화는 그 앞으로 뛰어갔다. 보건소에서 설치해놓은 모기 기피제 스프레이 함이었다. 서상화는 함 하단에 새겨진 '척주시 보건소 예방의약계'라는 글자를 손가락으로 한 번 쓸었다.

"넌 예방의약계가 그렇게 좋냐?"

방학수가 기피제를 들더니 자기 겨드랑이에 뿌렸다. 서상화는 기피제를 얼른 빼앗아 방학수를 돌려세우고는 옷 전체에 골고루 뿌려주었다.

"네, 그 말만 들어도 생각나는 사람이 있거든요."

금연 구역 표시문에서 척주시 보건소라는 글자만 봐도 자동으로 떠오르는 사람. 서상화는 지금 송인화와 함께 있는 거라면 얼마나 좋을까 생각했다.

산책로에는 왕벚나무가 줄지어 서 있었다. 벚꽃이 있던 자리는 여름 이파리들로 뒤덮여 있었다. 산책로를 조금 더 오르자 왼쪽으로 무덤이 보였다. 무덤 옆 살구나무 아래에서 한 할머니가 살구를 줍고 있었다. 체육공원과 정자 쪽에서 사람들이 하나둘 내려왔다. 둘은 산책로에서 벗어나 무덤 뒷길로 접어들었다. 옥수수밭을 따라서 한참 들어가자 이름을 알 수 없는 덩굴 더미가 나왔다. 건물은 그 뒤에 있었다. 오래된 콘크리트 성채 같기도 하고 가짜 대리석 건물 같기도 한 이상한 건물을 서상화와 방학수는 멍하니 올려다봤다.

"여기도 정화조가 있을까요?"

"사람 사는 곳이면 있겠지."

척주의 어느 외진 산속에 들어갔다고도 했다. 시내의 빌라 다섯 채를 터서 그 안에서 합숙을 한다고도 했다. 경상도에 가서 거리 포교를 한다고도 했고 신도를 많이 끌어와 높은 자리에 올랐다는 말도 있었다.

전국을 돌던 신도들은 육 개월에 한 번씩 회관에 올라와 교육을 받았다. 서상화와 방학수가 방역을 온 곳은 약왕성도회 회관이었다.

"상화야, 너 공부 잘했냐?"

"네."

"그럼 받았겠네?"

"아…… 네, 아직 받고 있어요. 졸업까지 좀 남아서……"

"하긴, 척주에서 공부 좀 하는 애치고 약왕성도회 장학금 안 받은 애가 없으니까. 뭐 좋은 일이지. 씨발 근데 그 돈이 어디서 나왔을 거

같냐."

방학수가 갑자기 씹어뱉더니 서상화를 쳐다봤다. 한 번쯤은 그 말을 하고 싶어서 별렀다는 표정이었다. 약왕성도회 회관 주위에는 무섭게 우거진 풀숲뿐이었다. 안에 사람이 있는지 의심스러울 정도로 인기척이 없었다.

"그래 씨발, 이게 너한테 따질 일은 아니지. 그래도 나는 상화야, 자다가도 피가 거꾸로 솟아."

"……"

"뭐, 너랑 꼭 어쩌자는 얘기는 아니다. 그냥 그렇다는 말이야."

방학수 부인이 약왕성도회에 들어간 과정은 서상화의 엄마가 들어간 과정과 비슷했다. 서상화는 엄마가 그 무렵 방학수 부인처럼 몸이 아팠는지는 정확히 생각나지 않았다. 하지만 그즈음 자신이 주로 하던 생각이 뭐였는지는 기억이 났다. 나한테는 이렇게 좋은 할머니이고 좋은 아빠인데 왜 엄마한테는 그만큼 좋은 사람들이 아닌 걸까. 그런 생각들이 서상화를 찾아오던 때였다. 엄마는 삼은사에 갈 때 가장 즐거워 보였다.

엄마는 절에 갈 때 서상화를 자주 데리고 다녔다. 몸이 아플 때마다 습관적으로 '나무약사불'을 외던 할머니도 엄마가 절에 가는 건 뭐라고 하지 않았다. 서상화는 엄마를 따라다니면서 들었던 스님의 법문과 엄마가 닳도록 보았던 『약사경』의 몇 구절들을 아직 기억하고 있었다. 엄마가 중얼거리던 뜻 모를 다라니들도.

언젠가 스님은 서상화의 머리를 쓰다듬으며 저 약함에 무엇이 들었을 것 같냐고 물어본 적이 있었다. 서상화는 사람들이 하던 말이 생각나 "만병통치약이요?" 되물었다. 스님은 대답 대신 어딘가가 아플 땐 이름을 부르라고 했다. "지극한 마음으로 약사여래의 이름을 부르면 병이 낫는단다." "무슨 병이든지 다요?" "그럼. 처음에는 머리가 아픈 병이 가시고 그다음에는 가슴이 아픈 병이 가시고 마지막에는 병 중의 병인 무명無明이라는 병까지 약사 부처님이 다 가져가신단다."

처음에는 일일 기도로 시작했지만 엄마의 기도 기간은 점점 길어졌다. 그러다 어느 순간부터 엄마는 서상화를 두고 혼자 삼은사에 다니기 시작했다. 서상화는 엄마의 법복 바지가 빨랫줄에 널리는 게 싫었다. 기도 철이 왔다는 뜻이기 때문이었다.

그렇게 몇 계절이 지나고 좀처럼 엄마 얼굴을 볼 수 없던 어느 날 할머니가 서상화를 불렀다. 할머니는 아이고 내 새끼, 하며 서상화를 껴안더니 엄마는 이제 집에 안 올 거라고 말했다. 서상화가 그 말을 믿지 않자 할머니는 서상화를 주방으로 데리고 갔다. 그러고는 서상화의 입을 보며 아, 했다. 서상화는 아, 하고 입을 벌렸다. 눈 깜짝할 사이에 입속으로 뭐가 들어왔다. 흰 설탕이 수북이 담긴 숟가락이었다. 설탕은 너무 달아서 머리가 핑 돌 정도였다. 설탕을 먹자 엄마가 이제 안 올 거라는 말이 이상하게 믿어졌다.

산속과 빌라, 울진 포항 어디어디. 서상화가 자라는 동안 엄마에 대한 여러 말들이 들려왔지만 엄마가 직접 찾아온 적은 없었다. 엄마가 연락을 해온 건 서상화가 약대에 들어간 첫해 방학 때였다.

다들 반팔을 입고 다니는 여름이었는데 엄마는 옷을 두세 겹 껴입고 있었다. 연분홍색 벙거지 테두리로 때가 쪼록쪼록했다. 멀리서 볼 때는 그냥 마른 중년 아줌마 같았는데 가까이서 보니 세상을 다 산 것처럼 얼굴이 늙어 있었다.

엄마는 서상화와 눈을 잘 마주치지 않은 채로 고맙다라든가 애썼다라든가 아무튼 그런 뜻의 말들을 두서없이 했다. 엄마가 주는 것도 아닐 텐데 장학금은 잘 받고 있냐고도 했다. 뭘 할 거냐고도 물었다. 간식을 챙겨주고 진로 고민을 들어주고 입시 정보를 알아봐준 여느 엄마들처럼 엄마는 약대를 졸업하면 뭘 할 거냐고 물었다. 신기했다.

지금쯤은 중견 간부 신도가 되어 있지 않을까 생각한 적도 있었다. 어디 돈 나올 데 없을까 고민할 때 엄마를 떠올린 적도 있었다. 서상화는 피로감이 몇 겹으로 올라앉은 엄마의 얼굴을 쳐다봤다. 귀를 닫고 있어도 들려오는 얘기들이 있었다. 성금의 기본 받침이 되는 신도를 어떻게든 끌어모아야 한다는 이야기. 자신이 확보한 신도와 성금이 수치화되기 때문에 끊임없이 내달려야 한다는 이야기. 퇴직금과 전세금과 등록금을 갖다 바치고도 할당량을 못 채운 신도들이 단란주점에서 일을 한다는 이야기. 발전소 건설 현장에 임시로 생긴 룸살롱들마다 약왕성도회 신도들이 수두룩하다는 이야기.

헤어지기 전에야 엄마는 안경을 쓰고 있는 서상화의 얼굴을 마주 바라봤다. 서상화가 엄마와 함께 처음 안경을 맞춘 건 유치원도 들어가기 전이었다. 어릴 때부터 안경을 쓰게 했던 게 유일하게 가슴 아픈 일이라는 듯 엄마는 서상화의 안경인지 눈인지 모를 곳을 한참 봤다. 서상화는 그동안 왜 엄마 얼굴이 생각나지 않았는지 알 것 같았다. 너무 보고 싶은 사람은 오히려 얼굴이 안 떠오르는 순간이 있었다. 서상화는 엄마가 필요한 나이를 한참 지났지만, 그래서 엄마에 대한 요동치는 감정은 거의 남아 있지 않았지만 엄마가 보고 싶었던 어릴 적 순간들을 딛고 있는 것만으로도 가슴 한쪽이 아팠다.

그날 엄마와 헤어지고 서상화는 어라진을 한참 걸었다. 학교가 끝나면 친구들과 등대 끝까지 달리기 시합을 했었다. 삼각바위라고 부르던 테트라포드를 양옆에 끼고 방파제를 달리다보면 바다낚시를 하는 아저씨들이 뒤로 휙휙 지나갔다. 친구들이 잡기 놀이를 하다가 테트라포드로 뛰어올라가면 서상화는 방파제에 앉아서 아저씨들의 낚싯대를 구경했다. 서상화는 테트라포드 사이로 들리는 물소리가 무서웠다. 잡기 놀이가 길어질 것 같으면 친구들을 구슬려서 유리골 꼭대기로 올라갔다. 사형수들의 머리카락을 발견해보겠다고 유리골을 휘젓다보면 친구들이 하나둘 집으로 돌아갔다.

혼자 유리골 꼭대기에 서서 안경을 코끝까지 끌어내리면 눈앞의 풍경들이 흐려지면서 뭉뚱그려졌다. 그래도 서상화는 어디에 뭐가 있는지 다 알 수 있었다. 아빠가 일하고 있을 35광구는 저기, 그 옆에 솟은 건 폐토장, 저 산봉우리들 중에 제일 높은 게 두타산. 어라진 앞을 지나는 국도를 따라가면 맹방 가는 길이었다. 봄이 되면 척주 사람들은 벚꽃과 유채꽃이 피는 맹방길로 가서 다들 가족사진을 찍었다. 어스름이 내려와 바다 안쪽의 마을 불빛들이 켜지면 어디선가 카레 냄새가 올라왔다. 친구네 집에 놀러가 문을 열면 실내 한쪽에서 배어 나오던 냄새였다. 구멍이 숭숭한 옥수수 술빵의 시큼한 냄새가 아니라 불빛처럼 은은하고 따뜻하고 성기지 않게 퍼지는 냄새. 무언가가 그리워지는 냄새, 그래서 지극한 마음으로 누군가의 이름을 불러보고 싶게 만드는 냄새였다.

서상화는 유리골에서 내려오다 삼은사 가는 샛길을 타고 약사여래상한테 들르는 날이 많았다. 가는 길엔 돌탑에서 돌을 빼 주머니에 넣는 것도 잊지 않았다. 서상화는 약사여래상이 들고 있는 약함을 조준해 돌을 던졌다. 한 번도 적중한 적이 없어서 더 시간 가는 줄 모르고 던졌다. 팔에 힘이 빠지고 나서야 서상화는 돌담에 등을 기대앉아 운동회 때 하던 박 터뜨리기를 상상했다. 던지고 던져서 언젠가 저 약함을 맞히면, 그 안에서 색종이 조각이 쏟아져나오진 않을까. 주워먹으면 아픈 곳이 사라지는 반짝이 가루. 서상화는 색종이를 주워다 할머니한테도 주고 아빠한테도 주고 엄마한테도 주고 싶었다.

*

약왕성도회 회관에서 내려오는 동안 서상화와 방학수는 서로 말이 없었다. 모기 기피제를 뿌렸는데도 모기에 물렸다면서 방학수가 한번 투덜댔을 뿐이었다. 평소처럼 방역을 갔다 왔을 뿐인데 서상화는 먼 곳에 다녀온 것처럼 힘이 빠졌다.

약국 카운터에 앉아 꾸벅꾸벅 졸고 있자 양진성이 다가와 서상화의 어깨를 두드리며 옆에 앉았다. 여러 탕씩 일을 하는 걸 안 뒤 양진성은 서상화한테 더 조심스럽게, 끈기 있게 다가오며 공을 들였다. 발설하지 않을 거라고 생각해서인지 더이상 레시피 운운하며 떠보지도 않았다. 서상화는 전과 다름없이 행동했지만 양진성은 서상화의 눈에 물기가 있는 걸 알아보기라도 한 것 같았다.

"너 힘들게 사는 거 안다 상화야. 돈을 버는 덴 여러 방법이 있으니까…… 그냥 한번 천천히 생각해보라는 거야."

양진성이 그렇게 말하며 내민 것은 '사고 마약류 발생 보고서'였다. 마약류 의약품이 파손되거나 도난당했을 때 보건소에 제출하는 서류였다. 서상화는 보고서 서식에 있는 사고 마약류 품명, 사고 발생일, 처리 현황, 사고 발생 사유란과 그걸 접수받는 사람의 이름이 적힐 담당자 성명란을 내려다봤다.

며칠 전 의료 전용 택배차가 내려놓고 간 약품들을 정리하고 있을 때 양진성이 다가와 했던 얘기가 떠올랐다.

"상화야, 의료용 마약 분실 사고가 어디서 많이 나는 줄 아냐? 시내 약국 금고에서? 뭐 그것도 좋은 방법이지. 근데 제일 좋은 건 택배차에서야." 의약분업 예외지역인 시골 약국들은 마약류와 향정 약품 주문량이 시내 쪽 약국들보다 훨씬 많았다. "택배차가 산고개 굽이굽이를 넘을 때 분실이 엄청나게 일어나는 거지. 덜컹거리면서 도착해보면 파손돼 있는 거고."

서상화는 양진성이 왜 그 얘기를 했는지 알 것 같았다. 서상화는 보고서를 든 채 양진성의 얼굴을 쳐다봤다.

"약사님."

"그래."

"제가 이걸 할 거라고 생각하세요?"

의지와 다르게 목소리가 떨려 나왔다. 양진성이 묘한 눈빛으로 서상화를 쳐다봤다. 습하고 몽롱한 눈빛이었다. 가끔씩 그런 눈빛이 될 때마다 서상화는 도가니 속 조제품을 양진성이 스스로 소비하고 있을지도 모른다는 생각을 떨치려고 애써왔다.

"응, 상화야. 넌 하게 될 거야."

눈빛만큼이나 이상한 목소리로 양진성이 말했다. 서상화는 서류를 내려놓고 자리에서 일어섰다. 그러고는 그대로 약국을 걸어나왔다.

서상화는 빠른 걸음으로 척주의료원 사거리를 벗어나 눈앞에 보이는 편의점 의자에 앉았다. 다시 일어나 가로수 벤치에 가서 앉았다. 다시 일어나 버스정류장으로 갔다. 버스 몇 대를 그냥 보내고 서상화는 밝지 않은 골목을 골라 들어갔다. 휴대폰을 꺼내 메신저 프로그램을 열고 사람들 목록을 따라 내려갔다. 연락처만 갖고 있을 뿐 서상화는 그뒤로 엄마와 따로 연락하거나 만난 적이 없었다. 이제부터 척주에서 활동할 거란 말을 들었던 것 같지만 공익근무 요원으로 척주에 와 있는 동안 마주친 적은 없었다.

엄마의 프로필 사진은 서상화가 공익복을 입고 보건소 접수대에 서 있는 사진이었다. 보건소 SNS 페이지에 있는 사진을 캡처해 올린 것 같았다. 서상화는 '제 사진 지우세요'라고 메시지를 써 보냈다. 엄마를 다시 만난 그날 이후로 사 년 만에 처음 보내는 메시지였다. 곧이어 답이 왔다. '미안하다.'

서상화는 대로변으로 나왔다. 어디로 가야 할지 몰랐지만 그냥 어딘가로 걸었다. 대로변마다 약국들이 보였다. 현대약국, 하나약국, 늘푸른약국, 제일조은약국…… 길거리에 흔한 게 약국인데 서상화는 이 땅 어딘가에 작은 약국 하나 차리는 삶이 자신에게서 자꾸만 멀어지고 있는 것 같았다. 약사법상의 '약국 개설자'가 되는 것이, 약사신문 홈페이지에 뜨는 '약사 신용대출 십이억'의 자격을 갖추는 것이, 그전에 약대를 무사히 졸업하는 것이, ……나에게 가능할까.

서상화는 숨을 몰아쉬며 허공을 올려다봤다. 코끼리산의 방송수신탑이 보였다. 서상화는 방송수신탑을 보면서 무작정 걸어갔다. 얼굴보다 훨씬 큰 호박잎들이 연립 울타리를 타고 올라가 있었다. 산 쪽은 온통 컴컴했지만 어디쯤이 흙 절벽인지 알 수 있었다. 서상화는 코끼리 귀가 올려다보이는 연립 놀이터에 서서 송인화를 기다렸다.

철문이 닫힌 축협 창고를 지나 누군가 걸어왔다. 걸음걸이만 봐도 송인화라는 걸 알 수 있었다. 송인화는 가로등 옆에 서 있는 서상화한테로 곧장 걸어왔다. 약국에 있을 시간에 무슨 일이냐는 말 같은 건 묻지 않았다. 송인화는 서상화의 얼굴을 살피더니 그대로 서상화를 안았다. 서상화는 몸을 기대며 송인화의 어깨에 얼굴을 묻었다. 그러고는 울었다. 머리를 감싸는 송인화의 손이 따뜻해서 울었다. 오늘이 얼마나 이상한 하루였는지 다 말할 수 있을 것 같아서 울었다. 차들이 지나갔고 창문들이 열렸다가 다시 닫혔다. 어깨가 다 젖는데도 송인화는 더 울어도 된다는 듯 서상화의 머리에서 손을 떼지 않았다. 코끼리 귀에서 흙먼지가 날아올 때마다 서상화는 송인화의 등을 더 당겨 안았다.

*

시청 사회복지과에서 상담 대상자 명단이 내려오지 않는다고 했다. 송인화는 보건소장실에 들어가 있었다. 하반기 방문 복약 상담 일정에 자꾸 제동이 걸리는데도 이창규와 김순영은 어쩌겠냐는 듯한 태도였다.

무엇보다 보건소가 술렁이는 것은 이십 년 넘게 운영돼오던 은남

보건진료소를 시가 폐쇄하기로 했다는 얘기 때문이었다. 조직 개편과 운영상의 이유를 내걸었지만 은남보건진료소 소장이 강경한 반핵인이자 시장 소환 청구 서명자이기 때문이라는 걸 모르는 사람은 없었다. 매일같이 말도 안 되는 일이 벌어지고 있었다.

보건소장실에서 나온 송인화의 표정이 많이 좋지 않았다. 방문 복약 상담은 물론 하경희 소장에 대한 얘기도 자주 들어온 터라 서상화는 송인화에게 그 둘이 얼마나 중요한지 잘 알고 있었다.

서상화는 계단참 괘종시계 앞에 서서 계단을 내려오는 김순영을 올려다봤다. 서상화는 김순영 앞에 가서 섰다. 김순영이 서상화의 얼굴을 한 번 보더니 옆으로 갔다. 서상화는 다시 김순영 앞으로 가서 섰다.

"비켜라 상화야."

"……"

"비켜."

"그러지 마세요."

서상화는 숨을 참고 말했다.

"상화야 나는……"

김순영이 울컥하는 표정으로 서상화를 쳐다봤다.

"나는 인화랑 너를 정말, 내 동생처럼 생각했어. 근데 어떻게 우리 팀에서 쌍으로 서명이 나오니."

"그러지 마세요."

"인화 걔가 생각이 있니? 복약 사업 제대로 하고 싶으면 몸을 사릴 줄도 알아야지."

"그러지 마세요."

"정말 이렇게까지들 해야겠니?"

"……"

서상화는 말을 더 잇지 못한 채 어느 때보다도 낯선 느낌으로 김순영을 바라봤다. 그때 김순영의 휴대폰이 울렸다. 전화를 받는 표정이 좋지 않았다. 김순영이 통화하면서 하는 말을 듣다가 서상화는 서둘러 휴대폰을 열었다. 핵반투위 카페에 새 공지가 올라와 있었다.

주민소환투표 청구 서명부에 대한 선관위의 최종 심사 결과가 나와 있었다. 이의신청서가 만 건이 넘어 투표 발의가 불발될 것이라는 말이 돌던 중이었다. 서상화는 침을 삼키며 글을 읽어 내려갔다. 서명철회 관련 서류에 대한 보정 심사 결과 유효 서명인 수가 청구 요건 수를 넘어섰다는 내용이었다. 서상화는 주민소환투표가 발의되었다는 선관위의 발표문과 함께 글 하단에 공고된 10월 15일이라는 숫자를 믿을 수 없는 마음으로 쳐다봤다. 오병규를 막을 수 있는 날, 시장 소환 투표일이 잡힌 것이었다. 그날 오병규를 소환할 수만 있다면 많은 것들이 제자리로 돌아올 수 있었다.

서상화는 휴대폰을 들고 송인화한테로 뛰어올라갔다.

해변에 파라솔들이 빼곡했다. 알록달록한 수영복을 입은 아이들이 모래밭에 쪼그려앉아서 조개껍데기를 줍는 게 보였다. 노란색 튜브들이 쌓인 천막 너머로 바나나보트가 지나갔다. 해변가로 파도가 밀려올 때마다 사람들이 튜브와 함께 솟아올랐다.

척주에 사람들이 가장 많이 몰려오는 기간이었다. 해변 상가와 숙

박업소 방역을 다 돌고 서상화는 해변 쪽으로 걸어갔다. 이동보건소 천막 앞으로 보건소 사람들이 보였다. 송인화가 발이 까진 아이한테 후시딘을 발라주고 있었다.

"저도 발라주세요."

서상화는 송인화 앞으로 팔을 내밀었다. 송인화가 고개를 들었다. 그렇게 웃는 모습을 백만 년 만에 보는 것 같았다.

오후 다섯시가 넘어가는데도 바닷물에는 사람들이 많았다. 서상화는 송인화와 함께 해변을 따라 걸었다. 한 남자가 두세 살 정도 돼 보이는 아이를 안고 우우우우 소리치며 바닷물로 달려갔다. 파도가 무서운지 아이는 아빠한테 안겨 계속 울었다. 그래도 아빠는 아이 발에 바닷물을 꼭 적셔주고 싶은 것 같았다.

"빨리 가을이 됐으면 좋겠어요."

걸어갈 때마다 송인화의 맨팔이 서상화의 맨팔에 와닿았다 떨어졌다.

"10월 15일에 투표하고 우리 어디 놀러갈까?"

손을 잡을까, 망설이면서 서상화는 송인화의 얼굴을 봤다. 큰 파도를 탔는지 사람들의 환호소리가 들렸다.

"가을 되면 키스해도 돼요?"

"……"

"안을 때 등 말고 허리 감아도 돼요?"

송인화가 서상화의 손을 잡고는 다시 이동보건소 쪽으로 걸음을 돌렸다. 손만 잡았을 뿐인데도 서상화는 세포 하나하나가 다 서는 것 같았다. 이동보건소 천막 앞에서 사람들이 뛰어다니는 게 보였다. 서상화만 보면 장난을 치고 싶어서 못 견디는 공중보건의들이 서상화를 발견하고 달려왔다. 서상화는 도망쳤지만 결국 양팔을 잡힌 채 입수를 당했다.

바닷물로 던져지는 동시에 파도가 왔다. 서상화는 자기가 바다 수영을 얼마나 잘하는지 송인화에게 보여주겠다고 다짐하며 머리를 들어올렸다. 저만치 해변에서 송인화가 이쪽을 향해 손을 흔드는 게 보였다. 다시 파도가 왔다. 서상화는 본능적으로 안경을 잡으며 물위로 고개를 뺐다. 송인화가 웃으면서 어딘가로 걸어가고 있는 것처럼 보였다. 나 아직 여기 있다고 손을 흔들었지만 들리지 않는 것 같았다. 다시 잠겼다 솟구쳤을 때는 해변 어디에도 송인화의 모습이 보이지 않았다. 꿈인 걸까. 서상화는 남은 힘을 다해 해변 쪽으로 헤엄을 쳐 갔다. 파라솔도 튜브도 없었다. 파도를 타던 사람들도 보건소 사람들도, 해변에는 하나도 남아 있지 않았다.

서상화는 해변에 혼자 앉아서 어둑어둑해지는 하늘을 바라봤다. 가끔씩 찾아오던 꿈, 이 세상에 혼자만 남겨진 그 꿈 속으로 자신이 정말 들어온 건지도 모르겠다고 서상화는 생각했다. 무언가에 세게 부딪친 것처럼 어깨와 머리가 아팠다. 송인화의 이름을 불러봤지만 자신의 목소리는 메아리가 되어 돌아올 뿐이었다. 서상화는 바다에 있는데도 메아리가 들린다는 게 신기하다는 생각을 하다가 갑자기 참을 수 없는 오한이 밀려와 몸을 웅크렸다. 얼마나 지났을까. 하늘로 폭죽 하나가 솟아오르는 게 보였다. 곧이어 또하나가 긴 선을 그으며 올라갔다.

폭죽을 보면서 서상화는 몇 해 전 친구들과 한강에 놀러갔던 때를 떠올렸다. 여의도 불꽃축제 때였다. 밤하늘에서 연이어 터지는 불꽃은 서상화가 봤던 어떤 광경보다도 멋졌다. 머리 위에서 불꽃이 터질 때마다 심장도 같이 터지는 것 같았다. 계속 보고 있으니까 눈물이 날 것도 같았다. 서상화는 입구에서 집어온 행사 포스터를 펼쳤다. 거기에는 불꽃놀이를 주최하는 화약 제조회사의 로고가 박혀 있었다. 서상화는 불꽃이 뿜어져나오는 듯한 모양의 대문자 H를 손으로 쓸어보았다. 열한 살 서상화가 35광구 대기실에서 수없이 따라 그렸던 로고였다.

울지 않으려고 눈을 올려 떠도 꼭 한줄기는 흐르는 눈물이 있었다. 안경 코받침에 한참 숨어 있다가 콧방울을 타고 천천히 흘러내리는 눈물. 불꽃이 터지는 한강에 앉아 있자 35광구는 실재하지 않는 세상인 것만 같았다.

5장

폭설이 예보된 지난해 초, 이장 김씨는 집집을 돌며 눈 치우기 작업에 동참할 인원을 파악한다. 어떤 집은 식구들 명단을 다 적고 어떤 집은 둘, 어떤 집은 한 명을 적는다. 동진시멘트에서 제설 작업을 해주는 광산 주변 마을 이장 최씨는 눈 치울 팀 명단 대신 분진 청소팀 명단을 짠다. 며칠 뒤 시내 쪽 통장 박씨는 동네를 돌며 평창 동계올림픽 유치 기원 서명을 받는다.

그리고 또. 윤태진은 우체국 사거리를 내려다보며 속으로 중얼거렸다. 지난해 겨울 척주 사람들은 눈을 치우고 분진을 쓸고 평창에서 올림픽이 열리길 기원했다. 그리고.

"상화야, 너 내 모자 못 봤냐?"

방학수의 입에서 나온 '상화'라는 이름에 윤태진은 뒤를 돌아보았다. 가을로 접어들면서 방학수는 사무실로 자주 찾아왔다. 큰 소리로 인사를 하며 들어와 정수기에서 물을 한 잔 내려 마시고 이삼십 분 정도 소파에 앉아 있다 갔다. 김간사도 어느 순간부터는 방학수를 거들떠보지 않았다. 아무도 말을 걸지 않으면 방학수는 신문을 보면서 혼자 중얼거리다가 자신에게도 얘기할 대상이 있다는 걸 과시라도 하듯 누군가에게 전화를 걸었다.

"상화야, 독감 주사 같은 걸 챙겨 맞고 사는 사람들이 정말 그렇게 많냐?" "상화야, 요새 동진 부두에서 돔이 그렇게 잘 잡힌단다." "상화야, 너까지 나 생까면 안 된다." 통화는 대개 짧게 끝났다. 방학수는 윤태진이 서상화라는 이름에 반응하는 걸 눈치라도 챈 듯 통화할 때마다 윤태진을 흘끔거렸다. 방학수가 거슬리기 시작한 건 그때부터였다. 박성호가 침을 뱉고 싶은 부류라면 방학수는 후려치고 싶은 부류였다. 서열을 확실히 정해놓지 않으면 끊임없이 깐죽거리며 위벽을 긁어대는 부류.

에어컨을 틀지 않고는 십 분도 무언가에 집중하기 어려웠던 지난여름, 윤태진은 사거리 맞은편에서 서상화와 방학수가 걸어오는 걸 본 적이 있었다. 쇠꼬챙이가 튀어나온 바퀴 가방을 끌고 두 사람은 며칠 동안 물 한 잔 못 먹은 사람들처럼 보도를 걸었다. 촘촘하게 늘어선 건물들을 하나하나 다 도는지 한참 뒤에 창가로 다시 와도 둘은 몇십 미터 내에서 계속 맴돌고 있었다. 대로를 오가며 사거리를 지나가는 게 그들만은 아니었다. 청구 서명을 받는 수임인들이 지나갔고 복장과 분위기만 봐도 약왕성도회 거리 포교팀이라는 걸 알 수 있는 사람들이 지나갔다. 슬러그를 실은 대형 트럭, 점안액 광고 위로 '의약품 운반용 차량'이라고 써붙인 차도 심심찮게 볼 수 있었다. 그리고 이제 사거리를 가장 자주, 시끄럽게 오가는 것은 유세 차량이었다.

오병규 시장에 대한 주민소환투표가 발의된 바로 다음날, 정부는 신규 원전 건설 후보지였던 척주를 예정 구역으로 지정 고시했다. 중앙정부의 그 절묘한 발표 시기에 척주는 제대로 흔들리고 있었다. 우체국 사거리와 공원은 지금 척주에서 가장 날이 선 장소가 되었다. 사람들은 그곳에서 삭발을 하고 촛불을 들고 삼보일배를 시작하고 마이크 싸움과 몸싸움을 했다. 주민소환투표 운동본부 차량과 주민소환반대대책위 차량이 사거리에서 만나 서로한테 돌진하기도 했다. 10월 15일. 이제 양측은 그날의 투표율만을 향해 달려가고 있었다. 투표율이 33.3퍼센트가 넘지 않으면 투표함은 개표 없이 파기되고 오병규는 시장직에 복귀할 것이다. 한 달, 앞으로 한 달이었다.

사무국장이 들어오자 방학수는 이제야 대화 상대를 만났다는 듯 소파에 깊이 몸을 묻었다. 사이비 때려잡는 법을 만들어달라며 사무실에 찾아왔던 방학수는 그후로는 약왕성도회 얘기를 별로 꺼내지 않았다. 윤태진이 방학수의 통화 때문에 알게 된 건 서상화가 밤늦게 대리운전 일을 하고 있다는 것, 공공근로 기간이 끝나 방학수가 지금 일이 없다는 것이었다.

"이 사람들은 다 뭐하고 있나."

방학수가 소파 테이블 유리 밑에 깔린 사진을 보며 말했다.

"여기 댓재네 댓재. 여기서 보는 일출이 또 기가 막힌데."

방학수가 사람들 얼굴을 손가락으로 훑다가 한 사람 앞에서 멈췄다.

"이 사람은 표정이 왜 이러나."

사무국장이 사진으로 고개를 숙였다.

"아…… 자원팀 송차장."

"어디 보자. 여기서 죽은 사람은 이 사람 하나네."

사무국장이 허리를 세우고 방학수를 쳐다봤다.

"그걸 어떻게 알았어요?"

방학수도 고개를 들어 사무국장을 봤다.

"그냥 한번 해본 말인데 진짜가보네."

*

"징글징글하다, 저 반핵 분자들."

노인회장이 반대대책위 사람들과 함께 사무실 문을 열고 들어오며 말했다. 대한노인회 척주시 지회 회장인 그는 척주시 원전유치협의회 회장이자 척주시장 주민소환반대대책위 대표였다. 그는 보통 개목걸이라고 불리는 줄 넥타이를 셔츠 위에 항상 바짝 매고 다녔다. 윤태진은 조금 전 반대대책위 무리가 '원자로에 머리를 처박고 죽어라'라는 욕을 먹는 걸 내려다보고 있던 터였다. '에너지 넘치는 시장이랑 우라늄 한 숟갈씩 처드시라'는 말도 단골 욕이었다. 평소에도 사이가 좋지 않던 마을 주민이 찬핵 반핵으로 갈린 경우는 감정싸움이 갈 데까지 갈 때가 많았다. 죽으라거나 망하라거나 빌어먹으라는 저주와 함께 밤길 조심하라는 말이 매일 날아다녔다. 그중에서도 상대를 가장 흥분시키는 건 '자손만만대 병신으로 태어나라'라는 말이었다. 핵발전소 들여온 것들은 자손만만대 병신으로 태어나라. 공원과 사거리에서 올라오는 소리 중에 유일하게 윤태진을 자극하는 소리이기도 했다.

노인회장과 함께 들어온 척주초등학교 운영위원회 회장이 윤태진을 보자마자 국회의사당 견학 일정이 어떻게 되었느냐고 물었다. 애들 중간고사 전에 일정을 끼워넣어달라고 지난주부터 재촉을 하고 있었다. 윤태진은 의원회관에 전화해 일정을 확인하고 최한수가 몇 번에 걸쳐 오병규 소환 반대 유세를 할 것인지를 노인회장에게 보고하고 나서야 그들한테서 풀려날 수 있었다. 그러고 나면 지역 사무실에서 사람들한테 시달리고 있다는 것에 다시 한번 신물이 올라왔다.

지난여름 주민소환투표 청구 서명이 시작되자마자 윤태진은 서울로 차를 몰았다. 오병규 소환 운동에 불을 붙인 원전 유치 찬성 서명부의 복사본이라도 먼저 손에 넣어야 했다. 정부와 한수원은 주민소환 투표일 전에 찬성 서명부를 내놓을 리 없었고 척주는 지금 한 치 앞을 알 수 없는 상황이었다. 서명부를 찾아 칼자루를 손에 쥐고 싶어하는 세력이 한둘 이상은 될 것이었다. 가장 먼저 그 키를 쥐자는 데에 최한수와 사무국장도 적극 동의를 한 터였다. 윤태진은 바로 국회사무처로 가 지난해의 접수대장 목록을 훑어내려갔다. '척주시 원자력발전소 유치를 위한 건의문'이라는 이름으로 접수된 문서가 있었다. 유치 찬성 서명부 열두 권이 첨부됐다고 분명하게 표기돼 있었다.

"저희가 찾아보고 연락드릴게요."

분위기로 보아 서명부를 찾으러 국회사무처로 온 건 윤태진이 처음인 듯했다. 하지만 곧 야당 쪽 지식경제위 보좌진들도 움직일 것이었다. 한참 뒤 사무처 직원이 다른 접수대장 하나를 내밀었다. 척주에서 올라온 유치 건의문과 첨부 서명부는 국회의장이 다시 국회 지경위 위원장한테 보낸 걸로 되어 있었다.

윤태진은 빠른 걸음으로 회관 계단을 걸어올라가면서 지경위원장과 최한수의 관계도를 머릿속에서 불러냈다. 윤태진은 최한수한테 전화를 넣고 지경위 사무실로 갔다. 꿈적꿈적 움직이던 공무원들은 지경위원장에게 전화를 받고 나서야 허둥대며 문서 창고를 뒤지기 시작했다. 하지만 퇴근시간이 지나도록 그들은 서명부를 찾지 못했다. 일부러 시간을 끌고 있는 건지, 아니면 어디 처박아뒀는지 기억하지 못할 만큼 그들에겐 사소한 명부인 건지 알 수 없었다.

"제가 직접 찾겠습니다."

윤태진은 더 기다리지 못하고 직접 문서 창고 안으로 들어섰다. 그 안에는 채 끌러보지도 않은 숱한 탄원서와 민원서들이 회의 문건과 뒤섞인 채 아무렇게나 쌓여 있었다. 무너질 것 같은 뭉치들을 옆으로 옮겨놓자 박스와 파일함들이 앞을 막았다. 가장 아래쪽 박스를 잡아당기자 문서 더미가 발 위로 쏟아져내렸다. 그렇게 몇 겹을 더 뚫고 난 뒤였다. 안쪽 구석으로 보따리 두 개가 보였다. 황금색 보자기에 싸인 뭉치를 보자 저거구나 하는 생각이 들었다. 윤태진은 다가가 보따리를 풀었다. 한 보따리에 여섯 권씩 총 열두 권이었다. 그 안에 척주 사람들의 이름이 빼곡하게 적혀 있었다. 윤태진은 그중 한 권을 집어서 펼쳤다. 누가 봐도 한 사람의 필체였다. 윤태진은 다른 한 권을 펼쳤다. 주소도 생년월일도 없어 누군지 확인할 수 없는 이름들이 아래로 길게 적혀 있었다. 윤태진은 또다른 서명부를 펼쳤다. 서명란에 서명이 없었다. 한 사람이 속도를 내서 친 것으로 보이는 동그라미만이 서명란을 채우고 있었다.

척주 사람 96.9퍼센트의 이름이 적혔다는 서명부 뭉치 앞에 윤태진은 잠시 그대로 앉아 있었다. 허무할 정도로 엉터리로 작성된 서명부였다. 정부가 척주를 원전 건설 후보지로 선정하면서 주민 수용성의 근거로 삼은 그 서명부에서는 조작을 위한 어떤 고심도 치밀함도 느껴지지 않았다.

주머니를 흔들며 휴대폰이 진동했다. 윤태진은 휴대폰에 뜬 최한수라는 이름을 한참 내려다봤다. "다음달에 척주 가면 윤비서관, 둘이서 술 한잔 합시다." 며칠 전의 통화에서 최한수는 그렇게 말했다. 윤태진이 최한수한테 듣고 싶은 건 척주에서 보자는 말이 아니었다. 최한수는 짜증날 정도로 윤태진을 한결같이 대하고 있었다.

휴대폰은 오래 울리다 멈췄다. 윤태진은 서명부를 다시 접어 보자기 위에 올렸다. 매듭을 묶는데 보자기에 새겨진 문구가 눈에 들어왔다. '제18회 영금제.' 그 아래로 '세계적인 해양 동굴 도시 척주'라는 글자가 보였다. '동굴 도시'는 오병규가 에너지를 내세우기 전, 지난 이십 년 동안 척주를 가장 많이 수식하던 말이었다. 석탄산업합리화 조치로 탄광들이 문을 닫으면서 도시가 급격히 기울어가자, 관광 수입으로 그 자리를 메우기 위해 석회동굴들이 본격적으로 개발되던 때였다. 고품위의 석회석이 엄청나게 매장돼 있다는 말과 함께 동진시멘트에서 한창 35광구를 개발하던 때이기도 했다. 곧 20회 영금제가 열리겠구나 생각하고 있을 때 다시 휴대폰이 울렸다. 장명수였다. 윤태진은 휴대폰이 적당히 울린 시점에 전화를 받았다. 장명수와 통화를 끝내고는 서명부 보따리 앞에 그대로 앉아 보자기의 문구를 한참 쳐다봤다.

그날 윤태진은 보따리 하나는 그대로 두고 나머지 하나만을 든 채 지경위 사무실을 나왔다. 최한수와 사무국장에게 보따리가 두 개였다는 말은 하지 않았다.

*

동진시멘트 정문 부근 갓길에 차들이 빼곡하게 주차돼 있었다. 날이 어둑해지자 시멘트 공장 건물은 뒤편의 산능선과 함께 그 실루엣이 선명히 드러났다. 공장 정문은 차단기가 내려진 철길 건널목 너머에 있었다. 최한수는 동진시멘트 정문으로 바로 오기로 되어 있었다. 단풍객들 때문에 도로가 막혀 늦어지는 듯했다.

동진시멘트는 매해 추석을 전후해 음악회를 열었다. 공장 안 대숲 앞에 특설무대를 만들고 서울에서 유명 가수들을 불렀다. 하나 있던 극장이 없어진 뒤로 척주에는 문화생활을 할 만한 곳이 없었다. 날이 선선해지고 추석이 다가오고 동진시멘트에서 음악회를 여는 날이 되면 사람들은 가족 단위로 나들이를 나왔다.

'멈춤'이라고 쓰인 철길 신호등 옆에서 담배를 피우며 윤태진은 최한수가 도착하길 기다렸다. 아이를 안고 부모님을 모시고 온 사람들이 하나둘 건널목을 건너 정문 안으로 들어가는 게 보였다. 올해에는 가을음악회라는 이름 대신 '시민과 함께하는 음악회'라는 이름이 붙어 있었다. 윤태진은 신호등에 기대서서 노조 현수막이 어지럽게 걸린 정문 주변과 삼삼오오 안으로 들어가는 사람들, 정문 밖에 굳은 표정으로 선 사람들을 훑었다. 경비실 앞 자바라문이 경계선인 듯했다. 동진시멘트 해고자들이 정문 밖에 일렬로 서서 피켓을 들고 있었다. 지금 척주 시민 중에 시멘트 공장 정문 안으로 들어갈 수 없는 사람은 그들뿐이었다. 업무방해금지 가처분이 떨어져 있어 자바라문 안쪽으로 발을 넣는 순간 수십만원의 벌금이 부과될 터였다.

윤태진은 그들이 노동부에서 위장도급 판정을 받아내고 막 해고가 되었을 때 얼마나 존재감이 뚜렷했는지 기억하고 있었다. 팔십여 명의 사람들이 시청과 우체국 앞 계단을 꽉 채운 채 선전전을 하고 다른 지부들과 같이 결의대회를 하며 척주 거리를 활보했다. 척주에서 그때까지 단 한 번도 없던 일이었다. 빨간 머리띠를 하고 빨간 깃발을 든다고 사람들한테 욕을 먹었지만 그들의 표정엔 거침이 없었다.

그뒤의 수순은 예상을 빗나가지 않았다. 동진의 대외협력부장이 구사대를 이끌고 나오고 기동대 수대에 척주경찰서 정보과 형사과 수사과가 다 동원됐다. 대형 계단을 채우고 서 있던 그들은 하나둘씩, 그리고 수십 명씩 떨어져나가면서 지금은 자바라문 밖에 일렬로 선 저 인원만이 남았다. 얼굴엔 예의 그 당당함 대신 몰릴 때까지 몰린 막다른 분노가 서려 있었다. 동진시멘트는 십육억 손배소와 가압류로 조합원 수십 명이 떨어져나가자 남은 사람들을 대상으로 손배소 금액을 오십이억으로 올리고 이차 가압류를 건 상태였다. 노동부 판정을 이행하지 않는 대가는 이행강제금 몇억뿐이었으므로 동진시멘트는 꿈쩍하지 않았다. 지방노동위와 중앙노동위로부터 부당해고와 부당노동행위 판정 또한 나왔지만 동진시멘트는 그런 판정을 한 노동위를 상대로 행정소송을 건 상태였다.

척주 사람들은 길에서 해고자들을 마주치는 것을 좋아하지 않았다. 사람들은 탈핵을 외치는 핵반투위에는 박수를 쳐도 직접 고용을 외치는 해고자들한테는 망설임 없이 손가락질과 훈계를 했다. 핵반투위

집회에 나와 촛불을 든 사람들조차 순수한 탈핵 활동이 정치적으로 비칠 수 있다는 이유로 해고자들 집회가 앞뒤로 배치되는 걸 꺼렸다. 목소리 좀 낮춰달라, 차 좀 빨리 빼고 이동해달라. 선일빌딩에서 그 상황들을 내려다보고 있으면 윤태진은 어느 순간 머릿속이 깨질 것처럼 차가워졌다. 척주 것들은 어쩔 수 없다는 생각, 인간들이 지긋지긋하다는 생각이 지나가고 나면 몸에서 투명한 독이 뻗쳐나가는 느낌이 왔다.

윤태진은 손가락으로 담뱃재를 떨어내며 시간을 확인했다. 정문 앞이 시끌시끌해진 걸 보니 공장장이든 사장이든 동진시멘트 관계자 차가 들어가는 듯했다. 해고자들 몇이 차로 달려들자 차가 멈추면서 안에서 남자 두엇이 나왔다. 몸싸움과 큰 소리가 한참 오가는 동안 차는 안으로 들어갔다. 가로막던 남자들도 들어가고 해고자들은 다시 정문 밖에 남았다. 손녀 손을 잡고 정문 쪽으로 가던 노인이 차로 달려들던 해고자 한 명의 팔을 잡았다.

"야야, 너 우리 용철이랑 같은 반이었던 준식이 아니니."

노인한테 팔이 잡힌 남자가 머뭇머뭇하다가 인사를 했다.

"너 우리집 놀러와서 토끼 밥 주고, 기억나나."

노인이 남자를 붙들고 계속 팔을 쓸어내렸다.

"야야, 세상에…… 너 그리 순하던 게, 이리 소리를 지르고 악을 쓰고, 어찌 이리 됐나, 야야……"

가족들과 정문 안으로 들어가면서도 노인은 발길이 안 떨어지는 듯 계속 뒤를 돌아보았다. 노인이 가고 나자 남자가 고개를 들어 윤태진을 쳐다봤다. 철길 건너편이었지만 남자는 분명 윤태진을 보고 있었다. 곧 최한수가 도착했고, 윤태진은 자바라문을 지나 안으로 들어갔다.

음악회 관람석 앞줄에는 경찰서장과 사단장이 이미 도착해 앉아 있었다. 윤태진은 동진 임원진들과 여러 관변단체의 척주시 지회 회장들 사이에서 재빠르게 최한수의 자리를 찾아 두리번거렸다. 귀빈석 자리 배치는 예상대로 오병규가 중심이었다. 윤태진은 최한수를 마음속 깊이 무시했지만 행사장에서 최한수의 의전이 엉망이면 자신이 대우받지 못한 것처럼 기분이 좋지 않았다.

자원봉사자로 나온 동진시멘트 사원아파트 부인회 사람들이 한곳으로 달려갔다. 오병규가 도착한 듯했다. 양아들들의 호위 속에 입장한 오병규는 직무 정지 상태인 게 맞나 싶을 정도로 당당한 모습이었다. 오병규를 서슴없이 '시장 아버지'라고 부르는 박성호 패거리도 마찬가지였다. 그들은 한때 술집 웨이터나 동네 양아치였지만 지금은 척주시가 주식을 갖고 있는 공기업의 사외이사이거나 시 발주 공사를 독식하는 건설회사 대표였고 동진의 계열사 골프장 상무이기도 했다.

'척주, 동진의 시작이자 미래.'

공장 외벽 한 면을 덮은 대형 현수막이 보였다. 그 앞에 놓인 의자로 사람들이 속속 들어찼다. 동진시멘트의 시작이 척주라는 말은 척주 사람들의 자부심의 원천이었다. 척주에서 석회석 캐가서 그룹을 일군 저 대기업이 척주를 잊지 않고 있다는 안도. 동진이 척주에 있는 한 우리가 굶어 죽지는 않을 거라는 믿음. 동진의 미래가 척주라는 말은 35광구 자리에 들어선다는 화력발전소 수주를 동진이 했기 때문일 것이었다. 윤태진은 귀빈석에서 빠져나오며 특설무대 위를 장식하고 있는 현수막을 올려다봤다. '종합에너지 기업 동진.' 오병규가 내건 슬로건 '에너지 거점 도시 척주'와 제대로 조응하는 말이었다.

"이 주민소환 정국에 동진에서 이렇게 판을 깔아주니 오병규는 든든하겠어."

사무국장이 옆에 와서 섰다.

"야…… 여기 규피아들 다 모였네. 하긴 국책사업 아니면 이 시골 바닥에 그런 돈을 어디서 끌어오겠나. 어디 보자, 아드님들 다 오셨나? 이번에 시청 앞에다 하는 전선 지중화 공사는 셋째 아드님이 드셨다던데. 머리 희끗한 국과장들이 새파란 양아들들 앞에서 고개도 못 든다니, 얼마나 잘 알아서 내리눌러줬겠어."

무대에서 음악소리가 울리기 시작하자 객석에서 박수와 함성이 터져나왔다. 빽빽하게 배치된 간이의자를 다 채우고도 그 뒤로 사람들이 몇 줄을 더 서 있었다.

"동진 놈들, 분진이다 뭐다 불만 터져나올 만하면 집집마다 음료수 돌리고, 시청에다 뭐 멕이고. 동네잔치다 행사다 있으면 스폰해주고. 척주 사람치고 동진에서 시멘트 한 포 안 받아본 사람이 없으니. 근데 올해는 불청객 없나? 작년 음악회 때 말이야, 어떤 골골대는 노인네가 오병규한테 걸어가서 걸쭉한 걸 뱉고 갔잖아. 그 노인네가 올봄에 막걸리 먹고 죽은 거 알아?"

사무국장이 계속 지껄였지만 윤태진의 머릿속엔 아까부터 다른 것이 들어와 있었다. 윤태진은 저만치에 솟아 있는 고온의 시멘트 소성로를 올려다봤다. 뜨거웠었는데. 뜨거웠었다는 기억과 함께 어제 오늘 들은 두 이름이 따라왔다. 자원팀 송차장. 준식이. 두 이름을 입에서 굴리다가 윤태진은 정문 앞에 있던 준식이라는 남자와 중학생 때 하루 어울린 적이 있었다는 걸 기억해냈다.

반 친구가 오더니 목욕을 가자고 했다. 시멘트 공장 안에 목욕탕이 있는데 일요일 아침에는 사람이 없다는 것이었다. 아빠가 동진맨이라 공장 구석구석을 잘 알고 있는 친구였다. 공장 앞으로 가니 다른 친구 하나가 더 나와 있었다. 그애가 준식이었다. 셋은 공장 안으로 들어가 목욕을 했다. 동네 목욕탕보다 물이 훨씬 뜨끈뜨끈했다. 시멘트 굽는 가마 옆이라 물이 뜨거운가보다고 누군가가 키득거렸다. 친구가 비밀 얘기를 하듯 몸을 숙이며 말했던 것도 기억났다. "저 가마에 별별 게 다 들어가는 거 아냐? 너네 알면 기절할걸?"

셋은 목욕탕에서 나와 본관 건물 뒤쪽의 낮은 동산으로 올라갔다. 그룹 창립자의 묘라는 산소 앞에 서자 척주 기차역과 번개시장이 내려다보였다. 역에서 나온 시멘트 화차가 정문 앞 철길을 지나 코끼리산 쪽 터널로 가는 것이 보였다. 슬슬 배가 고팠다. 친구가 광산 쪽에 새로 생긴 건물이 있는데 거기 식당 밥이 맛있다고 했다. 말 한 번 안 해봤는데 얼결에 목욕까지 같이 하게 된 준식과 함께 윤태진은 친구를 따라 광산 쪽 마을로 들어섰다. 광산에서 공장까지 석회석 원석을 실어나르는 컨베이어 벨트가 마을을 가로지르며 이어져 있었다. "나 이쪽은 처음 와봐." 준식이 말했다. 윤태진도 광산 쪽 마을은 처음이었다. 움밭리라는 광산 밑 마을을 한참 걸어가자 산밑으로 이층짜리 건물이 하나 나타났다. 친구가 말했다. "저기야, 자원팀."

새로 지어진 자원팀 건물은 중학생인 윤태진의 눈에도 어딘지 모르게 특이했다. 멀리서 볼 때는 일반 콘크리트 건물 같았는데 앞에 가서 보니 벽이 묘하게 번들거린다는 느낌을 주었다. 맞은편 산이 되비치는 창문 위쪽으로는 특이한 문양이 건물을 휘감듯 이어져 있었다. 일반 사무실 건물이라고 하기에는 뭔가 다른 분위기가 건물 전체를 감싸고 있었지만 새 건물이어서 그런가보다 생각했다.

지금 윤태진의 신경을 빼앗고 있는 것은 동진시멘트 음악회 자리에서 갑자기 살아난, 자원팀 건물을 처음 봤을 때의 그 이상한 느낌이었다. 뭘까, 이건. 윤태진은 자리를 빠져나와 소성로를 올려다보며 정문 쪽으로 걸어갔다. 준식과는 그뒤로 특별히 다시 어울린 적이 없었다. 준식에 대해 윤태진이 그날 알게 된 건 준식이 자신과 마찬가지로 도계에서 태어났다는 것뿐이었다. 70년대생인 윤태진 또래가 도계에서 태어났다는 건 아버지가 광부였다는 뜻이었다. 어쩌면 그때 윤태진은 도계 출신이라는 공통점만으로 준식과 격의 없이 목욕을 할 수 있었는지도 몰랐다.

윤태진은 자바라문을 지나 경비실 앞으로 갔다. 해고자들은 보이지 않았다. 방문자 출입 안내문 옆에는 고시문 하나가 세워져 있었다. 윤태진은 공장 대숲을 훑고 가는 조명을 등지고 서서 고시문을 읽었다.

채권자: 동진시멘트 주식회사.

채무자: 민주노총 강원영동지역노동조합, 홍철구, 이진수, 서경철, 양태문, 박규남, 김익상, 고동연, 김창훈, 유동균, 오현준, 김준식, 이정효, 박제연, 김상욱.

집행관: 춘천지방법원 강릉지원 황규일.

*

"소환이 되겠냐 어떻겠냐."

사무국장이 들어오면서 물었다.

주민소환투표에 참여하겠다는 사람이 70퍼센트라는 여론조사 결과가 발표된 뒤 사무국장은 그 물음을 입에 달고 살았다. 주민소환에 반대하는 사람은 사실상 투표를 하지 않을 것이므로 투표율이 곧 소환 여부를 판가름했다. 오병규가 긴장할 만한 여론조사 결과였다.

"김간사야, 니 생각은 어떠냐. 소환이 되겠냐 안 되겠냐."

김간사가 사무국장과 윤태진이 앉아 있는 소파로 걸어와 앉았다.

"사무국장님, 소환이 될지 안 될지는 제가 잘 모르겠고요."

"응."

"내일 비 올 확률이 96.9퍼센트랍니다."

사무국장이 김간사한테 소파 쿠션을 던지고는 윤태진에게 물었다.

"태진아, 두타산악회 가을 산행 10월 15일로 확정했냐?"

"네."

사무국장이 착잡한 표정으로 윤태진을 봤다. 척주의 웬만한 단체와 조직은 지금 '오병규를 지키자'에 동원되고 있었다. 사무국장은 최한수의 지역 조직이 이러다 모두 오병규한테 붙을 경우를 걱정하고 있었다. 주민소환이 부결되면 오병규가 그동안 한 짓은 면죄부를 얻게 될 것이다. 자신을 도운 조직들과 함께 더 강한 정치 기반을 만든 오병규가 국회의원 선거에 나서면 최한수는 오병규를 이길 수 없었다. 오병규는 중앙정부의 에너지 정책을 앞장서서 시행하다 고난에 처한 사람이었고 최한수가 총선 경선에서 이길 수 있게 판을 짠 사람이었다. 시 예산으로 단체에 보조금을 주는 것도 오병규였고 척주에 사시사철 머물면서 매일 선거운동을 하는 거나 다름없는 것도 오병규였다. 최한수는 오병규를 돕지 않을 수도 없는 처지였지만 도우면 도울수록 스스로 위태로워지는 처지이기도 했다.

간밤에 사무국장은 술을 먹고 들어와 태진아, 태진아, 하며 윤태진을 불렀다.

"태진아, 솔직히 나는 니 속을 잘 모르겠다."

사무국장은 자신을 불안하게 하는 또하나가 윤태진이라는 걸 털어놓는 중이었다.

"그래, 너 정도면, 솔직히 마음만 먹으면 웬만한 제약회사 대관 담당직은 골라서 갈 수 있을 거고. 우리 같은 별정직이야 어차피 파리목숨 아니냐. 정 답답하면 말해라. 나한테 다 말해."

사무국장은 윤태진한테 접근해오는 집단이 있는지 대놓고 묻는 대신 그렇게 말했다. 제약회사라고 말하긴 했지만 대관 업무가 긴급한 다른 기업, 이를테면 동진시멘트 같은 곳과의 접촉을 염두에 둔 말인 듯도 했다.

사무국장이 화이트보드에 적힌 일정표를 들여다보며 "10월 15일이라, 10월 15일……" 중얼거렸다.

"다들 추석 잘 보내고. 차례상 앞에서 반핵 찬핵 갈려 싸우는 어르신들 보면 좀 말리고."

사무국장이 점퍼를 집어들고 일어섰다. 김간사가 문 앞까지 따라나가 손을 흔들었다.

"사무국장님, 추석 잘 보내세요. 올 추석에 보름달 뜰 확률 96.9퍼센트랍니다!"

윤태진은 집으로 가는 대신 봉황모텔 뒤의 포차로 갔다. 술기운이 조금만 올라도 송인화 생각이 났기 때문에 윤태진은 술을 잘 먹지 않았다. 하지만 곧 명절이었고 왠지 하루 정도는 송인화 생각을 해도 될 것 같았다. 포차에는 사람이 별로 없었다. 윤태진은 모텔 후문이 보이는 테이블에 앉아서 이른 저녁부터 조금씩 술을 마셨다.

댓재에서 송인화에게 이창규 사진을 건네고 윤태진은 곧바로 후회했다. 다시 생각해도 바보 같은 짓이었다. 직장 상사의 차가 모텔 주차장에서 나오는 사진을 가지고 뭘 어쩐단 말인가. 어쩌면 윤태진은 송인화가 같이 욕을 해주길 바랐는지도 몰랐다. 이창규 옆에 타고 있던 여자는 송인화가 알고 있는 보건소 직원일 수도 있었다. 송인화는 자신 덕분에 둘의 불륜 사실을 알게 된다. 송인화는 말한다. 둘이 그런 사이였어? 더럽네.

윤태진은 혼자 차례 음식을 준비하고 있을 어머니를 떠올렸다. 윤태진은 일 년에 두 번 명절이 다가올 때마다 어머니 옆에 송인화의 모습을 세워보곤 했다. 나는 어차피 못된 아들이니까, 엄마 싫어하는 아들이니까, 송인화가 명절마다 웃으면서 어머니 옆을 지켜주면, 그러면 자신도 조금은 평범한 아들이 될 수 있을 것 같았다.

하장에 있는 폐교에서 송인화를 만났을 때 윤태진이 새삼 확인한 건 송인화에 대한 감정이 그대로라는 것이었다. 여전히 송인화를 안고 싶었고, 토할 것 같다는 송인화의 그 말이 여전히 심장을 헤집었다.

송인화와 헤어지고 얼마 뒤 윤태진은 송인화가 일하는 시립병원에 찾아갔던 적이 있었다. 멀리에서 그냥 한 번만 보고 오자는 마음이었다. 은평구 산꼭대기에 있는 병원 오르막길로 죽단화가 노랗게 피어 있던 봄이었다. 본관 건물 앞에 서니 저만치로 북한산 자락이 보였다. 병원 풍경은 국감 준비를 하려고 들렀던 몇 년 전과 다르지 않았다. '더 높은 공공의료의 길'이라는 비석 문구도, 조제실 앞에 놓인 보라색 대기 의자도 다 그대로였다. 약 교부 장소라고 쓰인 조제실 창문 안쪽으로 송인화가 움직이는 것이 얼핏얼핏 비쳤다. 흰 가운을 입고 컴퓨터 앞과 조제실을 오가는 송인화는 바빠 보였다. 좀 쉬어야 하는 게 아닐까, 송인화를 보면서 윤태진은 생각했다. 유산을 해도 출산했을 때처럼 몸을 돌봐야 한다는 말을 들었던 것도 떠올랐다. 한참 뒤 조제실을 나온 송인화가 서류 하나를 들고 계단을 올라갔다. 바지 아래로 삼선 실내화가 보였다. 그날을 생각하면 윤태진은 노란 공처럼 피어 있던 죽단화와 함께 그 실내화가 떠올랐다.

윤태진은 남은 술을 마저 마시면서 포차 창밖을 보았다. 하지 못한 말들이 많았지만 그 말들은 송인화가 지척에 서 있을 때조차 전할 방법이 없을 것 같았다.

포차에서 나온 뒤 윤태진은 어머니가 혼자 살고 있는 집으로 걸어갔다. 척주에 다시 내려온 뒤에도 윤태진은 특별한 날이 아니면 어머니를 찾지 않았다. 젊은 시절의 어머니를 떠올리면 다른 남자와 있다 와서 죽은 남편의 제사상을 차리던 모습이 가장 먼저 생각났다. 그보다 더 젊은 시절의 어머니 모습은 탄광 사택의 공동 우물가에서 실신할 듯 울던 모습이었다.

어머니와 둘이 아버지 제사상 앞에 있어야 할 때마다 윤태진은 자신이 일곱 살까지 살았던 마을, 도계라는 그 검은 마을에서 놓여나는 것이 가능할까 생각했다. 집도 땅도 강도 모두 흑백으로 기억되는 곳이었다. 급조된 사택 판잣집 하수구에서 나온 오물이 강으로 바로 흘러갔고 그래서 아이들은 도계를 가로지르는 오십천을 똥천이라고 불렀다. 그 강에 들어가 놀다가 엄마한테 들키면 등짝을 맞으면서 목욕을 당해야 했다. 발을 딛는 모든 곳이 검은 그곳에서 윤태진은 친구들과 탄차 바퀴의 베어링으로 쇠구슬 치기를 하면서 놀았다.

놀다보면 갑자기 땅이 흔들리는 때가 있었다. 그러면 엄마들이 아이들 손을 붙잡고 허겁지겁 탄광 사무실로 달려갔다. 여자들은 제발 남편 이름이 없기를 바라면서 사고자 명단을 읽어 내려갔고 달려온 여자들 중 몇은 예외 없이 그 자리에 주저앉았다. 그러면 아이들은 영문도 모른 채로 엄마가 우니까 따라 울었다.

그건 아버지가 죽던 날의 어머니와 윤태진의 모습이기도 했다. 윤태진은 자신의 손을 잡고 뛰던 어머니의 손에 자꾸 힘이 들어가던 것까지 모두 기억하고 있었다. 아버지 제사상 앞에서 말이 끊기면 어머니는 한 번씩 그때 얘기를 했다. 어머니는 그때 지금의 윤태진보다 세 살이 어린 서른넷이었다. "울다 울다 넋을 놓고 앉아 있는데, 그 어린 게 옆에 와서는…… 내 얼굴을 이렇게 들여다보는 거야. 그러더니 엄마 괜찮아? 묻더라. 내가 그래서 살았다."

윤태진이 한창 따뜻함을 필요로 할 때 어머니는 한 번도 그런 식의 얘길 한 적이 없었다. 윤태진은 자신이 그런 면이 있는 아이였다는 걸 이제 와 굳이 상기하고 싶지 않았다. 윤태진을 붙잡고 있는 것은 아버지가 갇혀 있었던 갱, 숨이 막혀 쥐어뜯은 탓에 목의 살점이 거의 남지 않은 채로 발견되었다는 아버지의 시신뿐이었다.

*

파도가 잔잔했다. 바다와 하늘 색깔이 구분이 안 되는 걸 보니 가을 한복판으로 들어선 듯했다. 약사여래상 앞의 대형 기도단으로 사람들이 하나둘 모여들었다. 삼은사에서 약사재일 법회가 있는 날이었다. 최한수는 주지스님 방에 들어가 있었고 오병규는 아직 도착 전이었다. 최한수의 부친은 오랫동안 삼은사 신도회장을 지낸 사람이었다. 그래서인지 척주에서 최한수가 오병규보다 유일하게 더 대접받는 곳이 삼은사였다.

윤태진은 약사여래상 앞에서 염주를 돌리거나 절을 하는 사람들을 보다가 약사전 쪽으로 걸어갔다. 삼은사는 불교 주류 종단으로부터 통속적이고 기복적이라는 말을 듣는 작은 종단의 사찰이었다. 하지만 본찰인데다 기도처로 유명해 신도 규모는 여느 대형 사찰 못지않았다. 약사전에서 기도소리가 울리기 시작하면 어라진에 너울성 파도가 인다는 말이 있을 정도였다.

윤태진이 골탕에 빠졌을 때 어머니는 좋다는 약과 기도처를 숱하게 찾아다녔다. 나중에는 굿을 하자면서 집으로 무당을 불렀다. 무당은 윤태진을 보더니 말했다. "조상이 발목을 잡고 있네. 공을 들여야 돼."

윤태진은 어머니한테 다시는 무당을 부르지 않겠다는 약속을 받아내는 조건으로 딱 한 번 약사전 기도법회에 간 적이 있었다. 안으로 들어가자 약사전은 생각했던 것보다 훨씬 컸다. 약사여래상을 내다볼 수 있게 한쪽이 유리로 된 법당은 기둥 하나 없이 통으로 트여 있었다. 못해도 만 명은 돼 보이는 사람들이 그 안에 빽빽하게 앉아서 하나의 명호만을 외우고 있었다.

나무소재연수약사南無消災延壽藥師. 나무소재연수약사. 나무소재연수약사. 나무소재연수약사……

만여 명의 목소리가 합쳐진 주력기도 소리는 법당을 바닥부터 흔들면서 사람들을 하나의 통로로 이끄는 듯했다. 아직 고등학생이던 윤태진은 약사전 한쪽에 굳은 얼굴로 서서 주력기도의 물결 속으로 몸을 던진 사람들을 바라보았다. 단체로 미친다는 게 저런 거구나 하는 생각이 먼저 들었고, 삼십 분 정도 그 속에 있자 기도를 하고 병이 나았다는 말이 어떤 의미인지 이해할 수 있을 것 같다는 생각이 들었다.

최한수는 윤태진이 삼은사 기도 얘기 하는 걸 좋아했다. 어라항 어판장이나 삼은사로 이동할 때 조금 과장을 섞어 그 기도가 얼마나 웅장했었는지를 말하면 윤태진이 척주 사람이라는 걸 새삼 실감한 듯 이런저런 얘기를 늘어놓았다. 이날은 종정이 종단 세우던 때의 얘기가 나왔다.

때는 척주의 석회동굴들이 알려지기 전인 1960년대, 동굴에 터를 잡고 도를 닦던 두 도반이 있었다. 둘은 밤낮없이 불경을 읽었는데 그 중 한 사람이 어느 여름밤 『법화경』을 읽다가 문리가 트였다. 둘은 굴피를 주워다 유리골 옆에 암자 하나를 짓고 문교부에 종단 등록을 했다. 그게 삼은사의 시작이라는 얘기였다. 도통을 한 쪽은 종정이 되고 깨달음은 못 얻었지만 다른 재주가 있던 쪽은 총무원장이 되어 행정

일을 맡았다.

"그래서, 그래서 어떻게 됐는데."

조수석에 앉아 있던 사무국장이 뒤를 돌아 최한수를 보았다.

"세가 커지니까 둘 사이에 싸움이 일어난 거지. 그때는 종단이 정말 위기였어. 종정스님이 여차해서 총무원장한테 해코지라도 당했어 봐. 삼은사도 지금쯤 사이비 손아귀에 들어가 있는 거지."

싸움에서 밀려 분파돼 나간 쪽은 총무원장이었다. 그는 자기 사람들과 신도들 일부를 데리고 나가서 새로운 종교 집단을 만든 뒤 수단과 방법을 가리지 않고 신도들을 끌어모았다. 끊임없이 삼은사를 의식하고 삼은사에 침투하며 척주의 지하에서 맴돌아왔다는 게 최한수의 설명이었다.

"와, 몰랐네. 종단 초대 총무원장이 나가서 약왕성도회 회주가 됐다는 거잖아."

"그래서 약왕성도회에서 『법화경』「약왕품」을 그렇게 내거는 거야. 정통성 인정받고 싶어서. 그러면 뭐하나. 하는 짓이 사이빈데. 거기 신도들이 다 스테로이드 중독이라는 얘기가 괜히 나온 말이 아니야."

최한수의 휴대폰이 울려 얘기는 잠시 끊겼다.

"태진아, 한수 형 긁으면 재미있는 얘기 더 나올 것 같지 않냐?"

최한수가 통화를 끝내자 사무국장이 다시 몸을 뒤로 돌렸다.

"35광구 개발될 때 그 회주가 산 안 팔겠다고 그렇게 난리였다면서. 동굴에서 신도들이랑 별별 짓 다 했다는 얘기가 파다했는데. 그건 뭐 아는 거 없어?"

사무국장이 묻자 최한수가 "나 삼은사 신도야" 하며 창문을 내렸다. 윤태진은 유리골 방향으로 우회전을 하면서 백미러로 최한수의 얼굴을 훑었다. 부친이 종정과 인연이 깊은 정통 삼은사파였다. 최한수는 약왕성도회가 공을 들인다고 해서 넘어갈 사람이 아니었다.

장명수가 자신의 정체를 밝혔을 때 윤태진은 약왕성도회가 종교정당 등록을 염두에 둔 게 아닐까 생각했었다. 현역 의원인 최한수가 지금 당에서 탈당해 자신들의 정당으로 온다면 그들은 금세 원내 의원이 있는 정당이 될 수 있었고 그만큼 존재감을 드러낼 수 있었다. 하지만 정체를 밝히던 그날 장명수는 자신들의 목적이 최한수한테 있지 않다는 것을 분명히 했다. 누구처럼 에두르거나 질질 끌며 희망고문을 하지 않는 깔끔한 태도였다.

주지스님 방 쪽에서 최한수의 웃음소리가 새어나왔다. 윤태진은 약사전으로 좀더 가까이 걸어갔다. 바닷바람을 맞고 있는 약사전은 기도 준비로 분주했다. 윤태진은 몇 발자국 물러서서 약사전을 다시 바라보았다. 일반적인 절 법당과는 분위기가 많이 다른, 기능적으로 지어졌다는 인상을 주는 건물이었다. 뭐라고 콕 집어서 말하긴 힘들지만 단청도 창살도 묘하게 어긋나 있는 느낌이었다. 윤태진이 찝찝한 기분으로 약사전을 한 바퀴 돌았을 때 오병규와 박성호가 도착했다.

오병규는 며칠 전 동진시멘트 음악회에서 봤을 때와는 전혀 다른 모습이었다. 양복 대신 똥색 점퍼를 걸치고 있었는데 경로당에서 밤새 화투를 치다 나온 노인네 행색이었다.

인근 마을 사람들이 그새 더 올라왔는지 삼은사에는 생각보다 많은 사람들이 모여 있었다. 윤태진이 써준 원고대로 최한수가 먼저 찬조연설을 했다. 개가 돈을 물고 다닐 정도로 석탄 경기가 좋았던 인구 삼십만 시절의 척주 모습에서 시작해 시장 임기는 지켜줘야 하지 않겠냐는 것으로 마무리되는 원고였다. 이어서 오병규가 올라갔다.

서론이 길게 이어졌다. 때마다 삼은사에 등을 달고 있으며 어머니와 누님이 다 삼은사 신도이고 자신은 젊은 시절을 척주에 다 바쳤다는 얘기였다. 시멘트 공장의 분진 때문에 척주 사람들한테 늘 죄짓는 마음이었다는 얘기도 나왔다. 석탄은 검은 에너지, 석회석은 회색 에너지이지만 원자력은 가장 깨끗하고 안전한 녹색 에너지라는 말이 이어졌다. 그 얘기 끝에 오병규가 말했다.

"우리도 이제 폐병에서 벗어나야 하지 않겠습니까?"

노인들이 격하게 고개를 끄덕였다.

"원자력발전소가 유치되면요, 척주에 이십사조원을 끌어올 수 있습니다. 다른 지자체들이 우리 척주를 얼마나 부러워하는 줄 아십니까? 원전이 세워지면 우리 아들딸들, 타지 나가서 고생 안 하고 다 척주에서 일자리 구할 수 있습니다."

바닷바람 때문인지 몇 가닥 안 남은 오병규의 머리카락이 자꾸 들썩였다.

"이런 중요한 일을, 이게 못살자고 하는 일입니까? 다 잘살아보자고 하는 일 아닙니까. 제가 도둑질을 했습니까, 아니면 사람을 죽였습니까. 하다가 조금 그, 절차에, 잘못이 있으면 용서를 해주는 쪽으로 자비를 베풀어야지, 마음에 안 든다고 바로 모가지를 치겠다는 게, 이게."

오병규가 물을 한 잔 마셨다. 얼굴만 보면 자식한테 밥도 못 얻어먹는 불쌍한 늙은이 같았다.

"저도 사람입니다. 저렇게 숱한 사람들이 하루종일 저놈 나쁜 놈이다, 시장 내몰아라, 마이크 잡고 온 동네를 돌아다니는데, 지금 제가 그, 심정이 어떻겠습니까. 요새 제가 잠을 못 잡니다. 입안이 다 헐었어요. 사람을 이렇게 힘들게 하는 게, 코너로 몰아붙이고 이러는 게, 이게 나쁜 짓이라고 생각하는 분은 박수 한번 쳐주십시오."

법회에 모인 노인들이 다 같이 박수를 쳤다. 박수 소리에 힘을 얻은 듯 오병규의 목소리가 높아졌다.

"투표하러 안 가신다는 분! 박수 한번 크게 쳐주십시오."

아까보다 더 큰 박수가 터져나왔다. 재난과 병고를 소멸시켜달라는 기도를 하러 온 사람들이 핵과 시멘트를 등에 인 오병규를 향해 박수를 치고 있는 형국이었다. 오병규는 자신과 비슷한 또래의 노인들이 있는 곳을 돌며 몸을 구십 도로 굽혀 인사했다.

"감사합니다! 열심히 하겠습니다!"

오병규가 손을 내밀자 노인들이 힘내시라며 오병규의 손을 마주잡았다. 오병규는 척주에서 두 번의 선거를 치렀지만 요즘처럼 열심히 유세를 한 적이 없었다. 직무 정지 직후부터 오병규는 하루도 빠지지 않고 척주 곳곳을 돌고 있었다. 충혼탑에서 참배를 하는 모습도 종종 눈에 띄었다.

윤태진은 갑자기 몸에서 피로감이 올라와 입구로 걸어나갔다.

"근덕이…… 거기가 투표소가 다섯 군데야. 그래, 거기…… 영수 형님 조가 낫지."

기와 접수처 옆에서 박성호가 통화를 하는 게 보였다.

"……응, 시내 쪽 투표소? ……새마을금고 이층, 금강프라자 일층, 어라초등학교 슬기관. ……교동?"

박성호가 통화를 하다가 윤태진을 보고는 손짓을 했다. 얘기가 잘 안 풀리는지 미간에 힘이 잔뜩 들어가 있었다. 윤태진은 인사를 씹고는 일주문 쪽으로 걸어갔다. 그동안 시 발주 공사에서 박성호가 해먹은 돈은 얼마일까. 우체국 사거리 공원의 인공 폭포는 박성호가 설계 변경을 주도해 탄생한 시설이었다. 오병규가 소환되면 박성호는 최소이 년은 살다 나올 것이다. 투표 방해 작전을 위해 미간을 찡그리고 있을 만했다.

윤태진은 마이크 소리가 웅웅대는 경내를 벗어나 유리골 축대를 따라 걸어갔다. 담배를 꺼내다 요즘 너무 자주 피운다는 생각이 들어 윤태진은 잠시 그대로 서 있었다. 무리를 하면 안 됐다. 피곤해도 안 되고 스트레스를 받아도 안 되고 약 먹는 걸 걸러도 안 됐다. 골탕에 빠진 이후로 윤태진은 단 한순간도 몸에서 자유로워져본 적이 없었다. 지병이 없는 사람들은 알지 못했다. 몸이 아픈 사람들이 하는 생각은 하나였다. '안 아팠으면 좋겠다.'

해가 지면서 어라항 방파제 쪽에서 피노을이 몰려왔다. 저무는 빛 속에 서서 윤태진은 자신의 등에 붙어 있는 두 덩어리의 암흑에 대해 생각했다. 다시는 그 검은 굴 속에 갇히지도, 그 검은 웅덩이 속에 빠지지도 않으려고 여기까지 달려왔다. 윤태진은 붉은빛을 받고 있는 약사여래상을 돌아봤다. 인간을 가장 손쉽게 무너뜨릴 수 있는 것도 약이었고 순간적으로 구원할 수 있는 것도 약이었다. 척주 땅에서 시멘트보다 강하고 시멘트보다 독한 것. 완치 가능성 없는 인간들의 비명을 길들일 가장 강력한 진통제.

윤태진은 장명수한테 걸려오는 전화를 받으며 유리골을 걸어나왔다.

*

"움직이기 시작했다면서요."

여름내 피서객들이 휘몰아치고 간 가을 해변은 스산했다. 파라솔이 접혀 있는 탁자들을 창문 너머로 내다보다 윤태진은 최한수의 잔에 술을 따랐다.

"핵반투위 사무실을 들락거린다던데……"

최한수와 총선 경선에서 붙었던 김 얘기인 듯했다. 후쿠시마 사고 뒤로 공공연히 반핵을 주장하고 다니다 오병규의 작전에 의해 경선에서 패한 사람이었다. 오병규의 소환 투표일이 잡히자 반핵 단체에 얼굴을 내밀면서 시장 보궐선거를 위한 작업에 들어갔다는 얘기가 돌았다.

김 얘기를 꺼내면서 최한수는 소주를 네 잔째 마시고 있었다. 윤태진은 최한수한테 받은 술을 입에 대지 않은 채 불콰해지는 최한수의 얼굴을 쳐다봤다. 지금 척주 사람들이 최한수의 이름을 거론하며 하는 얘기는 한 가지였다.

'최한수는 어느 동네 국회의원인가.'

미적지근하다는 이유로 최한수는 찬반 양쪽으로부터 다 욕을 먹고 있었다. 새로 선출된 당 원내대표한테 줄이 없어 후반기 상임위를 어디로 배정받을지도 불확실했다.

"윤비서관, 나는 재선이 안 돼도 좋습니다."

되고 싶어도 되기 힘들 텐데. 윤태진은 접시에 와사비를 덜어 최한수 앞에 놓았다.

"그런데 김이 시장이 되는 건 못 보겠어요."

저 자격지심을 어떻게 하면 좋을까.

"윤비서관, 그거 압니까? 김이 고등학교 때 패싸움을 크게 한 적이 있어요. 경찰 조사도 받았습니다."

윤태진은 식어가는 도루묵찜을 내려다보면서 최한수의 말을 들었다. 학력 위조가 좋을까, 성범죄가 좋을까. 최한수는 윤태진이 머리를 써주길 바라고 있었다. 초선으로 끝날 자신을 위해서, 마치 오병규의 발밑을 박성호가 청소하고 다니듯이, 최한수는 자신이 말만 하면 당연히 윤태진이 움직일 거라고 생각했다. 윤태진은 치미는 짜증을 목구멍으로 밀어넣은 채 최한수의 얼굴을 봤다. 감히 나를, 윤태진은 생각했다. 중고등학교 내내 척주에서 톱을 달린 나를, 당신과는 태생 자체가 다른 의원들이 탐을 냈던 나를, 서른을 갓 넘긴 때부터 닳고 닳은 고위 공무원들을 상대했던 나를, 당신은 박성호급으로 써먹으려고 하고 있다. 윤태진은 첫잔 그대로 남아 있는 술을 바라보다 고개를 들었다.

"의원님, 이십 년 전에 저한테 악담을 한 무당이 한 명 있습니다."

며칠 전 동진시멘트는 윤태진한테 직접 접촉을 해왔다. 지방세법 개정안 얘기가 나왔다. 지역자원시설세에 시멘트세가 추가되는 내용인 그 법안을 동진시멘트는 어떻게든 막으려 하고 있었다. 어느 단계를 잡으면 법이 질질 끌리다 폐기되는지 그 메커니즘을 윤태진은 누구보다 잘 알고 있었다. 법안소위에서 의견을 물어오면 의원들이 다시 정책 보좌진한테 의견을 묻는다는 걸 기업들은 알고 움직였다.

"척주에 다시 와서 보니 그 무당이 정월대보름제에서 작두를 타고 있더군요. 시 행사에 무속인 대표로도 나오고 잘나가는구나 생각했습니다."

약왕성도회가 윤태진한테 속내를 밝힌 건 동진시멘트보다 한참 앞선 지난여름이었다. 표면적인 얘기는 민물초 천연물 신약의 허가 문제였다. 예외 조항을 넣어 허가 과정을 조금 흔들어주는 것. 의약품 허가 단계에서 흔히 있는 일이었다.

윤태진은 테이블 위에 나란히 놓인 젓가락을 손가락으로 훑어내렸다.

"그 무당이 여름에 주민소환 청구 서명을 하고 시 행사에서 짤렸답니다. 독이 올라 그런지 그뒤로 못 맞히는 신점이 없다고 하더군요."

동진시멘트. 약왕성도회. 윤태진은 젓가락 두 개를 훑다가 그중 하나를 집어들었다.

"그 무당이 김씨 사진을 보고 이렇게 말했답니다. '관운이 없네.' 그러니까 의원님, 너무 걱정하지 마십시오."

최한수가 웃을지 말지 망설이는 표정으로 윤태진을 보다가 애매하게 미소를 지었다. 윤태진은 카운터로 걸어가 계산을 했다.

*

척주의 해안길에 서 있는 휴게소. 척주에 온 관광버스가 들렀다 가는 산속의 박물관. 해변 옆의 오래된 리조트. 의료원을 보고 있는 동굴탐험관.

숱하게 지나다니면서도 그 건물들에 숨어 있는 공통점을 알아채지 못했다. 동진시멘트 자원팀 건물에서 시작해 삼은사 약사전으로 이어졌던 그 이상한 느낌이 약왕성도회 회관 앞에 서자 하나로 꿰어졌다. 소름이 돋았다.

기이한 광택이 서린 벽체. 건물 바깥을 두른 화강암 난간의 독특한 테두리. 언뜻 보면 창살문 같지만 다시 보면 정체가 불분명한, 벽체 상단에 띠를 두르듯 새겨넣은 문양. 신경써서 들여다보지 않으면 보이지 않지만 보면 볼수록 사람들 뇌리에 이상한 느낌으로 스며드는 특징들이었다. 그들은 영역 표시를 하듯 척주 곳곳의 건물에 그들만의 양식을 풀어놓은 것이었다. 번드르르하고 조악하고 대놓고 B급이라 오히려 비밀스러워 보이게.

왜 몰랐을까. 윤태진은 머릿속에서 엉키는 생각들을 가라앉히며 회관 입구로 들어섰다. 검은색 생활한복을 입고 머리에 쪽을 찐 여자가 윤태진을 위층으로 안내했다. 복도와 계단참에는 대형 액자들이 걸려 있었다. 소망의 탑 일출 사진, 약사여래상 사진, 새천년도로 사진, 영금굴 사진. 큰 식당에도 있고 시의회 복도에도 있는 척주 홍보용 사진들이었다. 그 옆으로 장명수의 집에서도 본 듯한 붉은 밭 사진이 걸려 있었다. 지형이 어느 한 곳을 향해 알 듯 모를 듯 기울어 있는 밭이었다. 척주에서 흔히 볼 수 있는 밭 풍경인데도 이상하게 시선을 붙들어 윤태진은 계단을 올라가며 사진을 한번 더 돌아봤다.

안내받은 방 안에는 장명수와 함께 윤태진 또래의 남자가 한 명 있었다.

"양진성이라고 합니다."

장명수가 척주의료원 앞 중앙약국 약사라는 설명을 덧붙였다. 테이블에는 약왕성도회와 함께 천연물 신약을 개발해왔다는 한 제약회사의 홍보 리플릿이 놓여 있었다. 차를 한 잔 마신 뒤 윤태진은 장명수를 따라 두 층 위의 어느 방으로 올라갔다.

문이 열리자 쓴 풀을 끓이는 듯한 향이 진하게 배어 나왔다. 그 방에 누군가가 앉아 윤태진을 기다리고 있었다. 진분홍색 카디건을 걸친 노인은 아들 친구라도 본 듯 윤태진한테 어서 와 앉으라고 손짓을 했다.

"이게 야관문찬데 몸에 그렇게 좋아. 자, 잡숴봐."

잡숴봐, 라는 말과 함께 노인의 시선이 윤태진의 눈으로 고정됐다.

"영금굴 올라가는 길가에 보면 가게들이 죽 있잖아. 감자떡도 팔고 술빵도 팔고. 개똥쑥에 도토리 가루에 곤드레에."

윤태진의 눈동자에서 시선을 풀지 않은 채로 노인이 말했다.

"거기 두번째 집에서 파는 야관문이 진짜야. 영금굴 놀러온다는 친구 있으면 꼭 말해줘."

말해줘, 라는 말과 함께 노인이 윤태진한테서 시선을 거뒀다. 그러고는 혼자 고개를 끄덕끄덕했다. 뭔가 기습을 당한 느낌이었다. 겉으로 봐서는 잘 꾸미고 놀기 좋아하는, 어느 동네에나 한둘 있는 평범한 할머니 모습 이상이 아니었다. 윤태진은 지금 자신이 독대하고 있는 여자의 실체가 실감되지 않아 잠시 숨을 멈추었다.

회주를 처단하고 이십 년 동안 약왕성도회의 실권을 잡아온 여자. 동진시멘트에서 받아온 산 임대료를 불려 각종 사업과 포교를 해온 여자. 몸이 아픈 신도들을 약으로 길들여온 여자. 오랜 시간 얽혀온 오병규를 쳐내고 새로운 권력 파트너를 세우려는 여자.

안금자가 다시 윤태진의 눈을 훑다가 던지듯 말했다.

"아픈 사람들은 시간이 없어."

"……"

"그렇지?"

윤태진은 숨을 천천히 내쉬며 야관문차로 손을 가져갔다.

몇 미터 허공 위에서 지진이 일어나는 듯했다. 광산에서 공장으로, 공장에서 다시 항으로 이어지는 컨베이어 벨트 아래에 서서 윤태진은 시간을 확인했다. 저쪽의 어라항 방파제 불빛이 다른 세상의 것처럼 희미하게 흩어졌다. 동진 부두에는 불빛이 없었다. 덤프에 폐타이어를 싣고 있는 로더에서만 간혹 빛이 번쩍이다 사라질 뿐이었다. 해무가 끼는 날은 그마저도 보이지 않을 듯했다.

부두 한쪽에 산처럼 쌓여 있던 폐타이어 조각들이 로더의 작업으로 조금씩 허물어져갔다. 일본 선박이 쏟아놓고 간 폐타이어와 석탄재는 덤프에 실려 35광구 야적장으로 올라갈 것이다. 그리고 석회석과 섞여 시멘트로 변신하고 나면 다시 항으로 내려올 것이다.

어라항 뒤편에 배경처럼 펼쳐진 동진 부두에 서서 윤태진은 몇 시간째 검은 바다를 바라보았다. 로더가 물건을 옮기며 규칙적으로 움직일 때마다 촉감이 연상되는 냄새가 건너왔다. 끈끈하다고밖에는 할 수 없는 고무 녹는 듯한 냄새. 밤바다가 출렁대는 소리를 들으면서 윤태진은 눈을 감았다. 언젠가 꼭 한 번, 윤태진은 이런 어둠 속에 혼자

들어갔던 적이 있었다. 이런 냄새. 이런 끈적임.

언제부터였을까.

윤태진은 눈을 감은 채로 척주에서 일어났던 일들을 되짚어올라갔다. 동진시멘트와 약왕성도회가 서로의 존재를 의식하기 시작한 때. 그게 언제든 그때부터 시작된 일이 윤태진의 눈앞에서 지금도 계속되고 있었다.

윤태진은 입회 절차라고 생각하라던 안금자의 말을 떠올렸다. 공모든 의기투합이든 동행이든 서로를 붙잡아둘 수 있는 어떤 절차가 필요하다는 걸 윤태진도 알고 있었다. 윤태진은 지금 그 첫 관문 앞에 있었다.

일반인들은 접근할 일이 없는, 특정 기업 동진만의 장소였다. 오직 시멘트를 위한 선적과 하역 작업만이 이루어지는 곳. 윤태진은 어둠에 묻혀 있는 동진 부두 방파제를 살폈다. 양옆으로 테트라포드만 가파르게 쌓여 있을 뿐 라이터 불빛조차 보이지 않았다. 낚시꾼들도 모두 어라항 방파제 쪽으로 넘어가 있었다. 윤태진은 컨베이어 벨트 너머로 컴컴하게 펼쳐진 하늘을 바라봤다. 충분히 어두웠다.

"이야…… 쥐새끼 같은 놈들."

방학수가 옆에 와서 섰다.

"한 몇 년 대놓고 낮에 작업하더니 일본에서 핵 터지니까 다시 밤에 하는 거 봐."

"10월 15일에 바쁘십니까?"

윤태진은 방학수를 쳐다보지 않은 채 바로 본론을 꺼냈다. 윤태진의 얘기를 듣고 난 방학수가 팔짱을 풀었다.

"덕구 온천이라. 난 또 이런 데서 보자길래 뭐 신선한 거라도 나오나 했지. 어떻게 온천을 못 벗어나나. 그래서, 몇 번을 실어나르면 돼요?"

윤태진은 방학수한테 봉고 키를 건넸다.

"마지막 픽업 장소는 여깁니다."

"여기요?"

"동진 부두. 10월 15일 저녁 일곱시."

6장

"자꾸 울면 저 아저씨가 이놈 한다."

팔소매를 걷은 아이가 옆에 서 있는 서상화와 눈앞의 주삿바늘을 번갈아 보며 울먹울먹했다. 서상화가 그럴 뜻이 전혀 없다는 듯 억울하다는 표정으로 아이한테 고개를 저었다. 그러나 접종실로 불려온 서상화의 임무는 또래보다 덩치가 큰 그 아이를 꼼짝 못하게 붙드는 것이었다. 서상화가 팔과 어깨를 잡자 아이가 몸을 비틀며 울기 시작했다. 곧이어 서상화의 비명이 터져나왔다.

송인화는 예진표를 받으며 다시 접종실 안을 들여다봤다. 아이가 발버둥을 치면서 서상화의 허벅지를 연이어 두 번, 발로 걷어차는 게 보였다. 서상화가 절뚝거리며 접종실을 걸어나와 송인화한테로 몸을 숙였다.

"아…… 완전 아파요."

오후 세시 전인데도 접수 대기표는 칠백 번대를 넘어서 있었다. 테이블 밑으로 소독솜과 구겨진 번호표들이 차였고 소아놀이실에서 튀어나온 고무공과 노인들이 흘리고 간 교육 이수 카드가 로비 여기저기에 굴러다녔다. 접수대에서 설명을 듣던 노인이 갑자기 보건소장 나오라고 소리를 치자 아이 하나가 정수기 앞에서 얼음을 밟고 미끄러지며 울음을 터뜨렸다. 주사 맞으러 와서야 얼굴을 본다며 서로 인사하는 사람들, 소매만 걷어도 되는데 꼭 웃통을 까는 남자들, 마스크를 쓴 채 로비 소파에 반쯤 누운 사람들…… 그 사이로 순번 외치는 소리가 이어졌다.

일 년 중 사람들이 가장 많이 몰리는, 보건소의 비상 시기인 독감 예방접종 철이었다. 예방의약계는 일층 로비로 내려와 접종 지원 업무를 하는 중이었다.

송인화는 노인들이 예진표 쓰는 것을 돕다가 허리를 펴고 출입구를 바라보았다. 문이 열릴 때마다 여름 습기를 다 덜어낸 가을빛이 보건소 안으로 쏟아져들어왔다. 도톰한 니트를 입고 움직여도 이제는 덥다는 느낌이 들지 않았다. 아침에 출근을 할 때면 노랗게 물들기 시작한 은행나무들을 사선으로 그으며 해가 비쳐드는 게 보였다. 송인화는 햇빛이 만든 선 앞에서 잠깐씩 서 있는 날이 많아졌다. 송인화는 이제껏 은행잎이 어떻게 물드는지 눈여겨본 적이 없었다. 그래서 테두리에만 노란 띠가 둘러진 은행잎을 봤을 때 문득 신기하다는 생각이 들었다. 송인화는 은행잎을 집어들며 생각했다. 상화한테 보여줘야지.

접종 대기 줄은 보건소가 문을 열기 전부터 이어졌다. 서상화는 번호표를 뽑는 데 서툰 노인들을 대신해 입구에서 표를 나눠줬다. 노인들을 예진표 작성 테이블로 안내하고 접종실 문 앞에 의자를 깔았다. 노인들이 짚고 온 보행 보조기를 정리하다가 갑자기 긴 다리로 간이 펜스를 훠훠 타넘어와 송인화 앞에 쿠키를 올려놓고 가기도 했다. 화장실 갈 틈도, 물 한 잔 마실 틈도 없었지만 송인화는 피곤하지 않았다. 로비에서 북적이는 수백 명을 뚫고 서상화와 눈이 마주칠 때마다 몸속에서 무언가가 부풀어올랐다.

"핵발전소가 폭탄이냐, 터지게. 튼튼하게 짓겠다잖아."
"핵발전소가 아파트냐, 튼튼하게 짓게."

사람이 한둘만 모여도 모두 주민소환 얘기를 하는 때였다. 주사를 맞으러 보건소에 온 사람들도 마찬가지였다. 대기시간이 길어질수록 로비 여기저기에서 언성이 높아지는 일이 잦아졌다. 한쪽에서 매향노 새끼라는 고함이 건너가면 다른 한쪽에서 빨갱이 새끼라는 삿대질이 돌아왔다. 독감 예방접종의 북새통에 정치 싸움까지 벌어지면서 보건소 직원들은 하루하루가 긴장의 연속이었다.

송인화는 접종 자원봉사자들과 보건소 직원들, 로비에 들어찬 마을 사람들을 둘러보며 저들 중에 녹음기를 숨기고 있는 사람이 몇일까 생각했다. 주민소환투표 발의와 함께 주민소환 운동본부측과 반대대책위측은 서로 채증팀을 가동하고 있었다. 녹음할 준비를 하고 있는 사람들의 귀를 붙드는 건 매향노니 빨갱이니 하는 고함소리가 아니었다. 어느 읍장이 동네 사람들한테 밥을 사며 무슨 얘기를 했는지, 핵반투위 누가 누구랑 술을 먹으면서 어떤 말이 오갔는지, 혹시라도 그런 소리가 흘러나오지 않을까 귀를 세우고 있을 터였다.

송인화는 휴대폰을 넣어둔 주머니 속에 손을 넣었다. 송인화 또한 음성메모 기능을 위젯으로 설정해놓은 지 오래였다. 어떤 식으로든 입장을 밝힌 사람들은 이제 이쪽 아니면 저쪽이었다. 척주 사람들한테 이번 투표는 일반 선거 때와는 실감 자체가 달랐다. 오병규는 서명부 열람 기간 동안 손에 넣은 주민소환 청구 서명자들의 명단을 쥐고 있었다. 오병규가 소환되지 않으면 송인화도 불이익을 피해가기 어려울 것이다. 여름의 청구 서명 과정을 거치면서 오병규의 실체를 한번 겪은 사람들은 이번 투표로 죽느냐 사느냐가 갈릴 거라는 말이 과장이 아니라는 걸 알았다. 10월 15일 저녁 여덟시가 되면 누가 죽고 누가 사는지가 판가름날 것이다.

"그때 진짜 살벌했지."

점심시간이 끝나고 한 무리의 노인들이 들어왔다.

"우리 아들이 지금 마흔넷인데 그때 군대 제대하고 서울에서 막 회사 다닐 때였잖아. 동해바다로 공비 쳐들어왔다고 예비군들 소집령이 내렸는데, 이놈이 무섭다고 서울에서 꼼짝을 안 하는 거야. 나중에 공비 소탕되고 벌금을 팔십만원을 냈잖아."

"우리 아들은 저기 여상 앞에서 보초 섰어. 그때가 추석 지나고 딱 이맘때였잖아. 동네 살던 애들이 다 실탄 들고 골목골목을 지켰으니까. 그땐 무서워서 다들 집밖에도 못 나갔지. 지금 생각해도 오금이 저려."

며칠 전부터 보건소 로비에 나타나 어슬렁거리던 남자가 공비 얘기를 하는 노인들 뒤에서 슬그머니 일어났다. 그러고는 구석에 앉아 계속 기침을 하고 있는 한 노인한테 다가갔다.

"우리 아랫집 사는 진수 있잖아. 그놈이 특전사 출신이라고 그때 예비군 소대장을 했어. 지가 실탄 수령해서, 탄알 장전해서, 예비군 애들한테 직접 나눠주고 동막사거리에 보초를 죽 세웠잖아. 그때 그 놈이 공비 잘 막았다고 척주시장한테 표창장도 받았어. 그런 놈이 어쩌다 빨간 물이 들어서 노조 수석이니 뭐니…… 공비가 척주 뒷산 휘젓고 다닌 게 새천년도로 세워지기 몇 년 전밖에 안 돼요. 지금도 호시탐탐인데 찬성이다 반대다 갈려서 뭐하는 짓들인지."

송인화는 기침을 하는 노인과 노인한테 다가간 남자를 시야에서 놓칠 것 같아 자리에서 일어섰다. 독감 접종 철이 시작되며 사람이 몰리면서부터였다. 서너 명의 남자가 번갈아가며 나타나 하루종일 보건소 로비를 맴돌았다. 남자가 기침하는 노인과 함께 밖으로 나가는 걸 보고 송인화는 휴대폰을 꺼냈다. 그때 술에 취한 듯한 노인이 공비 얘기를 하는 노인 무리로 다가갔다.

"진수 그 뻔뻔한 놈이…… 내가, 우리 아들을 동진 원청에 넣으려고 장뇌 판 돈을, 몇 년을 쎄빠지게 모은 돈 이천만원을 쥐여주고도 일 년을 더 기다렸어. 그러고서 우리 아들을 원청에 넣었는데, 아무것도 없는 놈들이, 꽁으로 정규직을 먹겠다고 지금."

웅성거리던 로비가 어느 순간 조용해지며 술 취한 노인한테로 시선이 쏠렸다.

"일단 들어가서 일하다보면 차차 정규직 시켜준다잖아. 다시 들어간 사람들은 뭐, 배알이 없어서 들어갔나? 배가 불러서 저러고들 다니지 아주."

성큼성큼 걸어가 노인의 팔을 잡은 것은 서상화였다.

"할아버지, 술 드시고는 주사 못 맞으세요. 가서 술 깨고 다시 오세요."

서상화가 노인을 출입구 쪽으로 부축해 갔다.

노인이 가고 나서도 서상화는 한참 동안 보건소로 돌아오지 않았다.

*

보건소 후문 쪽 주차장에 세워진 구급차 뒤편이었다. 로비를 맴돌던 남자들이 기침하는 노인들과 일대일로 나가 얘기를 하는 곳이었다. 주택가가 시작되는 구급차 건너편에는 그 자리에서 사십 년 넘게 운영해왔다는 약국이 있었다. 보건소에서 처방전을 받은 사람들이 제일 많이 들르는 약국이었다.

송인화는 남자들을 지켜본 지 일주일 만에 그중 한 명의 말을 녹음하는 데 성공했다. 짐작대로 그들은 노인들에게 진폐 등급을 하루라도 빨리 받을 수 있게 도와주겠다는 말을 하고 있었다. 하지만 이번엔 수수료 외에 다른 조건 하나가 더 붙어 있었다. 설마 아니겠지 하는 마음으로 따라간 것이었지만 막상 브로커의 입에서 '투표를 안 하면'으로 시작하는 말이 나왔을 때 녹음을 하는 손이 떨려왔다. 그다음으로 따라온 것은 뭔가가 더 있다는 직감이었다. 아무리 오병규가 척주에서 제왕적 권력을 누려왔다고 해도 짧은 시간 안에 진폐 브로커 조직이 투표 방해 행위에 동원됐다는 건 오병규 측근 중에 관계자가 있을 수 있다는 얘기였다.

구급차 옆에 붙어 서서 녹음을 하면서 송인화는 알 수 없는 예감에 숨을 죽였다. 녹음을 마치고 선관위에 신고를 한 뒤 송인화는 하경희한테 만나자는 메시지를 남겼다. 휴대폰을 넣고 보건소 후문으로 들어갈 때였다. 녹음할 때부터 어른대던 이상한 느낌에 송인화는 뒤를 돌아보았다. 그 자리에서 사십 년 넘게 약을 지었다는 할아버지 약사가 유리문에 붙어 서서 송인화를 보고 있었다.

목캔디 통을 건네받은 이후로 이여환과는 연락이 잘 되지 않았다. 송인화가 전화를 걸면 다시 걸겠다며 급히 전화를 끊고는 연락을 하지 않은 것도 여러 번이었다. 직접 찾아와 뭔가를 더 전해주려고 망설이던 때와는 달라진 태도였다. 혹시 누군가에게 협박을 받고 있는 건 아닐까 생각하다가 송인화는 서랍에서 목캔디 통을 꺼냈다.

이영관이 오랫동안 갖고 있었다는 목캔디 통 안에는 일반 비타민제와 종합감기약부터 처방전 없이는 시내 약국에서 살 수 없는 것들까지 여러 성분의 약들이 섞여 있었다. 아무런 식별 표시도 보이지 않는 정체불명의 정제들도 다수였다. 이영관이 먹어왔던 것이라기보다는 오랜 시간에 걸쳐 여기저기서 모아온 게 아닐까 하는 생각이 들게 했다. 그중 몇 개의 약에는 소량이지만 말기 암 환자에게나 쓰는 마약성 진통제 성분이 들어 있었다. 코데인이나 모르핀보다 약효가 몇십 배는 강한 최상위 단계의 진통제였다. 시립병원에 있을 때 수시로 조제한 약이기 때문에 송인화는 멕소닐이라는 성분명을 갖고 있는 그 약이 사람을 어떻게 지배하고 변화시키고 달래주는지 잘 알고 있었다. 부작용으로 환각과 환시와 환청이 따라다녀 암환자가 아닌 사람들이 다른 목적으로 찾는 약이기도 했다.

송인화는 보건자료실 안에서 진미진을 기다렸다. 사고 마약류 신고는 진미진이 예방의약계에 있을 때 집중적으로 접수되어 있었다. 신고 접수를 하는 약국도 십여 군데가 반복적으로 나타났다. 도난당하거나 분실된 경우는 경찰 조사를 받아야 하지만 파손된 경우는 보고서 한 장만 보건소에 제출하면 끝이었다. 진미진한테 접수된 사고 마약류 발생 보고서들 중에는 사진 한 장 첨부돼 있지 않은 파손 신고서들이 수두룩했다. 앰플이 아니고서는 파손될 일이 거의 없었지만 패치약도 경구약도 다 파손으로 신고가 되어 있었다. 이송중에 이미 파손된 채 도착했다고 의약분업 예외지역에서 신고가 들어오면 경고 조치할 명분도 없었다. 금고 도난이 아닌 이송중 분실인 경우에는 경찰 조사도 형식적이었다.

송인화는 사고 마약류 품명란에 적혀 있던 약 이름을 떠올렸다. 신고된 약들 중에는 마약류로 분류된 지 얼마 안 된 스테로이드 계열부터 낮은 단계의 통증에 쓰는 약까지 여러 종류의 진통제들이 있었다. 하지만 척주의료원의 문전 약국들과 도계 부근 약국에서 신고된 약들은 대부분 멕소닐이었다. 단순히 기침이 문제가 아닌, 중증 폐질환 환자가 많은 곳이었다.

송인화는 약 이름들을 매일 입에서 굴렸다. 만약 이 약들이 파손 신고서 하나로 오랜 세월에 걸쳐 꾸준히 빼돌려지고 있었다면. 의료용 마약 관리의 허점을 잘 아는 집단에서 조직적으로 행한 일들이라면. 송인화는 만약으로 시작되는 생각과 고개를 젓는 일을 며칠째 되풀이하고 있었다. 어떤 집단에서 마음먹고 멕소닐을 구하고자 했다면 약국에서 야금야금 빼돌리는 것만으로 그치진 않았을 것이다. 약국에서 포착된 건 극히 일부분일 수도 있었다.

송인화는 조도가 낮은 보건자료실에서 진미진과 마주섰다. 송인화는 진미진이 약왕성도회 신도일 거라고는 생각하지 않았다. 하지만 수년을 척주시 보건소 의약품 담당으로 있으면서 저 약국들에 아무런 조처도 하지 않았다면 대가성으로 무언가를 받아왔을 가능성이 컸다.

"진주사님……"

어둑했지만 진미진이 떫은 표정으로 쳐다보는 게 느껴졌다. 청구서명 사실이 밝혀진 뒤 진미진을 비롯한 보건소 사람들 몇몇이 자신을 어떤 시선으로 보는지 송인화는 알고 있었다. 저러다 잘리면 다른 동네 가서 약국 차리면 될 테니까 아쉬운 게 없겠지. 송인화를 타깃으로 한 고의적인 민원도 늘고 있었다. '약국 인허가에 지나치게 까다롭다, 꼬투리 잡기로밖에는 안 보인다.' '설명이 불친절하다, 지방공무원법상의 성실의 의무에 위배되는 거 아니냐.' 민원은 곧 징계로 연결되었기에 송인화는 하루하루를 핏발이 선 채 보내고 있었다. 송인화는 마약류 취급 교육 때 보았던 약사들의 눈빛과 안금자의 말들을 떠올렸다. 여름까지만 해도 무언가가 송인화를 향해 손을 뻗는 느낌이었다면 이즈음엔 반감과 압박으로 돌아선 듯한 공기가 분명하게 느껴졌다.

송인화는 진미진한테 약 성분명이 적힌 종이를 내밀었다. 진미진은 송인화가 무엇을 알고 싶어하는지 아는 얼굴이었다. 쉽게 말해줄 리가 없는 얼굴이기도 했다. 송인화가 무언가를 물을 때마다 진미진한테서는 기억이 안 난다는 대답이 돌아왔다. 이곳에서 당신한테 그런 질문을 듣는 것 자체가 짜증난다는 표정으로 진미진은 출입문을 향해 몸을 반쯤 돌리고 있었다.

송인화는 눈을 한 번 감았다 뜨고는 진미진한테 사진 하나를 내밀었다.

"여름에 저한테 이상한 게 왔습니다. 제가 갖고 있을 물건이 아닌 듯해서요. 진주사님한테 드리고 싶네요."

누가 봐도 모텔 주차장이었다. 연갈색 산타페 안에는 이창규와 진미진이 타고 있었다. 진미진의 눈빛이 흔들리는 걸 송인화는 놓치지 않았다.

*

갈색 곱슬머리에 반투명 선글라스를 끼고 있었다. 콧날이 인위적으로 느껴질 만큼 곧게 뻗어 있는 게 사진 속에서도 느껴졌다. 송인화가 알아볼 수 있는 사람은 이영관 사건 참고인 조사 때 경찰서 뜰에서 봤던 그 남자뿐이었다. 안금자가 척주 노인들의 연예인이자 약장수라고 말했던 사람이었다. 이여환한테 목캔디 통을 받던 날 카페에서 봤던 남자도 이 남자가 분명했다. 약장수는 키가 작고 머리가 새치로 뒤덮인 한 남자 뒤에서 비서처럼 걷고 있었다. 박영필과 하경희가 보고 있는 것은 그 새치 남자였다.

몸무게가 오 킬로그램 빠졌다는 하경희는 며칠 잠을 못 잔 듯 푸석한 얼굴이었다. 시가 은남보건진료소를 폐쇄하려고 움직이자 은남 마을 할머니들은 청년회장 차를 타고 시청 앞으로 와 며칠 동안 항의 시위를 했다. 시장이 직무 정지 상태가 되면서 논란이 잠시 들어갔을 뿐

소환이 실패해 오병규가 복귀하면 진료소도 하경희도 어떻게 될지 알 수 없었다.

"강원카지노파크 이사라……"

하경희가 사진 속의 새치 남자를 보면서 말했다. 송인화가 진폐 브로커들의 투표 방해 행위를 제보한 뒤부터 박영필이 집중적으로 캔 사람이었다. 도계를 중심으로 활동해오던 브로커 조직의 총괄 책임자로 박영필은 이 새치 남자를 지목하고 있었다. 강원카지노파크는 폐광 지역 지원을 위해서 설립된 지경부 산하 공기업이었다.

"폐광 기금을 서류도 없이 막 써대다가 이사 해임안 명단에 올라간 게 두 번이더군요. 그때마다 정족수 미달로 이사회는 무산됐고."

"뭐하던 사람이에요?"

하경희가 피로와 절박함이 뒤섞인 목소리로 물었다.

"삼은사 약사전에 있던 약사여래도가 도난을 당한 적이 있습니다. 그게 약왕성도회 박물관 수장고에 있다는 소문이 돌았지요. 삼은사 약사여래불이 약왕성도회 회주 얼굴을 닮아간다느니 별별 이상한 말도 돌았고. 아무튼 약왕성도회에서 삼은사를 긁으면서 한창 발악을 하던 땝니다."

박영필이 목소리를 낮추며 말을 이었다.

"그 무렵에 약왕성도회에서 행동대를 뒀지요. 송주사님한테는 전에도 잠깐 말한 적이 있는데, 평소에는 회관 경비 일을 하다가 배도자가 있다, 지령이 내려오면 쫓아가서 잡아오는 거지요. 안 먹히면 처단하고. 그때 행동대장을 하던 사람입니다. 한마디로…… 불러주면 찾아가는 깡패였다고 할까요."

"아니 그런 사람이 어떻게 정부에서 내려오는 폐광 기금 수십억을 주무르는 카지노파크 이사가 됐대요?"

하경희의 말에 송인화는 사진 속 새치 남자를 다시 들여다봤다. 함께 사진을 보며 박영필이 말했다.

"이 사람…… 오병규 양아들 1홉니다. 아드님들 중 최측근이지요."

하경희와 박영필과 헤어진 뒤 송인화는 보건소 쪽으로 걸어갔다. 초저녁인데도 날이 깜깜했다. 하루가 다르게 해가 짧아지고 있었다.

새치 남자를 조지면 뭔가가 나올지도 모르겠다고, 박영필은 일어서기 전에 사진을 두드리며 말했다. 남자는 행동대장을 그만두면서 약왕성도회의 치부 한두 개는 쥐고 나왔을 수도 있었다. 어쩌면 약왕성도회에서 새치 남자의 치부를 쥐고 있을 수도 있었다. 회관 건립 자금 출처 문제부터 주요 성금 대장 등의 비밀 장부에 이르기까지, 박영필은 이십 년 전 약왕성도회를 둘러싸고 오간 횡령, 사기, 모욕, 명예훼손, 업무방해 건의 고소 사건들을 직접 겪은 사람이었다.

보건소 건물은 모두 불이 꺼져 있었다. 송인화는 후문 쪽으로 걸어가 진폐 브로커와 노인이 섰던 구급차 뒤편에 서보았다. 사십 년 된 약국이 바로 건너다보였다. 불은 꺼져 있지만 셔터는 내려져 있지 않은 약국을 바라보다 송인화는 연립 뒤쪽 대로변으로 걸어갔다. 슬러그를 실은 덤프 하나가 먼지를 뿜으며 송인화 옆을 지나갔다. 송인화는 몸을 돌리며 외투로 입을 막았다. 다시 고개를 들었을 땐 덤프가 지나가고 난 거리가 지나치게 고요하게 느껴졌다. 송인화는 본능적으로 주위를 둘러봤다. 늦지 않은 시간인데도 사람들이 거의 보이지 않았다.

송인화는 외투를 여미고 속도를 내며 걷기 시작했다. 띄엄띄엄 선 가로등은 어두컴컴했고 시커멓게 솟은 코끼리산에서는 바람 소리만 들려왔다. 송인화는 뒤꼭지가 이상해 힐끗 뒤를 돌아보았다. 의류수거함 뒤쪽으로 무언가가 후다닥 지나갔다. 고양이일 거야. 송인화는 걸음을 좀더 빨리했다. 고양이가 아닐지도 몰랐다. 일행들과 헤어지길 기다리고 있다가 누군가가 자신의 뒤를 밟고 있는 건지도 몰랐다. 짧은 순간 송인화의 머릿속으로 수만 가지 생각이 지나갔다.

내가 오병규 소환 서명을 했기 때문일까. 불법 선거운동으로 신고한 걸 알고 진폐 브로커가 앙심을 품은 걸까. 자신들을 주시하고 있다는 걸 그 약국들이 알아챈 걸까. 진미진이 사실은 약왕성도회의 핵심 신도인 게 아닐까. 나무 기둥들 사이에 걸려 있던 현수막이 갑자기 펄럭여서 송인화는 그 자리에 굳은 듯 멈춰 섰다. 저만치 보이는 축협 창고가 너무 멀게 느껴졌다. 송인화는 방향을 틀어 골목으로 꺾어들었다. 골목도 컴컴하긴 마찬가지였다. 뛸 듯이 걷다가 뒤를 돌아보면 창문에 거꾸로 매달린 마른 생선들이 송인화를 보고 있었다. 송인화는 점점 뛰기 시작했다. 저 골목만 돌면 집이었다. 일층에 신문보급소가 있는, 송인화가 세 들어 사는 집. 송인화는 숨을 몰아쉬며 마지막 남은 연립 담을 돌았다. 돌자마자 송인화는 비명을 지르면서 그 자리에 주저앉았다.

안금자가 골목 끝에 서서 송인화를 쳐다보고 있었다.

"뽕잎차야. 어여 한 잔 죽 마셔."

실내로 들어왔지만 심장은 계속 빠르게 뛰었다.

"이게 쌓인 거 씻어내는 덴 최고야. 하루에 한 주전자씩만 먹으면 병 걸릴 일이 없어."

송인화는 뜨거운 김이 올라오는 뽕잎차를 내려다봤다.

"이런 선선한 가을밤에 땀까지 흘리고, 뭔 일이야."

안금자가 무슨 일이냐고 묻고 있었다. 송인화는 안금자한테 이끌려 집으로 들어선 걸 후회했다. 자신의 생각을 안금자에게 들키지 않을 자신이 없었다. 안금자의 꿰뚫어 보는 듯한 눈빛 앞에서 평정심을 유지할 자신도 없었다. 송인화는 침을 한 번 삼키고는 거실에 있는 붉은 밭 사진을 쳐다봤다. 민물초 설명회에서 회원 가입서를 쓴 사람들이 약왕성도회 쪽에서 자꾸 연락을 해온다는 제보를 하고 있었다. 설명회에 배경처럼 깔려 있던 동굴과 밭 이미지들은 안금자의 집과 안금자의 말에서 알게 모르게 배어 나던 것들이었다. 박영필은 약왕성도회 얘기를 할 때마다 안금자 얘기를 함께 했다. 안금자가 스스로 친분을 과시했던 약국들은 몇 달에 걸쳐 송인화가 명단을 추리고 있는 약국 목록과 겹쳤다. 무엇보다 안금자는 의약 단속 실무자인 송인화에게 지치지 않고 공을 들여왔다. 송인화는 이제 안금자가 약왕성도회 사람이 아니라고 생각하는 것이 더 어려웠다. 구애와 회유가 받아들여지지 않을 때 안금자는 어떻게 변하는 사람일까. 송인화는 일단 안금자의 집을 벗어나야겠다는 생각에 주섬주섬 자리에서 일어섰다.

"제가 몸이 좀 안 좋아서요. 차는 다음에 마실게요."

스스로 생각해도 어색한 인사를 하고 송인화는 안금자의 집을 나와 위층으로 올라갔다. 샤워를 하고 나서도 가슴은 진정되지 않았다. 송인화는 침대에 기대 휴대폰을 켰다. 뭐라도 읽어야 정신이 들 것 같았다. 송인화는 평소대로 전국공무원노조 척주시 지부 자유게시판으로 들어갔다. 익명으로 올라온 글이 하루 사이에 몇십 개가 쌓여 있었다. 송인화는 그중에서 '삼은사 약사재일 오병규'라는 제목의 게시물을 열었다. 삼은사에서 연설하고 있는 오병규를 찍은 동영상이었다. 멀리에서 당겨 찍은 듯 화질이 좋지 않았지만 오병규의 목소리만은 선명했다. 오병규가 허리를 굽혀 인사를 하는 것까지 보고 송인화는 그 다음 게시물을 열었다. 오병규의 연설 동영상 중 특정 부분을 잘라놓은 것이었다. 영상을 보던 송인화는 기댔던 몸을 천천히 일으켜 앉았다. 짧게 잘린 그 영상 속에서 오병규는 한마디만을 반복하고 있었다.

"제가 도둑질을 했습니까, 아니면 사람을 죽였습니까." "제가 도둑질을 했습니까, 아니면 사람을 죽였습니까." "제가 도둑질을 했습니까, 아니면 사람을 죽였습니까."

휴대폰이 손에서 미끄러지며 떨어졌다. 오병규의 영상을 지우며 갑자기 전화가 걸려왔던 것이다. 송인화는 휴대폰을 집어들었다. 일 초, 이 초, 삼 초. 숨소리조차 들리지 않는 정적 뒤로 서늘하게 가라앉은 안금자의 목소리가 건너왔다.

"……뛰지 마."

송인화는 미처 블라인드를 내리지 못한 창문을 보면서 잠시 숨을 멈추었다. 멈춘 숨을 천천히, 끝까지 내뱉은 뒤 송인화는 말했다.

"안 뛰었어요."

터질 듯한 팽팽함이 이어졌다. 몇 초인지 알 수 없는 시간이 지나갔다. 안금자가 다시 말했다.

"내가 그랬잖아. 뛰지 말라고."

경고라는 듯 목소리에 물기가 없었다. 송인화는 두 번쯤 더 숨을 들이쉬고 내쉰 뒤 그동안 너무 하고 싶었던 말을 안금자에게 건넸다.

"할머니, 그 소리는 제가 뛰는 소리가 아니라요, 할머니 관절에서 나는 소리예요."

전화를 끊고 송인화는 현관으로 걸어가 문을 이중으로 잠갔다.

*

"설마 저 기다린 거예요?"

아침 버스에서 내린 서상화가 송인화를 보고는 단숨에 달려왔다.

"어쩐지 오늘 일어나자마자 기분이 좋더라. 꿈도 기억 안 나는데 아침부터 막 좋았어요."

정류장에서 서성이던 사람들이 보도에 흩어진 나뭇잎을 밟으며 버스 앞으로 달려갔다. 서상화가 걸어가면서 송인화의 얼굴을 몇 번씩 들여다봤다.

"근데 얼굴이 왜 이래요? 밤에 잠 못 잤어요?"

"한숨도 못 잤어."

서상화가 걸음을 멈추고는 앞으로 와 송인화의 어깨를 잡았다.

"왜요? 무슨 일 있었어요?"

송인화는 노란 은행나무를 배경으로 서 있는 서상화의 얼굴을 올려다봤다.

"문 걸어 잠그고 니 생각 하느라고."

"와…… 진짜 강한 한 방이다. 나 오늘 하루 어떻게 보내라고."

여름내 현금인출기 위에서 에어컨 실외기 바람을 맞고 있던 나뭇잎은 한 잎도 빠짐없이 다른 색깔로 물들어 있었다. 아홉시가 되려면 아직 한 시간 정도가 남아 있었다. 둘은 보건소로 가는 대신 근처 공원 쪽으로 걸어갔다. 운동기구 뒤쪽 공터엔 이른 아침인데도 빨갛게 익은 고추가 널려 있었다. 하늘이 높았다. 벤치에 앉아서 보니 생각보다 하늘은 너무 높았다.

"누나, 번개시장에 방어 들어온 거 알아요? 길이가 오십 센티래요."

"진짜? 아…… 여덟시니까 오늘은 벌써 문 닫았겠지? 나 방어는 아무리 커도 혼자서 한 마리 다 먹을 수 있는데."

"와, 회 얘기 나오니까 바로 눈빛 달라지는 거 봐. 지방공무원법에는 성실의 의무 말고도 품위 유지 의무라는 게 있는데 말입니다."

"그래? 그럼 내가 현행 병역법 시행령 좀 읊어볼까?"

서상화와 나란히 앉아서 웃고 있자 송인화는 자신을 기다리고 있는 보건소 서류들한테서 도망치고 싶다는 생각이 들었다.

"오병규 소환 안 되면 어떡하지. 방어도 못 먹고 가자미도 못 먹게 되는 거 아닐까."

"소환 무조건 돼요. 그런 소리 하지 마요."

그렇게 말하고 서상화는 공터 쪽 먼산을 보며 한참 말이 없었다. 송인화는 공익 점퍼를 입고 앉아 있는 서상화의 옆얼굴을 다시 바라보았다. 약국 일을 그만둘 거라고 말하던 서상화는 여전히 저녁마다 그곳으로 가고 있었다.

"어떤 사람이야?" 언젠가 송인화가 양진성에 대해 물었을 때 서상화는 서운하고 실망한 눈빛을 감추지 않고 말했다. "약사님도 누나 얘기 물었어요. 사람 어떠냐고. 그냥 둘이 만나게 해드려요?"

어떻게 얘기를 꺼내면 좋을까, 송인화는 조심스러웠다. 송인화는 서상화가 무슨 얘기라도 먼저 말해주길 기다리고 있었다. 도움이 필요한 일이 있다면 아무거라도 말해주길. 초등학교 때 짝꿍 얘기를 하듯 스스럼없이. 그런 생각만 갖고 아무 말도 못한 채로 시간은 계속 흘러가고 있었다.

출근시간이 가까워오자 보도로 지나가는 사람들이 늘어났다. 보건소로 먼저 뛰어간 서상화가 길 건너편에 서서 손을 흔들었다. 곧이어 문자가 왔다.

—나도 겁날 때마다 누나 생각 해요. 다음엔 문 잠그기 전에 저 꼭 불러요.

김순영은 청구 서명 때보다는 조심스럽게 움직였다. 투표 발의 후에는 형식적으로나마 공무원의 중립 의무를 의식한 듯했다. 공무원 가족들은 여전히 소환반대대책위 사무실로 자원봉사를 나가 집집마다 전화를 돌렸다. 주민소환 운동본부측에선 전화 녹음 방법을 홍보하면서 불법 선거운동을 신고할 것을 독려했다. 하지만 서로 얼굴을 아는 처지에 투표하러 가지 말라는 전화를 받았다고 해서 바로 신고를 하는 사람은 많지 않았다. 그만 좀 하라고 소리를 칠망정 녹음을 하는 경우도 드물었다. 투표일이 점점 다가오면서 계장급 이상의 시청 공무원은 근무시간에 자리에 붙어 있지 않았다. 외근을 핑계로 사람들을 만나고 다닌다는 제보가 잇따랐다.

핵반투위나 전공노 카페에는 후쿠시마 사고의 참상을 알리는 글들이 꾸준히 올라왔다. 송인화는 끝없이 이어진 후쿠시마 기형 식물들의 사진을 멍하니 쳐다보았다. 기형 토마토, 기형 오이, 기형 가지, 기형 강아지풀, 기형 옥수수, 기형 감, 기형 양배추, 기형 복숭아, 기형 무, 기형 표고버섯, 기형 체리, 기형 백합, 기형 해바라기, 기형 개망초, 기형 장미, 기형 민들레. 그리고 고리 앞바다에서 자란다는 기형 미역. 사람들은 그 사진들 밑에서도 댓글로 싸웠고 마지막에는 서로를 무뇌아라고 욕했다.

투표일 D-12. 오병규가 조작한 원전 유치 찬성 서명부가 일 년 반 만에 모습을 드러냈다. 서명부 복사본을 찾아 공개한 사람은 탈핵 국회의원 모임 소속의 한 의원이었다. 열두 권 중 여섯 권만 남아 있었다는 찬성 서명부의 몇몇 페이지가 공개되자 여론은 들끓었다. '서명부를 조작했다'고 말로만 듣는 것과 어떻게 조작했는지 눈으로 직접 확인하는 것은 전혀 다른 감정을 불러왔다. 서명부 페이지들은 현수막으로 인쇄되어 집회 장소마다 맨 앞에 내걸렸다. 이하 동일 부호가 난무하는 서명부가 눈앞에서 펄럭이자 '오병규는 물러가라'는 구호에는 더 힘이 실렸다.

투표일 D-9. 서명부 공개로 들끓은 여론은 오병규가 시에 내는 재산세가 일원도 없는 게 밝혀지면서 정점으로 치달았다. 오병규가 척주의 아파트를 처분하고 서울에 부동산을 구입해둔 정황이 폭로된 것이다. 시장이 핵발전소만 지어놓고 튈 거라는 생각은 서명부 조작 사건 때보다 훨씬 더 척주 사람들을 분노하게 했다.

조작 서명부와 재산세 문제가 공개되자 오병규는 주민소환 TV 토론회에 불참 통보를 했다. 사람들은 오병규의 토론회 거부를 규탄하는 기자회견을 열고 우체국 앞에서 항의 농성을 시작했다.

투표일을 향해 달려가는 하루하루가 긴박했다. '운명의 날이 팔 일 앞으로 다가왔습니다.' '척주 시민 스스로 척주 민주주의 역사를 다시 쓸 날이 칠 일 앞으로 다가왔습니다.' 핵반투위 카페에는 날마다 날짜를 세는 공지글이 상단에 올라왔다.

투표일 D-6. 오병규의 양아들 중 한 명이 선관위 직원을 폭행하는 사건이 일어났다. 불법 선거운동으로 고발돼 선관위에서 조사를 받던 중 조사관의 얼굴을 가격, 이빨 두 개와 코뼈를 부러뜨린 것이다. 전공노 카페에 그의 신상이 올라왔다. 박성호, 37세, 오병규 양아들 5호.

투표일을 오 일 앞두고는 월성원전 1호기가 터빈고속기 이상으로 발전이 정지되는 사고가 일어났다. 겉으로 드러나는 모든 게 오병규한테 불리했다. 대세는 이미 소환 쪽으로 기울었다는 진단이 10월 중순의 척주 거리를 휩쓸었다. 여러 활동가들과 고리, 월성 주민들이 탈핵희망버스를 타고 척주로 속속 도착했다. 투표만이 척주를 지키는 길이라고, 지금 지키지 않으면 영원히 척주를 잃게 될 것이라고 그들은 외쳤다.

접종 업무가 한산한 틈을 타 어딘가로 사라졌던 서상화가 전화를 걸어왔다.

"누나, 여기 지금 우체국 사거린데요. 와…… 사람들이 정말 많이 모였어요."

서상화의 목소리는 들떠 있었다. 휴대폰 너머에서 유세 소리와 사람들 박수 소리가 들려왔다. 아마도 서상화는 송인화가 더 잘 들을 수 있도록 사람들을 향해 휴대폰을 치켜들고 있는 듯했다. 여러 소리 속에서 '척주 시민'과 '안전'과 '생명' 같은 말들이 들려왔다.

잠시 뒤 하경희한테 전화가 왔다.

"시내 쪽 투표율이 높아야 이쪽이 커버가 되는데……"

이 단위의 시골 분위기는 시내 분위기와 많이 다른지 하경희의 목소리는 잠겨 있었다.

"그건 그렇고, 인화야, 이 중요한 시국에 친정아빠 회갑이라서 주말에 가족 여행이 잡혔어."

은남 마을 집에는 감자와 열무김치밖에 없다고 했다. 그러니 와서 감자와 열무김치를 먹다가 개 끼니만 챙겨달라고 했다.

김순영이 탕비실에서 나오며 자리 비운 사람이 누구냐고 한마디 했다. 말이 끝나자마자 서상화가 숨을 몰아쉬며 뛰어들어와 자리에 앉았다. 투표 전의 마지막 주말을 앞둔 금요일 오후였다. 사무실에는 침묵과 히스테리와 헛기침만이 오갔다. 어차피 일은 되지 않았고 모두가 모니터에 얼굴을 묻은 채 퇴근시간만 기다리고 있었다. 퇴근이 십 분 정도 남았을 때였다. 가라앉은 공기를 뚫고 사람들의 휴대폰이 동시에 울렸다. 사람들은 잠시 정지 상태가 되었다가 곧 휴대폰을 들었다. 송인화도 요란하게 도착한 메시지를 확인했다.

―척주 발전을 위한 우리의 약속 '투표 안 하기~'. 우리는 하나 '투표는 안 돼요~'. 오병규 배상.

복사기 앞에서 휴대폰을 열어보던 누군가가 내뱉었다.

"아 씨, 재난 문자 맞네."

*

해초와 문어, 눈이 커다란 물고기, 무지개색 고래 한 마리. 서상화가 그림이 그려진 담벼락 앞에 서서 몸을 숙였다. 유릿조각을 모아서 붙여놓은 고래 눈은 색이 바랜 담벼락 그림에서 유일하게 쨍하고 빛나는 것이었다. 고래한테로 몸을 숙인 서상화가 상체를 이리저리 움직이며 빛깔이 바뀌는 유리 눈을 들여다봤다. 이 집에 처음 온 사람들은 다 한 번씩 고래와 눈이 맞는다고 하던 하경희의 말이 생각나 송인화는 웃었다.

은남보건진료소에서 길을 따라 죽 들어간 바닷가 끝 집이었다. 높지 않은 담에도 파묻힐 만큼 작은 슬레이트 지붕집이었지만 여름이면 피서객들이 한 번씩 들여다보고 간다고 했다. 벽과 창호문 곳곳에 그려놓은 해바라기와 붓꽃과 새 들 때문이었다. 하경희가 남편과 몇 달에 걸쳐 만들었다는 마당의 나무 데크 위에 앉으면 바다와 돌섬과 마을 저쪽 끝의 등대가 한눈에 내다보였다.

두 달 전만 해도 마당 바로 앞까지 텐트가 들어찼다는 게 믿기지 않을 만큼 은남 바다는 조용했다. 돌섬 위를 도는 갈매기 소리가 잔파도 위로 선명히 건너왔다. 가을 바다는 빛 잔치를 위해 파도를 다 내준 듯했다. 저녁이 오면서 해가 기울어가자 빛이 수평선 끝으로 퍼져나갔다. 마당의 원형 그릴 통에서 따뜻한 기운이 건너와 송인화는 뚜껑을 열어보았다. 하경희가 숯불을 피워놓고 간 듯했다. 데크 밑에 숨어 있던 들고양이 한 마리가 송인화의 발을 타넘어 집 뒤편의 나무 쪽으로 뛰어들어갔다.

송인화는 그릴에 구울 감자를 찾아 부엌으로 들어갔다. 부엌에는 정말로 감자와 열무김치뿐이었다.

"누나, 여기 민박집들에 다 '해'라는 말 들어간 거 알아요?"

서상화가 안으로 들어오며 말했다.

"그랬나?"

"해맞이 민박, 해 뜨는 집, 해랑 나랑."

서상화가 옆에 와 서며 송인화가 잘라놓은 은박 호일을 받아들었다.

"여기 정말 누나가 중학생 때부터 자주 왔던 곳이에요? 누나 중학생일 때 어땠어요? 아…… 귀여웠겠다."

"엄청 귀여웠어."

"사진, 사진 보여줘요. 그래야 믿지."

"중학생 때 사진을 갖고 다니는 사람이 어디 있어."

"나는 갖고 다니는데. 여기다 다 넣어놓고 다녀요."

서상화가 휴대폰을 흔들었다. 둘이 나란히 서자 좁은 부엌이 꽉 찼다. 호일로 감자를 싸는 동안 문밖에서 햇빛이 한참, 소리 없이 흘러들어왔다.

"좋은 냄새 나요."

부엌 형광등에 머리가 닿을 듯 선 서상화가 송인화를 내려다보며 말했다.

"상화야, 우리 저걸로 뭐 만들어 먹을까?"

송인화는 감자가 들어 있는 상자를 가리켰다.

"음…… 감자조림요? 저 매콤한 감자조림 잘해요."

"좋아. 그럼 니가 깎아. 내가 썰게."

문턱에 앉아 서상화가 감자를 깎는 동안 송인화는 그 옆에 앉아서 양동이에 수북이 든 감자와 서상화의 얼굴을 번갈아 쳐다봤다.

"왜 웃어요? 내 얼굴 보면서 왜 자꾸 웃는데?"

"너 아직도 얼굴이 새까매. 여름에 방역할 때 탄 거 그대로야."

송인화는 허리를 굽히고 웃다가 다시 서상화의 얼굴을 쳐다봤다.

"올해 안에 다시 하얘지긴 힘들겠다."

송인화는 양동이에서 감자를 몇 개 따로 덜었다.

"이건 내일 아침에 된장찌개 끓여먹자. 경희 언니네 된장이 정말 맛있어."

"진짜죠? 우리 내일까지 여기 같이 있는 거죠? 밤에 일 생겼다고 가자고 하기 없기예요?"

"그럴 리가……"

송인화는 도마를 꺼내 감자를 썰었다. 써는 중에 연이어 전화가 걸려와 송인화는 한참 동안 통화를 했다. 통화를 마치고 다시 도마 앞에 서자 서상화가 "잠깐만요" 하며 뒤로 불쑥 다가섰다. 송인화는 양손에 칼과 감자를 들고 얼결에 만세를 한 자세가 되었다. 서상화의 손이 송인화의 청바지 뒷주머니로 들어왔다.

"휴대폰 압수."

서상화가 자기 휴대폰과 송인화 휴대폰의 전원을 끄고는 싱크대 선반 제일 윗단에 올려놨다. 배가 고픈지 밖에서 개가 끙끙대는 소리가 들려왔다. 둘은 감자를 가스레인지에 올려놓고 마당으로 나갔다. 개한테 밥을 주면서 보니 서상화는 어느 결에 마당 밖에 앉아 옆집 할머니와 얘기를 하고 있었다.

"생선을 책에서만 본 어떤 형이요, 도루묵이랑 은어가 자꾸 같은 고기라고 우기는 거예요."

"도루묵은 도루묵이고 은어는 은어지 무슨 소리야."

"그쵸, 할머니."

"생긴 것도 다르고 맛도 달라."

"아, 이제야 속이 시원해요."

마당으로 들어온 서상화의 손에는 언제 받았는지 소라장아찌가 든 그릇이 들려 있었다.

둘은 데크 위의 테이블에 저녁 밥상을 차렸다. 하경희가 바닷물에 절여 담근 열무김치, 너무 졸여 걸쭉해진 감자조림, 해녀 할머니가 준 소라장아찌. 진료소 이층 관사에서 가지고 온 맥주도 있었다.

해가 넘어가면서 바다색이 조금씩 짙어졌다. 송인화는 맥주를 마시며 하경희가 해준 얘기를 들려주었다. 하경희의 아이가 저 자잘한 갯바위들마다 이름을 다 붙여놓았다는 이야기. 어느 겨울 돌섬 위의 갈매기들이 갑자기 사라졌던 이야기. 갈매기 소리가 소거된 바다가 상상할 수 없을 만큼 적막하고 이상했었다는 이야기. 돌섬 뒤로 가끔씩 고래가 지나간다는 이야기.

서상화는 별거 아닌 송인화의 말에도 테이블을 치며 웃고, 빨아들일 듯 눈을 맞추다가, 가만히 바다를 바라봤다. 서상화가 고개를 돌려 바다를 볼 때마다 귓바퀴 안의 점이 도드라졌다. 복약 상담을 하던 봄내내 보아온 점이었다. 어스름이 내리고 담 옆의 가로등이 켜지자 점은 귓바퀴 그늘 속으로 숨어들어갔다. 대신 서상화의 얼굴엔 또 안경 그림자가 만들어졌다.

마당 한쪽에 엎드려 있는 개를 보다가 서상화가 개한테 물릴 뻔했던 얘기를 꺼냈다.

"저 초등학교 2학년 때 친구들이랑 성당에 놀러간 적이 있었거든요. 거기 개가 정말 컸어요. 묶어놓긴 했는데 줄이 길어서 뜰을 막 돌아다니는 개였거든요. 그 개가 절 보더니 갑자기 쫓아오는 거예요."

서상화는 성당 입구 쪽으로 도망을 가다 넘어졌다. 개가 서상화를 덮치는 순간 수녀님이 "해피!" 하고 개를 불렀다.

"그때 정말 죽는 줄 알았어요. 개가 내 등 여기 있잖아요, 여기에 앞발을 이렇게 딛고 목을 물기 직전이었거든요."

"에, 진짜 목을 물려고 했어?"

"와, 누나도 안 믿는 거예요? 개 숨소리까지 다 들었다니까요. 저 그날 집에 오면서 계속 울었어요. 밤에 악몽도 꾸고."

"그래서 개한테 안 가는구나……"

송인화는 개한테 물릴 뻔했던 서상화를, 그래서 큰 개를 무서워하는 서상화를 바라보았다. 자신을 이루고 있는 이야기를 한 귀퉁이씩 풀어내며 서상화는 그 순간에도 송인화 안으로 성큼성큼 들어오고 있었다. 붉게 물들던 돌섬 쪽 하늘에 점점 검푸른색이 섞여들었다. 수평선 끝에서부터 퍼져나온 구름이 이쪽 하늘 위까지 길을 만든 것이 보였다. 서상화의 머리 뒤쪽에서 두 개의 등대가 번갈아가며 불을 밝혔다. 서상화가 말없이 송인화의 얼굴을 보고 있었다. 송인화도 서상화의 얼굴을 봤다. 이렇게 오래, 마음놓고 서상화를 보는 게 처음인 것 같았다. 안경 코받침 아래에서 두 줄로 내려오는 서상화의 콧선이 중간쯤에서 살짝 불거졌다 다시 들어간 것이 보였다. 상화의 콧선이 저렇게 생겼구나, 송인화는 생각했다. 얼굴의 어느 선을 보는 것만으로도 이렇게 심장이 내려앉는구나.

"누나."

"응."

서상화는 불러놓고 말을 하지 않았다. 옆집 불이 꺼지는 게 보였다. 서상화가 송인화의 발을 내려다봤다. 슬리퍼 밖으로 드러난 송인화의 양말을 알아본 듯했다. 처음 복약 상담을 하던 날 서상화가 슈퍼에서 사다주었던 검은 양말이었다. 평소에도 자주 신던 건데…… 일부러 신고 온 티가 날까봐 송인화는 발을 감추었다.

"누나랑 같이 먹고 싶은 게 있어요……"

송인화는 멍한 얼굴로 서상화를 보았다. 서상화가 무슨 말인가를 할 때마다 송인화는 점점 서상화의 목소리에, 입술의 움직임에, 이쪽으로 건너오는 공기의 떨림에 정신이 혼미해질 뿐이었다.

"할머니가 가을만 되면 임연수 껍질을 바짝 튀겨서 밥을 싸줬었어요. 임연수 껍질이 두껍거든요. 거기에 밥을 펴고 김밥 말듯이 돌돌 마는 거예요. 고소하고 바삭하고. 누나도 진짜 좋아할 맛인데."

"정말 그렇게 맛있었어?"

서상화가 고개를 끄덕끄덕했다.

송인화는 의자를 뒤로 빼며 일어섰다.

"잠깐만 기다려. 내가 지금 바다 가서 임연수 잡아올게. 우리 내일 아침에 된장찌개 말고 임연수김밥 싸 먹자."

데크에서 일어선 송인화를 올려다보다 서상화가 손목을 잡았다.

"누나, 양말은 벗고 가요."

"그럴까?"

송인화는 다시 의자에 앉아 양말을 벗기 시작했다. 서상화가 그제야 참았던 웃음을 터뜨리며 의자에서 내려와 송인화의 맨발을 감싸쥐었다. 서상화의 손이 맨살에 닿자마자 발끝에서부터 머리끝까지 무언가가 관통해갔다. 발을 감싸쥔 자세 그대로 둘은 웃음을 멈추고 잠시 숨을 몰아쉬었다. 서상화가 고개를 들어 송인화를 봤다. 상체가 올라왔고, 안경이 뺨에 와닿는 동시에 서상화의 혀가 입을 열며 들어왔다.

파도가 잠시 그대로 멈춘 듯했다.

얼굴을 떼고 닿을 듯한 거리에서 다시 본 서상화의 눈에는 송인화와 송인화 뒤로 펼쳐진 바다가 있었다. 송인화는 손을 올려 천천히 서상화의 안경을 벗겼다. 안경이 얼굴에서 떨어져나올수록 서상화의 눈에 물기가 번져갔다. 서상화의 눈 속 바다가 넘쳐흐르는 것을 보며 송인화는 울지 마, 중얼거렸다. 안경을 벗어도 울지 마. 목을 감싼 서상화의 손이 머리카락을 헤치며 더 깊숙이 들어왔다.

억새가 하얗게 흔들렸다.

하얗게 부서지는 것은 어쩌면 한여름 햇빛인 것도 같았다. 방파제에 와서 부딪치는 파도인지도 몰랐다. 장구 소리와 북소리가 들렸다. 탈과 갓을 쓴 사람들이 춤을 추었고 색색의 깃발들이 빙글빙글 돌아갔다. 송인화는 그 한가운데에서 길을 헤매고 있었다. 송인화는 왜 그런지 배를 찾아야 된다는 생각뿐이었다. 배를 찾아야 돼. 배를 찾아야 돼. 그때 누군가가 송인화의 손을 낚아챘다. 햇빛을 등지고 서 있어서 누군지 알아보기 힘들었다. 커다란 키, 차갑고 축축한 손. 남자가 송인화를 보며 활짝 웃었다. 꽃이 터지듯 드러나는 고른 치아가 송인화의 가슴을 헤집었다. 빛이 시야를 흔들자 남자의 모습이 보이지 않았다. 송인화는 햇빛을 헤치면서 서상화의 이름을 부르기 시작했다. 부르면서 방파제를 달려갔다. 미친듯이 달려가다가 송인화는 숨을 멈추며 눈을 떴다.

잠에서 깬 곳이 어디인지 송인화는 한참 동안 실감이 가지 않았다. 송인화는 일어나 앉은 채로 방안이 눈에 익길 기다렸다. 해바라기가 그려진 창호문으로 조금씩 새벽빛이 스며들어왔다. 베개를 베고 해바라기 밑에 누워 있는 것은 서상화였다. 송인화는 서상화의 머리맡에 앉아 문밖이 밝아오면서 서서히 드러나는 서상화의 얼굴을 들여다봤다. 그러고 있자 간밤에 서상화를 얼마나 많이 만졌는지가 기억이 났다. 서상화의 손이 자신의 몸으로 다가올 때마다 숨을 죽이던 것도.

누나는 어쩜 이렇게 작아요? 손도 작고 얼굴도 작고 귀도 작고, 나보다 다 작아요. 너는 왜 이렇게 커? 머리부터 발끝까지, 나보다 다 커. 서로의 가슴에 얼굴을 묻을 때마다 말하고 또 말했다. 니가 척주에 있어서 좋아. 니가 있는 척주가 좋아.

송인화는 잠들어 있는 서상화의 얼굴로 손을 뻗었다. 안경을 벗기자마자 눈물이 새어나오던 눈을, 서상화의 코와 인중과 입술을 송인화는 손가락으로 조심스럽게 훑어내려갔다. 그러면서 생각했다. 부엌 선반에 있는 저 휴대폰 두 개를 바다에 던져버릴까. 다시 전원을 켜야 한다는 게 이렇게 두렵게 느껴질 줄은 송인화는 하루 전만 해도 짐작하지 못했다.

바다 쪽에서 장구 소리와 북소리가 들려왔다. 그건 꿈속의 소리도 아니고 기억 속의 소리도 아니었다.

은남 마을에서 나오기 전, 송인화와 서상화는 국도변으로 연결된 길 위에 서서 마을을 가로질러 가는 궐기대회 행렬을 바라보았다. 원전 부지로 지정된 곳은 은남에서 고개 하나를 넘으면 있는 마을이었다. 행렬은 그곳에서 출발해 해안가 마을들을 지나 시내의 우체국 사거리로 모일 것이다. 송인화는 설명할 수 없는 마음으로 서서 하얗게 부서지며 일렁이는 억새밭과 그 사이로 지나가는 행렬을 바라보았다. 가을 나무들과 가을 바다와 가을빛이 행렬 위에 솟은 만장과 깃발을 따라가고 있었다. 송인화는 바다를 바라보며 서상화의 손을 잡았다. 서상화가 잡은 손에 힘을 주며 손가락을 얽어왔다.

"어제 너무 좋았어요."

"나도. ……너무 좋았어."

바다를 보며 숨을 들이쉬던 서상화가 들릴 듯 말 듯 한 목소리로 말했다.

"누나는 상상도 못할 거예요. 내 마음……"

*

새벽 다섯시 반. 날은 아직 컴컴했다. 송인화는 운동복이 아닌 출근복 차림으로 집을 나섰다. 보건소 주차장에 차를 세우고 앉아 여섯시가 되기를 기다렸다. 투표시간은 아침 여섯시부터 저녁 여덟시까지, 보건소는 삼양동 제3투표소였다.

갑자기 기온이 내려간 아침이었다. 남쪽에 가을 태풍이 온다는 예보가 있어서인지 바람도 제법 불었다. 아직 꺼지지 않은 가로등 아래로 은행잎들이 떨어져내리는 게 보였다. 평소에는 사람이 없을 시간이었지만 보건소 건너편의 현금인출기와 전화 부스 쪽에 이미 차 몇 대가 주차돼 있었다. 그 앞에서 사람들 몇이 서성였다.

송인화는 차 안에 앉아 며칠 전 전공노 카페에 올라왔던 글을 다시 열었다.

—전국공무원노동조합 해직자들은 10월 15일 척주시장 주민소환 투표일에 벌어질 것으로 예상되는 투표 방해 행위에 대응하여 척주 시민들의 헌법 기본권인 투표의 자유권을 보장하고자, 주민소환투표 방해 행위 감시단을 운영하고자 합니다.

아직 어두웠기 때문에 저들이 투표 방해를 하려고 온 것인지 방해를 감시하려고 온 것인지는 알 수 없었지만 핵반투위 카페에는 이미 새벽 네시부터 투표소마다 통장들이 배치됐다는 글이 올라와 있었다.

여섯시 삼십분쯤 서상화한테 메시지가 왔다. 어라동 제2투표소인 어라초등학교 슬기관 앞에서 찍은 투표 인증샷이었다.

—이상한 남자들이 학교 교문 앞을 막고 있어요. 여섯시가 돼도 투표소에는 불도 안 켜 있고. 어쨌든 투표 잘 마치고 지금 보건소로 출발해요. 보고 싶어요, 누나.

송인화는 서상화의 메시지를 확인하고 이층 보건교육실에 마련된 투표장으로 올라갔다.

주택가에서 보건소로 오는 길목에 승합차가 서 있었다. 공무원 부인들로 보이는 여자 대여섯 명이 승합차에서 교대로 내려가며 보건소로 오는 주민들한테 다가갔다. 팔을 잡고 한쪽으로 데려가 얘기를 하기도 하고 옷을 잡아끌기도 했다. 그들과 안면이 있는 듯한 사람들은 마스크와 선글라스로 얼굴을 가리고 투표장으로 후다닥 뛰어들어오기도 했다. 송인화는 삼층 복도에서 후문 쪽을 내려다보다 일층 로비로 내려갔다. 독감 예방접종은 막바지라 북적이지 않았지만 그래도 대기자는 평소보다 드물었다. 특히 노인들의 모습이 거의 보이지 않았다.

선관위 홈페이지에 실시간 투표율이 올라왔다. 오전 열시, 투표율은 11퍼센트였다. 정오가 되자 투표율은 17.8퍼센트로 올라갔다. 33.3퍼센트가 되려면 만백여 명 정도가 더 채워지면 되었다. 생각보다 투표율이 빠르게 올라가자 점심을 지나면서 보건소 주위는 더 날이 서기 시작했다.

조를 짜서 새벽부터 주요 투표소를 순회하던 오병규의 양아들들은 오후로 접어들면서 행동이 더 과격해졌다. 보건소 정문에 덩치 좋은 남자들이 서서 껄렁거리자 평소 그들이 척주에서 하는 행동을 봐왔던 사람들은 근처로 오려고 하지 않았다. 양아들들과 같이 서 있던 통장을 붙들고 누군가가 보건소 벤치 앞에서 분을 토했다.

"누가 봐도 오병규 사람들인 걸 온 동네가 다 아는데 이게 투표 방해가 아니면 뭡니까, 네?"

"내가 내 동네 보건소 앞에 서 있겠다는데 무슨 상관이십니까."

"나중에 척주에서 어떻게 얼굴 들고 살려고 이러세요, 통장님. 저 사람들 다 데려가세요."

"저 사람들은 쓰레기 무단투기 감시반이야. 지금 일하는 중이라고요."

선관위와 경찰서에 계속 신고가 들어갔지만 그들한테서는 자신들도 특별히 할 수 있는 게 없다는 말만 돌아왔다. 주민소환법에 투표 방해 행위에 대한 제대로 된 처벌 조항이 없는 걸 사람들은 투표날에야 실감하고 가슴을 쳤다. 핵반투위에서는 투표 방해를 하는 사람들과 안면이 있는 사람들을 내보내 일대일로 막게 했다. 오후 내내 보건소 앞에서 몸싸움이 벌어졌다.

오후 세시. 투표율은 19퍼센트대에서 정체돼 있었다.

"투표소는 이층입니다."

독감 주사를 맞고 나온 사람들한테 그렇게 말하고 다니던 서상화는 오후가 되면서 누군가와 통화하는 모습이 눈에 자주 띄었다. 송인화는 이여환한테 걸려온 전화를 놓치고 다시 전화를 걸었지만 통화가 되지 않았다. 그날 오후의 많은 시간을, 송인화도 서상화도 각각 다른 누군가와 통화를 하면서 보내고 있었다.

송인화는 삼층 사무실로 걸어올라가면서 투표장을 들여다봤다. 안에는 선거종사원에 지원을 한 김순영이 앉아 있었다. 보건소에서 오랫동안 식품업소 단속을 해왔고, 여름내 서명철회서를 내밀고 다녔으며, 남편이 시청 실세 과장인 김순영이 투표하러 온 사람들의 신분증을 받아 명단 확인을 하고 있는 것이었다. 마스크와 선글라스로 변장을 하고 정문과 후문을 뚫으며 이층까지 올라갔다가도 사람들은 김순영을 보고 움찔하며 물러섰다.

시내 분위기가 어떠냐며 하경희가 전화를 걸어왔다. 그대로 얘기하자 입에서 쌍욕이 나왔다. 은남 마을 노인들한테 인기 1순위인 하경희도 투표날만큼은 이장을 이기지 못하는 듯했다. 동네별 투표율이 뜰 것이라는 이장의 말에, 투표율이 높게 나온 동네는 농로길 포장이고 뭐고 다 물건너갈 것이라는 말에 동네 노인의 반이 집에서 나오지 않는다고 했다. 나머지 반은 버스와 봉고를 타고 덕구 온천으로 영금굴로 무료 관광을 갔다고 했다. 생활보호대상자 신청을 하려고 해도, 무료로 나온 쌀 한 포를 갖고 오려고 해도 마을 노인들은 다 이장을 통해야 했다.

오후 네시가 지났을 무렵 보건소 밖에서 앰뷸런스 소리가 울려왔다. 송인화는 보건소 뜰로 뛰어나갔다가 사람들이 모인 쪽으로 걸어갔다. 접촉 사고가 난 곳은 보건소 사거리에서 후문 쪽 주차장으로 꺾어지는 길목이었다. 투표를 위해 제공된 차량을 오병규 쪽 차가 막아서다 사고가 났다는 소리가 들려왔다. 투표를 하러 오던 노인들이 부축을 받으며 차에서 내리고 있었다. 반대쪽 차에서 남자 둘이 내리는 게 보였다. 오병규 양아들 2호라는 말과 함께 누군가가 "한수원 박실장이다!"라고 외쳤다.

한수원 박실장이라는 말은 오전부터 차올랐던 사람들의 울분을 그대로 터져나오게 만들었다. 사람들이 소리를 지르며 박실장을 향해 달려들었다. 어디선가 나타난 오병규 양아들들이 사람들을 밀치며 막아섰다. 사고 신고를 받고 온 경찰들도 달려와 사람들을 막았다.

"그렇게 필요한 거면 한강에다 지어라 이것들아아!"

경찰한테 팔이 잡힌 누군가가 몸을 뒤틀며 소리쳤다.

"척주 사람도 사람이다…… 이것들아."

사람들은 주저앉아 보도를 치고 주차콘을 내던지며 울분을 토했다.

"이건 정말 눈물나는 논리다. 이건 정말 눈물나는 일이야……"

노인들을 실은 구급차가 출발하고 오병규 양아들들과 박실장이 가고 난 뒤에도 사람들은 그 자리에서 떠나지 못했다. 누군가가 다가와 멍하니 선 송인화의 손을 쥐었다. 서상화였다.

서상화는 송인화를 보건소 창고 뒤쪽으로 데리고 갔다. 걸음이 빠르고 호흡이 가쁜 게 꼭 무슨 일이 있는 것 같았다. 앰뷸런스 소리를 들었을 때보다 더 불안한 마음이 밀려왔다.

"누나, 저 오늘 조퇴 좀 하려구요."

서상화가 충혈된 눈으로 송인화를 봤다.

"무슨 일인데. 여덟시까지 같이 있어."

송인화는 꺼칠해 보이는 서상화의 얼굴을 만지며 가까이 다가섰다. 송인화의 얼굴을 들여다보던 서상화가 대답 대신 송인화를 품안으로 끌어안았다. 서상화는 그 자세로 굳어버리고 싶다는 듯 송인화를 안은 채 한참을 움직이지 않았다. 몸에 와닿는 서상화의 모든 것이 뜨거웠다.

"나 오늘 아침부터요, 누나 볼 때마다 하고 싶어서 미치는 줄 알았어요."

서상화의 커다란 손이 허리를 감아왔다.

"하자. 오병규가 소환돼도 하고, 오병규가 소환 안 돼도 하자."

"이따 전화할게요."

서상화가 길 쪽으로 뛰어가다 뒤를 한 번 돌아봤다.

이여환과 통화가 된 것은 오후 다섯시가 지났을 때였다. 투표율이

22.3퍼센트인 것까지 확인하고 송인화는 보건소 앞 카페로 나갔다. 송인화가 들어서자 이여환이 자리에서 일어섰다.

"저 지금 척주 떠납니다."

몇 주 동안 연락이 어긋나기만 하던 이여환은 송인화가 들어서자마자 그렇게 말했다. 왠지 모르게 다급하고 불안해 보였다. 호산의 발전소 건설 공사가 끝나려면 아직 이 년은 더 남아 있었다. 무슨 일이 있는 거냐고 물었지만 이여환은 말을 길게 할 여유가 없다는 듯 서둘러 작은 서류 봉투를 내밀었다.

"다시는 척주로 안 돌아올 겁니다."

이여환이 주고 간 봉투에는 한 손에 들어오는 작은 기계가 담겨 있었다.

그날 송인화는 몇 퍼센트 투표율로 투표가 마감됐는지 확인하지 못했다. 전화를 하겠다던 서상화가 전화를 했는지 안 했는지도 알지 못했다. 이영관이 남겼다는 그 작은 기계를 마주한 순간 송인화는 그것 외에는 아무것도 생각할 수 없었다.

*

기침소리가 한참 들려왔다. 어떻게든 기침을 멈추고 얘기를 이어가고 싶은지 뒤이어 물 마시는 소리가 들렸다.

"기침을 하다보면 알아. 이러다 그냥 죽을 수도 있겠구나. ……나는 언제 죽어도 이상하지가 않아요."

송인화는 시내의 어느 전자상가에 들러 녹음기를 구입하고 몇 번에 걸쳐 사용 방법을 물었을 이영관의 모습을 떠올렸다. 뚜렷한 목적이 없으면 하기 힘든 일이었다. 이영관은 며칠 동안 그렇게 무언가를 녹음했고, 지금 그 녹음기가 송인화의 손에 들어와 있었다.

어느 한 사람의 청자를 생각하며 한 말인지는 확실하지 않았다. 오랜 시간 오해를 받고 살아온 사람의 억울함으로 그저 자신의 얘기를 남기고 있는 것 같기도 했다. 전날 했던 얘기를 또 할 때도 있었고 밥을 먹고 와 전혀 다른 맥락의 얘기를 하기도 했다. 무슨 말인지 잘 들리지 않는 부분도 많았다. 하룻밤에 다 들을 수 있는 양이 아니었지만 송인화는 물도 먹지 않고 화장실도 가지 않았다. 휴대폰은 진동으로 해놓은 채 어딘가에 던져두고 침대 발치에 밤새 같은 자세로 앉아 이영관이 남긴 소리들을 들었다.

"이십 년, 삼십 년을 갖다 버리면 산 하나가 돼요. 팔십오 톤 덤프들이 실어나르니 양이 엄청나지. ……암반이 나올 때까지 폐토를 걷어내야 하니까. 그걸 걷어내서, ……흙이랑 나무뿌리 엉킨 거, 폐토, 그게 쌓이고 쌓이고. 한데다 그냥 갖다 버리니까, ……비가 오면 그게, ……죽탕처럼 엉켜갖고 엄청나게 밀려내려가는 거야."

이영관은 숨이 가쁜지 한참씩 쉬었다가 말을 이었다. 말을 멈추고 숨을 몰아쉴 때마다 흙 알갱이가 굴러가는 것 같은 소리가 났다.

"움발리 이장 장씨가, ……맨날 지랄을 했지. 죽탕이 자기네 밭으로 내려오니까. 흙도 그냥 흙이 아니야. 맨 시뻘건 흙."

송인화는 눈을 감은 채로 이영관의 입에서 나오는 시뻘건 흙이란 말을 들었다.

"동진에서 뒷돈을 찔러준 거지. 장씨가 그 맛을 안 거야. ……돈 떨

어지면 사무실에, 움밭리 거기, 자원팀이, 젤 가까우니까, 맨날 가서 드러눕는 거야. 먼지 때문에 못살겠다, 폐토 때문에 밭농사 다 망친다. ……꽤 받아먹었을 거야. 거기 자원팀 차장이 그때……"

자원팀 차장이라는 말 뒤로 이영관은 한참 얘기가 없었다. 이영관은 조심스러워하고 있었다. 송인화가 자신의 말을 듣게 될 가능성을 열어두고 녹음을 한 게 분명했다.

"거기 자원팀, 송동환 차장이. ……오병규가 툭하면 그런 말 하는 걸 동진 밥 먹는 사람이면 다 알지. ……크러셔에 갈아서 가마에 구워버릴 놈. 부원료보다도 질이 안 좋은 놈. ……저놈 갈려들어간 시멘트는…… 품질이 안 좋아서 선진국으론 수출도 못해. ……내수용으로 써야지."

이영관의 기침이 다시 이어졌다. 가래 끓는 소리 사이로 마른기침이 한참 터져나왔다. 숨을 쉬려고 애쓰는 소리가 들려왔다. 얇은 습자지에 굵은 모래를 문지르는 것 같은 숨소리는 손톱으로 유리를 긁는 것만큼이나 듣는 사람을 고통스럽게 했다. 같은 종種의 찢어질 듯한 울음소리를 계속해서 들을 때처럼 귀를 막고 싶어지는 소리였다. 하지만 송인화는 정지 버튼을 누를 수도, 빨리감기를 할 수도 없었다. 그 소리가 주는 고통을 고스란히 통과해야만 이영관의 다음 말을 들을 수 있을 것 같았다. 한참을 듣고 있자 이영관이 진짜 들려주고 싶어하는 건 자신의 숨소리와 기침소리인지도 모른다는 생각이 들었다. 얼마 뒤 약봉지 뜯는 소리가 났다. 다른 모든 소리와 구별되는, 약봉지 구겨지는 소리였다.

"다른 덴 아픈 데가 없어. 그냥…… 숨이 차. 숨을 쉬는 게…… 너

무 힘들어.”

밖에서 누군가의 목소리가 들렸다. 이영관이 몸을 일으키는 소리, 걸어가는 소리, 문을 여는 소리. 이영관은 녹음기를 그대로 켜둔 채 문밖에서 누군가와 얘기를 나눴다. 마당에 차가 세워져 있는 듯했다. 방향지시등을 켜둔 듯 똑딱똑딱 소리가 희미하게 들려왔다. 귀에 익은 라디오 로고송이 흘러나왔고 바람 소리 같은 것도 났다. 소리만 들리는데도 어느 계절인지 알 수 있을 것 같았다. 송인화는 지상에서 한 뼘 정도 들떠 있던 어느 저녁의 소음을 떠올렸다. 그때의 대기 느낌과 크게 다르지 않았다. 이영관은 이 녹음을 하고 얼마 안 돼 자신이 죽게 될 걸 알았을까. 아니면 자신이 곧 죽게 될지도 모른다는 생각에 서둘러 녹음을 한 것일까. 차가 출발하는 소리가 들렸고, 이영관이 녹음기를 끄려고 집어들었는지 지지직 소리가 났다.

“경식이가 내 밑으로 왔어. 착암 일을 배우겠다고. 고생한 거는 말로, ……말로 다 할 수가 없어. 똑같이 중장비 타면서도 원청 놈들은, ……지들이 원래부터 잘나서…… 원청인 줄 아는…… 그런 놈들이었으니까. 내가…… 촉탁직 끝나고 나올 때, 그놈들 사물함에 불 못 지르고 나온 게, 그게 한이야. 불은 폐타이어 더미가 아니라 거기서 났어야 됐는데.

경식이가 일 배우는 게 빨랐어. 바위 품질 좋은 거 잘 찾고, 맥도 잘 찾고. 착암공들은 감이 있어야 돼. 사수라고 나를 잘 따랐어. 신입 들어오면 그 말부터 해. ……착암기로 암반을 뚫다보면 안다, 이상한 느낌이 올 때가 있다, 이게…… 그냥 암반이 아니다 하는 그런 거. 그러

면 그게, 굴이야. 석회동굴. 덮어야 돼. 종유석이니 석순이니 그런 게 보여…… 바위를 뚫다보면 그런 굴이 정말 나올 때가 있어. 그러면 무조건 덮어라, 그러지. 신입 오면, 그 말부터.

……경식이랑 나만 봤어. 거기를. 한여름인데…… 찬바람이, 에어컨 바람하고는 비교가 안 돼. 그런 바람이 땅속에서 확 올라오는 거야. ……머리가 쭈뼛 서더라고. 채석반장한테 내가 보고를 했어. 그러고 나서 보직이 바뀐 거야. 경식이랑 나한테 착암기를 안 주는 거야. 경식이는 덤프를 몰았지 그뒤부터. 나는 굴착기 잡았어.

굴착기는 안 하는 일이 없어. 폐토 다 걷어내고, ……로더가 못 들어가는 데 들어가서 상차해주고, 발파 안 나오면 잡아뜯어주고. 제일 먼저 광산 꼭대기에서 길 터주는 것도 굴착기고…… 마지막까지 남아서 뒷정리하는 것도 굴착기야. ……부석들이, 벤치 절벽마다 돌덩이들이 걸려 있어. 그게 떨어지면 장비를 덮치니까. 겨울에는 얼어 있다가, ……날이 풀리면 돌들이 팽창을 해. 금이 가면서 언제 밑으로 쏟아질지 몰라. 그래도 망 하나 설치를 안 해. 굴착기는 제일 높은 데를 올라가니까, 비만 오면 길이…… 많이 죽었어. 밑이 절벽인데, ……그 낭떠러지 길에, 안전 둑을 안 만들어. 요구를 하면 그러지. 일단 그냥 좀 해라. 하청 사무실에 이력서가 산처럼 쌓여 있다고…… 너 아니어도 이 일 할 사람 많아. 그 말을 지겹게 들었지.

원청 애들은 안 죽어.

엊그제 경식이가 나를 찾아와서는…… 그렇게 울더라고. 그놈이 노조 만들고 앞에 나서서 열심히 하더니, ……임대아파트 전세 보증금까지 압류가 들어오고…… 지 어머니 명의로 된 거까지 이놈들이 덮어놓고 압류를 거니 당해내나. 근로자지위확인 소송인가를 포기를 했어. 그걸 안 해야 압류를 풀어주니…… 그놈이 덤프를 모는데, 노조 조합원들 모여 있는 쪽으로는 지나가질 못하고 맨날 길을 빙빙 돌아. 척주에서 사는 게 너무 힘들다고, 운전도 싫다고. 그래도 내가 첫 사수였다고 나한테 와서…… 그렇게 울더라고.

그놈 속을 나는 알지. 그놈 견습생 하나가…… 그놈이 옆에 타서 견습을 시키고 덤프에서 내렸는데, 내리자마자 혼자서 돌다가는, 차랑 같이 굴러떨어졌지. 눈앞에서 지 견습생이 죽고, 그놈이…… 몇 년을 힘들어했어. 둑만 있었어도 그렇게는 안 갔으니.

척주 사람들도 몰라. 광산 안에서 뭔 일이 일어나는지. 온갖 드러운 거 참아가면서, 졸음운전 했다는 소리나 들어가면서, 너도 나도 다 듣는 공용 무전기로 이 새끼 저 새끼 소리 들어가면서, 상여금 받았다고 우리 눈앞에서 흔들어대는 그 원청 놈들한테 ……아무 소리도 못하고. ……그 꽉 막힌 산속에서, 숱한 세월을 그 괄시를 받고, 천대를 받고.

너무 힘들었어. ……너무너무 힘들었어.

경식이가 하도 울길래 내가 빈말로 그랬지. 그때 너랑 내가 굴만 안 봤으면 지금도 착암하고 있을 텐데. 그때 움발리 장씨가 한참 이상한 소리를 하고 다녔지. 그래서 없어졌다고 다들 그랬어. 자기가 동진에서 상납 받는 사람이라고 거들먹거리고 다녔는데, 갈수록 돈이 덜 오니까, 드러누워도 옛날만큼 동진에서 뒷돈을 안 주는 거야. 그러니까 점점 떠들고 다니는 거야. ……약점을, 오병규가 켕겨하는 거, 그걸 자기가 안다고.

오병규가 그때 악이 받칠 대로 받쳐서, 35광구 자리 뒤쪽으로 광산

이 하나 더 있었어. 동진 건 아니고 성신이라고, 작은 회사 거. 그게 매각이 될 때, 동진에서 헐값에 먹으려고 하다가 쌍용한테 뺏겼지. 오병규가 몇 년 동안…… 신광산 개발에 목숨을 걸고 있었어. 이건…… 아는 사람들만 아는 얘기야. 약왕성도회 산이 알짜배기 석회석 산이라…… 그 산을 사려고, 안 되면 임대라도 받으려고. 그래도 회주가 버텼지. ……약왕성도회 신도들은 알지, 회주가 왜 버텼는지. 그러다 없어졌어. ……회주가 척주 땅에서 사라져버렸지. 움발리 장씨가 그런 말을 하고 다녔어. 땅으로 꺼졌을 거라고. 원래 땅속에서 도 닦던 놈이니까. 회주가 도 닦던 데가 움발리 밑이라고, 자기네 동네 밑이 약왕성도회 본거지라고. ……그러고 떠들고 다녔지. 광산 근처 사는 놈들은 한 번씩 그런 말들을 해.

회주가 없어지고 그 산이 오병규한테 갔어. 임대료를 엄청 내기로 했다고 들었어. 성신까지 먹으면 삼십 년은 캐먹을 수 있는 어마어마한 광구가 생길 거라고들 했지. 흩어져서 개인 덤프 하던 사람들 다 모이고…… 들썩들썩했어. 골재상들, 레미콘들……

그런데 성신을 뺏긴데다, 움발리 장씨가, …… 광산 사람들은 그랬어, 장씨가 오병규한테…… 목돈 받을라고 그런다고 그랬지. 장씨가 갑자기 광산개발중단 소송을 걸겠다고 동네를 뒤집고 다녔으니까. 오병규를 찾아가고, ……그러다가 없어진 거야.

없어졌어. 그다음부터 척주 땅에서 장씨를 본 사람이 없어. 장씨 없어지고…… 소송 얘기도 들어가고, 광산 개발 시작되고. 거기 개발될 때…… 산으로 별별 사람들이 다 모여들었지. 나무 실어가려고 조경업자들 오고, 약산 나무라고 한약방들도 기웃거리고. ……약왕성도회

에서는 풀 한 포기 못 빠져나가게 한다고 행동대 풀고. 35광구 가다 보면 있는 레미콘 공장…… 거기가 옛날엔 소여물 주려고 보리 키우던 밭이었는데, 거기 공장 생길 때쯤일 거야. 건창산업이라고, ……골재 생산하던 회사가, 지금 우리 하청으로 흡수가 됐어. 그러고 얼마 있다가…… 자원팀 송차장이…… 하청 사장으로 온다는 소문이 돌았어.

평소에도 경쟁이 엄청 붙었지. 반장들끼리. 물량 더 내서 송차장 눈에 들려고. 광산 사정은…… 다 송차장 통해서 오병규 귀에 들어가니까, 갑이었지. 동진 반장이 우리 하청들 배차까지 다 내니, 계속 쪼는 거야. ……잔업 경쟁 붙이고. ……배가 동진 부두 들어오면 하루에 내는 정박료가 어마어마하니까. ……무조건 제때 물량을 대야 돼.

다 이상하게 생각했지. 송차장이 오병규 한쪽 팔인데. 한창 일할 나이였으니까. 하청 사장이 그게, 정년 얼마 안 남은 동진 부장급들, 퇴직 전에 와서 잠깐 해먹고 가는 바지사장 자리야. 수군댔지. 다들…… 회주랑 장씨가 어떻게 됐는지 송차장은 알고 있을 거라고들 했으니까. 그러다 갑자기 하청 바지사장으로 가라 하니, 송차장도 가만히 있지는 않았겠지.

그날……

나는…… 내가, 내가 봤을 때는 이미 송차장이…… 나는 아니야. 내 자식을 걸고 말할 수 있어. 나는 아니야.

그날도 벨트가 고장났어. 동진 부두로 폐타이어 배가 들어오는 날은 꼭 벨트가 고장났어. 오후부터 퀴퀴한 게 앞도 안 보이고…… 기분이 아주 안 좋았어. 해무가 오는 날은 그래. 아주 안 좋아.

통제실에서 무전이 왔어. 3번 능선 쪽에, 벨트가 고장났다고. 컨

베이어 벨트가, 몇 킬로가 찢어져서 원석이 못 나간다는 거야. 벨트가 안 돌면 아무리 돌을 캐 날라도 소용이 없어. 착암도 발파도 덤프도…… 다 달려들어서 벨트 고치러 갔어.

그날, 나는…… 나랑, 두엇만 광산에 남아 있었으니까.

다 벨트 고치러 갔는데…… 우리 말고 한 명이 더 있는 줄은, 그애를 보기 전까진 몰랐지. 그애가 송차장 딸이었다는 건…… 아주 나중에 알았어."

*

송인화는 집밖으로 나왔다. 이영관의 숨소리를 오래 들었기 때문일까. 바깥공기를 한참 들이마셔도 숨이 잘 쉬어지지 않았다. 송인화는 두 손으로 무릎을 짚은 채 눈을 감았다.

분명하게 기억이 났다. 자원팀 사무실을 찾아가는 길에 탔던 광산버스. 거기에 타고 있던 사람들이 벨트 고장이라는 말과 함께 중간에서 우르르 내리던 모습. 시뻘건 테라로사 흙이 엉겨붙던 운동화. 불타오르던 폐타이어 더미.

송인화는 천천히 허리를 폈다. 눈을 떴지만 정신이 돌아오지 않았다. 이영관의 목소리가 환청처럼 계속 귀를 울렸다. 이곳이 어디인지 지금이 어느 때인지 실감이 가지 않았다. 눈앞에 밝지도 어둡지도 않은 희뿌연 대기가 펼쳐져 있는 걸 보고서야 송인화는 주위를 둘러봤다. 몇몇 집의 우편함에 신문이 꽂혀 있었다. 저녁이 아니라 아침이었다. 송인화는 시간을 확인했다. 10월 16일 오전 일곱시였다.

투표가 마감되고도 시침이 한 바퀴를 더 돌았을 시간이었다. 송인화는 부리나케 휴대폰을 열었다. 그러고는 연립 현관 턱에 주저앉았다. 10월 15일 아침 여섯시부터 저녁 여덟시까지 치러진 척주시장 주민소환투표는 투표율 25.9퍼센트로 부결된 상태였다. 청구 서명인 수에서 사천팔십여 명 정도가 더 투표를 한 수였지만 투표함을 열기에는 사천오백 명 정도가 부족한 수였다. 척주시 곳곳에 설치됐던 마흔다섯 개의 투표함은 봉인된 채 모두 파기됐고, 오병규는 다시 시장 관용차를 타고 시청으로 출근해 아침 조회를 열 예정이라고 했다.

이따 전화할게요.

송인화는 그제야 보건소 사거리로 뛰어가며 뒤를 돌아보던 서상화를 떠올렸다. 송인화는 다시 휴대폰을 열었다. 어제저녁 일곱시 사십삼분에 서상화한테 걸려온 전화가 있었다. 송인화가 이영관의 녹음을 듣고 있던 시간이었다. 송인화는 서상화한테 전화를 걸었다. 전화기가 꺼져 있었다.

"상화씨가 충격이 큰가. 연락 없이 지각을 다 하고."

김승희의 목소리가 들렸다. 오전 열시였다. 침착하게 앉아 있는 이창규와 김순영. 송인화를 보고 있는 김승희. 저쪽 파티션 너머에서는 다른 부서 사람들이 조용히 움직이고 있었다.

서상화의 자리만 비어 있었다.

송인화는 서상화한테 메시지를 보내놓고는 서상화의 카톡 프로필 사진을 열었다. 투표소 앞 사진이었던 프로필 사진은 암기빵 사진으로 바뀌어 있었다.

내 전화를 기다리다 배가 고파 혼자 사먹은 걸까. 송인화는 숫자가 새겨진 갈색 빵 사진을 보며 생각했다. 혹시 혼자서 오병규를 처단하려고 시청에 숨어들어가 있는 건 아닐까, 그런 생각도 했다.

저녁 여섯시가 가까워와도 서상화는 전화기를 켜지 않았다. 메시지도 확인하지 않았다. 보건소에 아무 연락 없이 무단결근을 하는 것도 처음이었다. 송인화는 공익들의 근태를 담당하는 주임한테 가 서상화의 집 전화번호를 물었다. 서상화의 할머니인 듯한 사람이 전화를 받았다.

"우리 상화가 어젯밤에 집에 안 들어왔어요. 이런 일이 없었는데……"

빼친 거야. 서상화와 연락이 안 된 채 하루가 더 지났을 때 송인화는 생각했다. 내가 전화를 안 받아서 삐친 거야. 내 속을 통째로 태워 먹은 다음에 완전히 자기 걸로 만들려고 밀당을 하는 거야.

하루가 더 지났을 때 송인화는 그럴 리가 없다고 고개를 저었다. 세상이 싫어 잠적을 해도 서상화가 자기한테 연락을 안 할 리 없었다. 다른 사람은 몰라도 송인화는 알았다.

하루가 더 지나고 퇴근시간이 되었을 때 송인화는 척주의료원 사거리로 걸어가 중앙약국 문을 열어젖혔다. 누군가와 통화를 하고 있던 양진성이 송인화를 보고는 급히 전화를 끊었다.

"상화 여기 그만둔 지 한참 됐어요."

송인화는 어딘가에 서상화의 재킷이라도 걸려 있지 않을까 해서 약국 안을 빠르게 훑었다.

"새로 구했던 사람이 갑자기 그만둬서 한동안 도와주러는 왔지만…… 그만뒀어요. 저는 모릅니다."

"뭘 모른다는 거죠?"

"지금 상화 찾고 있는 거 아닙니까? 어디 갔는지 나는 모른다구요."

양진성은 필요 이상으로 방어적이라는 느낌을 주었다. 서상화한테 무슨 짓을 한 거냐고 멱살을 잡고 싶은 충동을 누르면서 송인화는 밖으로 나왔다.

송인화는 암기빵 사진을 다시 열었다. 세븐일레븐, 암기빵은 세븐일레븐에서만 팔았다. 송인화는 눈앞에 보이는 세븐일레븐으로 들어가 휴대폰 속 서상화의 사진을 내밀었다. 어쩌면 서상화는 이 빵을 먹으려고 산 게 아니라 흔적을 남기려고 샀을지도 몰랐다. 송인화는 그 생각을 붙든 채로 저녁 내내 척주 시내의 세븐일레븐을 다 돌았지만 서상화의 얼굴을 봤다는 사람은 없었다. 송인화는 가로수 아래의 벤치에 앉아서 갑자기 낯설게 느껴지는 거리를 쳐다봤다. 불길한 예감이 몰려왔다. 송인화는 박영필한테 전화를 걸었다.

"상화가 없어졌어요. ……도와주세요."

앞뒤 없이 말하는 송인화의 감정을 가라앉히며 박영필이 차근차근 상황을 물었다. 잠시 뒤 다시 전화를 걸어온 박영필이 말했다.

"안 그래도 오전에 가족들이 미귀가 신고를 했네요. 수사 진행되면 연락드리겠습니다."

*

검은 야상을 입고 있었다. 걷다가 중간중간 휴대폰을 확인했다. 빠른 걸음이었지만 다급하게 걷는 모습은 아니었다. 머리, 등, 다리. 어둑한데다 먼 거리에서 잡힌 것이었지만 서상화가 분명했다. 걸음걸이만 봐도 서상화라는 걸 알 수 있었다. 어라항 옆에 있는 세븐일레븐 앞 CCTV였다. 거기에 잡힌 걸 마지막으로 서상화는 어디에서도 모습이 찍히지 않았다. 서상화의 휴대폰 신호가 마지막으로 잡힌 것은 10월 16일 새벽 네시, 울진군 북면 덕구리였다.

화면을 보는 내내 송인화는 서상화가 걷고 있는 CCTV 안으로 들어가고 싶었다. 들어가서 어디를 가는 중이냐고 묻고 싶었다. 그러면 서상화가 누나, 하고 돌아보며 금방이라도 다가와 손을 잡을 것 같았다.

송인화는 보건소의 서상화 책상에 앉아서 컴퓨터를 켰다. 비밀번호는 내선번호였다. 바탕화면은 깨끗했고 업무에 관련된 것 외에는 어떤 개인적인 흔적도 보이지 않았다. 지금 당장 다른 공익근무 요원이 와서 써도 아무 문제가 없을 것 같은 상태였다.

혹시라도 메모나 낙서가 있을까 싶어 송인화는 그동안 서상화가 쓴 근무일지를 빠짐없이 훑어내려갔다. 봄에 했던 방문 복약 상담, 여름에 했던 방역 업무, 최근까지의 독감 관련 지원 업무가 육하원칙대로 간략히 적혀 있었다. 그 외에 다른 기록은 없었다.

특별한 흔적이 잡히지 않은 채로 며칠 동안 가을비가 내렸다. 기온은 계속 내려갔다. 기온이 내려갈 때마다 나뭇잎이 무더기로 떨어져 내렸다. 노랗게 익은 은행잎들이 날마다 화단과 보도 위로 떨어졌다.

에어컨 실외기 바람을 맞던 나뭇잎이 현금인출기 지붕 위로 다 떨어져내리도록 서상화에게서는 연락이 없었다.

사람들이 퇴근을 하면 송인화는 서상화의 책상에 멍하니 앉아 서상화의 마우스를 손으로 감싸쥐었다. 집에 가면 자신에게로 온 이영관의 말들을 틀어놓고 감당할 수 없을 것 같은 마음으로 또 한참을 앉아 있었다. 그렇게 보건소와 집을 오가다보면 아무것도 실감이 가지 않았다. 갑자기 사라져버린 서상화도, 이영관의 녹음 속에서 오병규의 이름과 함께 들리는 아버지 이름도, 다시 송인화 직장의 장長으로 돌아온 오병규도.

논공행상 얘기들이 들려왔다. 오병규를 위해 발로 뛴 시청 공무원들 수명이 사무관으로 승진되었다는 얘기. 불법 선거운동으로 벌금형을 받았던 몇몇 공무원이 벌금형 이력을 훈장처럼 달고 있다는 얘기. 사람들은 승진한 공무원들을 핵사무관이라고 부르고 있었다. 이제 하나씩 보복 인사가 진행될 거라는 말들도 들려왔다.

송인화가 사고 마약류 발생 보고서 서류 뭉치를 발견한 건 서상화가 사라진 지 열흘째 되던 날이었다. 서상화의 글씨가 적혀 있는 그 종이 뭉치는 송인화의 책상 서랍에 들어 있었다. 사고 마약류 품명란도, 사고 발생 사유란도 다 비어 있었다. 서상화의 글씨는 칸이 넓은 비고란에 적혀 있었다. 하단의 성명란에 적어넣은 이름 두 개가 눈에 들어왔다.

'보고인: 서상화. 담당자: 송인화.'

송인화는 비고란에 적힌 서상화의 메모를 읽었다.

—나는 오늘 약사님한테 오십이억을 달라고 했다. 오십이억을 줄

게 아니면 그런 말을 하지 말라고 했다.

다른 종이도 아닌 사고 마약류 발생 보고서에 적힌 서상화의 그 메모를 읽자 양진성이 서상화에게 어떤 제안을 했을지 상황이 꿰어졌다. 보고인과 담당자란에 이름 두 개를 적어놓고 많은 생각을 했을 서상화가, 거짓으로 보고서를 작성하는 대신 자기 얘기를 적어넣기로 한 서상화가, 그 갈등의 순간순간을 송인화 책상 서랍 안에 몰래 넣어놓은 서상화가 종이 안에 다 담겨 있었다.

송인화는 계속해서 서상화의 짧은 메모들을 읽어나갔다.

—인화 누나는 자기가 나보다 운전을 더 잘하는 줄 안다.

—쟁의부장 삼촌은 애가 셋이다. 고등학교에 올라간다는 첫째 아이의 수학 공부를 봐줬더니 쟁의부장 삼촌이 나를 너무 예뻐한다.

—나는 오늘 소집해제 신청서를 다섯 번쯤 열어봤다. 이걸 쓸 날이 정말 올까?

—23사단에서 상근예비역을 하는 친구랑 어라항 가서 회를 먹었다. 계속 인화 누나 생각을 했다.

—아빠는 힘든 소리를 나한테만 하나보다. 조합원 사람들이랑 있는 아빠를 보면 믿음직한 형님 같다. 아빠 녹내장이 갈수록 안 좋아진다.

—택배보다는 대리운전이 더 체질에 맞는다. 술 취한 사람들이 통화하는 걸 듣다보면 척주가 좁긴 좁다는 생각이 든다.

—교동에 약국이 하나 새로 생겼다. 인테리어가 별로다. 나라면 대기 소파를 저렇게 안 놓을 텐데. 경미약품 POP 광고판은 요란한 게 많음. 소형 약국에서는 정신없을 듯.

—인화 누나가 실내화를 발끝에 걸치고 까딱까딱 발을 움직인다.

인화 누나가 의자를 휙 끌면서 내 모니터 쪽으로 온다. 인화 누나가 재채기를 한다. 조용하게 가라앉은 사무실에서 인화 누나의 재채기 소리가 들리면 나는 아무것도 할 수가 없다. 송인화한테 있는 바이러스를 내가 다 먹어버리고 싶다.

—근로자지위확인 소송 1심 판결이 계속 미뤄진다. 결심공판이 잡혀 있었는데도 또 미뤄졌다. 벌써 네번째다. 시간을 끌려고 동진에서 꼼수를 쓰고 있는 게 확실하다.

—방학수 아저씨한테서 오늘도 전화가 왔다. 자꾸 보자고 한다. 투표날에 돈이 생긴다는 건 무슨 말인지. 버스터미널 쪽에서 부인처럼 생긴 사람을 봤다고 한다. 니네 엄마 구역은 어디냐고 나도 모르는 걸 또 묻는다.

송인화는 서상화의 메모를 읽으면서 입술을 물었다. 근무일지를 볼 때만 해도 괜찮은 것 같았던 마음이 보고서에 쓰인 메모를 보자 자꾸 헤집어졌다. 송인화는 보고서 낱장들을 가지런히 모으고는 한 장씩 다시 넘기며 거기에 적힌 이름과 지명, 형용사와 부사와 동사를 짚어 나갔다. 마지막으로 걸리는 이름이 하나 있었다.

방학수였다. 왜 방학수 생각을 못했을까. 서상화가 공익 일을 하면서 송인화 다음으로 함께 시간을 많이 보낸 사람이 방학수였다. 방학수는 뭔가를 알고 있다는 확신이 송인화를 강하게 붙잡았다. 송인화는 행정부서로 가 공공근로자 명단에서 방학수 이름을 찾았다. 그러고는 서류에 적힌 번호로 전화를 걸었다. 휴대폰은 꺼져 있었다.

송인화는 박영필한테 들러 서상화의 메모를 건넸다.

"가족은 신경을 안 쓰는데…… 뒤에서 방학수를 찾는 사람들은 있고."

"그게 무슨 말이죠?"

방학수 이름이 적힌 서상화의 메모를 내려다보며 박영필이 턱을 만졌다.

"최한수 비서관이…… 비밀리에 방학수를 찾고 있더군요."

"……"

"방학수도 10월 15일부터 연락이 안 되는 상태입니다. 집에도 안 들어왔다는군요."

"그럼 상화랑 방학수가 같은 날 사라졌다는 건가요?"

송인화는 투표일 오후에 누군가와 계속 통화를 하던 서상화를 떠올렸다. 그게 방학수가 맞는다면 서상화는 방학수를 만나러 갔다가 방학수와 함께 사라진 거라는 얘기였다. 그 방학수를 지금 윤태진이 찾고 있다는 말이었다.

"브로커들 움직임이 갑자기 부산해졌습니다. 약왕성도회 쪽도 마찬가지고요. 서상화도 방학수도 가출이나 단순 실종이 아닐 가능성이 꽤 높습니다. 내 예감이 틀리기를 바라지만, 범죄 연루 가능성을 열어둬야 할 것 같습니다."

*

벽 쪽으로 난들이 어지럽게 늘어서 있었다. 저녁시간이 지난 사무실엔 윤태진 혼자 있었다. 전화를 받고 계속 서성였는지 윤태진은 출입구 쪽 파티션 앞에 서서 사무실로 들어오는 송인화를 맞았다. 윤태진이 소파로 자리를 권했지만 송인화는 앉지 않았다.

송인화는 서늘하게 꺼진 윤태진의 얼굴을 보며 바로 물었다.

"방학수를 왜 찾는지 말해."

방학수와 송인화의 연결점을 찾고 있는지 윤태진은 송인화의 얼굴을 살피며 한참 말이 없었다. 결막 출혈이 심하게 왔는지 한쪽 눈의 흰자위 전체가 새빨갰다. 윤태진이 극도의 스트레스 상황에 있을 때 나오는 증상이었다.

"보건소 공익이 열흘째 실종 상태야. 사라지기 전에 방학수를 만난 것 같아. 10월 15일에 둘 다 갑자기 사라졌어. 그러니까 말해. 방학수를 왜 찾는지."

"보건소 공익이면 서상화를 말하는 건가……?"

윤태진의 입에서 서상화라는 이름을 듣자 송인화는 설명할 수 없는 분노가 올라왔다.

"방학수를 왜 찾는지 말해!"

송인화의 정확한 감정 상태를 읽고 싶다는 듯 윤태진이 굳은 얼굴로 송인화의 눈을 봤다.

"상화가…… 상화가 아무데도 없어. 16일 새벽에 울진에서 휴대폰이 꺼졌어. 상화가…… 나한테 연락을 안 할 리가 없어. 땅이 갈라지면 땅이 갈라지고 있다고 나한테 연락을 할 애야…… 나한테, 상화는 그럴 애야. ……상화를 찾아야 돼. 상화를 찾아야 된다고!"

송인화의 입에서 서상화의 이름이 나올 때마다 윤태진의 얼굴에 조금씩 고통스러운 표정이 스쳐갔다. 송인화 쪽으로 다가가지도 물러서지도 못한 채 윤태진은 무언가를 참는 듯한 얼굴로 서서 송인화를 보았다. 윤태진이 책상으로 걸어가 담배를 집어들었다.

"잠깐만 있어. 마음 가라앉히고 다시 얘기하자."

건물 계단 쪽으로 걸어가는 윤태진의 발소리를 들으면서 송인화는 윤태진의 책상으로 다가갔다. 모니터가 보였다. 펜꽂이, 파일철, 전화기, 계산기, 포스트잇, 스테이플러, 티슈 통, 머그잔…… 이렇게 평범한 책상에 앉아서 윤태진은 무슨 일을 벌이고 있는 걸까.

송인화는 윤태진의 책상을 뚫어지게 내려다보다가 사무실 입구를 쳐다봤다. 그러고는 다시 책상으로 고개를 내렸다. 할 수만 있다면 모니터부터 서랍까지 하나하나 다 뒤지고 싶었다. 송인화는 잠시 숨을 멈추고는 윤태진의 책상을 덮고 있는 데스크 매트를 젖혔다. 초록색 고무 매트 밑에서 딸려나온 것은 뜻밖에도 멀리에서 찍은 듯한 안금자의 사진이었다. 송인화는 사진과 함께 나온 종이 몇 장을 집어들었다. 안금자의 이력과 함께 지난 이십 년간의 약왕성도회의 활동 내역이 적혀 있었다. 안금자와 약왕성도회에 대해서 뒷조사를 한 자료였다. 송인화는 머릿속이 하얘져왔다. 윤태진은 왜 안금자와 약왕성도회에 대해서 파악하려고 한 걸까. 송인화는 손이 떨려오는 걸 어쩌지 못한 채 의자 팔걸이에 걸려 있는 윤태진의 핸드타월을 내려다봤다.

반핵 입장인 사람들에게는 그들이 꿈꾸는 희망이 있었다. 찬핵인 사람들의 욕망 속에도 그들대로의 희망이 있었다. 하지만 윤태진의 욕망에는 희망이 없었다. 윤태진은 미래에 대한 희망도 미래에 대한 불안도 없는 남자였다. 송인화는 그걸 알았다. 어쩌면 약왕성도회도 그걸 알아본 건지 몰랐다.

사무실로 다시 걸어오는 윤태진의 발소리를 들으면서 송인화는 희망 없는 욕망이 갖고 있는 위험한 독을 생각했다. 그 독이 어디까지 뻗쳐갈지 짐작할 수 없어 송인화는 몸이 후들거렸다.

보건소 앞 보도로 낙엽이 수북하게 쌓여갔다.

낙엽을 밟지 않고는 길을 걷기가 어려웠다. 서상화가 보건소에 없는 채로 맑고 추운 날이 이어졌다. 낙엽이 담긴 자루가 보건소 앞 보도에 한두 단씩 쌓여 올라갔다. 어느 오후, 송인화는 보도 앞에 멍하니 서 있다 낙엽 자루를 수거하려는 작업자한테 다가갔다.

"가져가지 마세요. 제발……"

송인화는 자루를 붙든 채 꿇어앉아 울었다. 김승희가 나와서 일으킬 때까지 송인화는 자루를 잡고 놓지 않았다. 서상화가 예방의약계로 왔던 봄에 돋아나 여름과 가을 내내 보건소 앞에 달려 있던 나뭇잎들이었다. 그 나뭇잎을 다 쓸어가버리면 서상화가 이대로 돌아오지 않을 것 같았다.

밤이 되면 하경희한테 전화를 했다. "언니, 상화 거기 안 갔어? 상화가 그 집을 정말 좋아했어." 퇴근을 하다가 커다란 백팩을 메고 걸어가는 공익근무 요원을 보면 달려가서 얼굴을 확인했다. 아직도 메시지를 확인하지 않는 서상화의 카톡 프로필 사진을 열어 암기빵을 쥐고 있는 서상화의 엄지손가락을 몇 번이고 만졌다. 10월 14일을 끝으로 더 이어지지 않은 서상화의 근무일지를 펼쳐놓고 송인화는 날마다 생각했다. 서상화가 펜을 들어 이 종이에 글씨를 눌러쓰던 10월 14일로 되돌아갈 수 있다면, 그러면 어디로도 가지 못하게 서상화를 붙잡고 있을 거라고.

경찰은 유리골과 어라항 일대를 수색했다. 새천년도로 아래의 바위들과 해변도 수색했다. 광산 어디에서 공익복을 입은 남자를 봤다는 목격담이 들려와 광산 주변을 수색했다. 경찰서로 사체 발견 신고가 들어올 때마다 서상화의 가족들이 달려가 신원 확인을 했다.

서상화가 사라진 지 삼 주째로 접어든 월요일에 박영필한테서 전화가 왔다. 동진 부두에서 안경이 발견되었는데 서상화의 아버지도 할머니도 서상화의 안경이 맞는지 확신을 못한다고 했다. 송인화는 경찰서로 달려갔다.

검은 테 안경에 군데군데 붉은 흙이 묻어 있었다. 송인화는 안경에 가까이 다가갔다. 긁힌 자국이 있는 왼쪽 안경알, 초록색 빛깔이 섞여 있는 코받침, 중간쯤에서 칠이 벗겨진 안경다리. 서상화 안경이 맞았다.

"상화는 안경을 벗으면 울어요……"

송인화는 박영필의 팔을 잡았다.

"저를 기다리고 있을 거예요. ……빨리 구해야 돼요."

송인화는 흐느끼며 소리쳤다.

"테트라포드를 다 걷어내요…… 바닷물을 다 퍼내……! 퍼내서 상화를 찾아!"

*

여청과에서 진행되던 실종 수사는 서상화의 안경이 발견되면서 본격적으로 형사과로 넘어갔다. 서상화의 안경에 묻어 있던 붉은 흙은 광산 주변에 있는 테라로사 흙이었다. 송인화는 이영관의 녹음을 듣는 내내 어른거렸던 자신의 운동화를 다시 떠올릴 수밖에 없었다. 십팔 년 전 그날 광산에서 내려왔을 때 송인화의 운동화엔 시뻘건 흙이 엉겨붙어 있었다. 송인화가 엄마와 둘이 척주를 떠나 서울에 낯선 집을 얻을 때까지도 운동화에서 떨어지지 않던 흙이었다.

부원료를 싣고 부두와 광산을 오가는 덤프기사들, 움밭리 마을 사람들, 10월 15일 오후 네시 이후 35광구에서 작업을 하던 사람들을 대상으로 목격자 탐문이 진행됐다.

서상화의 안경이 발견되고 이틀 뒤, 방학수의 휴대폰이 켜졌다가 다시 꺼졌다. 울진군 북면 덕구리였다.

서상화의 안경을 본 뒤로 송인화는 아무것도 할 수 없었다. 자신이 받지 못한 서상화의 마지막 전화가, 전화가 왔던 10월 15일 저녁 일곱시 사십삼분이라는 시간이, 그 시간에 서상화가 어디에 있었는지, 어떤 상황이었는지, 그 모든 것에 대한 생각이 시시각각 송인화를 흔들었다. 서상화는 광산 흙과 바닷물이 엉켜서 질척대는 부둣가에 서 있었다. 서상화는 붉은 흙으로 뒤덮인 광산의 어느 능선으로 걸어올라갔다. 서상화는 어둠이 내린 해변가에 서 있었고, 서상화는 햇빛이 다 사라져버린 방파제 저쪽으로 자꾸만 걸어갔다. 그날 저녁 일곱시 사십삼분 속에서 서상화는 매일 모습을 바꾸면서 찾아왔다. 그러다 눈이 충혈된 채 조퇴를 하겠다는 오후로 되돌아갔고, 불안한 호흡으로 송인화 옆에서 걷기를 반복했다.

그날도 맑고 추운 날이었다.

출근을 하려고 신발을 신다가 송인화는 박영필의 전화를 받았다.

박영필은 잠시 말이 없었다. 송인화는 숨을 멈춘 채 박영필의 말을 기다렸다. 박영필은 '서상화가'가 아니라 '서상화를'이라고 말했다.

"서상화를 찾았습니다."

송인화는 김승희가 운전하는 차에 탔다. 창밖을 볼 수 없었다. 방문 복약 상담을 하면서 서상화와 매일같이 지나가던 길로 차가 꺾어들고 있었다. 차는 어라항 입구에 섰다. 어라항 방파제가 맞바라보이는 동진 부두 방파제에 사람들이 모여 있었다. 송인화는 테트라포드를 휘감는 물소리를 들으면서 방파제 위를 휘청휘청 걸어갔다. 해경들, 감식반들. 박영필이 다가오는 송인화를 뒤돌아봤다. 낙엽처럼 작은 한 노인이 테트라포드 앞에 앉아 흐느끼고 있었다. 노조 조끼를 입은 남자가 동료들과 함께 그 자리에 주저앉고 있었다. 사람들 사이에서 무언가가 하얗게 빛났다. 송인화는 입을 틀어막았다. 흰 사체포에 덮인 서상화가 방파제 저만치에 누워 있었다.

"보지 마."

김승희가 송인화의 팔을 잡았다. 너무 작았다. 상화는 저렇게 작지 않은데. 상화는 저렇게 작지 않아. 송인화는 김승희한테 붙잡힌 채 계속 고개를 저었다.

아저씨. 서상화가 그렇게 불렀다고 했다. 그 말은 사실일 것이다. 서상화는 정말로 아저씨, 라고 부르며 다가섰을 것이다.

죽을 줄 몰랐다고 했다. 테트라포드 사이에 빠져도 혼자서 기어올라올 수 있을 줄 알았다고 했다.

원래 좀 이상한 애였다고 했다. 젊은 애 힘을 못 당할 것 같아서 어쩔 수 없었다고 했다.

송인화는 척주의료원 장례식장 앞에 서서 그 말들을 짓씹었다. 송인화를 기다리던 이창규와 김순영과 김승희가 장례식장 안으로 먼저 들어갔다. 그들이 다시 나올 때까지도 송인화는 밖에 서서 움직이지 않았다. '척주시청'이라 쓰인 화환 하나가 장례식장 입구로 들어갔다. 뒤이어 '중앙약국'이라 쓰인 화환이 들어갔다. 마지막으로 '강원영동지역노동조합 동진시멘트 지부'라 쓰인 화환이 들어갔다. 서상화는 척주의료원 장례식장 3호실에 있었다.

포항에서 검거된 방학수는 척주경찰서 안에 있었다.

현장검증은 동진 부두와 방파제 위에서 진행됐다.

11월 하늘은 새파랬다. 방학수가 그 아래에서 버석거리며 움직였다. 방학수의 변호사라는 사람이 한쪽에 계속 서 있었다. 방학수는 말없이 움직이다가 억울하다는 듯 갑자기 사람들을 향해 외쳤다. 박영필에게 진술했던 내용들이었다. 자신의 고의성을 부인하기 위해서, 우발적인 범행임을 주장하기 위해서, 정당방위임을 말하기 위해서, 서상화를 조금이라도 아는 사람이라면 누구도 납득하지 못할 얘기들을 횡설수설 반복하고 있었다. "거짓말이야." 방학수가 마스크를 내리고 말할 때마다 송인화는 외쳤다. "거짓말이야. 다 거짓말이야!"

송인화는 박영필한테 이영관의 녹음기를 건네고 차 운전석으로 올라갔다. 차 안에 혼자 남자마자 손을 쓸 수도 없이 눈물이 밀려올라왔다. 방학수는 알고 있었던 게 분명했다. 안경을 벗으면 서상화가 이상한 빛을 본다는 걸. 그 빛을 보면 저절로 눈물이 흐른다는 걸. 평지에서조차 균형을 잃는다는 걸.

송인화는 입술을 물며 차에 시동을 걸었다. 이영관이 한 말들은 모두 송인화의 머릿속에 그대로 들어 있었다. 송인화는 오십천교를 건너 광산 쪽으로 방향을 틀었다. 차가 산마을로 들어설수록 방학수가 재연한 행동이 가슴을 때려왔다. 방학수가 서상화의 안경을 낚아챈다. 방학수가 테트라포드로 뛰어올라간다. 서상화가 안경을 찾아 테트라포드로 따라 올라간다.

서상화의 사인은 익사였다. 테트라포드 사이에 빠지면 누구도 혼자 힘으로 올라올 수 없다는 걸 해안도시에 사는 사람이라면 다 알았다. 방학수는 서상화를 구하지 않고 그대로 봉고에 올랐다. 투표날 하루종일 노인들을 실어나른 그 봉고에는 광산으로 옮겨야 하는 물건이 들어 있었다. 서상화가 알아보고 방학수와 실랑이를 벌였을 물건. 서상화 때문에 물건의 실체를 알게 된 방학수가 그걸 들고 잠적해버렸을 물건. 동진시멘트와 약왕성도회 두 곳에서 다 사람을 풀어 찾아야 했던 물건.

방학수는 투표 방해 외에는 어떤 얘기도 하지 않은 채, 서상화가 더 이상 아무 말도 할 수 없다는 이유로, 그 물건을 갖고 있게 된 이유도, 동진 부두에 간 이유도 다 서상화 탓으로 돌리려 하고 있었다.

송인화는 미친듯이 속도를 높이며 움발리라는 표지판이 가리키는 곳으로 꺾어 들어갔다.

*

마른풀들이 버석거리며 밟혔다. 낙엽 더미를 밟을 때마다 분진이 올라왔다. 눈과 코를 덮쳐오는 먼지에 송인화는 비틀거리며 나무를 붙잡았다. 아무것도 보이지 않았다. 달빛이 아니면 한 걸음도 내디딜 수 없을 것 같았다.

송인화는 자꾸 흐려지는 눈을 닦아내며 산 위를 올려다봤다. 그러면서 그날 오후에 방학수가 서상화를 불러내면서 했을 말들을 떠올렸다. 방학수는 자신의 아내가 서상화의 엄마한테 포교를 당했다는 피해망상에 사로잡혀 있었다. 박영필이 판사의 괘씸죄와 형량 얘기를 하자 방학수의 입에서 나온 얘기였다. 방학수는 그날만큼은 기어코 서상화를 불러내기 위해 엄마를 미끼로 썼을 것이다. 충혈되어 있던 서상화의 눈을 떠올리자 송인화는 또다시 눈앞이 뒤섞였다.

송인화는 얼굴을 닦아내며 컨베이어 벨트가 지나가는 방향을 가늠했다. 소음이 들려오는 쪽으로 가야 했다. 산이 미세하게 흔들리는 쪽. 그래야 광구로 올라갈 수 있었다. 띄엄띄엄 흩어져 있는 움발리의 집들은 모두 불이 꺼져 있었고 통근버스가 서는 광산 입구는 막혀 있었다. 이 시간이면 원래 막혀 있는 건지 급하게 막아놓은 건지 알 수 없었다. 송인화는 광산 뒤쪽 길로 올라갔다.

걸음을 내디딜수록 송인화가 낙엽을 밟는 소리만이 골짜기를 울렸다. 경사진 밭길을 따라서 송인화는 계속 걸어올라갔다. 뿌리가 뽑힌 나무들이 여기저기에 거꾸로 박혀 있었다. 밭이 끝나고 산이 시작되면서부터 송인화는 기듯이 손을 짚으며 능선을 올라갔다. 올라갈수록 나무가 사라지고 붉은 흙더미만 나와 송인화는 계속 미끄러졌다. 기어올라왔던 곳으로 다시 나뒹굴 때마다 송인화는 흙을 움켜쥐면서 울음 같은 소리를 내질렀다. 벨트의 방향도 소음도 흙속에서는 다 놓쳐버릴 것 같았다. 산은 너무 어둡고 거대했다. 송인화는 붉은 흙투성이 손으로 얼굴의 물기를 훔쳐내며 동진 부두라는 단어가 들어갔던 이영관의 말들을 불러냈다.

"동진 부두로 폐타이어 배가 들어오는 날은 꼭 벨트가 고장났어."

폐타이어가 광산 야적장으로 들어올 때 광산에 사람이 없어야 했다는 말이었다. 송인화는 십팔 년 전 시멘트 공장 정문에서 탔던 광산 버스에서부터 기억을 되짚었다. 버스는 컨베이어 벨트가 허공을 가로지르는 어떤 마을을 지나갔다. 마을 옆의 산중턱으로 벨트가 빠져나오는 작은 하우스가 보였다. 무전을 받고 우르르 내리던 작업자들 중 한 명이 말했다. "저 커브 돌고 바로 내리면 돼 학생. 거기가 자원팀이야."

아버지가 며칠 동안 집에 들어오지 않았다. 송인화는 엄마가 쥐여준 종이가방을 들고 자원팀 사무실로 찾아가던 중이었다. 무겁지 않았던 걸 보면 아마도 속옷이 들어 있었을 것이다. 자원팀 사무실에는 아버지가 보이지 않았다. 사무실에 없으면 광산 대기실에 있을 거라는 누군가의 말을 듣고 송인화는 대기실을 찾아 걸어갔다. 한여름이었고 습했다. 어둑해지는 대기로 굵은 안개 입자들이 떠다녔다. 광산을 에워싼 나무들은 이파리들마다 분진이 내려앉아 여름인데도 희뿌옇게 보였다. 나무가 우거진 길을 걸어가자 옷에 석회석 가루가 부옇게 묻어났다.

먼지 쌓인 나무들이 서 있던 광산 입구. 거기에서 시작해 골재장에서 이영관과 마주칠 때까지, 송인화는 그 시간 동안 자신이 봤던 풍경을 떠올리려고 애썼다. 이영관은 녹음 속에서 어느 한 장소를 반복해 말하고 있었다.

"한여름인데…… 찬바람이, 에어컨 바람하고는 비교가 안 돼. 그런 바람이 땅속에서 확 올라오는 거야. ……거기가 없어져버렸어."

"지금이야 차곡차곡 다 깎여서…… 광산이 백록담처럼 꺼져 있지만…… 그때는 지금처럼 광산 벤치가 가지런할 때가 아니었어. 이쪽은 계단식이어도 저쪽엔 산이 막혀 있어서 한참 돌아가야 되고. 몇 주 있으면 그 산이 또 깎여서 없어지고. ……골재장도 여기 있다가 저기로 옮겨가고 그랬으니까. 덤프 신입들은 운전보다 길 찾는 게 더 일이었지. 어느 벤치 몇 블록, 찾아가야 일을 하니까."

그날 송인화는 광산 대기실을 바로 찾지 못했다. 길을 따라 들어가자 대기실 건물이 아니라 출입 제한 구역 표지판이 보였다. 표지판 뒤로 초록색 철망 펜스가 높게 가로막혀 있었다. 펜스 안쪽에서 검은 가루들이 흩날렸다. 그 너머로 컨테이너 건물이 보이는 것 같아 송인화는 펜스 문을 잡아당겼다.

"골재 관리가 철저했지. 골재가 그게…… 시멘트 원료로도 못 들어가고 건설 자재로나 쓰이는 질 나쁜 돌인데. 건창산업 흡수되고 나서부터는 골재만 관리하는 사람이 꼭 하나 따로 있었으니까."

펜스 안으로 걸어들어가자 폐타이어 조각 하나가 발에 밟혔다. 송인화가 밖에서 봤던 건 컨테이너 건물이 아니라 폐타이어 조각을 더 잘게 찢는 기계였다. 그 옆으로 폐타이어가 산처럼 쌓여 있었다. 다시 돌아나갈 수도 없어 송인화는 종이가방을 꼭 쥔 채 폐타이어 더미를 지나 계속 걸어갔다.

"처음엔 내가 그 일을 했지. 뭔지도 모르고 날랐어. 지금도 누군가 나르겠지. 부두에서 광산까지 나르는 건…… 다 용차 쓰니까. 폐타

이어 더미에 숨겨져 배로 들어온 그걸…… 멋모르고 나르겠지. …… 옛날엔 성당에서도 약을 나눠주고 절 앞에서도 약을 나눠줬어. 근데…… 이거저거 다 먹어봐도 약왕성도회 약만큼 신통한 게 없었지. 거기서 주는 약을 먹으면 허리 아픈 것도 기침 나는 것도 신기하게 없어졌어. 약왕성도회 기도회에 한번 갔다 오면 몸이 그렇게 편할 수가 없었으니까. ……지금은 어떤지 몰라도 그때는…… 폐타이어 배가 일본에서…… 세관 신고도 없이 그냥 들어왔지. 동진 부두로 바로. 다른 부원료 수입품들도 그랬어. 검사라는 게 다 동진에서 하는 자체 검사였지."

폐타이어, 동진 부두, 약. 이 세 단어를 맨 앞으로 불러내며 송인화는 붉은 흙더미에서 몸을 일으켰다. 나무들이 부옇게 우거져 있던 좁은 길을 찾아야 했다. 거길 지나서 초록색 철망 펜스가 있는 곳까지 가야 했다. 펜스를 넘어야 폐타이어 야적장과 골재장이 있는 광구로 들어갈 수 있었다.

11월 밤의 산속은 한겨울처럼 기온이 낮았다. 흙더미를 따라가면 계속 미끄러질 것이었다. 길을 돌더라도 나무가 있는 곳을 찾아 붙잡고 올라가야 했다. 송인화는 흙 비탈을 짚고 옆으로 계속 걸어갔다. 물이 말라버린 작은 계곡을 건너자 저만치 무덤 두 기가 보였다. 그 뒤쪽으로 나무들이 보였다.

낙엽 밟는 소리가 다시 골짜기를 울렸다. 송인화는 걸음을 멈추고 뒤를 돌아봤다. 한 박자 늦게 멈추는 발걸음 소리가 있었다. 송인화는 숨을 쉬려고 노력하면서 다시 나무를 붙잡고 올라갔다. 그러다 다시 멈췄다. 어디선가 가지를 밟은 듯 우지끈 소리가 났다.

"나와요."

"……"

"누군지 몰라도 나와!"

골짜기 아래에서 송인화의 목소리가 되돌아왔다. 잠시 뒤 나무 뒤에서 누군가가 모습을 드러냈다. 안금자였다. 송인화는 다가가서 안금자의 옷깃을 움켜쥐었다.

"당신 뭐야, 누구야!"

"그만하고 줘."

"……"

"이영관 그 늙은이가 뭘 남겼는지는 몰라도 그만해. 다 지난 일이야."

송인화는 숨을 몰아쉬며 안금자의 얼굴을 봤다.

"왜 죽였어?"

"……"

"왜 죽였냐고!"

죽인 사람 중에 누굴 말하는지 헷갈려하는 듯한 눈으로 안금자가 송인화를 봤다.

"오병규하고 당신, 대체 척주에서 무슨 짓을 해온 거야?"

오병규라는 이름에 안금자가 정색을 했다.

"오병규 그 씹새끼를 어디다 갖다붙여. 그놈은 그냥 악어새야. 악어는 나라고."

송인화는 기가 차서 말이 나오지 않았다. 손에 힘이 풀린 틈을 타 이번엔 안금자가 송인화의 옷을 움켜잡았다. 광산으로 못 올라가게 하려는 것 같았다.

"오병규 시장질 기껏해야 몇 년이야. 시멘트 그게 가면 얼마를 가겠어. 근데 우린 아니야. 세상이 멸망해도 약장사는 안 망한다고. 잘 알 거 아니야. 약방 갈 때 뛰어간다는 말이 왜 있는지. 그러니까 그만 좀 뻗대고 나한테 와."

안금자가 손아귀에 힘을 주며 송인화의 팔을 눌러왔다.

"아버지 생각 때문에 오병규 면상 볼 때마다 힘들어? 그럼 내가 오병규 죽여줄 수도 있어."

"그 입 닥쳐!"

송인화가 흥분하며 몸을 밀치자 안금자가 휘청거리며 몇 걸음 밀려 내려갔다. 안금자는 끙 소리를 내며 다시 기어올라오더니 송인화의 가슴팍을 움켜쥐었다.

"우리 성도회는 이제 오병규 끊어낼 거야. 새 사람들이랑 새 시대를 열 거라고. 내 말 무슨 말인지 몰라?"

송인화는 몸을 부들거리면서 안금자의 손을 뜯어냈다.

"상화가 죽었어. 상화가…… 상화가…… 무슨 말이 더 필요해!"

송인화는 비명과 울음이 뒤섞인 소리를 내지르면서 그대로 안금자를 밀쳐버렸다. 안금자가 중심을 잃으며 나무 아래로 나가떨어졌다.

"오병규는 우리가 끝장낼 거야. 당신도 같이 끝장내줄게. 우리가, 우리가 당신들 끝장낼 거라고! 그러니까 입 닫고 기다려."

송인화는 일어나려고 팔을 짚는 안금자한테 걸어가 다리로 안금자의 등을 눌렀다. 그러고는 안금자가 목에 두르고 온 머플러를 풀었다. 안금자가 상체를 흔들며 머리로 송인화를 쳐대기 시작했다. 머플러는 풀어지려다가 다시 안금자의 목에 감기기를 반복했다. 송인화는 무게를 완전히 실어 안금자의 등을 최대한 압박했다. 안금자가 발악하듯 몸을 뒤쳤지만 힘은 송인화가 조금 더 셌다. 송인화는 안금자를 나무 아래로 잡아끌고는 머플러로 안금자를 나무 기둥에 묶었다. 송인화가 휴대폰을 빼앗으려고 점퍼 주머니를 뒤지자 안금자가 처음 들어본 욕을 쏟아냈다. 송인화는 안금자가 짚고 온 등산 지팡이와 안금자의 휴대폰을 골짜기 아래로 던져버렸다.

"약사여래상 약함에 무슨 약이 들어 있는지 알려줄까?"

나무 기둥에 묶이고도 안금자는 꺾인 기세가 아니었다. 서둘러야 했다. 안금자 혼자 이 산에 있으리라는 법이 없었다. 테라로사 흙들 천지인 이 산 어느 아래에 석회동굴이 뚫려 있을지 알 수 없었다.

"약 중에 최고의 약이 들어 있지. 고통을 줄여주는 데는 그만이야. 진통제에 댈 게 아니지."

송인화는 숨을 몰아쉬며 안금자를 내려다봤다. 안금자는 시간을 끌며 송인화를 잡아두려고 하고 있었다.

"바로 피임약이야."

어떻게든 송인화를 흔들어보겠다는 듯 안금자가 질긴 표정으로 송인화를 올려다봤다. 송인화의 사생활 하나까지도 다 뒷조사를 한 듯했다.

"닥치라고……!"

"왜 내 마음을 몰라. 다른 사람은 몰라도 자기는 알아야지. 아직 늦지 않았어. 나한테 와."

안금자는 이젠 몸을 뒤치지도 않은 채 말만으로 송인화를 옭아매려

하고 있었다. 송인화는 기가 질린 채 뒷걸음을 치다가 몸을 돌려 다시 산을 기어올라갔다. 몇 걸음 못 갔을 때였다. 안금자의 쩌렁쩌렁한 목소리가 골짜기를 메우기 시작했다.

"서어어어어– 서어어어어어어어–"

송인화한테 하는 말이 아니었다. 산 곳곳에 포진해 있는 행동대들한테 보내는 신호였다. 그 소리와 함께 산이 움직이는 게 느껴졌다. 송인화는 두려움에 가슴이 졸아드는 것 같았다. 송인화는 숨도 못 쉰 채 산을 기어오르다가 큰 나무둥치에 몸을 숨기고 하경희한테 전화를 걸었다. 어디냐고 묻는 하경희의 다급한 목소리를 듣자 기어이 눈물이 흘러넘쳤다.

"광산이야…… 더 올라가면 휴대폰이 안 터질지도 몰라. 박영필 형사한테…… 연락을 해줘. 광산 입구가 막혀 있어. 어떻게든 뚫고…… 35광구로 바로 올라가라고……"

괜찮냐고 묻는 하경희의 목소리가 들렸다.

"언니……"

송인화는 휴대폰을 붙들고 끅끅거리며 가슴을 쳤다.

"상화 어떡해. 우리 상화…… 어떡해."

서상화의 이름을 다시 내뱉고 나자 송인화는 숨이 쉬어지지 않았다. 산비탈에 꿇어앉은 채로 송인화는 낙엽 더미에 얼굴을 묻고 한참 동안 움직이지 못했다. 정신을 붙들지 않으면 이대로 영영 일어나지 못할 것 같았다. 한 사람의 발소리가 아닌 소리들이 낙엽 부서지는 소리 위로 점점 크게 들려왔다. 저쪽이야, 라고 외치는 소리도 들려왔다. 송인화는 신음을 깨물며 몸을 일으켰다. 그동안 모아온 사고 마약류 조작 관련 자료들은 모두 하경희한테 넘겨놓은 상태였다. 하경희와 박영필이 함께 해온 진폐 브로커 수사는 동진시멘트와 약왕성도회와 관의 유착을 꿰어줄 것이다. 이영관이 남긴 녹음은 방학수가 광산으로 옮기려 했던 그 물건에 대한 중요한 보강 증거가 되어줄 것이었다. 마지막 하나, 이영관이 말한 35광구의 그 장소에서 결정적인 물증을 찾아야 했다.

광구에 가까워지자 뒤를 쫓는 목소리들이 여러 방향에서 송인화를 조여왔다. 집중해야 했다. 집중해서 십팔 년 전의 그 길을 기억해야 했다. 송인화는 방망이질 치는 가슴을 누르며 걸음을 서둘렀다. 조금 더 올라가자 저만치로 작은 흙길이 보였다. 나무에 잎들이 하나도 달려 있지 않았지만 길을 보자 그 감각이 선명히 살아났다. 땀으로 끈끈한 맨팔 위에 가랑비처럼 날아와 엉기던 그것. 나뭇잎에서 석회석 가루가 묻어나던 그 길이었다.

"그 아이를 봤을 때…… 고등학생쯤 됐을까. 종이가방을 하나 들고, 골재장 뒤에서, 우리를 보고 있었어. 해무 때문에…… 거기 서 있는 게 사람인 걸…… 한참 만에야 알아챘지."

송인화는 먼지가 앉은 여름 나뭇잎 대신 낙엽들이 두껍게 쌓인 그 길로 들어섰다. 저만치로 출입 제한 구역 표지판이 보였다. 흰색 안전모를 쓴 캐릭터의 얼굴이 색이 바래 거의 지워져 있었다. 검은 가루 그대로 쌓여 있던 석탄재 위에는 그물이 덮여 있었다. 송인화는 초록색 철망 펜스를 붙잡고 섰다. 성인 남자 서넛의 목소리가 바로 지척에서 들려와 송인화는 입술을 물었다. 송인화는 녹이 슨 철망 펜스를 흔들었다. 펜스 문은 모두 쇠줄로 감겨 있었다. 송인화는 다시 미친듯이 펜스를 흔들며 사람 키의 두 배 높이인 펜스를 올려다봤다. 디딜 수 있는 가로 틀이 세 개였다. 송인화는 틀 위로 발을 집어넣고 몸을 끌어올렸지만 손이 미끄러지면서 그대로 나가떨어졌다. 송인화는 다시 틀 위로 발을 집어넣으며 손으로 그다음 틀을 움켜잡았다. 어떻게든 펜스 안으로 들어가야 한다는 생각뿐이었다. 저 펜스 안으로 들어가려고 여기까지 온 것이었다. 철에 찔렸는지 틀을 잡은 손바닥에서 피가 흘러나왔다. "막아!" 하는 소리가 바로 뒤에서 들려왔다. 송인화는 펜스에 매달린 채로 뒤를 돌아보았다. 남자 셋이 펜스 쪽으로 달려오고 있었다. 몸이 사정없이 떨려왔다. 송인화는 흐느끼듯이 신음을 뱉으며 세번째 가로 틀을 올려다봤다. 도와줘 상화야. 그 안에 있으면 나를 도와줘. 손을 내밀어줘. 송인화는 마지막 힘을 다해 한번 더 몸을 끌어올렸다. 남자들이 펜스로 달려드는 동시에 송인화는 세번째 틀에 발을 올렸다. 그러고는 안으로 몸을 던졌다.

"위험하다는 생각이 먼저 들었지. 누군지, 왜 왔는지 그런 걸 따질 겨를도 없었어. 들키면 안 돼. 저 아이는 아무것도 보지 말고 그대로 광산을 내려가야 돼. 봤다는 걸 들키면 무슨 일을 당할지도 모른다고. ……그 생각뿐이었어. 두 달에 한 번 폐타이어가 들어오는 날이었지. 폐타이어 덤프에서 물건을 빼와야 되는데…… 광산에 남아 있던 발파팀 놈이…… 샤워실 뒤에 누가 죽어 있다고…… 달려와서 꺽꺽대기 시작했어."

송인화는 펜스를 타넘으려는 남자들한테서 고개를 돌리며 몸을 일으켰다. 그러고는 절뚝거리며 폐타이어 더미를 지나 안쪽으로 걸어갔다. 계속 걷자 작은 돌들이 산처럼 쌓여 있는 곳이 나왔다. 골재장이었다. 송인화는 숨을 몰아쉬며 그 앞에 섰다. 송인화의 눈앞으로 십팔 년 전의 해무가 내려왔다. 해무 속에서 이영관이 송인화를 보고 있었다. 가, 이영관의 눈빛이 말했다. 당장 내려가, 당장 가! 송인화는 겁에 질려 광산을 내려가고 있는 십팔 년 전 자신의 모습을 보았다.

"아이가 내려가는 걸 확인하고 샤워실 뒤로 달려갔어. 송차장이 쓰러져 있었지. 숨이 안 느껴졌어. 자원팀에 보고를 했지. 그러고 삼십 분도 안 돼서…… 폐타이어 야적장에서 불길이 솟았어. 사람들 관심이 다 야적장으로 몰렸지. 헬기가 뜨고…… 사람들은 그날을 35광구 야적장에서 불난 날로만 알고 있지, 지금도. 샤워실 뒤에 쓰러져 있던 송차장이…… 어떻게…… 모래 푸던 바지선한테 발견이 됐는지…… 그건 지금도 모르겠어. 나는…… 내가…… 아마 그 물건을 옮기는 일을 하지 않았으면…… 끝까지 누명을 썼을 거라고…… 지금도 그렇게 생각해."

송인화는 골재장에 서서 눈을 감았다. 십팔 년 전의 그 자리에 선 채 송인화는 온몸의 감각에 정신을 집중했다. 그때의 느낌만 되살릴 수 있다면 이젠 누가 달려들어도 상관없을 것 같았다. 발밑이 서늘했다. 참을 수 없이 서늘했다. 11월의 밤기운 때문인지 오한 때문인지 다른 무엇 때문인지를 알아야 했다. 송인화는 몸을 떨며 다시 십팔 년 전을 불러냈다. 한참을 골재장에 서서 눈앞의 광산 절벽을 봤던 그때, 발밑이 참을 수 없이 서늘해서 지금처럼 몸을 떨던 그때를. 그때는 지금처럼 겨울 초입이 아니었다. 한여름이었다. 송인화는 지금까지 그 서늘함이 이영관을 마주쳤기 때문이라고 생각해왔다.

송인화는 자신이 선 골재장 땅을 내려다봤다. 그러고는 그곳의 지형이 조금이라도 더 한눈에 들어올 수 있도록 골재장에서 점점 뒤로 물러섰다. 비가 천 일 동안 퍼부어도 물이 고이지 않는다고 했다. 물이 안 고인다는 건 지하에 동굴이 있다는 얘기야. 약왕성도회 산이 알짜배기 석회석 산이라…… 찬바람이 땅속에서 확 올라오는 거야. 머리가 쭈뼛 서더라고.

광산으로 개발되기 전 이곳은 약왕성도회 활동지였다. 안금자가 오병규에게 산을 임대하면서 내건 조건은 굴이 나오면 덮어라, 였을 것이다. 개미굴처럼 연결돼 있는 이 산의 석회동굴 중에서 가장 찬 기운이 모여 있는 곳. 그곳은 광산 사람들이 접근해서도, 착암기가 다가가서도 안 되는 핵심 창고였을 것이다. 그 핵심으로 통하는 입구를 골재로 막아놓은 채 사람을 심어 관리해야 했을 것이다. 송인화는 머리카락이 한 올 한 올 서는 듯했다. 조금 더 뒤로 물러섰다. 아주 완만한 경사로 땅이 골재장을 향해 오목하게 기울어져 있었다.

여기였어.

그렇게 생각한 순간 누군가 다가와 송인화의 배를 걷어찼다. 윽 하고 쓰러지는 동시에 송인화는 광구로 들어오는 경찰차 사이렌 소리를 들었다.

한 단씩 걸어올라갈수록 바람의 세기가 달라졌다.

붉은 흙 범벅에 손바닥에서는 계속 피가 흐르고 있었지만 송인화는 감각이 없었다. 접질린 다리가 부어오르고 있었지만 자신의 다리가 아닌 것 같았다. 걷어차인 배에서도 아무런 통증이 느껴지지 않았다.

송인화는 무언가가 다 빠져나간 얼굴로 절벽 맨 꼭대기를 향해 걸어갔다. 날이 점점 희뿌옇게 밝아왔다. 광산 아래쪽에서는 경찰 병력을 이끌고 도착한 박영필이 골재장의 돌들을 걷어내고 있었다. 사이렌 소리가 들리자 욕을 뱉으며 사라졌던 남자들은 산 어디에서도 보이지 않았다. 송인화는 굴착기와 로더와 덤프 들이 수도 없이 지나다녔을 광산 벤치 길을 몸을 절며 걸어올라갔다. 광산 꼭대기에 올라서자 이십 년 동안 깎이고 헐린 석회석 산이 눈 아래로 펼쳐졌다. 그 시간 동안 계단 절벽 길을 밤낮없이 오갔을 사람들과 장비들이 환영처럼 눈앞으로 지나갔다.

송인화는 바다와 산에서 불어오는 바람을 한꺼번에 맞으며 고개를 들었다. 광구 너머로 바다가 펼쳐져 있었다. 새천년도로의 곡선이 보였다. 코끼리산과 유리골, 어라항이 손에 잡힐 듯했다.

새벽이 오는 척주 바다를 보면서 송인화는 언젠가 서상화가 했던 말을 떠올렸다. 아주 맑은 날엔 35광구 꼭대기에서 울릉도가 보인다고 했다. 야간작업을 하다보면요, 오징어배 불빛이요, 수평선 이쪽 끝에서 저쪽 끝까지 촘촘하게…… 정말 장관이래요. 광산 사람들은 그 불빛을 보면 그래요. 울릉도 가는 고속도로라고.

송인화는 수평선을 따라 펼쳐진 불빛들을 보면서 소리내어 말했다.

"상화야, 저기, 울릉도 가는 고속도로."

불빛들을 지우며 수평선 끝에서 무언가가 솟아올라왔다.

송인화는 밝아오는 바다를 보면서 비로소 목을 놓고 울기 시작했다.

서상화가 없는 세상에서 해가 떠오르고 있었다.

에필로그

초봄에 지하 창고로 내려갔던 주름관 히터는 날이 추워지면서 다시 보건소 로비로 올라왔다. 결핵 예방 배너 옆에는 산세비에리아 화분 대신 금전수와 고무나무가 세워졌다. 화요일 저녁마다 열리는 달빛 건강 걷기 프로그램은 가을보다 인원이 줄었지만 여전히 신청자가 많았다. 비가 오는 날은 옥외 휴게실로 통하는 복도에 하루종일 우산들이 펼쳐져 있었다. 치매관리센터에 들르는 노인들이 가끔씩 큰 소리로 공익 총각을 찾았다.

보건소 SNS 페이지에는 방문자가 거의 없었다. 그러나 거의 매일 들어가 서상화가 올렸던 사진을 열어보는 사람이 한 명 있었다.

사진 속에서는 운동처방사들이 아이들의 키를 재고 있었다. 방역차 기사들이 운전석에 앉아 아이스크림을 먹다가 이쪽을 보면서 웃기도 했다. 공중보건의들이 손 소독 스프레이를 집어들었고 방문간호사들이 구급함을 챙겼다. 기공체조를 하던 한 노인이 구부정하게 서서 출입구 쪽을 보고 있기도 했다. 물기 빠진 식기들이 엎드려 있는 빈 구내식당, 해피트리와 소화기가 있는 복도. 그곳엔 여전히 그런 사진들이 남아 있었다.

송인화에겐 또다른 사진들이 있었다.

아마도 누군가의 생일파티 장소인 듯 상 여기저기에 콜라병과 케첩 통이 보였다. 친구들과 상에 나란히 앉은 한 소년이 어딘가를 보며 웃고 있었다. 그 소년은 축구공을 잡고 시멘트 턱에 앉아 있기도 했고 코스모스가 핀 화단 앞에서 자전거 페달에 발을 걸치고 있기도 했다. 소년은 어느 유원지의 돗자리 위에서 기다란 지팡이 아이스크림을 먹었고, 라면 그릇을 다리 사이에 두고 앉아 나무젓가락을 입에 문 채 위를 올려다봤다. 폭포 앞에 서서 입을 내밀고 있는 사진. 방 컴퓨터 앞에 앉아 게임을 하고 있는 사진. 내복만 입고 마당 눈밭에 나와 춥다고 몸을 움츠린 사진.

송인화가 직접 찍어준 사진도 있었다.

등대 앞이었는데 바람이 세게 불었다. 티셔츠가 심하게 펄럭였다. 바람에 모자가 벗겨지기 직전이었다. 야구모자를 거꾸로 쓴 서상화가 모자를 잡다가 흔들린 사진이었다. 송인화는 흔들린 사진 속에서 웃고 있는 상화의 모습을 특히 좋아했다.

삐친 표정을 지으면서 새침하게 눈을 내리까는 모습도 송인화가 무척 좋아하는 모습이었다. 퇴근 무렵에 공익 모자를 벗으면 머리가 꾹 눌려 있었는데 그럴 땐 장난으로라도 한번 쓸어보고 싶었다. 같이 셀카를 찍자고 송인화의 어깨를 감싸면서 팔을 쭉 뻗을 땐 눈앞에서 뻗어나간 상화의 팔이 너무 근사해 심장이 몇 번이나 내려앉았다. 상화는 흥미 있는 말을 들을 때나 장난기가 발동할 땐 눈 밑 애교살에서부터 반응이 왔다. 초롱초롱하게 뜬 눈 아래로 웃음기가 삭 번져가면 송인화는 또 재미있는 일이 일어나겠구나 생각했다. 상화는 이모티콘도 꼭 자기 같은 캐릭터들만 골라서 썼다. 상화와 그동안 주고받은 메시지 창을 펼치면 척주를 몇 바퀴나 돌고도 남을 길이였다. 메시지 창 안에서는 서상화가 보낸 이모티콘들이 여전히 꺄 소리를 내면서 뛰어오르기도 하고 보고 싶다면서 엉엉 울기도 했다. 그것들은 언제까지나 꺄과 엉엉을 반복하며 그 안에서 움직일 것이었다.

송인화는 척주 시내를 멍하니 걷고 또 걸었다. 기계적으로 간판들을 읽으면서 걷기도 했고 땅만 보면서 걷기도 했다. 걷다보면 소망의 탑 사진이 붙어 있는 네모난 지중변압기가 나와 송인화는 그 앞에 한참씩 서 있었다. 식당에 들어가 물회를 시키고는 커버가 씌워진 벽걸이 선풍기만 올려다보다 그대로 나오기도 했다. 어느 날은 장학문구사와 다이소와 현대서점과 봉황관광을 보면서 걸었고 어느 날은 미스터피자와 홈플러스와 홍채안경원과 남양유통 앞을 지났다. 별미식당, 월드스튜디오, 녹십초알로에, 예당피아노, 제일조은약국, 김내과, 보광당, 김밥천국, 배스킨라빈스, 백두대간호프, 영동농원, 장뇌건강원…… 송인화는 그런 간판들이 붙은 건물들 사이를 계속 걸었다.

아침이 되면 보건소 부근에서는 두부집이 제일 먼저 문을 열었다. 이른 아침에 그 앞을 지나가면 하얀 김과 함께 손두부 냄새가 새어나왔다. 점심시간이 가까워오면 양복 위에 똑같은 점퍼를 입은 사무원들이 건물 앞에 모여 서서 담배를 피웠다. 오후가 되면 보건소 뒤 주택가로 노란 학원버스가 지나갔다. 조금 더 늦은 오후가 되면 편백나무 베개를 파는 트럭이 지나갔다. 저녁이 되면 고등학생 서넛이 편의점 의자에 앉아 고개를 젖히며 사발면을 먹었다. 주말이 되면 정장을 입은 사람들이 예식장 앞 사거리에서 길을 건넜다. 그 풍경 어디에도 서상화가 없다는 게 송인화는 거짓말이라고 생각했다.

뉴스와 신문에는 이십 년 가까이 멕소닐을 밀수해온 사이비 종교집단에 대한 얘기가 나왔다. 일 킬로그램으로 칠십만 명 이상을 과다 복용으로 사망하게 할 수 있는 멕소닐이라는 약이 연일 사람들 입에 오르내렸다. 죽을 것 같은 통증이 올 때 어떤 극적인 효과를 주는지도 회자됐다. 멕소닐의 최대 제조국에 대한 얘기, 의료용이 아닌 마약용으로 쓰일 때의 유통 경로, 제약회사의 판촉 경쟁으로 인한 의사들의 과다 처방 얘기들이 흘러나왔다. 사람들은 공비 침투 때 이후로 척주가 이렇게 TV에 많이 나온 건 처음이라며 신기해했다.

폐타이어 배로 밀수한 약이 동굴에 보관돼 있었다는 게 밝혀지자 사람들은 그게 이십일 세기에 가능한 일이냐고 물었다. 약과 함께 시신 몇 구가 나왔는지, 동굴에서 단체로 무얼 했는지, 그런 자극적인 얘기들 속에서 척주의 다른 이야기들은 거의 관심을 끌지 못했다. 송인화는 뉴스에 나오는 그 얘기들이 모두 비현실적으로 느껴졌다.

안금자와 함께 오병규가 구속 기소되면서 시는 주민소환 기간 때처럼 다시 부시장 대행 체제로 돌아갔다. 방학수의 입에서 윤태진 이름이 나왔지만 투표 방해 행위 자체는 윤태진한테 별 타격이 되지 않았다. 윤태진이 도의원 선거를 준비한다는 얘기도 들렸고 시장 보궐

선거에 나올 거라는 소문도 돌았다. 약사들끼리 돌려보는 지라시에는 민물초로 만든 천연물 신약이 곧 허가를 받을 거라는 얘기가 실렸다. 약사법 위반으로 처벌받은 약국들은 영업정지 기간이 끝나면 다시 문을 열 것이었다. 안금자가 구속되었지만 척주의 약국들은 건재했다. 송인화는 척주를 떠날 수 없었다.

구속됐을 때 안금자는 그렇게 말했다. 자신은 사람들의 고통을 덜어주고자 했을 뿐이라고. 회주를 처단한 것도 약을 들여온 것도 모두 그것 때문이라고 했다. 그 약들이 마약이 아니라 진통제라는 것도 강조했다. 안금자의 말 어디에서도 다른 약 얘기는 들리지 않았지만 송인화는 약사여래상 앞을 지날 때마다 안금자가 피임약 얘기를 하던 그 산속을 떠올렸다.

눈이 자주 내렸다.

갑자기 눈이 쏟아지는 날엔 차들이 와이퍼를 켠 채로 사거리에서 한참씩 엉켰다. 송인화는 눈이 오면 사거리에 우두커니 서서 아무것이나 다 쳐다봤다. 사람들이 점퍼의 모자를 올려 쓰고 종종걸음으로 송인화 앞을 지나갔다. 두부집 주인이 긴 막대기를 들고 나와 차양을 치자 위에서 눈이 쏟아져내렸다. 엄마와 나란히 걷던 아이가 우산을 접고는 엄마의 큰 우산 속으로 들어갔다. 눈을 덮어쓴 소형차가 한쪽에서 천천히 후진을 했다. 외박을 나온 군인들이 비닐우산을 쓰고 그 앞을 지나갔다. 작은 전구들이 우체국 사거리 공원의 회양목 위에서 저녁마다 반짝였다.

그런 것들을 보고 있으면 어느 여름에 상화와 함께 마셨던 커피가, 아직 얼음이 녹지 않은 투명 음료컵 두 개가 여전히 어딘가에 나란히 놓여 있을 것만 같아 송인화는 차를 끌고 해안도로를 몇 번씩 내달렸다.

나뭇잎들은 이제 거리 어디에서도 보이지 않았다. 그렇지만 송인화는 아직도 은행잎이 남아 있는 곳 하나를 알고 있었다. 보건소 은행나무 옆에 서 있는 소나무였다. 은행나무보다 키가 작은 그 소나무 위에는 가을에 떨어져내린 은행잎들이 여전히 노란 색종이처럼 흩뿌려져 있었다. 눈이 내리고 다시 눈이 녹는 동안에도 소나무 위의 은행잎들은 거짓말처럼 그대로 있었다. 송인화는 그 앞을 지날 때마다 상화의 이름을 불렀다. 푸른하늘은하수를 잘하는 상화. 샤파 연필깎이를 십 년 동안 고쳐 쓴 상화. 임연수김밥을 좋아하는 상화. 보건소 계단을 성큼성큼 뛰어올라가던 상화. 괘종시계보다 키가 큰 상화. 여덟 평짜리 약국에서 소아용 시럽을 따르며 살 수도 있었을 상화의 이름을.

눈이 그치고 하늘이 갠 날 송인화는 오십천을 따라서 걸었다. 대기가 찼지만 햇빛이 많은 날이었다. 시멘트 공장에서 동진 부두로 이어지는 컨베이어 벨트가 멀리 강 끝에서 부서졌다. 십팔 년 전에도 일 년 전에도 몇 달 전에도 걷던 길이었다. 송인화는 강을 따라 걷다가 문득 뺨이 따뜻해서 옆을 돌아보았다. 강물 위에 빛들이 내려앉아 자글거리고 있었다. 걸어갈수록 빛 무리가 왠지 자신을 따라오는 느낌이 들었다. 송인화는 걸음을 조금 빨리해봤다. 빛 무리도 같은 속도로 따라왔다. 송인화는 다시 천천히 걸었다. 빛 무리도 속도를 늦추며 따라왔다. 송인화가 걸음을 멈추자 빛 무리도 멈춰 섰다.

송인화는 그 자리에 서서 손바닥에 얼굴을 묻었다. 송인화는 어른거리며 따라오는 그 따뜻한 것이 상화가 아니라고 생각할 수 없었다. 송인화는 뺨으로 흐르는 것들을 그대로 둔 채 강을 따라 계속 걸어갔다.

작가의 말

여전히 척주 해변가가 보이는 꿈을 꿉니다. 그곳에는 이쪽으로 등을 보인 채 바다를 바라보고 있는 누군가가 있습니다. 저는 해변 한쪽에 서서 그가 뒤를 돌아봐주길 오랫동안 기다립니다. 어느 날 드디어 그가 뒤를 돌아보았을 때 그는 울고 있었습니다. 어느 날은 아주 환하게 웃고 있었습니다. 두 표정의 간극이 커서 저는 당황했고, 그쪽으로 더 다가갈 수밖에 없었습니다. 바다를 보는 그의 등을 향해 한 걸음씩 내딛는 동안, 그가 기척을 느끼고 천천히 뒤를 돌아보는 동안, 그의 표정을 이해하려고 애쓰는 동안 저는 그를 사랑하게 되었습니다. 어쩌면 이것이 이 소설을 쓰는 동안 일어난 일의 전부라는 생각을 합니다.

사람이 사람을 사랑하는 일에 대해 쓰고 싶었습니다. 이 소설을 처음 시작할 때의 그 마음을 소설을 끝낸 지금도 여러 번 생각합니다. 진심을 다해 인물들을 사랑할 수 있었고 그들의 고통을 끝까지 함께 할 수 있었던 것만으로도 저는 인물들에게서 잊지 못할 선물을 받았습니다. 다만 척주의 골목골목에 바람과 햇빛을 좀더 부려놓지 못한 것이, 제 인물들을 따뜻한 길목에 오래 머물게 하지 못한 것이 계속 미안합니다.

*

이 소설의 큰 줄기인 시장 주민소환 사건은 2012년 강원도 S시에서 실제로 있었던 시장 주민소환 투표를 모티프로 했습니다. 몇몇 예외를 두었지만 인물들의 나이와 소설 속 세부 설정 등은 거의 2012년을 기준으로 했습니다.

이야기의 싹은 2011년 3월 11일 이후로 이어진 공포와 불안 같은 감정들과 닿아 있습니다. 정확한 정보도 안전에 대한 믿음도 사라진 자리로 괴담이라 명명된 이야기들이 오갔습니다. 낮에는 먹거리에 대해 걱정하고 밤에는 피폭된 물고기들이 바다를 헤매는 꿈을 꾸었습니다. 귀 없는 토끼가 태어났다는 소식 사이로 방사능 해독제 제약주 급등 기사들이 올라왔습니다. S시에서 '에너지'라는 말을 내걸고 벌어지는 놀라운 일들을 보게 된 건 그즈음이었습니다. 저는 그 일들을 한복판에서 겪고 있는 사람들을 틈틈이 만났고, 그렇게 한 해 두 해가 지나는 동안 척주라는 도시와 그 안의 인물들이 조금씩 만들어졌습니다.

이 소설을 계간 『문학동네』에 '척주'라는 제목으로 연재한 것은 2016년 여름호부터 2017년 봄호까지입니다. 구상을 시작한 때부터

에필로그를 쓰던 올 초까지, 제가 사는 현실세계에서는 소설의 상상력을 뛰어넘는 일들이 계속 일어났습니다. 어떤 한 단어가 현실의 사건을 겪으면서 그 의미가 몇 배로 확장돼 다가오는 것을, 무심코 넘겼던 인물들의 눈빛이 현실의 충격 속에서 더 아픈 말을 걸어오는 것을, 마지막 문장의 마침표를 찍기 전까지 소설이 계속 살아 움직인다는 것을 저는 이 소설을 쓰면서 비로소 알게 되었습니다.

이 소설에는 제가 만난 S시 사람들의 육성이 많이 들어가 있습니다. 소설은 끝났지만 그분들과 나눈 이야기들은 소설 원고보다 많은 분량으로 제 안에 그대로 남아 있습니다. 나는 이 말들을 다 기억할 수밖에 없겠구나, 때마다 생각했습니다. 이 소설은 그분들과 함께 쓴 소설입니다.

2012년 S시의 정치적 상황과 분위기를 파악하는 데는 인터뷰 외에 전국공무원노동조합 S시 지부 홈페이지에 익명으로 올라온 글들에서도 도움을 받았습니다. 시멘트 광산과 관련된 부분은 대부분 직접 취재를 바탕으로 썼지만 해무 속에서의 광산 작업 장면은 「지금 여기서 바꾸지 않으면, 어디나 똑같다」(프레시안, 2016. 6. 10.)라는 인터뷰 기사를 읽고 또 읽으며 썼습니다. 동진 부두 장면은 쓰레기 시멘트의 위해성을 알려온 최병성 목사의 블로그 글(「일본 폐타이어로 만든 시멘트, 안전할까요?」)에서 도움을 받아 썼습니다.

2장의 약 설명회 장면에는 핵발전소 유치 후의 울진군 상황에 대해 쓴 울진군의회 장시원 의원의 글(영덕군 홈페이지 군민여론광장, 2015. 10. 29.)과 「방사능 오염된 日 강물, 동해로 흘러온다」(머니투

데이, 2013. 9. 5.), 「후쿠시마 방사성 세슘, 내년 남해 도달」(한국일보, 2014. 3. 9.) 등의 기사에서 참조한 내용들이 녹아들어가 있습니다. 척주동해비를 둘러싼 이야기와 석회암 지대의 지리적 특성, 특히 돌리네에 대한 부분은 삼척시립박물관에서 발간한 『석회암과 삼척 문화』(전제훈, 2014), 『고요한 아침의 땅 삼척』(차장섭, 2015)에서 도움을 받았습니다.

소설 속 정치적 사건은 여러 부분 실제 사건을 바탕으로 하고 있지만 인물들은 모두 허구입니다(가령 S시 보건소의 특정 부서 사람들이 당시에 어떤 정치적 입장을 취했는지 저는 전혀 알지 못합니다). 소설 속 인물들 중 실제 인물로 여겨지는 사람들이 있다면 이는 개연성 있는 인물을 만드는 과정에서 생긴 우연입니다.

*

연재를 하는 동안 인물들과 함께 웃고 울어준 김내리 편집자님, 감사하고 또 감사합니다. 편집자님의 지지 덕분에 저는 제가 쓰는 글을 믿고 끝까지 갈 수 있었습니다. 이 책의 제목부터 문장들 속의 사려 깊은 쉼표 하나까지, 모두가 편집자님의 작품입니다. 척주를 사이에 두고 편집자님과 나눈 소통의 시간들이 저는 참 좋았다는 걸 고백하고 싶습니다.

창훈씨, 당신을 사랑하게 되지 않았다면 척주라는 지명이 저한테 지금과는 다른 종류의 통증을 주었을지도 모르겠습니다. 척주의 시작에도 끝에도 당신이 있었습니다. 쓰는 동안 옆에서 내내 귀기울여주고, 어지러운 초고를 읽어주고, 함께 고민해주어 고마웠습니다.

듣는 것밖에 할 줄 모르던 제게 기꺼이 마음을 열어주신 S시 분들, 특히 시멘트 광산 노동자 한 분 한 분께 말로 다 할 수 없는 감사의 마음을 전합니다.

인물들의 직업과 사건 자문에 응해주신 분들께도 깊이 감사드립니다. 그분들과 쌓은 우정을 생각하면 아직도 마음이 따뜻해집니다.

흔쾌히 추천사를 써주신 권여선 선생님과 이다혜 기자님, 문학동네에도 감사의 말씀을 전합니다.

2017년 가을

최은미

문학동네 장편소설
아홉번째 파도

1판 1쇄 2017년 10월 31일
1판 6쇄 2023년 8월 7일

지은이 최은미
책임편집 김내리 | 편집 정은진 이성근 황예인 이상술
디자인 고은이 이원경 | 저작권 박지영 형소진 최은진 서연주 오서영
마케팅 정민호 한민아 이민경 안남영 김수현 왕지경 황승현 김혜원 김하연
브랜딩 함유지 함근아 박민재 김희숙 고보미 정승민 배진성
제작 강신은 김동욱 이순호 | 제작처 영신사

펴낸곳 (주)문학동네 | 펴낸이 김소영
출판등록 1993년 10월 22일 제2003-000045호
주소 10881 경기도 파주시 회동길 210
전자우편 editor@munhak.com | 대표전화 031) 955-8888 | 팩스 031) 955-8855
문의전화 031) 955-3576(마케팅) 031) 955-8864(편집)
문학동네카페 http://cafe.naver.com/mhdn
인스타그램 @munhakdongne | 트위터 @munhakdongne
북클럽문학동네 http://bookclubmunhak.com

ISBN 978-89-546-4871-4 03810

www.munhak.com